ज्ञान गरिमा के
68 वर्ष

भारतीय
ज्ञानपीठ

पाणं
पयासयं
वीर निर्वाण 2470
ई.सन् 1944
भारतीय ज्ञानपीठ

खंडित संवाद

से. रा. यात्री

भारतीय ज्ञानपीठ

लोकोदय ग्रन्थमाला : ग्रन्थांक 1005

ग्रन्थमाला सम्पादक

रवीन्द्र कालिया

सह-सम्पादक

गुलाबचन्द्र जैन

ISBN 978-81-263-1824-7

प्रकाशक :
भारतीय ज्ञानपीठ
18, इन्स्टीट्यूशनल एरिया, लोदी रोड
नयी दिल्ली-110 003

मुद्रक : विकास कम्प्यूटर ऐंड प्रिंटर्स, दिल्ली-110 032

आवरण-चित्र : देबाशीश मुखर्जी
आवरण-सज्जा : ज्ञानपीठ कला प्रभाग

दूसरा संस्करण : 2011
मूल्य : 170 रुपये

KHANDIT SAMVAAD
(Short stories)
by S. R. Yatri

Published by
Bharatiya Jnanpith
18, Institutional Area, Lodi Road
New Delhi-110 003
e-mail : jnanpith@satyam.net.in, sales@jnanpith.net
website : www.jnanpith.net

Second Edition : 2011
Price : Rs. 170

प्रिय विष्णु नागर
के नाम

अनुक्रम

ऊधौ उवाच

बॉम्बे सेंट्रल पर मैं परेशान-हाल खड़ा सोच रहा था, 'अब कहाँ जाऊँ?' महन्दर बेईमान को हफ़्ते भर पहले ख़त भी लिख दिया था, तार भी दे दिया था, यहाँ तक कि गाड़ी के पहुँचने का वक्त भी बतला दिया था। ग़ुस्सा और बेबसी मुझे बाहर-भीतर से फाड़े डाल रही थी, 'कहीं मिल जाए हरामी, तो सौ जूते मारूँ!' लेकिन यह आक्रोश बेकार था—क्या गारंटी है कि उसे पता हो कि आज छह जून है। रात भर किसी 'चंडूखाने' या 'हौली' में पड़ा रहा होगा और पीते-पीते दोहराता रहा होगा, 'सुबह साढ़े आठ बजे बॉम्बे सेंट्रल पर भाई साहब को रिसीव करना है, अपने डेरे पर लाना है' और इसी 'लाना है, लाना है' की रटन के दौरान ढेर हो गया होगा कहीं।

आख़िर तंग आकर मैंने कुली से सामान उठवाया और प्लेटफॉर्म छोड़कर बाहर आ गया। महन्दर का दफ़्तर का पता भी मालूम था। घर कहाँ है, कितनी दूर है, मेरे लिए जानने का अब कोई उपाय नहीं था। यही क्यों, इस बात का भी क्या ठीक ठिकाना था कि वह इस बीच दफ़्तर छोड़कर कहीं और नहीं चला गया होगा! सबसे करीब चरन का ऑफ़िस था, सो मैंने टैक्सी की और उसके कार्यालय में जा पहुँचा। अभी तक बाबू लोग आये नहीं थे। मैं मय बिस्तर-सूटकेस लिफ्ट में घुसने लगा, तो लिफ्टमैन ने टोका, "इन्हें गेट पर चपरासी के हवाले कर दो। फालतू में चौथे माले पर क्यों ढोते हो!" मैं तो पहले ही टूट-बिखर चुका था, सारा सामान चौकीदार के हवाले करके ऊपर आ पहुँचा।

कोई आधा घंटे बाद धीरे-धीरे कुर्सियाँ भरने लगीं। बग़ैर वजह जब आस टूट रही थी कि हो सकता है, आज चरन भी दफ़्तर न आये, तो मैंने चपरासी से चिरौरी की भाषा में कहीं चाय मिलने का पता पूछा। शायद मानवीय संवेदना के तहत अथवा चरन का मेहमान ख़याल करके उस भले आदमी ने वहीं चाय लाकर देने का आश्वासन दे दिया।

मैं चाय पीकर थोड़ा चुस्त महसूस करने लगा था कि तभी सामने से चरन आता दिखाई पड़ा। चरन ने मुझे हैरत से देखा, "भाई साहब, आप? कब आये?

मुझे पहले से लिखा भी नहीं? यहाँ आने में बहुत किल्लत तो नहीं हुई?''

चार वाक्य और चारों सवालिया। मैंने उलझन से उबरने की कोशिश की, ''वह महन्दर...''

चरन ने मुझे वाक्य पूरा नहीं करने दिया, वह ठहाकार मारकर हँस पड़ा, ''ओह! वो महन्दर ग्रेटमैन दा लालटेन महन्दर! वाह भाई साहब, कमाल कर दिया आपने भी!''

चरन का घर दफ़्तर से करीब पन्द्रह-बीस किलोमीटर दूर था। उसके लिए यह किसी तरह मुमकिन नहीं था कि वह मुझे घर भेज दे। इसके अलावा उसकी पत्नी भी नौकरी करती थी। सारी दोपहर बच्ची किसी 'बालगृह' में रहती थी। चरन अपने काम में लग गया और मुझे दैनिक और साप्ताहिक अख़बारों से जूझने के लिए ख़ाली केबिन में छोड़ आया। मैं पूरी रात आराम से सो नहीं पाया था। अख़बारों की ख़बरों में फिलहाल मेरी कोई दिलचस्पी नहीं थी। मैं सोचने लगा कि चलो, एकान्त में थोड़ी देर सो ही लिया जाए।

मैं कुर्सी की पीठ का ढासना लगाकर झपकी लेने ही लगा था कि झपाटे से केबिन का द्वार खुला और महन्दर अन्धड़-तूफ़ान जैसा घुसते हुए बोला, ''भाई साहब, आख़िर आप पहुँच ही गये!''

इतने उखड़ेपन के बावज़ूद उसके आश्चर्य पर मुझे हँसी आ गयी, ''बदनसीबी मेरी, और इसे क्या कहा जाए!''

वह मेरी कुर्सी से लगकर फुसफुसाया, ''जो हुआ सो हुआ, अब किसी से मत कहना कि आपको स्टेशन लेने नहीं पहुँचा था!''

मैंने हँसी से दोहरा होने की कोशिश को जबरन क़ाबू किया और मासूमियत से बोला, ''भला यह भी कोई कहने की बात है, महन्दरनाथ? हाँ, यह बात दीगर है कि इस अजीमुश्शान बिल्डिंग के गेट पर लावारिस पड़ा मेरा सामान हर आने-जानेवाले से लगातार यही कह रहा है कि महन्दर स्टेशन पर पहुँच गया होता, तो मैं लावारिस न पड़ा होता!''

महन्दर खीं-खीं करके हँस पड़ा और फिर एकाएक गम्भीर होकर बोला, ''भाई साहब, मैं बड़ी दबसट में था कि क्या किया जाए...मैं जिस कमरे में रहता हूँ, उसमें पाँच आदमी पहले से हैं...तीन लड़के नौकरी तलाश करते हुए केरल से कल और इसी कमरे में आ लगे हैं! ख़ैर, आपकी सुविधा का तो मुझे कोई ख़ास ख़याल नहीं है, लेकिन आख़िर लेटने-बैठने को तो थोड़ी-सी जगह चाहिए ही!''

उसकी सूचना से आग-बबूला होने की स्थिति तो जैसे सिरे से ही ठंडी पड़ गयी। इस कमबख़्त ने तो अब कहीं का न छोड़ा। पहले से चरन को सूचित करता, तो वह पहले से ही तैयार रहता। अब किसको क्या कहूँ? मैं कुछ निश्चित नहीं कर

पा रहा था कि तभी चरन केबिन में घुसा। वहीं दरवाज़े से कहने लगा, ''मेरे ख़याल से अब तक काफी प्रेमालाप हो चुका होगा! चलिए, भाई साहब, घर चलते हैं। मैंने लंच के बाद छुट्टी ले ली है।''

महन्दर सरगोशी में बोला, ''लीजिए, हो गया तूफान शान्त! अब मैं ऐसा कर दूँगा कि सब सालों को दो दिन के लिए कहीं धकेल दूँगा, तब आप आकर मेरे ही साथ रहिएगा। चरन भाई का घर आपके लिए एकदम माकूल रहेगा। यह दफ़्तर आते हैं, तो भाभी भी नौकरी पर चली जाती हैं। आप आराम से तनहाई का सुख भी भोगते रहेंगे!''

मैंने आगे उससे कुछ नहीं कहा—'भाग्य जहाँ ले जाए, वहीं जाना ही पड़ता है,' मन-ही-मन कहते हुए चरन के साथ लिफ़्ट में दाख़िल हो गया।

पूरे सप्ताह फिर महन्दर का पता नहीं मिला। चरन अपने दफ़्तर से हर रोज़ कोई दर्जन भर स्थानों पर फोन खटखटाता, लेकिन कहीं से तसल्लीबख़्श जवाब न मिलता। असल बात यह थी कि मैं इतने बड़े महानगर में महज यह देखने आया कि पिछले नौ बरस से महन्दर यहाँ क्या कर रहा है। उसकी माँ अन्धी और बाप लगभग सनकी हो चला था। मेरे लिए ऐसे हालात में सिर्फ़ यही रास्ता बाकी रह गया था कि उससे रू-ब-रू जाकर बातें करूँ। पत्रों के उत्तर वह गरिष्ठ दार्शनिक लहजे में देता था।

अन्त में चरन भी उसकी खोज-ख़बर में ढील करने लगा—उसे भी नौकरी, बीवी-बच्चा और लम्बे क्यू देखने पड़ते थे। जब मैं यह सोच ही रहा था कि चलकर उसके कमरे पर धरना दूँ। उसका फोन आया, ''भाई साहब, आज शाम मैं चरन के घर आ रहा हूँ। आप शाम को घर पर मिलना।''

उस शाम मैं चरनजीत के साथ उसके घर पहुँचा, तो उसकी पत्नी मीता बोली, ''आप लोग झटपट चाय पी लीजिए। पता चला है, यहीं पास में दो कमरे का फ्लैट ख़ाली है, दूसरे माले पर।''

मैंने कहा, ''महन्दर ने फोन किया है। बस, वह भी पहुँचने ही वाला होगा। उसे भी साथ लेते चलेंगे।''

महन्दर का नाम सुते ही मीता के चेहरे पर खिंचाव आ गया। उसने मुँह बिचकाकर कहा, ''क्यों आ रहा है वह? क्या काम है? आवारागर्द!...निकम्मा कहीं का!''

मैं मीता की नाराजगी का मतलब नहीं समझ पाया। एकाएक मेरे मुँह पर आया, ''वह चरन से मिलने नहीं आ रहा है, मेरी वजह से आनेवाला है।' लेकिन मैंने कुछ नहीं कहा। हो सकता है, चरन और मीता भी उसके ढंग-ढर्रों से तंग हो चुके हों। इसके अलावा मेरे लिए यह बेपनाह-बेगाना शहर है। मेरा रुपया-पैसा

अब तक सब स्वाहा हो चुका था। आने-जाने में झोली भर रुपये ठंडे हो चुके थे। हो सकता है, लौटने का टिकट भी चरन ही खरीदकर दे। उसकी पत्नी को नाख़ुश करना मुझे किसी भी तरह उचित न लगा।

मीता चाय बना लायी और प्याले हम दोनों के सामने रख दिये। मैं और चरन चुपचाप चाय पीने लगे। महन्दर की बाबत फिर किसी ने एक शब्द भी न कहा। कुल माहौल पर महन्दर का भारीपन तारी हो गया लगता था।

ज्यों ही मैंने और चरन ने चाय के प्याले खाली करके रखे, किसी ने दरवाज़ा खटखटाया। मैं तत्काल समझ गया कि महन्दर होगा। मीता दरवाज़े की तरफ़ जाते हुए बोली, ''लो, आ गया! इस 'लो, आ गया' कहने में जो खीझ और तिरस्कार था, वह किसी तरह छिपा न रह सका। द्वार खोला, तो देखा—महन्दर खादी के रूमाल से ताबड़तोड़ मुँह और बाँहें रगड़ रहा था। उसकी मुस्कान अजीब थी—ठंडे-बेगानेपन से विहँस रहा था। उसे शायद ही किसी ने तनावहीन चेहरे में देखा हो। अविश्लेषित तनाव उसकी आँखों का ख़ास फीचर हो गया था। हालाँकि इस बात को अब काफी वक़्त गुज़र चुका है, लेकिन मैंने उसे कई दफ़ा मुस्कराते हुए देखा था, यहाँ तक कि मैंने उसे मिनमिनाकर गाते हुए भी सुना था। जो लोग महन्दर को भीतर तक नहीं जानते (और अब कौन किसे भीतर तक जानने की परवाह करता है), उन्हें गुमान नहीं है कि वह बाक़ायदा हँस भी सकता है। मुझे हैरत हुई कि वह दिल से मुस्करा रहा था, पर उसकी गालों की हड्डियों को उभार देनेवाली मुस्कान का किसी ने स्वागत नहीं किया।

महन्दर लम्बे-लम्बे डग भरता आया और दीवार से लगे खुले सोफ़े पर तकियों की टेक लगाकर बैठ गया। उसने अपनी सूखी टाँगें आगे तक फैला दीं और अपनी आँखों को चमकाते (चमक चश्मे के काँच की थी) हुए सब तरफ़ घूरने लगा। उसकी नज़र किसी ख़ास चीज़ पर नहीं ठहरी, तो मेरी तरफ़ देखकर बेवजह फिर मुस्कराने लगा।

इसी समय मैंने नोट किया, चरन तटस्थ भाव से सारी स्थितियों पर तैर रहा है, मीता शायद उत्तेजना के कारण नीचे से ऊपर तक काँप-सी रही है। मैं इस मनहूसियत को तोड़ने की गरज में कुछ कहना ही चाहता था कि पड़ोसी के घर से चरन की डेढ़-दो साल की बच्ची हिलते-डुलते हुए कमरे में आ गयी। महन्दर ने झपटकर उसे गोद में उठा लिया और स्वागतभाषण के अन्दाज़ पर बोला, ''बहुत समझदार बेटी है...माँ-बाप से एकदम उलटी दिशा में।'' और यह कहकर वह ठहाकर लगाकर हम सबकी ओर देखने लगा।

मैंने सोचा, महन्दर की बात का ही बतंगड़ न बन जाए। मैं उसे दूसरी तरफ़ ले जाते हुए बोला, ''तुमने चाय पी ली, या पीओगे?''

महन्दर बच्ची से खेलता रहा और खिलन्दरेपन से ही बोला, ''मैं चाय नहीं पिऊँ...हाँ, कॉफ़ी पी सकता हूँ!''

मीता झिड़की के स्वर में बोली, ''कॉफ़ी-वाफ़ी नहीं है यहाँ! चाय पीनी है, तो बोलो?'' साथ ही उसने उँगली से ताड़ना भी दी, गोया वह अपनी बेटी को फटकार रही हो।

महन्दर ने इस दफ़ा भी मीता का चेहरा नहीं देखा। वह बदस्तूर बच्ची से उलझा रहा और उसके गालों में उँगली गड़ाते हुए बोला, ''पिलानी हो तो कॉफ़ी ही पिलाओ... हम तो कॉफ़ी के मूड में हैं!''

इस बार चरन बोला, ''क्या बेवक्त का राग शुरू कर दिया! चाय का टाइम है। कॉफ़ी कहीं और चलकर पीएँगे।''

महन्दर ने पति-पत्नी का कतई नोटिस नहीं लिया, बच्ची को पैरों पर बिठाकर हवा में उठाने लगा। मीता उसके रवैया पर झुँझला उठी, ''चाय ही मिलेगी, समझे?''

मैंने वातावरण पर धुँध की तरह फैलती घुटन को उड़ाने की कोशिश की, ''चलो, चाय ही बना लो! मैं भी एक प्याली ले लूँगा। रहा महन्दर, वह उसे कॉफ़ी समझकर पी लेगा!''

इस बार महन्दर ने कोई एतराज नहीं किया। चाय आयी, तो ख़ुशी-खुशी पी ली। मैं जानता था कि वह मीता को चिढ़ाने के लिए ही कॉफ़ी की रट लगाये हुए था, कॉफ़ी पीने की बात के पीछे कोई गम्भीरता नहीं थी। चाय का प्याला खाली करके चौके में ख़ुद रख आया और मेरी और चरन की बातों में शामिल हो गया। मैं उसके स्वभाव से परिचित था—वह आसानी से लोगों की बातचीत में हिस्सा नहीं बँटाता था। बहुत थोड़े मौकों पर ही वार्तालाप में शामिल होता था, या फिर एकाएक उठकर चल देता था।

कुछ देर बाद महन्दर किसी विषय पर बोलने लगा। मैं और चरन उसकी बातें दिलचस्पी से सुनते रहे। कोई दस-बारह मिनट बाद उसे कुछ ख़याल आया, तो ठहाका लगाकर बोला, ''धत्तेरे की! यहाँ तो साला मैं ही मैं बोल रहा हूँ।''

मैं और चरन उसके इस आकस्मिक आत्मधिक्कार पर बेसाख़्ता हँस पड़े। इसके बाद वह एकाएक उठकर खड़ा हो गया, जैसे उसके शरीर में किसी ने चाबी घुमा दी हो। कमरे में लम्बे-लम्बे डग भरते हुए घूमने लगा, गोया कमरे की लम्बाई-चौड़ाई का तख़मीना लगा रहा हो। मैंने चरन के चेहरे पर प्रतिक्रिया देखने के लिए आँखें उठायीं, तो उसने हल्के से अपने कन्धे उचका दिये। कमरे के सामान को भरसक बचाते हुए जब उसकी घुमक्कड़ी का दौर एक मोड़ पर पहुँच गया, तो वह ठहरकर हम दोनों की ओर देखते हुए कुनमुनाया, ''आप लोग क्या घरेलू हुए

बैठे हैं! चलिए, थोड़ी देर के लिए यहाँ से निकलिए!''

अब रात हो चली थी। मीता रसोई में व्यस्त थी। महन्दर का यह बाहर घूमने का प्रस्ताव चरन के लिए खासा गरिष्ठ था। बाहर जाने का मतलब था, अधसोयी बच्ची को कन्धे से चिपकाकर, चार मंज़िलें नीचे उतरकर सड़क पर पहुँचना और फिर घूमने की यातना सहते हुए दुबारा चार तल्ले ऊपर चढ़ना।

चरन थोड़ा गड़बड़ाते हुए बोला, ''यह बैठे-बिठाये तुम्हें घूमने की क्या झख सवार हुई! तुम आदमी हो या पाजामा? अच्छा, अब फटाफट बोलो, खाना खाकर जाओगे या और कोई प्रोग्राम है? जल्दी तय करो, वरना तुम्हें अपने कमरे में पहुँचने में रात का एक-डेढ़ बज जाएगा।''

महन्दर खिलन्दरेपन से बोला, ''मेरी तो दाल खाने की तबीयत है...दाल बनेगी तो खाना खाऊँगा!''

मीता ने उसकी घोषणा सुन ली थी। वह रसोई से ही चीखकर बोली, ''दाल-वाल नहीं बनती अब! मैं भाजी-रोटी बना रही हूँ समझ लें, ज़्यादा खिट-खिट यहाँ नहीं चलेगी!''

''दाल बनाओ न, मेरी प्यारी भौजी!'' महन्दर लाड़ के स्वर को चिरौरी की सीमा तक खींच ले गया, लेकिन मीता के पसीजने का सवाल ही नहीं उठता था। मैंने बात बिगड़ती देखकर समझौते का मार्ग सुझाया, ''महन्दर यार, अब यह दाल की रट छोड़! सब्जी को दाल समझकर नहीं खा सकता एक शाम? आख़िर तूने चाय को भी तो कॉफ़ी समझकर ही पिया है!''

महन्दर के कुछ और कहने से पहले चरन अपनी पत्नी से बोला, ''लाओ तो फिर बरतन दो...मैं दही ले आता हूँ।''

मैंने अवसर का लाभ उठाया, ''चरन, तुम रहने दो। मैं और महन्दर दही ले आते हैं। कहीं बेटी बीच में जाग गयी, तो मीता की परेशानी हो जाएगी।''

चरन बाहर जाने से शायद बचना चाहता था। वह मेरे प्रस्ताव पर तत्काल सहमत हो गया। उसने स्टेनलेस स्टील का एक कटोरा लाकर मेरे हाथ में थमा दिया। न जाने क्यों उसने महन्दर की ओर एक आँख छोटी करके देखा और बोला, ''अच्छा भाई साहब!'' मेरी समझ में उसके वाक्य का मतलब साफ़ नहीं हो पाया। इतने में ही महन्दर ने चुटकी बजायी और ''कम अलांग, भाई साहब!'' कहकर ज़ीने की ओर लपक लिया।

चरन के घर से बाहर होते ही महन्दर उस घर की सारी स्थितियों के बारे में सारी बातें भूल गया ओर एक जगह ठहरकर मेरा चेहरा ध्यान से देखते हुए बोला, ''भाई साहब, माफ़ कीजिए, मैंने आपको ऑफुली अपसेट कर दिया! ज़ाहिर है, आपको इतना फ़्यूज करने का हक़ किसी कम्बख़्त को नहीं है! हफ़्ते से ऊपर

आपको इधर आये हो गया और मैं साला हरामीपना करता चला आ रहा हूँ! चलिए, कहीं बैठकर आपसे आज बातें की जाएँ।'' अपनी आत्मग्लानि व्यक्त करने के बाद उसने कटोरा मेरे हाथ से ले लिया ओर उसे चंग की माफ़िक बजाने लगा। दही खरीदने के लिए हमें उपनगर के बाज़ार की तरफ़ मुड़ना था, लेकिन वह स्टेशनवाली सड़क पर चलने लगा और रेल के पुल पर चढ़ते हुए बोला, ''हरी अप! गाड़ी आ रही है...फास्ट ट्रेन है। आइए... आइए!'' उसने मेरा हाथ पकड़ा और लगभग दौड़ने लगा। उसका साथ देना मेरे लिए बहुत कठिन हो गया—वह पुल की चार-चार सीढ़ियाँ एक साथ लाँघ गया और मुझे अधबीच में छोड़कर मेरे लिए टिकट खरीद लाया।

हम दोनों लपक-झपक करते लोकल ट्रेन में चढ़ गये। अभी मुश्किल से आठ-दस मिनट गुजरे होंगे कि वह भयंकर वर्षा शुरू हुई कि ख़ुदा की पनाह! मैंने सवालिया नज़रों से महन्दर का चेहरा देखा। वह बोला, ''नो मेंशन, प्लीज! स्टेशन से बाहर निकलते ही माल रेडी मिलेगा। बम्बई में रहते हुए बारिश और औरत से डरना छोड़ दीजिए!''

धारासार वर्षा हो रही थी। पता नहीं, कौन-सा स्टेशन था, गाड़ी वहाँ जाकर ठहरी ही थी कि वह एकदम कूदकर उठ खड़ा हुआ और मेरी कलाई थपथपाकर बोला, ''ग्रांट रोड आ गया। उठिए, नाउ नो डिले!''

स्टेशन से बाहर होते ही वह एक मल्टी-स्टोरी बिल्डिंग में दाख़िल हो गया। तीन-चार मंजिलें पार करके हम ज्यों ही एक बड़े हॉल में घुसे, कच्ची शराब के भभकों से मेरा सिर घूम गया। हर तरफ़ 'नो टॉक'—'नो टॉक' का शोर मचा हुआ था। महन्दर मुझे एक बेंच पर बिठाकर भीड़ को चीरते हुए काउंटर तक गया और गले तक लबरेज़ एक बोतल लेकर वापस आ गया। मैंने देखा, वह बाकी लोगों की तरह चीख़-चिल्लाकर छोकरों को नहीं बुला रहा था। बोतल मेरे सामने दीवार में जड़े एक लकड़ी के लम्बे से तख़्ते पर टिकाकर फिर कहीं ओझल हो गया। इस बार दो गिलास, सींक-कबाब, प्याज, भीगे चने और न जाने क्या कुछ लिये वापस आया और परम उत्साह से बोला, ''आइए, अब अय्याशी शुरू की जाए!''

मेरे लिए इतने डेमोक्रेटिक माहौल में खुले-खजाने पीने का यह पहला अवसर थ, लेकिन यहाँ संकोच दिखाने का कुछ अर्थ नहीं था, क्योंकि महन्दर मुझसे बातें करने के ख़याल से यहाँ आया था बग़ैर समझे-बूझे मैं अनाड़ीपन की झोंक में जरा जल्दी ही कुछ ज़्यादा गटक गया। मुश्किल से बीस मिनट हुए होंगे कि मैंने स्वयं को भावुक होते हुए अनुभव किया। यह भावप्रवणता इतनी बेहूदा चीज़ है कि इसका असर न केवल आँखों तक आता है, बल्कि किसी अनाम माध्यम के जरिए पास बैठे आदमी तक भी जा पहुँचता है। शायद महन्दर भी पिघलने लगा था। वह

हसरत के साथ बोला, "हमारे माता-पिता का क्या हाल है, गुरुजी? वे दोनों एक-दूसरे को सह पा रहे हैं या...?"

पता नहीं, मैंने उसकी जिज्ञासा का क्या उत्तर दिया कि अगले क्षण उसने अपनी जेब से रूमाल निकालकर मेरी आँखें और नाक को इस तरह रगड़ना शुरू कर दिया, जैसे चरन की बच्ची की नाक साफ कर रहा हो। ज़ाहिर तौर पर उसे रोकना सम्भव नहीं था, पर यह क्रिया वहाँ एकत्र भीड़ के लिए खासी कुतूहलवर्द्धक थी। मैं बराबर बोल रहा था और जो भी सूचनाएँ मैं महन्दर को दे रहा था, वे एक ऐसी उखड़ी भाषा में उच्चरित हो रही थीं, जैसे कोई बैलगाड़ी गाँव की कच्ची और नाहमवार पगडंडी पर हिचकोले खाती आगे बढ़ रही हो।

पता नहीं कितने घंटे या मिनट बाद हम दोनों उस इमारत से निकलकर बाहर सड़क पर आये। बारिश के पानी से सारी सड़कें भरी हुई थीं। हमने अपनी पतलूनों के पाँयचे हाथों से ऊपर उठा लिये और दिशाहीन होकर पैरों से पानी उलीचते आगे बढ़ने लगे। दूर जाकर कहीं द्वीप-सा नज़र आ रहा था। वहाँ एक ठेले पर एक कड़ाही और खाने का सामान दिखलाई पड़ रहा था। ठेले के करीब पहुँचकर बम्बई की चालू भाषा में महन्दर ने खाने की फरमाइश की। इस समय वहाँ दूसरा कोई खाने वाला नहीं था, लिहाजा दुकानदार को भी फ़ुरसत-ही-फ़ुरसत थी। उसने बहुत कलात्मक रुचि लेकर अंडे, आलू, टमाटर और पाव रोटी का लज़ीज़ मिक्शचर कड़ाही में डालकर फ्राई करना शुरू कर दिया। हम दोनों भूखे भेड़ियों की तरह देर तक खाते ही चले गये। जब काफ़ी वक़्त बीत गया तो हम दोनों को सहसा ख़याल आया कि कुछ ज़्यादा ही खाया जा रहा है।

तबीयत से खाकर मैं एक तरफ़ सूखी-सी जगह पर उकडूँ बैठ गया। शायद मैं कुछ बेसिलसिला बातें सोचने की प्रक्रिया में था कि एकाएक मेरी आँखें हाय-तौबा का साक्षात्कार करके भय-विस्फारित हो उठीं—ठेलेवाला लात और घूँसों से महन्दर की पूजा कर रहा था। बात कुछ मेरी समझ में साफ़ नहीं आ रही थी। पेट में पर्याप्त सुस्वादु भोजन था और आँखों के सामने पानी-ही-पानी लहरा रहा था। इतने ख़ुशग़वार मौसम में ठेलेवाले और महन्दर की ग़ैर-रोमांटिक मुठभेड़ का सन्दर्भ मेरी पकड़ से एकदम बाहर था। मेरी बेफ़िक्री का अन्दाज़ केवल इस बात से हो सकता है कि मुझे एक बार भी ध्यान नहीं आया कि महन्दर की ठुकाई करने के बाद भेलपूरीवाला मेरी ओर भी मुख़ातिब हो सकता है। कोई सात-आठ मिनट तक जब महन्दर और उसके बीच लंकाकांड चलता रहा, तो मुझे सहसा ब्रेनवेव आयी, कहीं यह पेमेंट की चकल्लस तो नहीं है? मैंने अपनी जेब टटोलनी शुरू की। मेरी जेब में फूटी कौड़ी नहीं थी। मुझे तत्काल नौ बजे तक की शाम याद आने लगी। मुझे बीती शाम बहुत दूर के दृश्य की तरह दिखाई दी—चरन के घर पहुँचकर मैंने कपड़े बदले

ही थे कि महन्दर दरवाज़े में दाख़िल हुआ था। मीता की दिलशिकनी और मेरा तथा महन्दर का दही का कटोरा लेकर घर से निकलना...इसके बाद का कार्यक्रम मुझे एकदम से याद नहीं आया। कटोरे का ख़याल आते ही मैंने अपने चारों ओर उसे खोजना शुरू किया। पता नहीं उसे हम दोनों ने कहाँ गँवा दिया था। पास होता, तो भेलपूरीवाले को देकर कुटम्मस से बचा जा सकता था। स्टेनलेस स्टील का उतना बड़ा बाउल पन्द्रह-बीस रुपये से कम का न होगा।

धीरे-धीरे मैं घटनाओं की जुगाली करने लगा। सारा कुछ अतीत की तरह लगने लगा...दही लेकर हम लोग चरन के घर क्यों नहीं गये? उन बेचारों को हमारा इन्तज़ार होगा। मैंने बहुत आवश्यक समझकर यह बात महन्दर को बतानी चाही। वह अब तक बहुत मार खा चुका था और पिट जाने के बाद बहुत सहज, स्वाभाविक तथा चुस्त लग रहा था, जैसे नहाकर गुसलख़ाने से बाहर आया हो।

मैंने महन्दर से कुछ कहा, महन्दर ने हवा में अपना पंजा लहराया और मिनमिनाकर न जाने क्या कुछ बोला। उसके शब्द मुझ तक नहीं पहुँच पाये। मुझे कन्धे से पकड़कर वह फुटपाथ की तरफ़ बढ़ने लगा।

सामने एक ख़ाली टैक्सी जा रही थी। उसने फेफड़ों पर पूरा ज़ोर डालकर आवाज़ दी, ''टैक्सी!'' ड्राइवर ने टैक्सी रोक ली। वह मुझे छोड़कर आगे बढ़ा और बोला, ''रोशन टाकीज कूँ चलेगा?''

मैंने सोचा, अब वह फिल्म देखने के मूड में है। जेब में फूटी कौड़ी नहीं है। नवाब सिनेमा ज़रूर देखेगा। मैंने टैक्सी की ओर बढ़ने से इन्कार कर दिया। टैक्सी-ड्राइवर हम दोनों के रंग-ढंग देखकर समझ गया, दोनों उल्लू बने हुए हैं। वह पहियों से पानी काटता हुआ चला गया।

महन्दर ने मेरा हाथ थाम लिया और सड़क के किनारे ले गया। सहसा पानी फिर बरसने लगा और चन्द मिनटों में ही तेजी पकड़ गया। बाज़ारों में अब तक प्राय: सन्नाटा फैलने लगा था। हम दोनों में से किसी की कलाई में घड़ी भी नहीं थी, इसलिए समय का ठीक अनुमान नहीं हो पा रहा था।

ज्यों ही हम एक चौराहे पर पहुँचे, मैंने देखा कि एक सड़क बहुत लम्बी चली गयी है और उसके दोनों ओर फुटपाथों पर अधनंगी हालत में सैकड़ों औरतें खड़ी हैं। टैक्सी और कारें इस सड़क पर बहुत धीमी गति से फिसल रही थीं। फुटपाथों से उतरकर ये बेहाल औरतें सड़क के बीचोंबीच आ जाती थीं और टैक्सियों और कारों में बैठे लोगों को अजीब-अजीब अश्लील इशारे करके झौं-झौं करने लगती थीं। चकलों के बीच से मैं पहले भी कई मरतबा गुज़रा था, लेकिन ऐसी अनोखी खींचतान कहीं न देखी थी। मुझे और महन्दर को पतलून के पाँयचे ऊपर उठाये देखा, तो आठ-दस हम दोनों पर मक्खियों की तरह भिनभिनाने लगीं।

कुटनियों के सम्बन्ध में साहित्य की मोटी-मोटी पोथियों ने बरसों से हजारों तरह की कल्पनाएँ दिमाग में पैदा की हुई थी। इस गुलज़ार रात में उनसे मुठभेड़ हुई, तो मैं एकदम सिकुड़-सिमटकर कछुआ हो गया। मेरे कहने-सुनने का उन पर कोई असर नहीं पड़ा, वह तो महन्दर ने अपनी ख़ास टेकनीक लगाकर उन्हें बिदकाया।

लगता था, सड़क पर भाव-ताव कुछ इस तर्ज से चल रहा है, जैसे कुम्हड़े-परवल की तरकारी का मोल-भाव हो रहा हो। कुछ पारसी 'माल' को आँखों की बजाय हाथों से शिनाख़्त कर रहे थे। बारिश में क्रीम, पाउडर, लाली और पान के पीक ने जो टेकनीकलर पैदा कर रखा थ, उसे नंगी आँखों देखना ख़ासा अनुभव था।

जूते-चप्पलों की फिच्चक और दाएँ-बाएँ खड़ी अभागिनियों को ठेलते महन्दर आख़िर एक गली में दाख़िल हो गया। एक-दो या चार-छह मोड़ों की भूल-भुलैया काटकर हम दोनों एक ज़ीने पर ताकत से चढ़ने लगे। मैं हर माले को 'मंजिल अब आयी जाती है' ख़याल करके ठहर जाता था, पर महन्दर मुझे कन्धे या गर्दन से दबोचकर किसी और दिशा में बढ़ा ले जाता था। पता नहीं, अचानक मुझे क्या हुआ कि अपना शहर, गली और वल्दियत याद आने लगी। मुझे लगा कि अब मेरा पिंड इस भूतनियों के रंगमहल से नहीं छूटेगा। थोड़ा जबरदस्त क़िस्म का यथार्थ मेरी याददाश्त में न होता, तो मैं निश्चय ही होंठ चियारकर रोने लगता। मैंने आग्रहपूर्वक कहा, ''महन्दर, तुझे पता है, मैं खोज-ख़बर लेने हज़ार मील मरा हूँ...मैं अब जाऊँगा कैसे? चालीस रुपये किराया पड़ता है...मेरे पास मुश्किल से पन्द्रह बचे होंगे! लगता है, तेरी जिल्द भेलपूरी वाले ने ठीक से नहीं छीली, लेकिन इस कूचे में ख़ाली जेब पर जो पड़ती है, उसका तुझे अभी अन्दाज़ नहीं है, बेटा!''

महन्दर शायद मेरी बात सुनने की मनःस्थिति में नहीं था, मुझे बोरे की तरह घसीटते हुए बोला, ''बस, आठ-दस सीढ़ियों का मामला है...आप फ़ालतू हार रहे हैं!''

'अब जो होगा, भुगता जाएगा।' की मुद्रा धारण करके मैंने उसके पीछे सरकना जारी रखा और भगवान को लाखों धन्यवाद कि हम मर-गिरकर वहाँ पहुँच गये, जहाँ हमें जाना था। हड़बोंग के हालात अब तक बहुत कुछ रात की गहराई के नीचे दफ़न हो चुके थे, लेकिन फिर भी कमोबेश बीस जिस्म हमें बारजे पर ही मिल गये, जो हमारी मदहोशी को झेल ले जाने की होड़ में व्यग्र थे। हर कमरे में लकड़ी के चार पार्टीशन थे, जो ज़मीन से छह फुट ऊपर जाकर खत्म हो जाते थे। ज़्यादातर 'एन्क्लोजर' अब ख़ाली थे और व्यस्तता से ग्राहकों को चुकाने का काम बहुत धीमा पड़ गया था। इधर-उधर से तबले और हारमोनियम की ठनक-ठूँ भी कभी-कभी कानों में पड़ जाती थी, पर कुल जमा जो भी बचे-खुचे तलबगार अपने ठिकानों की तरफ़ लौटने से रह गये थे, उनमें रसिया कम थे, 'बारिश खत्म हो, तो चल दिया

जाए' वाले ज़्यादा थे।

महन्दर मुझे जिस खोली में लेकर घुसा वह ज़ीने के करीब की छोटी-सी कोठरी थी, जिसमें महज दो पार्टीशन थे और दोनों रँगी-पुती औरतें अपने सामने तामचीनी की रकाबी में रोटी-गोश्त रखे अपनी आमदनी का हिसाब लगा रही थी। नोट कुछ लुके-छिपे धोती-ब्लाउज की आड़ में थे और धातु के सिक्के दोनों के सामने छोटी-सी ढेरी की शक्ल में रखे थे। ज़ाहिर है, ये सिक्के उन नोटों के टूटे-फूटे जिस्म थे, जो मेहमानों की आवभगत में हताहत हो चुके थे। सहज साधारण हालात में मेरे लिए उन पिटे जिस्मों और भावहीन विकर्षणकारी चेहरों को झेल ले जाना असम्भव था, लेकिन इस समय मैं अपनी आँखों की तरफ़ से उपराम था—लगता था, किसी अपरिचित की आँखें मेरे चहरे पर जड़ दी गयी थीं।

महन्दर को देखकर वे दोनों आक्रामक ढंग से चिहुँकी। मैं दरवाज़े से लगी एक मचिया-टाइप कुर्सी में घुस गया। मेरी तटस्थता से वे समझ गयी कि मैं अनाड़ी या परमसिद्ध पापी महन्दर का मेहमान हूँ। उनमें से एक हवा की माफ़िक निकल भागी और दो-तीन मिनट बाद कोकाकोला की एक बोतल ले आयी। वह बोतल लेकर कुछ क्षण झिझकती रही और फिर बतौर आख़िरी फ़ैसला उसने बोतल मेरे हाथ में थमा दी। मैंने हील-हुज्जत नहीं की। बोतल हाथ में झेल ले जाने के लिए सावधानी से कसकर पकड़ ली। महन्दर बग़ैर भूमिका बाँधे लकड़ी का पतला-सा पर्देनुमा दरवाज़ा ठेलकर एक दड़बे में घुस गया और उसके पीछे इठलाती-हँसती उनमें से कोई एक चली गयी।

मैं वैरागी भाव से घिर आया—कोकाकोला खींचते हुए सर्वेयर की माफ़िक इस क्षेत्र की वीभत्सता पर चिन्तन करने लगा। दो गज़ दूर लकड़ी के खोखे में चारपाई के मसलने की चूँ-चर्र बरबस मुझसे टकराती रही और बीच-बीच में खिलखिलाने की आवाज़ें भी थपेड़े मारती रहीं। कमरे के फ़र्श पर मेरे नज़दीक बैठी मादा ने भी अपने खाने की रकाबी एक तरफ़ ठेल दी और मुझसे तैयार होने की सूचना चाहने लगी। उसकी आँखों में कोई उत्ताप नहीं था, महज जल्दी फ़ारिग होने की उतावली थी। मेरे अस्वीकार से उसे कोई सरोकार नहीं था। केवल बैठकर कुर्सी में धँसते चले जाना वहाँ सबसे बड़ा अश्लीलता थी।

कोई बीसेक मिनट गुजरे होंगे कि चूँ-चर्र करके खोखे का पल्ला खुला और महन्दर कच्छे को ठीक हालत में लाते हुए बाहर निकला। अस्त-व्यस्त धोती-ब्लाउज को तरतीब में लाने की चेष्टा करते हुए जो औरत महन्दर के बाद पार्टीशन से बाहर आयी, उसे बेहद अचम्भा हुआ कि मैं अभी तक यति बना बैठा हूँ। उसने अपनी हमराज़ को कोंचा, "दिल्ली से आया बाबू है...इसकूँ अन्दर कर! देखती नईं कित्ता भीगा है...इसकूँ गरमी देने का!"

लेकिन मुझे राहत हुई कि मेरे ख़ता होते हुए औसानों को महन्दर ने साफ समझ लिया और वहाँ से फौरन टलने को तैयार हो गया। जो औरत महन्दर के साथ भीतर गयी थी, वह अपने साथवाली को कहीं बाहर की तरफ़ शायद कुछ राज़ की बातें करने लिवा ले गयी। थोड़ी देर में वे लौट आयीं और मुझे भीतर ले जाने की ख़्वाहिश बरतरफ़ करके 'एन्क्लोजर' के अन्दर चली गयी। उन्होंने चारपाई के नीचे रखे बक्से को इधर-उधर किया, जिसका आभास मेरी चेतना पर दस्तकें देता रहा। कोई दो मिनट मुश्किल से बीते होंगे कि उनमें से एक आयी और उसने महन्दर के हाथ में दस-दस और पाँच-पाँच के कुछ नोट थमा दिये।

महन्दर ने उन रुपयों की तरफ़ ग़ौर से देखा तक नहीं, उन्हें पतलून की जेब के हवाले करते हुए बहुत ग़ैर मौजूँ किस्म की गुनगुनाहट उसके होठों से फूट निकली। दरवाज़े से बाहर आते हुए उसने मुझे सहारा दिया, तो मैं उसकी सावधानी पर विस्मित हो उठा। सीढ़ियाँ उतरते हुए उसने जेब में हाथ डालकर सारे नोट निकाले और मुझे बग़ैर आँख उठाये थमा दिये।

सड़क पर अब तक पानी कुछ कम हो गया था। रात खिंचकर भिनसारे के गले मिलने लगी थी। महन्दर तेजी से ग्रांट रोड स्टेशन की तरफ़ बढ़ते हुए बोला, ''मुझे अफ़सोस है, चरन का कटोरा साला मेरी बेवकूफ़ी से खो गया।'' स्टेशन पर पहुँचकर उसने मेरे लिए एक टिकट खरीदा और एक तरफ़ इशारा करते हुए बोला, ''आपको इस तरफ़ से आनेवाली गाड़ी में बैठना है...मुझे उधर दूसरे प्लेटफ़ार्म पर पहुँचना है... मैं आपसे स्टेशन पर मिलने आऊँगा।''

मैंने उससे उन बातों का ज़िक्र करने की सोची, जिन्हें मैं भरी बन्दूक की तरह उठाये कई दिनों से छटपटा रहा था, पर उसने मेरी ओर से अपनी आँखें हटा लीं और हवा में पंजा घुमाकर प्लेटफार्म पार करने के लिए पुल की तरफ़ लपक लिया। महन्दर को उस पार के प्लेटफार्म पर चीन्हने की गरज से मैं आगे बढ़ने लगा कि तभी उसकी बतलायी दिशा से एक लोकल गाड़ी धड़धड़ाते हुए आयी और उसने पूरा प्लेटफार्म घेर लिया।

भविष्यवादी

"...अभी हम लोग एक-दो साल और भी यहीं रह सकते हैं--जहाँ सात बरस गुज़ारे—दो-तीन और सही। आख़िर लोग रहते ही हैं।"

पिता ने गम्भीरता कायम रखते हुए अपनी बात पूरी की और हम लोगों को चश्मे से घूरने लगे। अपनी बात कहने के बाद वे अपनी ख़ुश्क होठों पर जीभ फिराकर उन्हें गीला कर लेते हैं और अगर किसी तरह यह आभास हो जाता है कि उनकी बात का विरोध हो सकता है तो लम्बी-लम्बी साँसें खींचने लगते हैं।

जहाँ तक सम्भव होता है हम तीनों भाई और माँ उनका विरोध नहीं करते, क्योंकि हम जानते हैं कि अन्त में वह हमारी ही मानेंगे और हमसे सहमत न होने की दशा में और भी अधिक हताश हो जाएँगे। कई बार यह भी होता है कि हम उनकी बात पर सहमति-असहमति कुछ भी व्यक्त नहीं करते और वह हम लोगों को चुप देखकर ज़्यादा परेशान हो उठते हैं।

मैंने अपने दोस्तों के पिताओं को बहुत बुरी तरह बरसते और बिगड़ते देखा है। अगर बेटे-बेटियों की बात उन्हें नहीं रुचती तो नाक-भौं सिकोड़ने लगते हैं और कई तरह की कारगर धमकियों का इस्तेमाल करते हैं लेकिन हमारे पिता का ग़ुस्सा कभी शब्दों में बाहर नहीं निकलता। वे एक बार पूरी तरह पागल हो चुके हैं—उस अर्से में हमारे परिवार की जमकर दुर्गति हुई।

दरअसल उनका पागलपन भी अजीब ढंग का था। उन्हें एक काल्पनिक आशंका ने आ घेरा था—अगर किसी दिन मेरी नौकरी छूट गयी तो? बस इसी बात को लेकर वह इतना परेशान हुए कि रातों जागने लगे। यह अनिद्रा कुछ इस तरह उनके पीछे पड़ी कि रातों कमरे में और ऊपर छत पर चक्कर काटने लगे। उनके भयभीत रहने की हालत यहाँ तक पहुँची कि उन्हें लोगों से मिलते-जुलते भी डर लगने लगा। पहले वह महीने भर का सौदा-सुलफ़ ख़ुद ही लाते थे और सुबह रोज़ नियम से सब्जी मंडी जाकर सब्ज़ीवालों से पैसे-पैसे का मोल-भाव करके तरकारियाँ खरीदते थे।

मेरे पिता कोई कंजूस आदमी नहीं हैं लेकिन थोड़े-से रुपयों का हिसाब

गड़बड़ होने पर कमरे में अकेले बैठकर वह जेब से सारे रुपये-पैसे बाहर निकालकर कई-कई बार गिनते थे। बाज़ मौकों पर रुपये गिनते समय कोई उनके पास पहुँच जाता था तो एकदम सकपका उठते थे और गिने-बेगिने रुपयों को गडमड करके जेब के हवाले कर देते थे। हर नोट पर थूक लगाकर उसे पलटना उनकी आदत बन चुकी थी बल्कि एक बार तो मुझे उन्हें झिड़कना पड़ गया—गो उस वक्त मेरी उम्र तेरह-चौदह बरस से ज़्यादा नहीं थी। मैं, माँ और पिता किसी नातेदार के यहाँ शादी में जा रहे थे। हड़बड़ी में ट्रेन पकड़ी—अभी सामान भी ठीक तरह से नहीं रखा गया था कि वह जेब से दस-दस रुपये के बहुत-से नोट निकालकर गिनने लगे। मैं अपनी सहज बुद्धि से समझता था कि अभी कोई गिरहकट पीछे लग जाएगा और मैदान साफ़ कर देगा। मेरे नाराज़ होने पर उन्होंने फिर वही हरकत की यानी गिने हुए नोटों को मिलाकर जेब में ठूँस लिया।

ख़ैर, रास्ते में तो जेब वग़ैरह नहीं कटी पर ऐन शादी के दिन उन्हें कोई चित्त कर गया। कुएँ पर नहाने गये थे। वहाँ अपने कपड़े-लत्ते उतारकर एक तरफ़ रख दिये। जब नहाकर लौटे तो कपड़ों के बीच कमीज का निशान भी नहीं मिला। माँ और मैं बहुत क्रुद्ध हुए—पुलिस में रिपोर्ट दर्ज कराने की भी बात उठी मगर वह भयभीत होकर इस तरह काँपने लगे कि आख़िर रो-धोकर ही गम खाना पड़ा।

मुझे याद नहीं पड़ता (यों याद करने का मेरे लिए सवाल भी क्या उठता है) कि मेरी माँ से उन्होंने कभी कोई मीठी बात की होगी। मैंने उन्हें हमेशा अपने आपमें ही गर्क पाया—अन्दर से उद्वेगपूर्ण और बाहर से स्वयं को जबरन रोकते हुए। जिन दिनों उनका आत्म-विश्वास खो गया था वे घंटों जागते बैठे रहते थे। इस बीच हममें से किसी की आँखें खुल जातीं तो फ़ौरन किसी का नाम पूछने लगते। आप सोचिए ज़रा—नींद खुल जाने पर आप दोबारा नींद लेने जा रहे हैं और इसी क्षण आपसे किसी के लड़के, बाप या माँ का नाम पूछा जा रहा है और मज़े की बात यह है कि सन्दर्भ का दूर-दूर तक पता नहीं है। हम लोग उन्हें सोने के लिए कहकर फिर गहरी नींद में डूब जाते थे। उनके जागरण की स्थिति ने उन्हें अन्त में विक्षिप्त कर दिया।

उनके पागल होते ही हमारी सारी जीवनचर्या एकदम चौपट हो गयी। प्राइवेट नौकरी में ज़्यादा देर तक, किसी के ठीक होने का इन्तज़ार नहीं किया जाता। महीने-दो महीने में उन्हें नौकरी से अलग कर दिया गया। बड़ा भाई उस समय तेईस साल का था—बी.ए. पास करके एजूकेशन की ट्रेनिंग कर रहा था—उसकी ट्रेनिंग खत्म होने में अभी छः माह की अवधि बाकी थी। मैं उस वक्त बहुत छोटा था—मँझला मैट्रिक में पढ़ रहा था। जमा-जथा कुछ पास था नहीं—पिता को रुपये-पैसे गिनने

का व्यसन ज़रूर था लेकिन वे रुपये कभी बचा नहीं पाते थे—हमेशा मितव्ययिता का सहारा लेकर भी उन्हें खर्च कर डालते थे। रुपये-पैसे के मामले में कुछ इतने भविष्यवादी थे कि मन-ही-मन गणित करते और पचास रुपये माहवार बचाते हुए एक क्षण में पूरे साल की बचत जोड़ जाते और फिर अगले बीस वर्षों की बचत को हज़ारों तक खींच ले जाते यानी रिटायर होने तक एक सीधा-सा चालीस-पचास हज़ार का तख़मीना था, लेकिन उनके अस्वस्थ होने पर हमने पाया कि आगे के दो महीने भी खिंचनेवाले नहीं थे। माँ और बड़े भाई ने तय किया कि उस मकान को छोड़कर किसी सस्ते मकान का जुगाड़ किया जाए।

हम लोग पहलावाला मकान छोड़कर किस जगह रहने गये उसे किसी भी लिहाज से घर कहना मुश्किल था। छतें फ़र्श की गलबहियाँ करती लगती थीं! मैं तो फिर भी गनीमत हूँ—बीच का भाई ताड़-जैसा लम्बा है। बेख़बरी में हाथ ऊपर उठ गये तो उसके पंजों की चमड़ी छिल गयी। ऐसी दशा में छत में पंखा लगाने का तो सवाल ही नहीं उठता था। एक और कमरा था जिसमें अँधेरे का अजीब आलम था—उसमें घुसने के दो मिनट बाद एक यही नज़र नहीं आता था कि कहाँ क्या है। माँ और हम तीनों भाई टटोलकर चीज़ें तलाश करते थे। हर वक़्त बिजली जलाना मुमकिन नहीं था—मकान मालिक पाँच रुपये माहवार लेता था और किसी कौशल से दिन में बिजली बन्द कर देता था। तीन साल बाद घर में एक भी प्राणी ऐसा नहीं बचा था जिसकी आँखों पर चश्मा न चढ़ गया हो। माँ को तो गठिया ने ऐसा धरा कि वह टाँगें घसीट-घसीटकर चलने लगीं।

बड़े भाई ने ट्रेनिंग खत्म करके कोई छोटी नौकरी तलाश की—मुझे और मँझले भाई को स्कूल में दाख़िल करवाया और किसी-न-किसी तरह पिता का इलाज चालू रखा। माँ तो वृद्ध होने ही लगी थीं—रात-दिन धीरज से काम लेकर घर-गृहस्थी की गाड़ी को खींचनेवाले बड़े भाई का हुलिया भी विचित्र बन गया। उनके विवाह के समय कन्या-पक्ष की औरतों ने यहाँ तक कह डाला—'लड़का तो दुहेजू लगता है, सारा सिर तो धौला हुआ पड़ा है।' मेरे लिए यह स्थिति काफी सनसनीख़ेज थी क्योंकि मेरे बड़े भाई उस समय तक सत्ताईस बरस भी पूरे नहीं कर पाये थे।

पिता को हमने पागलख़ाने नहीं भेजा—यह बात दूसरी है कि हर नाते-रिश्तेदार ने हमें यही नेक सलाह दी कि उन्हें 'मेंटल हॉस्पिटल' ही भेजा जाना ठीक है। पिता आत्म-विस्मृति के दौर से तो लौट आये लेकिन कार्य-कारण का सम्बन्ध पकड़ लेने के बाद भी उनकी झिझक और आत्महीनता दूर नहीं हो सकी।

उन्हें तीन बरस के बाद फिर नौकरी मिली। गम्भीरता से अपनी जिम्मेदारियों

को समझते हुए उन्होंने महसूस किया कि उनका बोझ यकायक बढ़ गया है। इस बीच मँझला इतना बेनकेल हो गया था कि रात-रात भर घर से गायब रहने लगा था। आधी पिछली रात लौटता भी था तो इतनी बेख़ुदी के आलम में होता था कि सबसे ऊपर की मंज़िल की ख़ाली छत पर पड़ा पाया जाता था। एक दिन तो ग़ज़ब होते-होते रह गया। वह ज़ालिम न जाने रात को कब लौटा था, ऊपर जाकर एक नर्स के दरवाज़े से लगकर सो गया। नर्स जवान और अकेली थी—वह तो ग़नीमत हुई पिता बहुत जल्दी जागते हैं। किसी काम से ऊपर गये होंगे—उसे वहाँ देखकर जबरदस्ती नीचे पकड़ लाये! आप कल्पना कीजिए अगर वह अविवाहित नर्स बीच में कभी किवाड़ खोलकर बाहर निकलती तो क्या बखेड़ा खड़ा हो सकता था। मँझला भाई आगे चलकर अपने बीहड़ दोस्तों को घर में लेकर आने लगा। एक दिन तो यहाँ तक हुआ कि इतवार की सुबह पिता के कुछ दोस्त ताश वग़ैरह खेलने के इरादे से आये। पिता ने उन्हें बिठलाने की नीयत से दरवाज़ा खुलवाया तो शराब की उल्टी की भभक से एकदम पीछे लौट गये। पिता के पीछे खड़े, दो-तीन उम्रदराज़ लोग पिता की स्थिति भाँपकर एक शब्द बोले बिना ज़ीने से चुपचाप नीचे उतर गये।...जब कमरे की धुलाई शुरू हुई तो पाया गया कि रजाई, गद्दे-पलंग और उसके नीचे कै करके कुम्भीपाक का दृश्य उपस्थित कर दिया गया है।

परन्तु इतने पर भी मैंने पिता को मँझले भाई से इस सम्बन्ध में कभी बातचीत करते नहीं पाया। उन्होंने शायद उसी दिन यह फ़ैसला कर लिया कि ऐसे बेटों के साथ किराये के मकान में गुज़र नहीं हो सकती—किसी दिन भी इतनी फ़ज़ीहत हो सकती है कि कोई सिर उठाने लायक नहीं बचेगा।

हम लोगों को मालूम नहीं कि पिता ने कब चुपचाप बड़े भाई के नाम एक टुकड़ा ज़मीन खरीद ली और मकान का नक़्शा बनवा लिया। हम सब जिन्होंने कभी अपने मकान की कल्पना भी नहीं की थी। सहसा सजग होकर मकान के निर्माण में सक्रिय हो उठे। मकान बनने की प्रक्रिया बहुत हतोत्साह करनेवाली होती है। ईंट-गारा मिट्टी और बालिश्त भर बढ़ती दीवारें अपने नंगेपन के प्रति कोई आकर्षण नहीं जगातीं। इसके अलावा फ़र्श, छतें और लैंटर का काम इतना जानलेवा होता है कि मन उससे दूर भागता है। परन्तु पिता सुबह-शाम उसमें इतने ग़र्क रहे कि उनका सारा हिसाब-किताब और तख़मीना मकान से बँध गया।

हम लोगों के अनुमान से बहुत पहले ही मकान बनकर तैयार हो गया। उसके तैयार होने पर प्रवेश की तिथि पंडित से पूछी जाने लगी। मैंने बड़े गौरव से अपने दोस्तों को अपने निजी मकान के बारे में सूचना दी। धीरे-धीरे सारे परिवार ने मकान को लेकर अपने-अपने ढंग से फूलना शुरू कर दिया—हमारा अपना घर चाहे ढाई कमरे

का ही सही लेकिन है तो बिलकुल अपना ही। कैसे भी रहो, कहीं घूमो, रात को जल्दी या देर से लौटो, दरवाज़ा बन्द हो तो दीवारें कूदकर भीतर घुस जाओ—कहीं कोई कहने-सुननेवाला नहीं, एतराज़ करने का सवाल नहीं। अपना घर क्या होता है यह जानना आसान नहीं है—इसके लिए ईंट-चूने में लिपटी दीवारों को अपनी आँखों से उठते देखना ज़रूरी होता है।

हम नये मकान के बारे में बराबर बहसें करने लगे। माँ का कहना था कि मुझे और मँझले को एक कमरा मिलेगा। उस कमरे में फर्नीचर भी डाल दिया जाएगा। आने-जानेवाले उसी कमरे में बैठा करेंगे। उसमें एक ऐसा ताला फिट होगा जो बाहर से चाभी द्वारा खोला जाएगा लेकिन अन्दर से बिना चाभी के ही खुल जाया करेगा। यह तालेवाली स्थिति यह सोचकर अपनायी जानेवाली थी कि मैं और मँझला रात-बिरात देर तक बाहर भटकते रहते थे। पिछलेवाला कमरा बड़े भाई और भाभी के लिए ठीक किया गया था। दोनों कमरों के मध्य में रसोईघर था। माँ और पिताजी के विषय में अभी कुछ तय नहीं था। हो सकता है उनके लिए छत पर एक छोटा कमरा और बन जाए लेकिन इसकी कोई स्पष्ट रूपरेखा हमारे सामने नहीं थी।

नये मकान में जाने की बात दो माह और टल गयी। हमें नीची छतोंवाली दुछत्ती और अन्धा कमरा इतने बुरे लगने लगे कि हम बेचैन होने लगे। पिता ने नये मकान में जाने की कोई जल्दी नहीं दिखाई। फिर हमने पाया कि पिता और बड़े भाई आपस में कुछ खुसर-फुसर करते रहते हैं। और एक दिन इसका नतीजा सामने आ गया। जब हम सभी लोग घर में थे पिता ने क़द्रे ऊँची आवाज़ में ऐलान किया, ''अभी हमें यहीं रहना चाहिए...हम लोग एक-दो साल और भी यहीं रह सकते हैं, जहाँ सात बरस गुजारे—दो-तीन और सही...आख़िर लोग रहते ही हैं...''

मँझले ने इस फ़ैसले पर तत्काल कोई प्रतिक्रिया व्यक्त नहीं की। नया मकान बस्ती से बाहर खुले में पड़ता था। उसे रात को देर में लौटने पर असुविधा हो सकती थी। यह मकान नगर के बीच में था इसलिए वह गयी रात तक भी आसानी से घर लौट सकता था। माँ, पिता की घोषणा सुनकर दंग रह गयीं—उनका चेहरा थोड़ा खिंच गया और वह बड़े भाई की बच्ची की गोद में उतारकर उठने लगीं। बड़े भाई कातर दृष्टि से पिता का चेहरा कनखियों से देख रहे थे और भाभी अँधेरे कमरे में लगातार खाँस रही थीं। पिता की घोषणा सुनकर मैं एकाएक उत्तेजित हो उठा था। अभी तक यही सोचकर चुप था कि कोई उनका विरोध करेगा परन्तु सबको चुप देखकर मैं बौखला उठा, ''क्यों रहें इस नरक में जब अपना मकान तैयार खड़ा है?''

उत्तर देने से पहले पिता ने लम्बे-लम्बे साँस खींचे और दीवार के कोने में

फँसे मकड़ी के जले पर आँखें जमा दीं। मेरी तल्ख़ी का उत्तर देने से पहले पिता ने आँखों से चश्मा उतारकर हाथ में ले लिया और पूरे नाक को दो उँगलियों के बीच में लेकर सहलाने लगे। हौसला बटोरने के लिए वे ऐसा करते हैं। मैं बहुत पहले से इन क्रियाओं से परिचित हूँ और बात अगर दरगुज़र करने की होती है तो मैं आगे उन्हें परेशान भी नहीं करता हूँ लेकिन यह मामला बहुत गम्भीर था। अब नये मकान को छोड़कर इस काल-कोठरी में सड़ने को कैसे स्वीकार कर लिया जाए।

"ढाई सौ रुपया माहवार का आफ़र है," बहुत अपराधी भाव से सिर नीचे की तरफ़ झुकाकर उनहोंने स्पष्टीकरण दिया।

उनकी दलील से अप्रभावित रहकर मैंने कहा, "तो?"

वे लड़खड़ा गये, "...दो साल किराये पर उठ जाता तो क़र्ज़ा उतर जाता।..."

"फिर क्या ज़रूरत थी इतना ताबड़-तोड़ करने की? मकान बनवाया भी तो किराये पर उठाने के लिए," मैं गहरी अवज्ञा से हँस पड़ा। मैंने अपना वार काफ़ी नहीं समझा—उन्हें शब्दों से रौंदने लगा, "भाई वाह! जब हम किराये के नाम ख़ाली पचास रुपया माहवार देते हैं तो बराबर रोते-झींकते रहते हैं—मकान-मालिक हमें लुटेरा लगता है। आप ख़ुद सौ बार कहते हैं 'दो कोठरियों का किराया पचास रुपये—दुनिया में अन्धी मची है, आग लग गयी है।' मैं पूछता हूँ जो आपको ढाई सौ रुपया माहवार देगा उसके लिए दुनिया में दान खाता खुला है? बड़ी ख़ुशी से आपका स्वागत करते हुए इतना ढेर सारा रुपया देगा। लूट मची है साली! हम लोगों की गर्दन उतार लेना चाहते हैं और हमारे नाख़ून को भी कोई छूता है तो बिलबिलाने लगते हैं।"

मैं अनाप-शनाप बकता चला गया। गालियाँ तक बक गया। पिता का मुँह अचम्भे से खुला रह गया। मैं घर भर में सबसे छोटा हूँ और यह उम्मीद शायद किसी को नहीं थी कि मैं नये मकान के साथ इतनी गहराई से जुड़ गया हूँ।

सहसा मैंने पिता की पेशानी पर पसीना देखा, वह बुरी तरह भयभीत लग रहे थे। उनके चेहरे की उभरी हड्डियों पर विचित्र-सी दीनता नाच रही थी। घर के सिले बनियाइन से छाती की हड्डियाँ आगे की तरफ़ आ रही थीं और लुंगी से उघड़े टखने बहुत सूखे तथा ढीली झुर्रियों में कराहते नज़र आ रहे थे। मैं उनकी स्थिति से घबरा उठा और बाहर जाने लगा।

पिता के पूरे शरीर में एक झुरझुरी उठने जैसा कम्पन हुआ और उँगली से इशारा करके जीवन में पहली बार उन्होंने सीधा सम्बोधन करके कहा, "बैठो—तुम शायद ठीक ही कहते हो—हम पहली तारीख को यह मकान छोड़ देंगे।" उनकी पूरी देह फिर से काँपी और वह बैठे-बैठे एक तरफ़ को लुढ़क गये। माँ और बड़ा भाई उनको सँभालने के लिए दौड़ पड़े। मैं बुरी तरह सहम गया और मुझे लगा मैंने बेरहम होकर शब्दों की छड़ी से पीट-पीटकर उन्हें बेदम कर दिया है।

खंडित संवाद

वह अजीब थे! हो सकता है, आप इसे ज़्यादती ख़याल करें और मेरा फ़ैसला आपको एकतरफ़ा लगे, मगर यह बिलकुल सही बात है। यों पिता के बारे में पुत्र का कुछ भी कहना हमेशा अति लगने लगता है, वह पिता की प्रशंसा करता है तो उसे अन्धभक्त और पितावादी क़रार दे दिया जाता है—अगर नापसन्द करता है तो अगले ज़माने की नज़र को दोष दे दिया जाता है। बहरहाल, यह एक नाज़ुक सवाल है। सामान्यतया कपड़े-लत्ते किसी आदमी की चाल-ढाल तय करते हैं, लेकिन मैंने अने पिता को कभी ढंग के कपड़े पहने नहीं देखा, ढीले-ढाले मटमैले रंग के सूट पर इतने गहरे रंग की टाई कसते थे कि शक होने लगता था, गोया हज़रत ने ज़िन्दगी में पहली मर्तबा टाई खरीदी है। उनके पास टाइयों की इफ़रात थी, मगर कत्थई रंग की नेकटाई से उन्हें इतना ज़्यादा लगाव था कि वह उनके गले में पड़े पट्टे का आभास देने लगती थी! कमीज का कालर बेतरह मैला हो जाता था और टाई मुचड़कर बदरंग नज़र आने लगती थी। कुल मिलाकर यही प्रतीत होता था कि अनाड़ीपन उनका बुनियादी गुण था। वह अपनी बात शुरू करने से पहले हमेशा अपने होठों पर जीभ फिराकर उन्हें गीला कर लेते थे और हौल-दिल होने के अन्दाज़ में होशोहवास खोते हुए कुछ कहते थे। उनकी बात पहली दफ़ा सुननेवाला भी अस्त-व्यस्त हो उठता था। मैं उनके विवाह के चौदह वर्ष बाद आया था। मेरी माँ उनसे एक दशक से भी ज़्यादा छोटी थीं, लेकिन अक्सर वह माँ को 'देवी जी' कहकर सम्बोधित करते थे। माँ का नाम लेते मैंने उन्हें कभी नहीं सुना। यही हाल मेरे साथ था। मुझे 'हाँ तो बच्चे' कहकर बुलाते थे। 'हाँ तो बच्चे' सुनकर मुझे बेचैनी-सी होने लगती थी।

मेरा नाम उनकी ज़ुबान पर चढ़ता ही नहीं था। सोचिए कि कोई अपने नाम का सम्बोधन 'हाँ तो बच्चे' सुने तो उसे कैसा लगेगा? शायद यह सम्बोधन दूसरों की दृष्टि में ख़ासा मज़ाक भी बन सकता है।

वर्षों तक मैं उनके साथ रहा, लेकिन यह कितना दुर्भाग्यपूर्ण है कि पिता के सम्बन्ध में मेरी कोई गहरी समझ नहीं बन पायी। यह सही है कि पिता को गहराई

से समझने की कोशिश और दिलचस्पी बेटों में कम होती ही है, पर यह भी नहीं होता कि किसी आदमी का एक ही बेटा हो और वह अपने पिता को हमेशा अजूबा ही समझता रहे। हो सकता है, इसका कारण यह हो कि उनकी और मेरी उम्र में कई दशाब्दियों का फ़ासला था। मेरे पैदा होते वक्त वे लगभग आधी सदी छू रहे थे।

उन्हें घरेलू ज़िन्दगी से कोई लगाव नहीं था। ज़्यादातर गुमशुद दीख पड़ते थे। चलते समय भी लगता था, जैसे सो रहे हों। मुझसे या मेरी माँ से बहुत कम बोलते थे। उनके पास मोटे-मोटे ग्रन्थ थे। घर में रहते समय वह प्रायः उनमें डूबे रहते थे। यह मुझे आगे जाकर मालूम हुआ कि वह इतिहास के उच्चज्ञान से सम्बन्ध रखनेवाले एक संस्थान के प्रबन्धक थे। उस 'एकेडमी' में प्राचीन इतिहास सम्बन्धी शोध वग़ैरह होती थी।

पर मैं इस बारीकी को छोड़कर उनके विषय में दूसरी ही बातें ज़्यादा अच्छी तरह से जानता हूँ—मसलन 'ह्यूमर' उनमें नाम को भी नहीं था। उन्हें हँसते हुए देखना एकदम असम्भव था। वह कभी ऐसी बात नहीं कहते थे कि कोई बेसाख़्ता हँस पड़े। हँसना तो दरकिनार, किसी के होठों पर मुस्कराहट तक नहीं आ सकती थी। जब मैं काफी छोटा था तो कभी-कभी मेहरबानी करके मुझे सोते वक्त कोई कहानी सुनाने लगते थे। उनकी कहानियों में जो नाम, स्थान और घटनाएँ आती थीं, उन्हें समझना पहेली बुझाने जैसा होता था कि उनकी कहानी के साथ चलते हुए मेरा छोटा-सा मस्तिष्क अजहद थक जाता था और मैं बोर होकर ऊँघने लगता था। कई बार उनकी कहानी इतनी लम्बी होती थी कि उसे किस्तों में सुनाते थे। उसका एक भाग ख़त्म करके कहते, "हाँ तो बच्चे, अब सो जाओ। बाकी कल सुन लेना।"

उनके पास इतिहास के विद्वान जब तक आते थे, वे अक्सर उम्रदराज़ और संजीदा होते थे। उनके अध्ययन कक्ष में बैठनेवाले उनके सहधर्मी प्रायः गम्भीर चर्चा में डूबे रहते। चाय या कॉफी के प्याले को हाथ में लेकर वे लोग दुख-दर्द में डूबी इस दुनिया से कहीं बहुत ऊपर और दूर चले जाते थे और फिर घंटों वापस नहीं लौटते थे। उन लोगों की चर्चाएँ बच्चों और शायद सयानों की समझ के भी क्षितिज तोड़कर निकल जाती थीं, जहाँ पहुँचकर दिक्काल का कोई झंझट कभी आड़े नहीं आता था।

पाँच-छह बरस की उम्र तक मैं बेझिझक उनके पास चला जाता था, लेकिन आगे चलकर मैं उनसे बचने लगा। मुझे गम्भीर चर्चाओं में कोई रस नहीं मिलता था। शायद उन्होंने भी मेरा स्वभाव समझ लिया था। मुझे उन्होंने मेरे रास्ते जाने दिया। मेरा मार्ग निर्धारित करने में उन्होंने कोई छूट नहीं ली।

अपने पिता और परिवेश के विषय में मुझे यदि इतना ही कहना होता तो शायद मैं उनके सम्बन्ध में एक शब्द न कहता। दरअसल उनकी कुछ ऐसी भी बातें

हैं, जिनके बारे में सोचकर मैं अपनी तटस्थता या वितृष्णा प्रदर्शित नहीं कर सकता, बल्कि कुछ अलग तरीके से सोचने को बाध्य होता हूँ।

लम्बे-चौड़े बँगले में वह कभी घूमते-फिरते नज़र नहीं आते थे। जहाँ तक मुझे याद है, अक्सर अपने अध्ययन कक्ष में बन्द रहते थे। जब वह घर छोड़कर कई घंटों के लिए बाहर चले जाते थे तो मैं चुपके से उनके कमरे में दाख़िल हो जाता था। उनके इस लम्बे-चौड़े कमरे में मेरे आकर्षण की केवल एक चीज़ थी। वह थी, उनकी चारों ओर घूम सकनेवाली कुर्सी। मैं उसे कमरे में घुसकर अपनी दिलचस्पी की कोई वस्तु हर बार तलाश करता, लेकिन बहुत सिर मारने पर भी उस 'रिवाल्विंग चेयर' के अलावा मुझे और कोई चीज़ आकर्षित नहीं कर पाती थी। मैं उस कुर्सी पर चुपचाप जाकर बैठ जाता और उसे चक्कर देने लगता। कुर्सी पर बैठकर मेरे पाँव कठिनाई से ज़मीन छू पाते थे, इसलिए मैं मेज़ के नीचे रखी 'वेस्ट पेपर बास्केट' पर पाँव टिकाकर कुर्सी को चक्कर देता। शुरू-शुरू में टोकरी लुढ़क जाती थी, लेकिन निरन्तर अभ्यास करने से टोकरी पर मेरे पाँव टिकने लगे थे और मैं आराम से कुर्सी पर बैठे-बैठे पूरा चक्कर लगा लेता था। घूमते हुए कुर्सी चूँ-चूँ की आवाज़ निकालती थी और वह एकमात्र ध्वनि कमरे में सुनाई पड़ती थी।

जब मैं कुर्सी की सवारी से ऊब जाता था तो उन मोटी-मोटी किताबों को देखने लगता था, जिनसे कमरे की सारी दीवारें पूरी तरह आवृत्त थी। दीवारें ही क्यों, मेज़ पर भी जिल्दों में मढ़ी पुस्तकों का अम्बार लगा रहता था। जिन पुस्तकों को वह पढ़ते-पढ़ते बीच में ही असमाप्त छोड़ जाते थे उनमें पृष्ठों के बीच जहाँ-तहाँ रंग-बिरंगे पतले रिबन और डोरे अटके रहते थे। ग्रन्थों के ढूह के अलावा पढ़ने की मेज़ पर एक बड़ी राखदानी और सिगार का डिब्बा तथा चार-छह कलम-पेंसिल पड़ी रहती थी। चलते-फिरते तथा बोलते समय वह जिस अटपटेपन से आक्रान्त दीख पड़ते थे। वह पढ़ने की कुर्सी पर बैठते ही पता नहीं कहाँ ग़ायब हो जाता था। मुँह से सिगार दबाकर पढ़ते हुए वह ख़ासे भारी-भरकम नज़र आने लगते थे।

कभी-कभी मैं कौतूहलवश उनके कमरे के दरवाज़े पर पड़े मोटे पर्दे के इस तरफ़ चुपचाप जाकर खड़ा हो जाता था। यह करने के पीछे शायद यह जानने की मंशा रहती होगी कि देखूँ, वह क्या कर रहे हैं। मेरी ओर से बेख़बर वह अपनी कुर्सी पर पीछे की ओर कमर टिकाकर कोई पुस्तक पढ़ते रहते हैं। उन्हें देखकर मुझे केवल एक बार विस्मयपूर्ण उत्तेजना हुई। हुआ यह कि वह पढ़ते समय बेख़बरी में मेरी तरह ही रद्दी की टोकरी पर पाँव टिकाये हुए थे। उनकी यह प्रक्रिया मुझे उनके जाने-पहचाने व्यवहार से इतनी अलग लगी कि वह मुझे बच्चे सरीखे लगने लगे; बिलकुल अपने जैसे। और मेरी ज़बरदस्त इच्छा हुई कि मैं दबे-पाँव उनकी कुर्सी के पीछे पहुँचकर कुर्सी को एक चक्कर दे दूँ।

आपको मेरे विवरण से लग रहा होगा कि मैं अपने परिवार की कोई साफ़ तसवीर नहीं दे रहा हूँ। सहज ही यह जिज्ञासा हो सकती है कि क्या माँ का उल्लेख भर कर देना ही मेरे लिए पर्याप्त है? नहीं, ऐसी बात एकदम नहीं है। माँ के विषय में मैं आपको आगे जाकर विस्तार से बताऊँगा। उससे पहले मैं आपको अपने पिता की माँ यानी अपनी दादी के सम्बन्ध में बतलाना चाहता हूँ। यह इसलिए कि इस बीच की कड़ी का ज़िक्र किये बिना यह कहानी अधूरी ही रह जाएगी। जब मैं छह-सात वर्ष का था—हमारे घर में एक बहुत बूढ़ी औरत रहने के लिए आ गयी। उसके चेहरे पर झुर्रियों का जाल फैला हुआ था और आँखें चेहरे के लटके माँस में डूब-सी गयी थीं। वह छड़ी के सहारे झुककर चलती थी, हालाँकि उसकी कमर पर कूबड़ नहीं था, पर बहुत ज़्यादा झुकी होने के कारण उसकी पीठ पर गठरी जैसी उभरी दिखाई पड़ती थी। उसके सिर पर हमेशा एक कपड़ा बँधा रहता था। आगे जाकर मैंने देखा कि वह पूरी तरह गंजी थी। वह अपने नज़दीक पहुँचनेवालों से वार्तालाप नहीं करती थी—या केवल बाध्य होने पर ही गुफ़्तगू में पड़ती थी। बोलने पर उसकी आवाज़ काँपने लगती थी और उसके हिलते, डगमगाते वज़नदार शब्दों को सुनकर सहसा यह अनुमान होता था कि वह नाराज़ होकर बोल रही है।

मगर उस औरत ने खुले रूप में हमारे साथ रहना स्वीकार नहीं किया। वह बँगले के पिछले हिस्से में चली गयी। उन दिनों वहाँ कोई नहीं रहता था। टूटी मेज़-कुर्सियों, दीवान और टीन के अंगड़-खंगड़ सामान के बीच उस भली औरत ने रहना कबूल किया।

शुरू के कुछ दिनों तक वह डोलते-डगमगाते बँगले में आ जाया करती थी और हम लोगों के साथ मेज़-कुर्सी पर बैठकर खाना खा लेती थी, लेकिन इससे उसे स्पष्ट ही बहुत असुविधा होती थी। हम लोग बीस-पच्चीस मिनटों में अपना खाना ख़त्म कर लेते थे, जबकि वह अपने काँपते हाथों से एक निवाला मुँह तक ले जाने में कई मिनट लगा देती थी। हाथ और 'नैपकिन' की तो बात ही क्या, उसकी ठोड़ी और पहनने के कपड़े तक भी खाद्य वस्तुओं के गिरने से लिथड़कर ख़राब हो जाते थे।

आख़िर में उसने अपना खाना पुराने असबाब से भरे हुए कमरे में ही मँगाना शुरू कर दिया। मैं तब बहुत छोटा था और एकदम स्पष्ट विश्लेषण करना मेरे लिए सम्भव नहीं था, लेकिन न जाने क्यों वह बूढ़ी उस टूटे-फूटे असबाब के बीच मुझे अनुपयुक्त नहीं लगती थी। एक विचित्र जिज्ञासा से ग्रस्त मैं उस बूढ़ी के आसपास मँडराता रहता था। उसके स्पर्श बहुत खुरदरे लगनेवाले होते थे। मैं उससे कुछ-कुछ भयभीत भी रहता था। इसकी वजह शायद यह हो कि मेरे लिए लायी गयी कहानियों की रंग-बिरंगी पुस्तकों में उस बूढ़ी से मिलती-जुलती बूढ़ियों की कई

तसवीरें थीं, जिनके नीचे 'जादूगरनी' अथवा ऐसा ही अर्थ देनेवाला कोई अन्य शब्द लिखा रहता था।

स्कूल से लौटने के बाद लम्बे-चौड़े बँगले में जब मैं निपट अकेला होता था तो बुढ़िया के पास पहुँच जाता था। प्राय: वह स्वयं में ग़र्क रहती थी। मुझे देख लेने के बाद भी देर तक मेरी तरफ़ घूरती रहती थी, लेकिन अपने पास आने का संकेत बहुत देर बाद करती थी। मेरे लिए उन दिनों यह समझना एकदम मुश्किल था कि वह मेरे पिता की माँ है। मैंने अपनी माँ को युवा, आकर्षक और सतर्क देखा था, इसलिए कोई भी माँ इतनी टूटी-फूटी हालत में हो सकती है, यह मेरे बालमन की कल्पना के परे था।

उस बूढ़ी औरत की तरफ़ मेरा झुकाव देखकर पिता ने उसको खाना खिलाने का काम मेरे जिम्मे ही सौंप दिया था। मैं दिन में तीन बार उसके लिए भोजन व नाश्ता लेकर जाता था। खाना बार-बार न ले जाना पड़े अथवा मुझसे गिर न जाए, इसके लिए एक सतर्कता यह बरती गयी कि खाना मुझे 'ट्रे' में रखकर दिया जाता था। जितनी देर तक वह खाना खाती, मैं अदम्य कौतूहल से उसे देखता रहता था। कुछ बड़ा हो जाने पर मुझे बतलाया गया कि किसी को खाना खाते हुए घूरना घोर अशिष्टता है, पर उतनी छोटी उम्र में उस बूढ़ी का विचित्र ढंग से भोजन करना मेरे लिए काफी दिलचस्प था।

उसके खाना ख़त्म करने पर जब मैं बर्तन लेकर वापस लौटने लगता तो वह अपने काँपते पंजों को हवा में उठाकर मुझे ठहरने का संकेत करती और अपने रंगीन कपड़े के गोल बटुए से सिक्के निकालकर मेरी हथेली पर रख देती। साथ ही यह कहना भी नहीं भूलती थी, "मैं किसी पर बोझ बनना नहीं चाहती।" मैं इन शब्दों का आशय नहीं समझता था, इसलिए अपनी माँ से कुछ कहने की बजाय वह सिक्के दिखला देता था। माँ किसी झंझट में लगी होने के कारण एक नज़र उन सिक्कों पर डालती थी और हड़बड़ाने की तर्ज पर कह देती थी, "बूढ़ी नाक पर मक्खी नहीं बैठने देती, वरना हमेशा अलग रहने पर मजबूर क्यों होती? ठीक है! तुम उसके पास जाते रहो। शायद तुम्हारी तरफ़ ही ढल जाए।"

दादी के दिये हुए सिक्के मुझसे कभी नहीं लिये जाते थे। मेरे लिए टिन का एक बक्सा ला दिया गया, जिसमें मैं वे सिक्के जमा करता रहता था। वह मेरे पिता से भी कभी ज़्यादा बातें नहीं करती थी। गरज़ यह है कि वह औरत अपने ढंग की अलग ही थी। जिसे अपनी जीवन-पद्धति में किसी का दखल मंजूर नहीं था।

अपनी इस अजहद बूढ़ी दादी माँ की तसवीर जब भी मेरे ज़ेहन में उभरती है, मैं उसे किसी एक ख़ाने में नहीं बिठा पाता। वह अपने आकार-प्रकार से लुंज-पुंज लगती थी, लेकिन वह किसी भी स्वस्थ मनुष्य की तरह घूम-फिर सकती थी।

इतनी चुप और सदय औरत का जीवन-भर अपने सगों से अलग-अलग रहना एकाएक समझ में नहीं आता। मुझे कुल मिलाकर यही लगता कि वह उस नस्ल की औरत थी, जिसकी पटरी कभी किसी से ठीक नहीं बैठ पायी। यहाँ तक कि मेरे पिता से भी प्रसन्न नहीं रहती थी—हालाँकि वह उसके इकलौते बेटे थे।

मेरे पिता भी कभी-कभार उस कबाड़खाने में जा बैठते थे, लेकिन रस्मी बातों के अलावा उन दोनों में कोई आत्मीय वार्तालाप नहीं हो पाता था। बाहर से तो वह मुझे भी सख़्त नापसन्द करने लगी थी। मुझे कभी बेटा-मुन्ना या ऐसा ही कोई मुलायम सम्बोधन देने की बजाय कड़कती-सी सख़्त आवाज़ में 'ओ लड़के' कहकर पुकारती थी और उसकी आवाज़ काँपकर बीच में ही बिखर जाती थी।

मैंने उसे प्रायः स्वयं से ही जूझते हुए देखा। कोई उसके पास हो, न हो, वह अपनी बातों का चरखा चालू रखती थी, काफी उम्र निकल जाने पर मैंने एक ऐसे आदमी को कई बार देखा था, जो रास्ता चलते स्वयं से ही सवाल-जवाब किया करता था। शायद वह अपने-पराये और अपने निकट कहे जानेवाले लोगों को समझाने में असमर्थ हो गया था। वह नौकरी-पेशा एक ज़िम्मेदार आदमी था और असमय ही ट्रेन में यात्रा करते समय अचानक दिल का दौरा पड़ने से चल बसा था। ख़ैर, यह तो बहुत बाद की घटना है। मैं फिलहाल तो बूढ़ी दादी की बात पर ही आता हूँ। जब वह स्वगत आलाप में मगन होती थी तो मैं छिपकर उसकी बातें सुनता था। मैं दरवाज़े से लगकर चुपचाप खड़ा हो जाता। वह मुझे बिलकुल भी न देख पाती, लेकिन मज़ा यह था कि वह मुझे सम्बोधित करके कहती रहती, "लड़के! क्या तू एकदम बहरा है? इतने जाड़े-पाले में इधर-उधर क्यों घूम रहा है? तेरी माँ तुझे पूरे कपड़े भी नहीं पहना सकती? क्या करती रहती है सारे दिन? मरी आग लगे इन माओं को—बालिश्त भर के छोरे से सारे काम कराती हैं—एक नौकर रखते क्या मौत आती है? तेरे हाथ-पाँवों में सुस्ती क्यों है—क्या तेरे हाथ-पैर नहीं चलते?"

मेरे बोरे में बातें चुक जाने पर बातों का प्रवाह दूसरी ओर मुड़ जाता था, "गुसलख़ाने का नल ठीक करवाने में क्या मौत आती है? हर वक्त टपककर कान फोड़ता रहता है, मरा कुछ भी सुनाई नहीं पड़ता।" इसके अतिरिक्त और भी न जाने कितनी शिकायतें उनके पोपले मुँह से झरती रहती थीं और साथ ही दिलचस्प बात यह थी कि उसके बहुत निकट न गुसलख़ाना था और न नल की टोंटी से हर समय पानी रिसता था। शायद उसे कभी किसी पुराने वक्तों की किसी ख़राब टोंटी का ध्यान आता रहता होगा, जो अतीत का दृश्य होकर भी उसके लिए ज्वलन्त वर्तमान बना रहता था। उसका स्वगतभाषण मुख्यतः इस बात पर निर्भर करता था कि उसके अवचेतन में उस दिन क्या ख़ास चीज़ या स्थिति घुस गयी है।

सारी दुनिया से चिढ़ी हुई और सख़्त नाराज उस बुढ़िया को मैंने अनजाने में ही अपने प्रति कोमल बना दिया था। वह इस वजह से हो गया था कि वह अपनी कमजोर आँखों के कारण पढ़ने में एकदम असमर्थ हो गयी थी। उसके पास कुछ बहुत पुरानी धार्मिक पोथियाँ थी, जिनमें मोटे-मोटे अक्षरों में पूजा और व्रतों का हवाला था। अनुष्ठानों के माहात्म्य के साथ-साथ अनेक कथाएँ और उपकथाएँ भी संग्रहीत थीं। उन कथाओं को सुनते हुए वह अपने अवशिष्ट जीवन का सदुपयोग करना चाहती थी। पिता की सुनाई हुई कहानियाँ मेरी समझ में नहीं आती थीं। इसलिए मैंने उन पुस्तकों के माध्यम से बुढ़िया दादी को कहानियाँ सुनाने का काम अपने जिम्मे ले लिया।

अपना काम ख़त्म करने के बाद दादी देर तक हाथ-मुँह साफ़ करती थी और फिर अपने बिस्तर पर आराम से बैठ जाती थी। तकिए के नीचे से कोई पुरानी पोथी निकालती थी और उसे अपनी कमजोर आँखों के नज़दीक ले जाकर देर तक कुछ तलाश करती रहती थी। किसी ख़ास कथा का संक्षिप्त प्रसंग बतलाते हुए पुस्तक मेरी तरफ़ बढ़ा देती थी। मैं उसके बतलाये सन्दर्भों को कुछ ख़ास समझ नहीं पाता था और थोड़ी देर की सिरमारी के बाद कहीं से भी पढ़ना शुरू कर देता था। वह मुझे रोककर बीच में कथा का ख़ुलासा समझाने लगती थी। उसके लिए अपनी आवश्यकता पैदा करके मैंने उस सख़्त और खुरदरी दिखाई पड़नेवाली वृद्धा को अपने पक्ष में कर लिया था। मेरा बीच-बीच में रुद्ध होनेवाला कथावाचन देर तक चलता रहता था और वह अपने दन्तविहीन पोपले मुँह को समझदारी के भाव से हिलाती-डुलाती रहती थी।

उन प्राचीन कथाओं की वह जिस ढंग से व्याख्या करती थी, उससे मुझे बराबर यह लगता था गोया उन कहानियों की घटनाओं से कहीं-न-कहीं वह स्वयं जुड़ी हुई थी। उन कहानियों में वर्णित उत्सवों अथवा दावतों में वह सक्रिय होकर शामिल हो जाती थी। इसी प्रकार किसी दुर्घटना अथवा पुस्तक में वर्णित किसी मृत्यु पर वह शोकाकुल होकर आहें भरने लगती थी। उन कथाओं में आये स्थानों और व्यक्तियों के नाम कुछ दिनों बाद मुझे इतने परिचित लगने लगे थे कि मैं न केवल उनको कल्पना में देख सकता था, बल्कि ये सब मेरे सपनों तक में आने लगे थे।

...और सहसा एक दिन बँगले के उस हिस्से में जाना-आना एकदम बन्द हो गया। कर्कश दिखाई पड़नेवाली उस वृद्धा को निमोनिया ने जकड़ लिया और एक दिन मेरी अनुपस्थिति में ही उसका खेल खत्म हो गया। मैं स्कूल से लौटा तो पता चला कि दादी ईश्वर के पास चली गयी। मुझे सख़्त अफ़सोस हुआ कि वह मुझसे कुछ कहने-सुने बिना चली गयी। उसके चले जाने से कोई फ़र्क़ नहीं पड़ा। किसी ने घर में शोक नहीं मनाया और न उसकी अनुपस्थिति को एक आघात के रूप में

ग्रहण किया। मैं उसकी कोठरी में जाने को बहुत उत्सुक था। मगर मुझे सख़्त हिदायत हो गयी थी कि मैं भूलकर भी उधर नहीं जाऊँ। घर पर केवल मैं ही ऐसा प्राणी था, जो उसके मरने के कुछ दिनों बाद तक स्वयं को कहीं स्थिर नहीं कर पाया था। उस उम्र में शायद मेरे लिए सबसे बड़ा अचरज यही था कि बुढ़िया, जिसके लिए मैं हर रोज़ खाना लेकर जाता था—उसे पुस्तकें पढ़कर सुनाता था और बदले में वह मुझे सिक्के देती थी—यकायक कहाँ अदृश्य हो गयी। उसका विलीन होना मेरे बाल मस्तिष्क में किसी तरह अँट नहीं रहा था। दरअसल उसका मर जाना ऐसा ही था, जैसे कोई तालाब के स्थिर जल में पत्थर फेंके—एक ढब्ब की आवाज़ हो, लेकिन पत्थर विलीन हो जाए और फिर कुछ लहरें उठ-उठकर किनारे तक आती रहें और उसके समाप्त हो जाने पर तालाब का जल स्थिर हो जाए।

और अब माँ के विषय में : अपनी माँ के सम्बन्ध में मेरी स्मृतियाँ मधुर नहीं हैं। जब मैं कुछ जानने-समझने योग्य हुआ, तभी से मैंने जाना कि मेरी माँ को अपनी सुन्दरता से ही ख़ास सरोकार था। उसके माता-पिता किसी महामारी में एक ही वक्त में मर गये थे। वह अनाथ बालिका की स्थिति में किसी रिश्तेदार के यहाँ पली थी। मस्तिष्क की प्रखरता के कारण पढ़ते-पढ़ते विश्वविद्यालय तक जा पहुँची। उन दिनों मेरे पिता विश्वविद्यालय में प्राध्यापक थे। उन्होंने छात्रवृत्ति दिलाकर उस निर्धन युवती को अपने विषय में उच्चशिक्षा की सुविधा दिला दी और आगे जाकर मेरे पिता उसके साथ वैवाहिक सूत्र में बँध गये। यद्यपि उन दोनों की उम्र में ख़ासा अन्तर था, पर वह फ़र्क़ उन दोनों के जुड़ने में आड़े नहीं आया। मेरी माँ को विश्वविद्यालय में नौकरी मिल जाने की पूरी उम्मीद थी, लेकिन उसी वर्ष मेरा जन्म हो गया।

मेरे पिता की ख्याति से मेरी माँ परिचित थी। और उस क्षेत्र में आगे बढ़ जाने की उसे अपने तईं कोई उम्मीद नहीं थी, इसलिए वह समाज-सेविका बन गयी। उसने अपना अधिकांश समय सभा सोसायटी में देना शुरू कर दिया। महिलाओं के सुधार आन्दोलन या ऐसी ही सामाजिक हलचलों में वह धूमधाम से हिस्सा लेने लगी। महिलाएँ और दूसरे कई लोग सभा-सम्मेलनों में उसका उल्लेख करते समय उसे 'समाज का स्तम्भ' कहते थे। मैं सोचता हूँ, हमारे समाज को स्तम्भों की वाकई बहुत आवश्यकता है—स्तम्भ न रहें तो सारा समाज किसी दिन भहराकर मेरे और आपके सिर पर गिर जाएगा।

वह मुझे अच्छी-भली आदतें सिखाना चाहती थी और सारे काम सलीके से सरअंजाम देने की मौखिक हिदायतें भी देती रहती थी, लेकिन उसके पास मेरे लिए किंचित् भी अवकाश नहीं था। वह अपनी उच्चशिक्षा और प्रखर मेधा के कारण एक अच्छी पथप्रदर्शिका थी, मगर चूँकि उसकी व्यस्तता किसी को अच्छी आदतें या

शऊर सिखाने का अवसर नहीं देती थी, इसलिए मैं उसका इकलौता बेटा सलीके में कम-से-कम आस्था रख सकनेवाला बन गया।

मेरे घर पर हमेशा औरतों की भीड़ रहती थी। पैसेवाले लोगों की वे औरतें जिन्हें अपने गहने और कपड़े-प्रसाधन से दमकते हुए चेहरों की नुमाइश करने में अपने जीवन की चरम सार्थकता दिखाई पड़ती थी। घर में हुजूम लगाये रहती थी। औरतों को जोड़कर क्रान्ति करने का नशा मेरी माँ में जितना ही बढ़ता जाता था, मैं घर से उतना ही दूर होता जाता था, और यही हाल पिता का था, हमारे घर में जिस दिन औरतों की लम्बी बैठक चलती, पिता रात को बहुत देर से लौटते। वह शान्त प्रकृति के आत्म-केन्द्रित व्यक्ति थे। उन्हें अपने घर में जुड़नेवाली यह हंगामाखेज भीड़ कतई रास नहीं आती थी।

अक्सर अकेले रहने से जब मैं आज़िज आ गया तो मैंने बँगले में भटकते हुए आ गये एक पिल्ले को पकड़कर बाँध लिया। मैंने दो-चार दिन में उससे इतना मेल बढ़ा लिया कि मेरा अकेलापन पूरी तरह बँट गया। मैं उसके साथ बँगले के हर कोने में घूमता रहता था। जिस दिन माँ बड़े हाल में सभा का आयोजन करती, मैं चुपचाप अपने रॉकी के साथ घर से बाहर निकल जाता। मैं साथ में एक गेंद ले जाता—मैदान में पहुँचकर गेंद उछाल देता और रॉकी उसे मुँह से पकड़ने के लिए दौड़ लगाता।

कुछ ही दिनों में देखते-देखते रॉकी एक मज़बूत कुत्ते की शक्ल में बदल गया। एक दिन जब घर में औरतों की मीटिंग चल रही थी, मैं रॉकी को लेकर बँगले से बाहर निकल गया। मैंने सड़क पर पहुँचकर हाथ में पकड़ी हुई गेंद उछाल दी। झपटकर ज्यों ही रॉकी उसके पीछे दौड़ा, तेज गति से आते एक ट्रक ने उसे पीस डाला। यह सब पलक झपकते ही हो गया। मैं बेतहाशा दौड़ते हुए ट्रक के पीछे लग गया। रॉकी को कुचलने के बाद कुछ आगे जाकर ट्रक भी रुक गया। ड्राइवर नीचे उतरा और उसने पीछे लौटकर लोथ की शक्ल में पड़े कुत्ते को नीचे झुककर देखा। साथ ही उसने अपने जूते की नोक से उसकी थूथनी को इधर-उधर हिलाया। ट्रक के यों बीच सड़क में रुक जाने से पीछे आनेवाले और भी कई वाहन रुकते चले गये और मरे हुए रॉकी के आसपास कुछ मिनटों में अच्छी-खासी भीड़ जमा हो गयी।

रॉकी के यों पिस जाने पर मुझे ज़ोर की रुलाई आने लगी और मैंने उस कुचले हुए कुत्ते को समेटकर ऊपर उठा लिया। लोगों के लाख समझाने पर भी मैं उसे छोड़ने को तैयार नहीं हुआ। ख़ून से लथपथ जब मैं घर पहुँचा तो रोने की वज़ह से मेरा बुरा हाल था। रॉकी के जख़्मों से रिसता हुआ ख़ून मेरे सारे कपड़ों पर फैल गया था और देर तक उसका बोझ उठाये रखने के कारण मेरा पेट दबकर दर्द करने लगा था। मैंने अपने पैरों के धक्के से बँगले का गेट खोला और रोते हुए भीतर चला गया। उस समय बड़े हाल में औरतों की सभा ज़ोरों से चल रही थी और मेरी माँ मंच पर

खड़े होकर भाषण कर रही थी। मुझे ख़ून से लथपथ देखकर सारी स्त्रियों में खलबली मच गयी। मैं ज़ोर-ज़ोर से चीख रहा था, ''रॉकी सड़क पर कुचलकर मर गया—उन्होंने इसे मार डाला।''

मेरी चीख़-पुकार से माँ के व्याख्यान में ख़लल पड़ी और उनके चेहरे पर क्रोधजन्य तनाव उभर आया। बजाय मेरी तरफ़ आने के उसने अपनी जगह पर स्थिर खड़े रहकर कहा, ''बीनू, इसे बाहर सड़क पर डालकर आओ। छि: गन्दे! मरे हुए कुत्ते को घर में उठाये चले आ रहे हो!'' सभी औरतें भाषण सुनना छोड़कर ज़ोर-ज़ोर से बातें करने लगीं।

कई मिनट तक मैं अपने उस मृत अधकुचले कुत्ते को लटकाए खड़ा रहा और फिर सुबकते हुए हॉल से बाहर निकल आया। मेरी माँ मेरी तरफ़ नहीं आयी। शायद मेरे कृत्य पर वह शर्मिन्दा थी। हाँ, एक बूढ़ी औरत को, जिसे सब बुआजी कहती थीं, मैंने यह कहते ज़रूर सुना, ''लड़कियों, सभा जारी रखो, मैं जाकर देखती हूँ।''

उस दयावान औरत ने आकर मेरे कन्धे पर हाथ रख दिया। इसके बाद मेरे गले में बाँहें डालकर उसने मुझे चुमकारा। उसने मेरे ख़ून से सराबोर कपड़ों की कोई परवाह नहीं की। उसने करुणा के साथ कहा, ''बेटा, तुम्हारे कुत्ते को हम ज़मीन में गड्ढा खोदकर कायदे से दफ़नाएँगे।'' वह मेरे साथ पिछवाड़े तक गयी और वहाँ से एक फावड़ा उठाकर बोली, ''अच्छा बेटे! बोलो, तुम इसे कहाँ दफ़नाना चाहते हो?'' लॉन के अन्त पर पहुँचकर नीम के एक पौधे की आड़ में मैंने रॉकी की लटकी हुई लोथ ज़मीन पर टिका दी। बुआजी ने फावड़े से एक गड्ढा खोदना शुरू किया तो मैंने फावड़ा उनके हाथ से लेकर एक गहरा गड्ढा खोद दिया। बुआजी की सहायता से मैंने रॉकी को गड्ढे में रखकर मिट्टी भरना शुरू कर दिया। जब मैं गड्ढे को मिट्टी से पाट रहा था तो मेरी माँ बगीचे में आयी और मुझसे बोली, 'बेटा, रॉकी के मरने का मुझे बहुत अफ़सोस है। मैं तुम्हारे लिए जल्दी ही एक अच्छी नस्ल का कुत्ता मँगा दूँगी।''

...लेकिन अफ़सोस! मेरी माँ ने अपनी संवेदना व्यक्त करने में बहुत देरी कर दी। मेरे बालमन पर उसकी वह आँखें, जिनमें जबरदस्त हिकारत भरी हुई थी, कुछ इतनी गहराई से नक़्श हो चुकी थी कि मैं उसकी संवेदना को सच्चे मन से स्वीकार ही नहीं कर पाया। उस दिन के बाद से मैं अपनी माँ के प्रति अत्यधिक कटु और ग़ैर-ज़िम्मेदार हो गया। दरअसल, रॉकी की मौत महज एक कुत्ते की मौत नहीं थी—वह मेरा ऐसा मूक बन्धु था, जो शायद उन दिनों मेरे लिए सर्वाधिक सम्पूर्ण था। कुछ समय के लिए तो उसने मेरे प्रति माँ-बाप की असम्पृक्ति को लगभग ख़त्म ही कर दिया था—उसे लेकर मैं हर समय व्यस्त रहता था।

रॉकी की मौत से मैं बहुत उदास बहुत अकेला और खंडित हो गया। कई बार

कोई तोता, कुत्ता या खरगोश सिर्फ़ चिड़िया या जानवर नहीं होता। वह अभाव की स्थितियों में पूरक स्रोत का काम करता है। काश! कुचले हुए कुत्ते को मुझे सीने से चिपकाए हुए देखकर मेरी माँ ने मेरे आर्तनाद को उस विशिष्ट क्षण में समझ लिया होता। उस छोटी-सी उम्र में ही मुझे एहसास हो गया था कि सब कुछ के बावजूद आदमी हर बार अकेला ही रह जाता है।

और उस दिन के बाद मैंने किसी के भी बारे में सोचना छोड़ दिया। माँ-बाप से तो लगभग कट-सा ही गया। मैंने सहज ज्ञान से समझ लिया कि किसी के लिए अपने अभिभावकों को इच्छानुसार चुनना उसी तरह असम्भव है, जिस तरह सन्तान में चुनाव करने की सुविधा नहीं है, जहाँ तक मेरा ख़याल है, मेरे माता-पिता को चुनने की सुविधा होती तो अपने बेटे के रूप में वह मेरी कामना कभी न करते और मैं भी...और इस दुनिया से बहुत ज़्यादा हड़प लेने की आशा किसी को भी नहीं करनी चाहिए।

टापू पर अकेले

कब यकायक रात हो गयी और पूरा दिन कैसे बीत गया इसका उसे क़तई पता नहीं चला। सुबह एक प्याला चाय और बहुत हल्का-सा नाश्ता लेकर अपनी मेज़ के सामने बैठा था—बस बीच में कभी बेटी ने चाय दी थी जिसे उसने तश्तरी में उँड़ेलकर इस तरह गटक लिया था जैसे कहीं जाने की हड़बड़ी में हो। घर के सभी लोग जानते थे कि जब वह लिखने में जुटा होता तो दोपहर का खाना नहीं लेता था। शाम गहरा जाने का भी उसे अहसास नहीं होता था। किसी को बत्ती जलानी पड़ती थी। उसने लम्बे वक़्त तक आँखें बन्द करके लिखने का अभ्यास किया था। एक बार उसे डर लगा था कि अगर वह कभी अन्धा हो गया तो लिखने का काम कैसे कर पाएगा।

लड़की ने बत्ती का स्विच ऑन किया तो उजाले के सैलाब से उसकी आँखें चकाचौंध हो गयी। उसने मुस्कराकर बेटी की ओर देखा लेकिन ज़्यादा सही बात यह थी कि उसने बेटी के चेहरे पर नज़र नहीं डाली—बस यों ही देखा भर—और मेज़ पर पड़े कागज़ों की भरपूर संख्या ने उसे अनोखे सुख से लबरेज़ कर दिया। इतनी लम्बी बैठक से उसकी पीठ और पिंडलियाँ अकड़ गयी थीं लेकिन मन के सन्तोष ने उसे फूल-जैसा कोमल और हल्का बना दिया था।

जब वह अन्तिम पृष्ठ लिख रहा था उसने दरवाज़े की तरफ़ से कनफोड़ स्वर सुना। उसका चिन्तन एकदम गड़बड़ा उठा और क़लम एक अधूरे शब्द पर ही ठहर गयी। बी.ए. के अन्तिम वर्ष में पढ़नेवाला उसका बेटा अपनी माँ के साथ बाहर से लौट रहा था और उसने ट्रांजिस्टर पूरे वाल्यूम पर खोल रखा था। उसने काग़ज़ पर केन्द्रित आँखों को दरवाज़े की दिशा में उठाया और हाथ के इशारे से ट्रांजिस्टर बन्द करने की ताकीद की। लड़के ने माँ का चेहरा एक पल के लिए देखा और ट्रांजिस्टर बन्द कर दिया।

लड़के ने उससे कुछ नहीं कहा। वह समझ गया कि उसके पिता की एकाग्रता खंडित हो गयी है। इसलिए माँ-बेटे उस कमरे से चुपचाप लौटने लगे। लेकिन ज्यों ही लड़का दहलीज़ से बाहर जाने लगा उसने उसे सम्बोधित किया,

''बेटे कहाँ गये थे तुम? तुम्हारी परीक्षा नज़दीक है। अब तुम्हें लगन से लिखना-पढ़ना चाहिए। तुम अपना वक़्त फ़िजूल गँवाते फिरते हो।''

लड़का दहलीज़ से ही उसकी ओर घूम गया और पलटकर किंचित आवेश में पूछने लगा, ''आपने कैसे समझ लिया कि मैं अपना वक्त फ़िज़ूल बर्बाद करता हूँ?''

''साफ़ है कि तुम पूरे दिन एक मिनट के लिए भी किताबें लेकर नहीं बैठे।'' यह कहते-कहते उसे अपने कथन की सच्चाई कुछ इतनी अधिक प्रामाणिक लगने लगी कि वह लड़के के दुस्साहस पर बौद्धिक ढंग से आक्रमक हो उठा। यह भी हो सकता है कि दिन भर लगभग निराहार रहने की वज़ह से वह उत्तेजित हो उठा हो। उसने यथासम्भव संयत रहने की कोशिश करते हएु कहा, ''सुबह जब मैं बाथरूम गया था तो जनाब बिस्तर पर लेटे हुए थे। तुमने उस वक़्त भी उस कनफोड़ चीज़ को अपने सीने से चिपटा रखा था। उसके बाद भी तमाम वक़्त में इसी शै का शोर बदस्तूर था।''

लड़का बहुत ध्यान से अपने पिता का चेहरा देखते हुए आरोप सुन रहा था मगर उसकी आँखों में व्यंग्य की चमक देखकर वह लगभग आवेश में आ गया।

''शाम को जब मैंने चाय पी तो मधु ने बतलाया कि तुम अपनी माँ के साथ फ़िल्म देखने गये हो और तुम अब रात के नौ बजे लौट रहे हो (उसने लड़के का ध्यान आकर्षित करने के लिए दीवार घड़ी की ओर संकेत किया) मुझे देखो, पचास बरस पूरे कर चुका हूँ लेकिन सुबह से कुर्सी पर बँधा बैठा हूँ। काम में डूबा हुआ हूँ और मुझे यह तक पता नहीं कि इस दरम्यान दुनिया में क्या कुछ हो गया है।''

उसने मेज़ पर अम्बार की शक्ल में बेतरतीब पृष्ठों को लड़के को दिखाते हुए प्रभावपूर्ण शब्दों में कहा, ''और यह देखते हो मैंने एक ही दिन में कितना कुछ कर डाला।''

जब उसके बेटे ने कमरे से बाहर जाने का इरादा टाल दिया। वह उसके क़रीब पहुँचकर इत्मीनान से कुर्सी खींचकर बैठ गया। उसने अपने पिता के लिखे हुए काग़ज़ों पर एक सरसरी निगाह दौड़ाई और ठंडे लहजे में बोला, ''पापा आपके अपने स्टेटमेंट में जबरदस्त कंट्राडिक्शन है। एक तरफ़ आप कह रहे हैं, अपने काम में डूबे होने की वजह से आपको दुनिया का कोई होश नहीं और दूसरी तरफ़ यह भी कि आपको पूरी तरह मालूम है, कि आपके आसपास, यहाँ तक कि इस घर में, होने वाली घटनाओं का राई-रत्ती ब्यौरा क्या है।''

एक पल के लिए वह सन्नाटे में आ गया। बेटे के महीने तर्क का उसके पास कोई स्पष्ट उत्तर नहीं था। यह और भी विचित्र स्थिति थी कि उसके काम को लड़के ने रंचमात्र महत्त्व नहीं दिया था। रोष और उत्तेजना उसे दग़ा दे गये—वह मुलायम

पड़ते हुए लड़के को समझाने के स्तर पर आ गया, "बेटे सारे दिन कोई काम तो किया। तुमने तो वह भी कहाँ किया? मेरा मतलब वक़्त..."

लड़के ने उसकी बात बीच में ही झटक दी, "मैं माफ़ी चाहता हूँ पापा। बिना एकाग्रता के जो कुछ आपने किया क्या उसका कोई मतलब है? एनी डीड हाफ़ हार्टेड डन गिव्ज सेटीसफ़ेक्शन टु नन (आधे दिल से किया हुआ काम किसी को सन्तोष नहीं दे सकता)। आपने सारे दिन लिखा—मैंने फिल्म देखी और गाने सुने। इस तरह हम दोनों ही सारे वक्त ख़ुद से भागते रहे।"

यकायक वह समझ नहीं पाया कि यह वार्तालाप कहाँ जा रहा है। अपने खुलेपन का उसे बहुत घमंड था लेकिन लड़के की मुँहज़ोरी से वह शायद टकराहट के इस भीषण क्षण में उसकी कुछ सहायता कर सकती थी। उसका अपना बेटा बहस करने के लिए चुनौती की मुद्रा अख़्तियार किये बैठा था। पत्नी कहीं नज़र नहीं आयी तो वह नरम लहजे में समझाने-बुझाने के अन्दाज़ में बोला, "बेटा, मेरा दस घंटे तक लगातार लिखना और तुम्हारा निरुद्देश्य घूमना दोनों चीज़ें एक नहीं हो सकतीं। मैंने जो लिखा है वह छपने पर एक स्थायी चीज़ बनेगी। इसके अलावा भौतिक स्तर पर भी वह इस घर को चलाने का सहारा बनेगी।"

लड़का ठठाकर हँस पड़ा और लापरवाही से पैरों को आगे की ओर फैलाकर बोला, "जो लोग यह नहीं करते यानी लिखते नहीं हैं क्या उनके लिए जीने का कोई सहारा नहीं है? जिस एकाग्रता, मेहनत और निष्ठा पर आपका इतना ज़ोर है वह इतनी मामूली-सी चीज़ है कि उसे कहीं अंडरलाइन नहीं किया जाता बल्कि जो इस लिखने-पढ़ने में नहीं हैं वह हमसे एक बेहतर ज़िन्दगी जी रहे हैं।"

"तुम सही कहते हो क्योंकि तुम्हारी नज़र बाहरी टीमटाम और ज़िन्दगी को महज एक ज्याफ़त समझने पर है। ज़ाहिर है इसके लिए मेहनत मशक़्क़त की दरकार भी क्यों हो? लेकिन बेटे मेरी नज़र क़द्रों और मूल्यों पर है इसलिए मैंने उन्हें ही प्राथमिकता दी है। रंगीनियाँ तुमको ललचाती हैं पर सुन लो—वह दूसरों का शोषण किये बग़ैर तुम्हें मयस्सर नहीं हो सकतीं। मेरी प्रकृति में हिंसा के लिए कोई गुंजाइश नहीं है।"

"आप शायद ख़ामख़याली में जीते हैं।" लड़का बौद्धिक तकरार पर आमादा हो गया, "मैं आपके अपने ही विचारों में ज़बरदस्त उलझन देख रहा हूँ। आप जब रिक्शे पर सवार होकर आते हैं तो रिक्शा चालक को कमरे में ही लिये चले आते हैं। उसे सोफ़े पर बिठलाकर हम लोगों से चाय लाने को कहते हैं। वह पसीने से तर होता है तो पंखा पूरी रफ़्तार पर खोल देते हैं, लेकिन क्या यह सारी उदारता परिश्रम के प्रति होती है? नहीं इसकी बाबत मैं आपको बतलाता हूँ। आपका उसकी मजबूरियों के लिए कोई लगाव नहीं होता—यह तो आप अपनी एक इमेज बनाये

रखना चाहते हैं। कुछ लोग होते हैं कि एक पूरी ज़िन्दगी अपनी एक मूर्ति गढ़ने में खपा देते हैं। आप भी यही कुछ करते हैं। रिक्शे वाले को सड़क पर किराया नहीं चुकाते—कमरे में बिठलाकर चाय वग़ैरह पिलाकर पैसे अदा करते हैं। जब वह घर के दरवाज़े से बाहर पाँव रखता है तो इतना बौखला उठता है कि अपनी कमरतोड़ मेहनत की एवज़ में मिले पैसों को आपके द्वार दी गयी ख़ैरात ख़याल करने लगता है। शोषकों से ज़्यादा मजदूरी आप भी कहाँ चुकाते हैं? हाँ सस्ते-से-सस्ते मूल्य पर देवत्व अवश्य वसूल कर लेते हैं। मेरी नज़र में आपका यह मानवतावाद एक दूसरे तरह का शोषण है—कहीं ज़्यादा हिंसक और भयंकर।''

वह बेटे के निर्मम प्रहार को सँभालने की कोशिश करने लगा, ''तुम इसे शोषण क्यों कहते हो भाई? मैं उसे अच्छा व्यवहार अपने खुलेपन के ही कारण देता हूँ।'' लड़का उसकी बात से अप्रभावित ही रहा और विद्रूपता से बोला, ''परिश्रम के प्रति आपकी आस्था मेरी दृष्टि में सिर्फ़ सोचने तक है। जिस मेहनत को आप स्वयं नहीं कर सकते उसकी प्रशंसा बहुत करते हैं लेकिन उसके बदले में देते क्या हैं? रिक्शापुलर या मज़दूर को ही मज़दूरी देते हैं न! जितनी और कोई भी देता है। परिश्रम की क़द्र तो तब समझ में आती जब वही मशक्कत आप स्वयं करते और सन्तुष्ट हो जाते।''

लडका अनथक बोल रहा था। लगता था कि लम्बे वक्त से स्वीकार की हुई मान्यताओं की वह धज्जियाँ उड़ा रहा था, ''कुछ नहीं पापा, आपने कुछ ख़ुशफ़हमियों के तहत सारी ज़िन्दगी गवाँ दी। आपने हमेशा यही दोहराया—तुम लोग पूर्ण स्वतन्त्र हो, मैं तुम्हारे बीच में कभी बाधक नहीं बनूँगा। इस स्वच्छन्दता ने हमें क्या सामाजिक स्तर दिया है, क्या आपने कभी सोचा है? मैंने और मम्मी ने जब आपसे किसी समस्या के बारे में बातें करनी चाहीं तो आपने एक वाक्य बोलकर सब कुछ खत्म कर दिया, जैसा चाहो करो। अब हमारे निर्णयों की ग़लतियों को आपने कभी नज़रन्दाज भी नहीं किया। मुझे बचपन के दिनों तक की बातें याद हैं जब मम्मी आपसे सिनेमा या कहीं बाहर घूमने जाने के लिए आग्रह करती थीं तो आप इन काग़ज़ों की क़ैद में जकड़े रहना ही बेहतर समझते थे और उन्हें टालते हुए व्यस्तता से कहते थे, भई तुम लोग घूमो-फिरो, मुझे छोड़ो, देखते नहीं हो, मैं काम कर रहा हूँ और यही मसरूफ़ियत आपका ज़बरदस्त कवच बनी रही। आप हमारे मानसिक और व्यक्तिगत संकटों से हमेशा कतराकर निकलते रहे हैं। यह कुछ नहीं आपकी स्वार्थपूर्ण मानसिक विलासिता थी।''

''बेटे यह सरासर ज़्यादती है। कम-से-कम इकतरफ़ा फ़ैसला मत करो। मेरे मन्तव्यों को समझना चाहिए।''

उसका बेटा अपनी रौ में बोलता चला गया, ''आपका ख़याल है कि आप

हम लोगों को हमारे ढंग पर जीने का अवसर देते रहे हैं। लेकिन आख़िर यह कौन-सा ढंग या जीवन पद्धति है जिसे आप आज़ादी से जीना कहते हैं? जिसे आप मुक्ति कहते हैं, वास्तव में वह अराजकता की सटर-पटर ज़िन्दगी होती है। यह आदमी को कहीं नहीं ले जाती। बिखराव और भटकन स्वतन्त्रता नहीं हो सकती। इससे कभी सच्ची ख़ुशी भी नहीं मिलती। आपको वहम है कि आप काग़ज़ काले करके एक वैचारिक क्रान्ति करना चाहते हैं।''

लड़के को परास्त करने का कोई अस्त्र उसके हाथ नहीं आया तो वह मुस्कराते हुए बोला, ''मैं कितने निरुद्विग्न भाव से ध्यानपूर्वक तुम्हारा तर्क सुन रहा हूँ। आख़िर यह चिन्तन और अभिव्यक्ति की आज़ादी तुम्हें कहाँ से मिली है? मैं तुम्हें पूरी तरह स्वच्छन्द न छोड़ता तो इतने निडर होकर तुम अपनी बात कैसे कह सकते थे?''

उसने अपने अस्तित्व में डूबते जहाज को तूफ़ान से निकालने की भरसर कोशिश की थी लेकिन उसका बेटा धीरज छोड़ बैठा था। वह भावावेश में कुर्सी छोड़कर उठ खड़ा हआ और निर्णयात्मक लहजे में बोलने लगा, ''मुखरता और अभिव्यक्ति की स्पष्टता उनकी कोई सहायता नहीं कर सकती जिन्हें नज़र देने के नाम पर सिर्फ़ भटकाया गया हो। आप कभी-कभी महीनों तक अपने में डूबे रहते हैं। आपके लिए अपनी ही मस्ती पर्याप्त होती है, आपको दुनिया में किसी की दरकार नहीं होती—कोई डायलॉग नहीं चाहिए होता। आप अपनी इस एकछत्र सम्पूर्णता में जब अपने इधर-उधर नज़र डालते हैं तो सब चीज़ों के क़द आपको ज़मीन के भीतर पाताल में घुसे हुए लगने लगते हैं। लेकिन इस बौनेपन के माहौल में अपने बहुत बड़े क़द को लेकर जब आप खड़े होते हैं तो आपको कैसा लगता है—सोचा है कभी आपने?''

वह अपने बेटे के गम्भीर आरोपों को अब हल्केपन से लेने की मानसिक स्थिति में नहीं था। बहस करने का भी कोई स्पष्ट मुद्दा उसके सामने नहीं था। बेटा किसी एक विचार पर केन्द्रित था और एक पूरी जीवन-दृष्टि को हिकारत से नकार रहा था। उसे ज़ोर की प्यास महसूस होने लगी लेकिन अगले ही क्षण उसे लगा कि ऐसी प्यास उसे बहुत पहले बचपन में लगा करती थी और वह उसे कक्षा से पलायन करने के लिए उकसाती थी। सामने बैठा हुआ कमसिन लड़का उसे एक गम्भीर और ठंडा जज दिखाई पड़ने लगा और उसने अनुभव किया कि वह कठघरे में खड़ा है। वह कमज़ोर स्वर में बोला, ''मैंने कभी इस तरह नहीं सोचा।''

लड़का 'वही तो' कहकर कटखने ढंग से मुस्कराने लगा और फिर से कुर्सी पर टिकते हुए कहने लगा, ''आपने न कभी हमें पूरी तरह बाँधा—न मुक्त किया। कुछ रिश्ते आदमी की ज़िन्दगी में ऐसे भी होते हैं जो मुक्ति नहीं, गहरे-घनिष्ठ

संस्पर्शों के बन्धन चाहते हैं लेकिन आदमी के मन की घनीभूत घाटियों में भटकने वाले आप उनसे कभी परिचय पाने के फेर में नहीं पड़े। याद है आपको, मैंने या मधु ने कभी आपसे पढ़ा देने के लिए कहा तो आपने 'अभी एक मिनट ठहरो ज़रा' कहकर कोई किताब खींच ली या लिखने में जुट गये। उस एक मिनट की अवधि का बरसों बरस कभी अन्त नहीं हुआ। आज जब मुझे किताबों से विरक्ति हो चली है, जानने की सारी दिलचस्पी ख़त्म हो गयी है तो आपको लगता है किताबों में सिर मारे बग़ैर जीवन का कोई निस्तार ही नहीं है। मौलिकता के नाम पर सिर्फ़ आपने एक ठंडी तटस्थता का विस्तार किया है जिसका एक सिरा आत्मकेन्द्रित होने में छिपा है तो दूसरा दिग्भ्रम में।''

सहसा सारा कुछ उसे एकदम गड़बड़ाता हुआ लगा। अपनी बढ़ती उम्र के सामने उसने एक प्रश्नवाचक चिह्न फैलते हुए देखा, ''तुम किसके लिए जीये?'' उसके द्वारा जो भी सृजन के नाम पर हुआ उसके पास है जिनमें उनके उदास या प्रफुल्लित मन की सहज धड़कनें सुरक्षित हैं। हो सकता है उनमें से कुछ उससे और भी घनिष्ठता से जुड़ना चाहते रहे हों लेकिन उसने कम्पित प्राणों की वेगवती धारा में कभी गहरी डुबकी नहीं लगायी। वह कभी नहीं जिया। उसने केवल औरों के जीने को कागज़ पर उतारा, ''ओफ़! कितन दुखद है एक दुखान्त के निकट पहुँचना और केवल उस वक़्त जानना जब आगे कुछ बाक़ी नहीं रह जाता।''

उसने गहरी साँस लेकर बेटे की ओर देखा लेकिन उसकी कुर्सी खाली पड़ी थी। पता नहीं वह उसे गहरी उलझन में डालकर कब कमरे से बाहर चला गया था। उसके सिर में न जाने कितने विचार गड्डमड्ड होकर एक-दूसरे को काटते चले जा रहे थे। उसने अपने माथे को उँगलियों के पौरों से कसकर मसला और 'लीला लीला' कहकर पत्नी को बुलाने लगा। लेकिन पत्नी ने शायद उसकी कमज़ोर आवाज़ नहीं सुनी। उसने कुर्सी छोड़कर उठना चाहा लेकिन पाँवों में पंजों से लेकर पिंडलियों तक एक ज़बरदस्त सुन्न फैल गयी। उसने ख़ुद से सवाल किया—'क्या यही अन्त है?' जिसके जवाब में कोई अमूर्त-सी चीज़ उसकी मानसिक दृष्टि से साकार होती चली गयी, वह एक बेड़े पर सवार है—एक बड़ा लम्बा-चौड़ा मनस्विता का बेड़ा। सम्पूर्णता के बोध से वह निर्बाध गति से उसे खेता चला जा रहा है। सहसा समुद्र के गर्भ में फैले शैल शिखरों से उसका बेड़ा टकराकर क्षण भर में खंड-खंड हो जाता है और अनिश्चय की लहरें उसे किसी निर्जन टापू पर एकाकी फेंक देती हैं...!

अरक्षित

बाहर का फाटक किसी ने लाठी से ठकठकाया। मैंने गेट खोलकर देखा—फटे चिथड़ों में राधे खड़ा था। उसके हाथ में एक पिचका हुआ खाली डिब्बा था। डालडा के उस डिब्बे का रंग-रोगन जगह-जगह से उड़ चुका था। राधे के साथ एक पाँच या छः साल का एक लड़का भी था जिसके बदन पर एक फटी हुई लम्बी-सी कमीज चोगे की तरह झूल रही थी। वह ग़रीब जाड़े की वजह से थर-थर काँप रहा था। गली में अभी धूप नहीं फैली थी। मेरे गेट खोलते ही वह मकान की सीढ़ियों पर ऊपर तक चढ़ आया।

राधे को इस हालत में देखकर मैं यकायक कुछ नहीं समझ पाया। उसे हाथ में लाठी और डिब्बा उठाने की ऐसी क्या ज़रूरत आ पड़ी। दो साल पहले जब मेरा मकान बन रहा था तो वह मिस्त्री का काम करता था। सुबह आठ बजे से पहले ही वह आ जाता था और आते ही अपना झोला एक कोने में रखकर किसी-न-किसी काम में जुट जाता था। दूसरे राज मिस्त्रियों के आने तक वह काफ़ी कुछ कर डालता था। हालाँकि उसके कपड़े तब भी मैले ही रहते थे लेकिन काम के प्रति वह बहुत गम्भीर था। उसकी मुस्तैदी देखकर उसके लिए मन में, स्वतः ही एक आदर की भावना पैदा हो गयी थी। मैंने राधे को कभी वक़्त बरबाद करते नहीं देखा। न तो वह सिगरेट-बीड़ी के चक्कर में रहता था और न दूसरे कामगारों की तरह बार-बार यह पूछता था, "बाबूजी घड़ी में क्या बजा है?"

मैं दफ़्तर से छुट्टी लेकर मकान बनवा रहा था इसलिए हर समय राज-मज़दूरों के बीच में रहता था। मुझे उन लोगों की मनोवृत्तियों का इतना ज्ञान हो गया था कि मैं प्रत्येक आदमी के स्वभाव और बातचीत के लहजे से परिचित हो चला था। एक मज़दूर हर आधे घंटे के बाद "क्या टेम हुआ होगा बाबूजी" की गुहार लगाता था—एक दूसरा था जो शाम तक दो-तीन बंडल बीड़ियाँ फूँक देता था। एक मज़दूर इतना सुस्त था कि मसाले का तसला उठाते हए उसकी आँखों में नींद उतरने लगती थी—वह सिर पर तसला रखकर बहुत मचक-मचककर मरे कदमों से आगे बढ़ता था।

इन सब लोगों के बीच राधे मुझे बिलकुल अलग दिखाई पड़ता था। शाम को पाँच बजे जब दूसरे मेहनती और राज चले जाते तब भी वह रुका रहता—गोया उसे कहीं जाने की कोई जल्दी नहीं है। अँधेरा पड़ने तक वह अकेला ही लगा रहता—उसकी आँखें अँधेरे में देखने की इतनी अभ्यस्त लगती थीं कि बिना लालटेन-लैम्प जलाये भी वह कुछ-न-कुछ करता रहता था। फ़र्शों की घिसाई चलाता रहता।

स्वयं निरन्तर वहीं बने रहने की वजह से, राधे का अधिक समय वहाँ ठहरना मुझे अच्छा ही लगता। सब लोगों के चले जाने पर जिस तन्मयता से वह काम करता था उसमें एक समर्पित व्यक्ति की आस्था के दर्शन होते थे। जिस ज़माने में लोग निश्चित अवधि के भीतर भी काम करने से जी चुराते हों और किसी भी तरह जान छुड़ाकर भाग जाने की कोशिश करते रहते हों—वहाँ किसी ऐसे श्रमरत व्यक्ति को देखकर मन में सहज ही आदर की भावना जागती है।

मेरे कुछ मित्र भी कभी-कभी आते रहते थे—उनके सुझावों को राधे हमेशा धैर्य से सुनता और क्रियान्वित करने की कोशिश करता। जब मकान बनकर तैयार हो गया तो मैंने राधे के चेहरे पर परितृप्ति और उल्लास की चमक देखी। मुझे ख़ुशी हुई कि वह अन्य राज, मज़दूर-मिस्त्रियों की तरह अपनी मज़दूरी लेकर तटस्थ भाव से चला नहीं गया बल्कि मुझसे आत्मीयता से पूछने लगा, ''बाबूजी, कोठी तो बनकर तैयार हो ही गयी—आपको और रिश्तेदारों को कुछ पसन्द भी आयी?''

उसका लगाव देखकर मुझे अजहद ख़ुशी हुई और मैंने उसे गृह-प्रवेश के अवसर पर आने के लिए निमन्त्रित कर दिया। गृह-प्रवेश के दिन वह तीन-चार साल के बच्चे का हाथ पकड़े हुए आया—उसके कपड़े उस दिन भरसक साफ धुले हुए थे। मैंने अपने घर आने वाले मेहमानों को उसका परिचय दिया तो मेरी प्रशंसा से वह संकुचित हो उठा। जाते समय मैंने उसके बच्चों और पत्नी के लिए कुछ खाने-पीने का सामान भी दिलवा दिया और उससे कभी-कभी आते रहने का आग्रह भी कर दिया।

उसी राधे मिस्त्री को इतने बुरे हाल में देखकर यकायक मेरी समझ में कुछ नहीं आया। पूरा गेट खोलकर मैंने उसे भीतर आने के लिए कहा। मेरी आवाज़ सुनकर उसने एक हाथ उठाकर 'राम राम' की और दूसरे हाथ से ज़मीन पर लाठी ठकठकाने लगा। लड़के ने सीढ़ियों से उतरकर उसकी लाठी पकड़ ली और आगे बढ़ने की चेष्टा करने लगा। अबकी बार मैंने ध्यान से देखा—'तो राधे अन्धा हो गया?' मेरा मन उसे ख़स्ता हाल में देखकर इतना खिन्न नहीं हुआ था जितना कि यह जानकर कि वह निपट अन्धा हो चुका है। मैंने स्वयं आगे बढ़कर उसकी लाठी पकड़ी और कहने लगा, ''राधेलाल, सीढ़ियों पर पैर रखकर आगे बढ़ो, चबूतरा है।''

उसके चेहरे पर एक बेधक मुस्कराहट दिखाई दी, ''हाँ बाबूजी, पता है। यह सीढ़ियाँ और चौतरा इन्हीं हाथों का बनाया हुआ है, पर अब टटोल-टटोलकर चढ़ना पड़ेगा। करनी के फल ही समझो—बाबूजी आँखें चली गयीं।''

चबूतरे पर चढ़ जाने के बाद मैंने उसका हाथ पकड़कर उसे मकान के अन्दर कर लिया और 'ड्राइंग-रूम' में लाकर मैंने उसे कुर्सी पर बिठलाना चाहा था मगर वह पैरों से कुछ इधर-उधर टटोलकर फ़र्श पर ही बैठ गया। उसका बच्चा कुर्सी का हत्था पकड़कर कमरे में तसवीरें और सजी हुईं अलमारियाँ देखने में तल्लीन हो गया। मैंने राधे के पास कुर्सी पर बैठकर कहा, ''भई राधेलाल, यह तुम्हें क्या हुआ, दो साल पहले तक तो तुम्हारी आँखें अच्छी-भली थीं, यह एकदम कैसे हो गया?''

राधे के चेहरे की मांसपेशियों में एक तनाव उभरा लेकिन उसका चेहरा फिर ढीला पड़ गया। वह अपनी बात को इतनी सामान्य करते हुए बोला—गोया इस बात को इतनी बार सुनाया जा चुका है कि अब उसे दोहराते हुए भी कष्ट होता है, ''सब तकदीर के खेल हैं बाबूजी और क्या? जब आपकी कोठी बन रही थी तो आँखें बिलकुल ठीक थीं—कभी बखत बे बखत थोड़ा पानी ज़रूर छूटे था। डेढ़ेक साल पहले बिमारी में घरवाली की मौत हो गयी और उसके दो महीने बाद आँखों की जोत चली गयी। बस कोई दो महीने तकलीफ रही—शहर के सभी डॉक्टरों को दिखाया—जो जमा-जथा थी कुछ घरवाली की मौत में सरक गयी थी—रही-सही नामीगिरामी डॉक्टर चाट गये। आप जैसे बाबुओं, दयावानों से उधार-पत्ता भी लिया। पर मालिक हालियत जो एक दफे बिगड़ी बस बिगड़ती ही चली गयी—अब तो दाने-दाने को मोहताज हो गया हूँ। आँखों की जोत क्या गयी मेरी जिन्दगानी ही नरक बन गयी। अब एक ये लौंडा है—मेरे साथ इसकी भी मिट्टी खराब है। काम कुछ मिलता नहीं, अन्धे-धुन्धे आदमी को कौन पूछे?...जब सबने नजरें हटा लीं तो मालिक पेट की भट्टी भरने को भीख माँगने लगा। आपके जैसे और भी कई मेहरबान बाबू शहर में हैं जिनकी कोठी-बँगले कभी बनाये थे पर उनके घर पहुँचूँ कैसे? एक-एक बाबू के घर पहुँचने में पूछते-ताछते घंटों लग जाते हैं—नाम-ठिकाना तो ज्यादे लोगों का जानता नहीं हूँ। मोहल्लों में भटकते-भटकते कभी किसी से मुलाकात हो जाती है तो कुछ दे देता है, बाकी राम आसरे। आपकी कोठी भी घंटों की पूछताछ और खिटखिट के बाद मिली है।''

अपनी बात खत्म करके राधे हाँफ गया। अपनी बात वह बहुत ज़ोर-ज़ोर से कह रहा था—जैसा कि आप जानते होंगे कि उम्र के किसी नाजुक मोड़ पर अन्धा होने वाला आदमी एक स्वाभाविक और जन्म-जात अन्धे से अलग होता है; उसे यह अहसास ठीक से नहीं हो पाता कि उसकी बात सुनने वाला उसके बहुत क़रीब बैठा है और उसकी तरफ़ से बेख़बर नहीं है।

मुझे अफ़सोस हुआ कि आँखों में तकलीफ़ शुरू होते ही वह इधर क्यों नहीं चला आया। मेरा दोस्त प्रतापचन्द्र आँखों का प्रसिद्ध विशेषज्ञ है। दो एक साल पहले विदेश से लौटकर उसने शहर में एक अच्छा बड़ा अस्पताल खोला है। मैंने राधे से आँखों की बीमारी के बारे में ज़्यादा बातें नहीं कीं। राधे के पास से उठकर अन्दर गया और बच्चे तथा राधे के लिए खाने की व्यवस्था में लग गया। मैंने उन दोनों को सहन में लाकर खाना खिलाया। राधे मेरी नज़र में एक मामूली मिस्त्री नहीं था—अपने कार्य के प्रति उसकी तन्मयता और निष्ठा ने उसके प्रति मुझे अजहद कोमल और सहानुभूतिपूर्ण बना दिया था।

खाना खाने के बाद उसने दुआ देते हुए लड़के को टटोला और बोला, "अच्छा मालिक अब चलता हूँ—आपको बेफजूल दुखी किया। मैं न आता तो आप सदा यही सोचते कि राधे ठीक होगा।"

जब वह लाठी ठकठकाते हुए चलने को तैयर हो गया तो मैंने कहा, "राधेलाल, चार दिन बाद इतवार को तुम फिर आ जाना। मैं तब तक तुम्हारी आँखों के ऑपरेशन के विषय में बातें कर लूँगा।"

"अच्छा मालिक मैं जरूर आ जाऊँगा इतवार को," यह कहते हुए वह चल दिया। मैंने उसका हाथ पकड़कर सीढ़ियों से उतारकर गली में छोड़ दिया।

प्रतापचन्द्र से सारी बातें होने पर यह तय हो गया कि प्रताप उसका ऑपरेशन जल्दी ही कर देगा। इतवार को राधे आया तो मैं उसके बच्चे को घर में छोड़कर उसे प्रतापचन्द्र के यहाँ ले गया। प्रतापचन्द्र ने उसे भर्ती कर लिया और मुझे बतला दिया कि जब वह राधे का ऑपरेशन करेगा तो मुझे सूचना भेज देगा।

मैंने घर लौटकर देखा कि राधे का लड़का बच्चों के साथ खेल रहा है—बंटू की कमीज और निकर उसे शायद श्रीमती जी ने ही पहना दिया होगा। बच्चा घर में ज़रा भी अजनबी महसूस नहीं कर रहा था बल्कि और बच्चों के साथ ख़ासी धूम मचा रहा था। मैंने उसके सूखे-सूखे हाथ-पाँव देखे। हाथों पर मैल की परतें चढ़ी हुई थीं और पैर इतने फट गये थे कि उनमें दरारें पड़कर ख़ून जम गया था। नाक से नज़ला रिसते रहने के कारण नाक के नीचे घाव जैसा हो गया था। उसके सारे शरीर पर अनाथ होने के निशान बुरी तरह मौजूद थे! बेचारा अभागा बच्चा! ऐसे कुशल कारीगर का बेटा लेकिन दुर्भाग्य देखिए कि अब उसका मुँह तक चुपड़ने वाला कोई नहीं है—इधर असमय में माँ मरी उधर बाप अन्धा हो गया। लेकिन दो एक दिन में उसकी हालत बदल गयी। गर्म पानी से नहलाने से उसकी काया निखर आयी। बच्चे स्कूल चले जाते तो वह गृहिणी के चार कामों में सहायक हो जाता।

मैं कई दिन अस्पताल जाता रहा। राधे से मिलता तो वह कृतज्ञता से दुआएँ

देने लगता। आठ दिन बाद प्रताप ने उसकी आँखों का ऑपरेशन किया और आशा व्यक्ति की कि आँखें ज़रूर ठीक हो जाएँगी। प्रताप की बातों से मुझे बहुत आश्वासन मिला और में राधे के पास रोज़ जाने लगा। राधे संकोच में डूब जाता। वह बच्चे के विषय में कुछ नहीं पूछता था। मैं ख़ुद ही बच्चे की बातें बतलाने लगता। मेरी सूचनाओं से वह आश्वस्त होकर लेटे-लेटे ही हवा में हाथ ऊपर उठाकर कुछ बुदबुदाने लगता। शायद इस तरह वह ईश्वर को धन्यवाद देता था। कभी-कभी वह आवेश में आकर कहता, ''मालिक आप मुझे भगवान सरूप मिल गये—मुझे अखीन (यकीन) है मेरी जोत ज़रूर लौट आएगी।'' उसका कन्धा थपथपाकर मैं उसे आश्वासन देता, ''राधेलाल, तुम बेफिक्र होकर लेटे रहो—तुम्हारी आँखें बहुत जल्दी ठीक हो जाएँगी।...तुम बहुत बहादुर आदमी हो—भगवान तुम्हारे दुख के दिनों का अन्त करने वाले हैं।''

जिस दिन राधेलाल की आँखों से पट्टी हटायी गयी—मैं प्रताप के साथ ही था। एक क्षण के लिए मेरा हृदय धुकधुका उठा। मैं एक तरह निरीश्वरवादी ही हूँ—भगवान के सामने गिड़गिड़ाने के अवसर मुझे याद नहीं पड़ते लेकिन मैं आपसे सच बयान करता हूँ कि उस दिन मैं मन-ही-मन घिघियाने लगा, ''हे ईश्वर राधे की आँखों की ज्योति ज़रूर दे देना।'' हालाँकि राधे मेरा कोई सगा संबंधी नहीं था लेकिन उस एक विशेष क्षण में वह मेरा अभिन्न बन गया था।

प्रतापचन्द्र मेरे चेहरे पर संशय देखकर मुस्कराने लगा था—जैसे वह पूरी तरह आश्वस्त था कि राधेलाल की आँखें ज़रूर ठीक हो जाएँगी। मैं डर के कारण अपने साथ उसके बच्चे को भी नहीं ले गया था—मैं सन्दिग्ध अवस्था में बच्चे को राधे के सामने नहीं रखना चाहता था क्योंकि असफलता की हालत में शायद बच्चे का वहाँ होना राधे के लिए मानसिक रूप से ख़तरनाक आघात सिद्ध होता।

अँधेरे में राधे की आँखों की पट्टी हटायी गयी और उसे सावधान कर दिया गया कि अपनी पूरी आँखें न खोले, बहुत हल्के से, आहिस्ता-आहिस्ता देखे। थोड़ी देर तक राधे ने कुछ नहीं कहा लेकिन दो-तीन मिनट बाद उसने रोशनदान से उभरते क्षीण उजाले की ओर संकेत किया। मेरा दिल धड़क उठा। परिणाम शत-प्रतिशत सफल उतरा था।

मैंने गद्गद् भाव से प्रतापचन्द्र को अपने आलिंगन में कस लिया। प्रताप मेरी भावुकता से परिचित था—वह मुस्कराते हुए बोला, ''तुम मुझे अभी अनाड़ी ही समझते हो—ठीक है कोई तो ऐसा समझने वाला हो—लेकिन मैं तुम्हें राधेलाल के बच्चे को अभी यहाँ लाने की इजाजत नहीं दूँगा। जब तुम इतने 'सेंटीमेंटल' हो तो राधे अपने बच्चे को देखने के लिए कितना ज़्यादा होगा। यह हज़रत अपने बेटे को

देखकर भावुकता से टेसुएँ बहाने लगा तो हम तो मारे जाएँगे—सारा किया-कराया चौपट हो जाएगा।''

मैंने प्रतापचन्द्र की बात मान ली और राधे के लड़के को अपने साथ अस्पताल लेकर नहीं गया। एक हफ़्ते बाद राधे को प्रतापचन्द्र ने छुट्टी दे दी और कहा, ''महीने-डेढ़ महीने अभी आँखों से ज़्यादा काम मत लेना वरना फिर से ख़राब होने का ख़तरा उठ खड़ा होगा।'' राधे ने कृतज्ञता में भरकर प्रतापचन्द्र के पाँव पकड़ लिये! प्रताप, राधेलाल के बारे में सब कुछ जान चुका था इसलिए उसके कन्धे पर हाथ रखकर विनम्रता से समझाने लगा, ''देखो भाई राधेलालजी, मुझे तुम्हारी आँखों की ज्योति देखकर दिली राहत मिली है—तुम्हारे जैसे हीरा आदमी की आँखों का ऑपरेशन करना मेरा फ़र्ज़ था लेकिन काम-धाम की जल्दी मत करना। कभी मेरे पास आना—अस्पताल की बढ़ोतरी करने में तुम्हारा मशविरा मैं ज़रूर लूँगा।''

राधेलाल अत्यन्त उपकृत होकर तथा प्रतापचन्द्र से जल्दी ही मिलने का वायदा करके मेरे साथ घर लौट आया। उसी शाम वह अपने बेटे को लेकर जाने लगा—मैंने उसे रोकना भी चाहा लेकिन उसने बतलाया कि पिछले दो सालों में उसका घर टूट-फूट चुका है। वह अपना घर देखकर दो-एक दिन में लौट आएगा। उसे जाते समय मैंने दस रुपये दे दिये और फिर जल्दी ही लौटने की बात भी कह दी। बच्चा उसके साथ चला तो गया लेकिन मेरी पत्नी को वह उस रात बराबर याद आता रहा। वह उस बच्चे को अनाथ ख़याल करके स्नेह करने लगी थी और उसका यह विचार पक्का हो गया था कि राधे अपने बच्चे को हम लोगों के पास ही छोड़ जाएगा। मैंने बच्चे को रोकने पर ज़ोर दिया होता तो राधे ज़रूर छोड़ जाता लेकिन मैंने बच्चे को उससे अलग करना अमानवीय समझकर कुछ न कहा।

राधेलाल फिर लौटकर मेरे पास नहीं आया। उसके बारे में मुझे चिन्ता हुई लेकिन मुझे उसके घर के बारे में कुछ पता नहीं था। धीरे-धीरे एक-दो माह निकल गये और मुझे पक्का विश्वास हो गया कि राधेलाल स्वस्थ होकर अपना काम-धाम करने लगा है और अपने बच्चे को भी काम पर अपने साथ ले जाने लगा है।

लेकिन एक सुबह मुझे अपनी आँखों पर सहसा विश्वास नहीं हुआ जब मैंने राधेलाल को पूर्ववत लाठी ठकठकाते हुए एक मकान के सामने खड़ा पाया। वही डालडा का पिचका हुआ डिब्बा एक रस्सी में बँधा हुआ उसके हाथ में झूल रहा था और उसका लड़का एक फटी, मैली कमीज लटकाये उसके साथ घिसट रहा था। एक क्षण के लिए मैं स्थिति समझ नहीं पाया—कहीं फिर से अन्धा हो गया क्या? हो सकता है अस्पताल से निकलते ही मेहनत-मजूरी करने लगा हो और आँखों पर ज़ोर पड़ने से वह ख़राब हो गयी हों। मैंने कमबख़्त से कितना कहा था कि अभी काम-धाम मत करना—मेरे पास फिर आ जाता तो कुछ रुपये दे देता। मैंने अपना

स्कूटर उसके पास रोककर कहा, ''राधेलाल, तुम यह क्या कर रहे हो? तुम्हारी आँखों को क्या हुआ—तुम फिर भीख माँगने लगे? तुम मेरे पास क्यों नहीं आये?'' उत्तेजना में मैं सवाल पर सवाल करता चला गया।

राधेलाल मुझे धोखा नहीं दे सका—उसने मकान के सामने से हटते हुए अपनी आँखों को मेरी तरफ़ घुमाया लेकिन वह कुछ बोला नहीं। मुझे तैश में देखकर लड़का भी भयभीत हो गया और उसने राधेलाल का हाथ कसकर पकड़ लिया। राधेलाल मेरी ओर देखकर दयनीयता से मुस्कराया और बोला, ''बाबूजी, मैं उसी दिन से भीख माँग रहा हूँ—पर आपके मोहल्ले में नहीं जाता।''

मुझे ग़ुस्सा आ गया, ''बड़ा नेक काम कर रहे हो राधेलाल—तुम्हें मेरा बड़ा ख़याल है लेकिन मैं तुमसे पूछता हूँ—तुम दूसरे मोहल्ले में भी क्यों भीख माँगते हो।'' इसके बाद मेरे मुँह से एक बहुत घिसा-पिटा वाक्य निकला—जो हम भीख माँगने वालों पर अक्सर चिपका देते हैं, ''तुम्हें भीख माँगते हुए शर्म नहीं आती? जब तुम्हारी आँखों की रोशनी चली गयी थी तब की बात तो समझ में आती है लेकिन अब इसकी क्या ज़रूरत पड़ गयी?''

राधेलाल एक पल अपनी बुझी मगर रोशनी वाली आँखों से मेरी तरफ़ देखता रहा और फिर धीरे-से बोला, ''मालिक मेरा भी एक सवाल है बुरा मत मानना, आप मेरे अन्नदाता हैं लेकिन यह तो बताओ इतनी मेहनत-मजदूरी करके क्या मयस्सर भया। फूटी आँख अब के आपने बनवा दी—ऐसा दानी बार-बार कहाँ मिलेगा। अब की फूट गयीं तो बच्चा भी वीरान हो जाएगा। हमने मेहनत-ईमानदारी सब करके देख ली कोई फैदा (फायदा) नहीं।'' अपनी बात खत्म करते हुए उसने दोनों हाथ मेरी ओर जोड़े और इतना और जोड़ दिया, ''मालिक छिमा करना अब भिच्छा ही अपना आसरा है।''

उसकी बात से मेरा सारा शरीर झनझना उठा—आगत के प्रति सुरक्षा सम्बन्धी उसके संकट ने मुझे कुछ नहीं कहने दिया। एक अच्छा आदमी और कुशल कारीगर किस तरह ग़ारत हो गया था—उसके ख़िलाफ़ किसी एक आदमी ने षड्यन्त्र नहीं किया था, न जाने कितनी स्थितियाँ थीं जिन्होंने राधेलाल को भीख माँगने पर मजबूर किया था!

मैंने बिना एक शब्द कहे अपना स्कूटर स्टार्ट कर दिया—राधे का लड़का मुझे पहचान गया था और वह मेरी तरफ़ बहुत आशा से देख रहा था। एक अजीब किन्तु अस्पष्ट आवेश मेरी शिराओं में दौड़ रहा था लेकिन उन दोनों के लिए मैं कुछ भी करने में समर्थ नहीं था।

हमसफ़र

बस 'क्यू' पहले लम्बाई में बढ़ा और फिर दस मिनट में ही चन्द्राकार होता हुआ अँग्रेजी के ज़ेड अक्षर की शक़्ल में बदल गया! मैंने कई बार पीछे की ओर मुड़कर देखा और चिन्तित होकर साथ वाले सज्जन से समय पूछा। चूँकि दस मिनट के बीच तीसरी बार समय पूछा जा रहा था इसलिए उन्होंने झल्लाकर मेरे चेहरे पर आँखें गड़ा दीं और बिफरते हुए बोले, "सात-दस।" मैंने मन-ही-मन हिसाब लगाया 'पचास-तीस अस्सी मिनट याने साढ़े आठ बजे होटल जनपथ।' एक-एक मिनट कठिनाई से बीत रहा था अतः अबकी बार मैंने अगली ओर खड़े महानुभाव को घड़ी की ओर झुककर और उचककर देखा। मेरी इन चेष्टाओं से आगे-पीछे के लोग तंग आ चुके थे, तभी सामने आकर एक टैक्सी रुकी। मेरे 'हम क्यू' ने व्यंग्य का चाबुक फटकारकर कहा, "अरे साहब ऐसी ही जल्दी है तो टैक्सी पकड़िए—यह तो बस है और फिर—बस तो बस ही है।" मेरे बायाँ हाथ अनायास ही जो सदरी की दायीं जेब में घूमकर सिक्कों की गिनती कर रहा था, उनके चंग पर चढ़ाने से फुर्ती से बाहर निकला और मैंने पाया कि उसने सामने स्टार्ट होती टैक्सी को रोक लिया। मैं झिझकते हुए टैक्सी की ओर बढ़ा मगर ड्राइवर से आँखें न मिला सका। मैं ठीक-ठीक नहीं कह सकता कि मेरे मन में क्या भाव थे किन्तु यह तो स्पष्ट ही है कि हीनता ने मुझे बेइन्तहा जकड़ लिया था तभी तो टैक्सी में दूसरों के बराबर पैसे देने का निश्चय होने पर भी मैं डरते-डरते उसमें बैठ रहा था! ड्राइवर ने दरवाज़ा खोला और मैं दबता-सिकुड़ता उसमें बैठ गया!

टैक्सी चल दी और मैंने ड्राइवर की नज़रों से बचने के लिए हाथ की किताब को खोलकर झूठ-मूठ पढ़ना आरम्भ कर दिया! मैं काँपते हृदय से सोच रहा था कि कितने लोग 'इंटरव्यू' के लिए आये होंगे। मैं दिल जमई कर रहा था और स्वयं को बोध दे रहा था, "ऐसी भी क्या बात है जो मैं इतना घबराऊँ—मुझसे भी क़ाबिल लोग इंटरव्यू में क्या आएँगे, मेरी डिग्री, मेरा अध्ययन, वार्तालाप के द्वारा प्रभावित करने का मेरा ढंग, सभी एकदम फर्स्ट क्लास हैं।" मगर इतना सब होते हुए भी हालत बिलकुल ऐसी थी मानो बिना तैयारी के विद्यार्थी परीक्षा भवन में घुस रहा हो।

होने को अब तक मेरे कितने ही इंटरव्यू हो चुके थे किंतु हृदय का काँपना, होठों का सूखना, अभी भी बराबर जारी था। मुझे आश्चर्य हो रहा था कि मित्रों के बीच बैठकर जो सारी दुनिया-जहान का ज्ञान-विज्ञान बघारता है वह इस समय स्वयं को इतना दबा-घुटा और 'इनफ़ीरियर' कैसे समझ रहा है? मैं ऊलजलूल, न जाने क्या-क्या सोचने में तन्मय था कि तभी टैक्सी ड्राइवर की ओर से कोई सवाल आया। सवाल को मैं लपक नहीं सका, इसलिए हाँ-हाँ करके रह गया। मैं अनजाने खिड़की से बाहर देखने लगा—नयी दिल्ली की चौड़ी-चौड़ी सड़कों पर अपार जन-समूह फैला था, फुटपाथ पर अनेक व्यक्ति एक-दूसरे में गड्डमड्ड दिखाई पड़ रहे थे। दौड़ती हुई टैक्सी से खम्भों के हाई पावर के बल्ब भागते हुए ज्योति स्तम्भ लग रहे थे। तभी हवा का एक सर्द झोंका आया और कुर्ते-सदरी में ढँकी मेरी दुर्बल काया, अन्धड़ में हिलते पेड़-सी काँप उठी। ड्राइवर शायद मूड में था और होटल जनपथ में जानेवाले व्यक्ति या शायद मेरे लिबास में किसी नेता से घनिष्ठता बढ़ाने के चक्कर में था। उसने फिर कोई सवाल किया और मुझे लगा कि उसने स्वयं ही उसका जवाब भी दे दिया। चूँकि उसके प्रश्नों की भूमिका को मैं अपने हाथ से गँवा चुका था इसलिए हाँ-हूँ करने के अतिरिक्त मेरे पास चारा ही क्या था? घुमावदार रास्तों पर ड्राइवर गाड़ी को बड़ी दक्षता से मोड़ रहा था। उसकी टोपी उसके सिर के पिछले भाग पर सरक गयी थी। उसका फैला माथा, फरफराती मूँछें और चौड़े जबड़े बराबर अपनी ओर ध्यान आकर्षित कर रहे थे। उसकी लाल आँखों से लगता कि उसने ज़रूर ही 'एक प्वाइंट' चढ़ा रखी होगी। मैं स्वयं से प्रश्नोत्तर करने में मगन था कि तभी मुझे सुनाई पड़ा, "साब, एक दिन का खर्च पचास-साठ तो पड़ ही जाता होगा?" प्रश्न का कोई भाग सुनने से ज़रूर छूट गया था इसी कारण तो मेरी समझ में नहीं आ रहा था कि वह किसके ख़र्च के बारे में पूछ रहा था। मेरे ख़र्च के बारे में, अपने ख़र्च के बारे या किसी रईस-नवाब के ख़र्च के बारे में, मैंने सोचा क्या उत्तर दूँ? जैसे इतनी देर से अपने सवालों के जवाब वह ख़ुद ही दे रहा है इस सवाल का जवाब भी ख़ुद ही दे लेगा। मेरे मुँह से बरबस ही एक हूँ निकली और उसने टीप लगायी, "हाँ, वही तो मैं कहता हूँ साब।" उसने मुझसे एक सवाल और किया, उसका भी मैंने उत्तर सुना, "जाड़े की रात में बड़ा ज़रूरी है साब, मैं अभी एक मिनट में इन्तज़ाम कर सकता हूँ"—मैंने कुछ न समझकर कहा, "हाँ-हाँ जल्दी करो भई।" मैं बैठा भुनभुना रहा था, क्या तमाशा है, जान किस आफ़त में पड़ी। अब मुझे बेचैनी होने लगी थी। भगवान जाने पीकर उसमें कितनी मुखरता आ गयी थी कि कतरनी-सी उसकी ज़ुबान को लगाम ही नहीं थी, बराबर बकवास किये जा रहा था। मेरे पास टैक्सी में बैठकर समय जानने का भी कोई साधन नहीं रह गया था। मैंने तभी बाहर सिर निकाला और मुझे ऐसा लगा कि

होटल को वह पीछे छोड़ आया है क्योंकि अब वह कनाट प्लेस से पुरानी दिल्ली की दिशा में गुज़र रहा था।

मैंने कोई बाधा नहीं दी। चाहा भी कि उससे पूछूँ कि वह कहाँ जा रहा है मगर फिर हिम्मत नहीं हुई—कहीं मुझे वह पूरा गावदी न समझे, कुछ पूछने पर सोचने लगे क्या अहमक आदमी हैं—होटल 'जनपथ' जा रहा है और दिल्ली की सड़कों तक का पता नहीं है। चलो अभी क्या देर हुई होगी—ज्यादा-से-ज्यादा आठ बज गया होगा। अभी भी आध घंटा होगा—और फिर आख़िर यह कहीं ले भी कहाँ जाएगा।'' मैं फिर अपनी उधेड़-बुन में डूब गया, सोचने लगा अगर वह मारवाड़ी मुझे अपने साथ 'फिजी आइलैंड' ले जाए तो मेरी मिट्टी ख़्वार होने से बच जाए। कितना बड़ा देश है। हिन्दुस्तान—इस दिल्ली शहर को ही लो कहीं कोई बेकार दिखाई नहीं पड़ता है? सब ऐड़ी से चोटी तक काम में डूबे हुए हैं, भागे चले जा रहे हैं किसी को किसी की तरफ़ देखने की फ़ुर्सत तक नहीं है। एक मैं हूँ जो साल भर से एड़ियाँ रगड़ रहा हूँ—कहीं कोई धेले को भी पूछने वाला नहीं है, अगर मैं—तभी सर्र करके टैक्सी रुक गयी और मेरा स्वगत संलाप जहाँ का तहाँ ठप्प हो गया। मैंने खिड़की से झाँककर देखा, मगर मुझे होटल जनपथ कहीं दिखाई नहीं पड़ा—ठेठ पुरानी दिल्ली का ठाठ दिखाई देता था। सामने की ओर चौंधियायी बत्तियाँ टिमटिमा रही थीं। नानबाई की दुकान के रेडियो से ऊँची आवाज़ें निकल रही थी और बाहर बिछी लम्बी मेजों पर जूठी रक़ाबियों के ढेर लगे हुए थे।

मैंने ड्राइवर की सीट की ओर देखा—उसका वहाँ कहीं भी वजूद नहीं था। शायद वह गोश्त-रोटी के चक्कर में यहाँ आ निकला था। मेरे दिल की धड़कन और भी तेज़ हो गयी। मैं अपने हीन भाव को एकदम विस्मृत कर बैठा। 'यह नौकरी गयी' सोचकर झल्ला उठा और ड्राइवर से झगड़ने को तैयार हो गया—आने दो साले को—एक भी पैसा ले तो जानूँ—कहाँ लाकर मारा है साले अन्धे ने—क्या यही होटल जनपथ है? मेरे अस्थि-पंजर ग़ुस्से से खड़खड़ा रहे थे कि तभी सामने से ड्राइवर आता दिखाई दिया—मगर यह तो नक्शा ही बदल गया, भड़कीली साड़ी में लिपटी एक ख़ुशनुमा गुड़िया उसके साथ आ रही थी। उसके कन्धे पर शाल पड़ा हुआ था, उसके इयरिंग चमक रहे थे। ऊँची एड़ी के जूतों से खटखट करती आयी और सटाक से खिड़की खोलकर अन्दर नमूदार हो गयी और भरसक शालीनता से आकर मेरी बग़ल में बैठ गयी। ख़ुशबू की लपटों से सारी टैक्सी महक उठी। भगवान जाने वह कितनी तरह की ख़ुशबुओं में लिपटी थी (स्पष्ट है कि ज़माने से चली आती 'अफगान स्नो') कि सुनहरी बालों की लट उसके नन्हें से चेहरे पर पड़ी हुई थी—गोरा रंग और पतले होंठ—मुझे न जाने कैसा महसूस होने लगा। मैं एक ओर को सिमट-सिकुड़कर बैठ गया। मेरे सारे ग़ुस्से पर इस ख़ूबसूरत बला ने पानी

डाल दिया। उसके हाथ का छोटा-सा 'वैनिटी बैग' बिलकुल मुझसे चिपकाकर रख दिया।

टैक्सी घर्र करके चल पड़ी और ड्राइवर एक हाथ से अपनी मूँछों को नुकीली करने लगा। मैंने भी अपनी पुस्तक खोल ली और टैक्सी के मध्यम प्रकाश में उसे पढ़ने की असफल कोशिश करने लगा। ज़्यादा सच यह है कि लड़की के सान्निध्य से उत्पन्न होने वाली बदहवासी छिपाने का उपाय करने लगा। मगर लड़की शायद आफ़त ही थी क्योंकि वह बहुत आहिस्ता से मेरी ओर सरक आयी। मेरे लिए अब कहीं सरकने की जगह बाकी नहीं थी। मैं लगभग खिड़की से रगड़ खा रहा था। उसने कन्धा मेरे कन्धे से सटा दिया ऐसा दिखाते हुए कि गोया उसे बड़ा भारी जाड़ा लग रहा है और इस पर तुर्रा यह कि अपना शाल भी बाज के पंखों की तरह फैला लिया। उसके शाल ने उसके तो उसके मेरे भी एक कन्धे को गिरफ़्त में ले लिया। जाड़ा वास्तव में अधिक था इसलिए मैंने भी कोई विरोध नहीं किया। उसने अपना बैग उठाकर अपनी गोद में रख लिया और फिर बहुत ही नामालूम ढंग से अपनी नाजुक कलाई उठाकर घड़ी देखी। ओफ़! अब इतनी देर में मुझे समय का ध्यान आया। मैंने बड़ी बेताबी से उसकी घड़ी की ओर देखा। उसने मन्द-मन्द मुस्कराते हुए अपनी कलाई मेरी ओर बढ़ा दी। मैंने इतना कृतज्ञ होते हुए धन्यवाद दिया मानो यह उसी की अनुकम्पा थी कि अभी सवा आठ ही बजे थे नहीं तो अब तक कभी के नौ से ऊपर बज गये होते!

मैं अपनी सदरी के बटन बन्द करते हुए चन्द बेवकूफी की बातें सोचता-सोचता इस नतीजे पर आया कि ड्राइवर एक ही चालाक आदमी है। उसने सोचा होगा कि होटल जनपथ में लगभग इसी समय जाने वाली एक सवारी और ले लूँ। एक चक्कर में दो सवारियों से दुगना किराया ऐंठ लूँगा। लेकिन एक बात किसी भी तरह से समझ में नहीं आ रही थी कि ड्राइवर को दिल्ली के दो छोरों से सवारियाँ इकट्ठा करने का इतना शौक कैसे पैदा हुआ? इस उधेड़-बुन में पड़कर जब मैं बहुत उलझ गया तो मैंने सिर को एक झटका दिया—ऊँह! मुझे क्या, यह जाने इसका काम जाने। तभी टैक्सी धीमी होती हुई रुक गयी और ड्राइवर ने फुर्ती से उतरकर दरवाज़ा खोला और फ़र्शी सलाम झुकाकर अदब से खड़ा हो गया। होटल जनपथ का विशाल-भवन सामने था। मैं बदहवासी में उतरा और प्रश्नसूचक बनकर इधर-उधर ताकने लगा। ड्राइवर ने मीटर देखकर किराया बताया। बड़े हौल दिल होकर मैंने पैसे चुकाए और यह हिसाब लगाता हुआ आगे की ओर लपका कि अब कितने पैसे बाकी रह गये। मैं अभी दस कदम ही बढ़ा हूँगा कि ड्राइवर का 'साब' सम्बोधन सुनकर पीछे मुड़कर देखने लगा। वह मेरी किताब हाथ में लिये खड़ा था। जिसे मैं हड़बोंग में सीट पर ही भूल आया था। मैंने किताब उसके हाथ से ले ली।

तभी अत्यन्त शिष्टता से खीसें निपोरते हुए कहा, ''बख़्शीश हुजूर।'' मार दिया कम्बख़्त ने। इसे पता नहीं कि मेरी जेब से बिना सुराख़ के ही पैसे उड़ गये हैं। वह लड़की मेरी ओर देखकर मन्द-मन्द मुस्करा रही थी और शायद कुछ-कुछ शरमा भी रही थी। मैंने जेब के भीतर ही से टटोलकर एक अठन्नी निकाली और उसे थमा दी। उसने एक ज़ोरदार सैल्यूट मारा और मैं मन-ही-मन रोता आगे बढ़ने लगा।

मैं लिफ़्ट तक ही पहुँचा हूँगा कि देखता क्या हूँ वह लड़की भी लिफ़्ट के इन्तज़ार में मेरी बग़ल में मौजूद है। दो आदमी वहाँ पहले से खड़े थे, थोड़ी-सी प्रतीक्षा करने पर लिफ़्ट मिल गयी और हम ऊपर की मंजिल पर पहुँच गये। मुझे बड़ी ख़ुशी थी कि मैं समय पर होटल पहुँच गया, लगता था कि अब नौकरी मिलने में देर नहीं है—यह भाग्य ही समझो कि मैं उपयुक्त समय पर होटल पहुँच गया।

इंटरव्यू के लिए दिये गये नम्बर के कमरे पर पहुँचकर जैसे ही मैंने कॉल बेल बजायी कि मैंने अपने बाजू में फिर उसी आधुनिका को खड़ी पाया। दरवाज़ा खुल गया। मैंने देखा कि एक अत्याधुनिक ढंग से बहुत ही सजे हुए कमरे में मारवाड़ी महोदय दीवान पर फसकड़ा मारे बैठे थे और एक महाशय जो शायद मेरी ही तरह इंटरव्यू देने आये थे उनके सवालों का जवाब दे रहे थे। सब लोग हम दोनों को देखकर कुछ विचलित-से हो गये। मुझे बदहवासी में पसीना छूट रहा था, मैं अपनी दोनों हथेलियाँ इस तरह भींच रहा था मानो मुझे बड़ा भारी जाड़ा लग रहा हो, जबकि कमरा एकदम गर्म और आरामदेह था। लड़की परेशानी और कुतूहल में उपस्थित समाज का जायजा ले रही थी। उन लोगों ने बहुत ही नरम लहज़े में हमें बैठने को कहा। मैं बैठ गया और अपनी बारी का इन्तज़ार करने लगा।

लड़की कनखियों से मेरी ओर देख रही थी और शायद कुछ समझ नहीं पा रही थी कि वह किस गोरख-धन्धे में फँस गयी है। मैं स्वयं भी परेशान था कि आख़िर यह लड़की इस तरह क्यों देख रही है। गोया मुझसे ही चस्पाँ हो। वह अपनी धोती के पल्लू को उँगली पर उमेठती रही और कमरे की दीवारों पर टँगे कलेंडर और टेलीफ़ोन के चोगे को देखती रही। थोड़ी देर बाद ही मेरा नम्बर आ गया। थुल-थुल मारवाड़ी ने मेरी देहयष्टि को बड़े ध्यान से देखकर अपने साथी से मारवाड़ी भाषा में जिसमें सिर्फ़, दे, की ध्वनि को ही मैं पकड़ पाया, कुछ कहा और उसके साथी ने मुस्कराकर मेरी ओर उन्मुख होते हुए कहा, ''नाव देयर इज दा क्वैश्चन ऑफ हैल्थ।'' (अब समस्या स्वास्थ्य की है)। फिर उसने अपनी मुस्कान को गम्भीरता में बदलते हुए कहा, ''आप फिजी में रह पाएँगे, आपकी सेहत कुछ कमजोर है।'' उसने 'कुछ' शब्द को कुछ इस प्रकार कहा कि मैं झेंप गया और मैंने अपने विस्तार को कुछ और संकुचित कर लिया। लड़की ने मेरी ओर ऐसे देखा मानो मुझे देखने के लिए उसे एक नवीन दृष्टि मिली हो। मारवाड़ी हो-हो करके हँसने

लगा, प्रश्न सेठ का साथी ही कह कर रहा था। उसके लहजे से यह नहीं लगता था कि वह सेठ का नौकर है, बल्कि यह लगता था कि वह उसका दिल्ली में रहनेवाला कोई मित्र है। शायद मेरे आँसू पोंछने के लिए सेठ के बौड़मपन से हँसने से मुझ पर होनेवाली घातक प्रतिक्रिया से मुझे बचाने के लिए उसने मेरी देह की ओर से ध्यान हटाकर मेरी शिक्षा के विषय में पूछा। अपनी शिक्षा के विषय में बतलाते हुए मैंने अपने शरीर पर भरसक विस्तार कर लिया। मानो इस प्रश्न का उत्तर देते हुए मैं सुरसा मुख-सा फैल उठूँगा। मेरे बाद उन्होंने उस युवती की ओर प्रश्नोन्मुख होकर ध्यान केन्द्रित किया जो इतनी देर में काफ़ी ऊबी हुई और झक मारती-सी लग रही थी। सिगरेट का धुआँ नथुनों से निकालते हुए उन्होंने डकार-सी लेते हुए कहा, ''नैक्स्ट यू'' (अब आप)।

लड़की ने अचकचाकर मेरी ओर देखा और फिर सिर झुकाकर उस दिशा में देखने लगी जहाँ से प्रश्न आया था मगर जवाब कुछ नहीं दिया। इंटरव्यू करनेवाले सज्जन ने सवाल किया ''योर एजूकेशन'' (तुम्हारी शिक्षा कहाँ तक है)। लड़की कुछ देर चुप रही मगर फिर फँसे हुए गले से घरघराती आवाज़ में बोली, ''आई कुड नॉट पास माई बी.ए.'' (मैंने बी.ए. पास नहीं किया)।

''ओह! दैट इज समथिंग डिफरेंट'' (तब तो बात ही अलग है)। कहकर उन सज्जन ने अपनी दिलचस्पी का हम दोनों में अन्त कर दिया और फिर एक संक्षिप्त ''थैंक्स'' कहकर वे लोग उठकर खड़े हुए। (साफ़ था कि वे हम लोगों से नजात पाना चाहते थे वर्ना उन गीदड़ की बीवियों को कहाँ जाना था)।

हम दोनों साथ-साथ बाहर निकले। अधिक-से-अधिक क्या होगा—नौकरी ही तो नहीं मिलेगी—यह सोचकर इंटरव्यू के लिए निकलने पर भी मुझे बड़ी भारी निराशा हुई। बार-बार पैसों की याद आने लगी। तीन रुपये बारह आने यों ही मुफ़्त में चले गये? मेरी दृष्टि तभी उस लड़की पर गयी जो लिफ़्ट के दरवाज़े पर अब भी मेरे पास ही खड़ी थी। मुझे उस पर बहुत सख़्त ग़ुस्सा आया, कम्बख़्त कहीं की। भला इसे यहाँ मरने की क्या ज़रूरत थी? चुड़ैल ने बी.ए. तक तो पास किया नहीं है और चली है फिजी में प्राइवेट सेक्रेटरी की नौकरी करने और वह भी उस काले पहाड़ जैसे ढूह की। साला मेरी तरफ़ देखकर कैसी बेशर्मी से हो-हो करके खीसें निपोरता था जैसे नदी में डूबता घड़ा हब-हब कर रहा हो। मेरा पारा इतना चढ़ा हुआ था कि मैं उस पर बरस पड़ना चाहता था। मुझमें पैशाचिक इच्छा जाग्रत हो रही थी कि उसे फटकारकर अपने दिल का ग़ुबार उस पर ही निकालूँ। मैंने अब पहली बार उसके चेहरे को ध्यान से देखा—पाउडर की हल्की पर्त में उसका चेहरा काग़ज़ जैसा सफ़ेद लग रहा था। उसकी बाँहें निर्जीव-सी झूल रही थीं और उसकी आँखों की काजल की रेखाएँ बाहर को फैल गयी थीं। इस चौंधियाने वाले प्रकाश में उसके

गालों की उभरी हुई हड्डियाँ बहुत दयनीय लग रही थीं। गर्दन और हाथों की नीली नसें उभरी और पतली डोरियों-सी फैली हुई थीं। उसका मुख निराशा और दुख की जीती-जागती तसवीर लग रहा था। उसका 'वैनिटी बैग' इस तरह हिल रहा था गोया उसमें कुछ भी नहीं है, और वह हाथी-दाँत की मानिन्द केवल प्रदर्शन के लिए है। सूखे नीले पड़ गये होंठ बड़ी दयनीयता से खुले हुए थे और उसकी आँखों में निराशा का असीम सागर ठाठें मार रहा था। उसे इस दयनीय स्थिति में पाकर मेरा समस्त रोष उड़ गया और अपनी समस्त विवशताओं के बावज़ूद मुझे उस पर करुणा ही आयी।

मुझे याद नहीं कि मैं किस प्रकार नीचे उतरा और अनजाने में ही बस के इन्तज़ार में सड़क पर आकर खड़ा हो गया। अब नौ से ऊपर बज चुके थे, सर्दी बढ़ गयी थी किन्तु होटल के बाहर विविध रंगों और आकारों की सैंकड़ों कारें खड़ी थीं। ठंडी हवा के निष्ठुर थपेड़ों से हड़कम्प हो रही थी। थोड़ी-थोड़ी देर में बसें गुज़र रही थीं और उनमें अब इतनी भीड़ भी नहीं थी। लड़की छाया की तरह लगी हुई मेरे साथ खड़ी थी। वह निरुद्देश्य दृष्टि से इधर-उधर झाँक लेती थी और मेरी ओर देखकर जाड़े की शिद्दत से काँपकर अपने झीने शाल को कसकर लपेट लेती थी। मुझे अभी भी अपने गन्तव्य की ओर जानेवाली कोई बस दिखाई नहीं पड़ रही थी और मैं मन-ही-मन हिसाब लगा रहा था कि अब पूरे महीने मैं कैसे जीवित रहूँगा। जब मैं उधेड़बुन में पड़ा इस आसन्न संकट पर विचार कर रहा था तभी मुझे लगा कि लड़की मुझसे कुछ कहना चाहती है। मैंने घूमकर देखा वह लगभग सन्त्रस्त और रुँआसी-सी खड़ी थी। उसने फुस-फुस करके कुछ कहा जो मेरी समझ में बिलकुल नहीं आया। मैंने भौंहों में बल डालकर ध्यान से सुनने की कोशिश की कि उसकी मिनमिनाहट का क्या अर्थ है। वह कह रही थी, "यह एक बड़ी ग़लतफ़हमी ही रही, ड्राइवर ने जाने क्या समझा।" फिर वह कुछ क्षण चुप रही और मानो सिमटते हुए बोली, "हालाँकि मुझे आपसे कुछ माँगने का हक़ तो पैदा नहीं होता—मगर क्या आप किराये के लिए महज आठ आने दे सकेंगे?" और लड़की ने इसके बाद कुछ नहीं कहा। मुझे महसूस हुआ मानो उसने साँस रोक ली है। उसका चेहरा और भी सफ़ेद, और भी अधिक विकम्पित जान पड़ा। मेरा हाथ यन्त्रवत सदरी की जेब में चला गया और मैंने खड़खड़ाते हुए एक रुपये के नोट को उसकी ओर बढ़ा दिया। उसके फुसफुसाकर धन्यवाद दिया और चलने के लिए पाँव आगे बढ़ाये किन्तु फिर ठिठककर खड़ी हो गयी। मैं उसकी दुविधा समझ गया और मैंने कहा—ठीक है—ठीक है बाकी की फ़िक्र न कीजिए। उसने, फुसफुसाकर धन्यवाद दिया, एक क्षण ठहरी और शायद कुछ कहना चाहकर भी न कह सकी। बहुत झिझकते हुए उसके पाँव उठे और वह मेरे से विपरीत दिशा की ओर चल दी।

प्रकाश के आधिक्य से अन्धा कर देने वाली दूधिया बत्तियाँ दूर तक चली गयी थीं और विशाल अजगर-सा फैला राजपथ मेरे सामने मुँह बाये पड़ा था किन्तु मेरे पाँवों में अब इतनी शक्ति और सामर्थ्य नहीं थी कि मैं किसी अजानी दिशा की ओर बढ़ चलूँ।

सफ़र एक प्यास का

वीरेन्द्र को सूरत आनेवाली गाड़ी में सवार कराकर मैं बाहर प्लेटफार्म पर खड़ा उससे बातें कर रहा था। गाड़ी छूटने में अब देर नहीं थी—ग्रीन सिगनल दूर से ही चमक रहा था। मैंने अपने गले में उमड़ते भावोद्रेक को जीवन्त ठहाके का रूप देते हुए कहा—"लो भाई अब तो तुम भी चल दिये—फिर वही तन्हाई रह गयी अपने हिस्से में। कुछ कहो तुम्हारी स्मृतियाँ मन मथती रहेंगी।" वीरेन्द्र भी उदास था मगर उसने भी ठहाका लगाकर कहा, "मैं जलावतन नहीं हो रहा हूँ—तुम झूठ-मूठ भी याद करोगे तो तुम्हारे पहलू में हूँगा—'माई ब्रेवो बाय' कहकर उसने मेरा कन्धा स्नेह से थपथपाया और यकायक कुछ याद करते हुए बोला, "यार एक पैकेट सिगरेट तो लो लपककर पता नहीं आगे मेरा ब्रांड मिले न मिले।"

मैंने निकट से गुज़रते पानवाले से सिगरेट का एक पैकेट खरीदा और वीरेन्द्र की ओर बढ़ा दिया। उसने पैकेट खोलकर दो सिगरेट निकाले और एक सिगरेट अपने होंठों में दबाकर दूसरी मेरे होठों में लगा दी। सिगरेट के सामने लाइटर की लौ करते हुए बोला, "अनिल! क्या नाम बताया था तूने अपनी उसका—संगीता?" फिर एक क्षण ठहरकर सिगरेट का कश खींचकर बोला, "बहुत हसीन नाम है लेकिन है बहुत पुराना—कम-से-कम पाँच सदी पुराना। हाँ एक बात और—अब तू उसे ले ही आ—न ही हो तो पृथ्वीराज की तरह ही उठा ला।"

वीरेन्द्र अभी कुछ और बोलता कि तभी साथवाले डिब्बे की खिड़की से प्लास्टिक का मग थामे एक औरत का हाथ बाहर निकला। पानी वाला कुछ आगे निकल गया था—मैंने औरत के हाथ से मग लेकर पानीवाले को पुकारा। मग में पानी लेकर मैं खिड़की की तरफ़ तेज़ी से लपका कि तभी गाड़ी ने एक हिचकोला-सा खाया। मैंने मग उस औरत के हाथ में देते हुए उसका चेहरा देखा तो मैं उछल पड़ा, "संगीता! तुम इस वक्त गाड़ी में?" गाड़ी धीरे-धीरे चलने लगी थी और मैं अजीब-सी मानसिक उलझन में घिर गया था। मैंने गाड़ी के साथ-साथ चलते हुए कहा, "आख़िर तुम जा कहाँ रही हो—एक लाइन का ख़त तो डाल सकती थी कि अमुक गाड़ी से इधर होकर गुजरेगी—दादा-अम्मा वग़ैरह सब किधर हैं?"

संगीता ने मेरी बात का कोई उत्तर नहीं दिया। उसका चेहरा सफ़ेद हो गया और मग का पानी छलक उठा। मैं यकायक कुछ न समझ सका कि यह क्या हो रहा है—''तू किधर अटक गया यार?'' मैंने वीरेन्द्र की बात का कोई जवाब नहीं दिया—अजीब खोयी-खोयी-सी संगीता को देखता रहा। मेरे दिमाग की नसें झनझना उठीं—आख़िर संगीता चुप क्यों है? मैंने यों ही उचककर गाड़ी के भीतर देखा तो सारी स्थिति मेरी समझ में आ गयी। राम खेलावन सामने की सीट पर सिर झुकाये बैठा था और अपना अस्तित्व छिपाने की अजहद कोशिश कर रहा था। राम खेलावन को संगीता के बैंक मैनेजर पिता रायबरेली से लाये थे। उसे लाते समय उनका ख़याल था कि वह उसे चपरासी रख लेंगे मगर बाद में उन्होंने अपनी राय बदल दी थी और उसे घर के काम के लिए ही रख लिया था। अच्छा-खासा छः फुट का कद्दावर जवान, कौम का ठाकुर, साँवला सलोना और घर-बाहर के सभी लोगों का चहेता नौकर।...राम खेलावन ने मेरी ओर आँखें नहीं उठायी और संगीत ने भी मुँह नहीं खोला।

गाड़ी ने तेजी पकड़ ली तो मैंने पीछे घूरते हुए कहा, ''अच्छा किया तुमने संगीता—रेगिस्तान की प्यास में जल से बड़ा कुछ नहीं होता।'' वीरेन्द्र का डिब्बा मेरे सामने से निकलने लगा तो मैं दौड़ते-दौड़ते उसकी खिड़की पकड़े बढ़ने लगा। वीरेन्द्र ने मेरा हाथ खिड़की से हटाते हुए कहा, ''परसों सैटरडे है, तू अपनी संगीता के पास चले जाना—वहाँ से लौटने के बाद मेरी याद बची रह जाए तो ख़त लिख देना।'' उसके शब्द मुझे अपने हृदय में घुसते हुए भाले जैसे लगे लेकिन तब तक उसका डिब्बा भी मुझे पीछे छोड़कर आगे निकल गया। मैं कुछ पल वीरेन्द्र का खिड़की के बाहर हिलता रूमाल देखता रहा—थोड़ी देर में सारा प्लेटफार्म सूना हो गया। बस रह गया तो वही दिन के उजाले से भी ज़्यादा काटनेवाला नीली रोशनियों का सैलाब!

न जाने कितनी तसवीरें मेरी आँखों के आगे आयीं और चली गयीं—एक साथ कितने ही दृश्य उभरे और एक-दूसरे को काटते हुए विलीन हो गये। मुझे लगने लगा कि मेरे पैर सर्दी की शिद्दत से वहीं प्लेटफार्म पर जम गये हैं। अभी दो-तीन महीने पहले की बातें मेरे मस्तिष्क में ऐसे उड़ी-उड़ी-सी तैरने लगीं गोया उनका यथार्थ महज़ एक छलना हो।

अभी उस दिन मैं संगीता के चाचाजी के पास बैठा था, वे अपने शिकार के किस्से सुनाते जाते थे और अपनी बीहड़, मूँछें ऐंठते हुए, मेरी ओर दिलचस्पी से देख लेते थे। वे जोश में कह रहे थे, ''उस साल नीदर सोल को कुछ झक सवार हुई कि तराई में दस-बारह दिन की पड़ी लगा बैठा और आदमखोर टाइगर भी ऐसा घाघ निकला

कि उधर झाँका भी नहीं—हाँका एक तरह से बेकार ही गया।'' उसी दरम्यान संगीता भीतर से आयी और मुझे संकेत करके बोली, ''आपको बड़ी अम्मा याद कर रही हैं।'' उसकी बाधा से चाचा की कहानी बीच में ही छूट गयी—मुझे नहीं मालूम उस धताबाज आदमखोर बाघ का क्या बना और मैं उठकर अन्दर चला गया। ड्यौढ़ी में घुसते वक्त उसने मुझे कन्धे से थामकर टहोका दिया और आँखें टेढ़ी करके धीमी से आक्रोश में फुसफुसाकर बोली, ''बड़े लाट साहब हो गये हैं आप, बेपर की सुनने में ख़ास मज़ा आने लगा है जनाब को? मुसाहिबी में बड़ा जी लगता है न? जब तक चार बार बुलाया न जाए उठने का नाम ही नहीं लेते। अम्मा ने आपको नहीं बुलाया है—लौटना चाहते हैं तो लौट जाइए।'' अभी संगीता और भी न जाने मुझे कितना कोसती कि तभी बड़ी अम्मा का स्वर कहीं निकट ही सुनाई पड़ने लगा।

मैं अन्दर बड़े कमरे में पहुँचा तो बड़ी माँ के भी उलाहने सुनने पड़े। संगीता ने मुझे वहाँ भी नहीं छोड़ा—अपनी बड़ी-बड़ी हिरनी आँखें तरेरकर बोली, ''अम्मा कुछ मत कहो, अब फ़ुर्सत नहीं मिलती बेचारों को—मैनेजर साहब हो गये हैं कोई मज़ाक़ थोड़े है—देख लेना कुछ दिनों बाद ही सबको पहचानना भी भूल जाएँगे।'' फिर मेरी ओर एक आँख छोटी करके बोली, ''ठीक है न मैनेजर साहब?''

अम्मा हँसते हुए उठकर चली गयी तो मेरे सिर पर खड़े होकर वह बहुत धीरे-से बोली, ''मेरा ख़त मिल गया था?'' मैंने आशंका से इधर-उधर देखा कहीं कोई सुन तो नहीं रहा। उसने मेरा भय भाँप लिया तो भौंहें चढ़ाकर बोली, ''इतना घबराते हो, फिर आते ही क्यों हो?'' मैंने झल्लाकर कहा, ''तुम्हारी वजह से आता कौन कमबख़्त है?''

''तो फिर जरा सुनूँ वह कौन महाभाग है जिसकी वजह से महज एक रात के लिए डेढ़ सौ मील चलकर आते हो?''

''क्यों बड़ी अम्मा नहीं हैं, भाभी नहीं हैं, ठाकुर चाचा नहीं हैं? इस इतने बड़े मकान में आपके अलावा और कोई है ही नहीं?'' अबकी बार मैंने भी भौंहें टेढ़ी कर लीं। उसने मेरी नकल उतारते हुए कहा, ''होने का इधर घर में एक अदद कुत्ता भी है—हमारा नौकर राम खेलावन भी है।'' फिर बहुत आहिस्ता से बोली, ''सच बताना आपको मेरे सर की क़सम—मेरा ख़त आपको आज ही मिला है न?''

मैंने उसे ख़त की बाबत कुछ नहीं कहा। बनावटी ग़ुस्से से बोला, ''हमेशा यों ही तंग करती हो—दो दिन बाद मैं ख़ुद ही आने वाला था—बस फ़रमान जारी करके सारा कुछ चौपट कर देती हो।''

इस बार वह सन्तुष्ट होकर बोली, ''फिर अपने आपसे जल्दी क्यों नहीं आते?''... अपनी बात बीच में ही तोड़कर बोली, ''यहाँ बैठकर कोई चैन से बात

नहीं करने देना—मैं अभी आती हूँ—सूरदास का 'भ्रमर गीत' मेरी समझ में नहीं आ रहा है—दो-चार पद पढ़ा देना—आख़िर पुराने दिनों से आपको कुछ सम्बन्ध तो रखना ही चाहिए।''

वह शायद अपनी पुस्तक लेने चली गयी—मैं क्षण भर के लिए अकेला हो गया तो सोचने लगा कि इस घर में सर्वप्रथम मेरा प्रवेश एक ट्यूटर के रूप में ही हुआ था तब शायद सातवीं जमात में थी—उसके और बड़े भाई-बहन बड़ी कक्षाओं में थे—वह छोटी थी—उसको पढ़ाते समय मैं इसी घर में रहता था—खाना यहीं खाता था और घर का एक सदस्य समझा जाता था। अब वह एम.ए. कर रही थीं—मुझे भी तीन बरस नौकरी करते हो गये थे मगर संगीता का व्यवहार अभी तक पुराने दिनों जैसा था हालाँकि उसकी नज़रों में उम्र कोई और भाव ले आयी थी।

संगीता ने किताब खोलकर सामने रख ली और मुझसे आहिस्ता-आहिस्ता बातें करने लगी। अभी कठिनाई से पाँच-सात मिनट गुज़रे होंगे कि उसकी बड़ी भावज उधर आ निकली। उनके चेहरे पर हँसी अवश्य थी मगर आँखों में कुछ साफ टटोलनेवाली जिज्ञासा थी। संगीता उन्हें देखकर कुढ़ गयी मगर मुँह से कुछ न बोलकर कापी पर कुछ लिखने लगी। मैंने देखा—उसने घसीट में लिखा 'नो वर्ड एनी मोर, शी प्लेज़ स्पाई, फरदर डायलॉग्स इन ब्लैक एंड व्हाइट—(आगे कोई बातचीत नहीं करना है—आगे जो कहना है लिखकर कहो)।

मुझे लगा भाभी बग़ैर पढ़े भी सारी स्थिति भाँप गयी हैं। मुझे भय की एक विचित्र सिहरन हुई। मैंने अपराधी आँखों से भाभी की ओर देखा। वह वहाँ ठहरना तो चाहती थीं पर संगीता ने वहाँ शायद एक कुर्सी को छोड़कर बाकी फर्नीचर पहले से ही हटा दिया था। भाभी ने कोने में पड़ी एक उपेक्षित-सी कुर्सी खींची और हम लोगों के पास आकर बैठ गयी। उनके बैठ जाने से संगीता का मूड एकदम बिगड़ गया वह मुझसे नाराज़ होकर बोली, ''आप पढ़ाइए न।''

संगीता ने पेंसिल से एक पद को रेखांकित किया और बोली, ''पढ़ाइए।''

मैं अजीब-सी परिस्थिति में फँस गया—पद न पढ़ूँ तो साफ लगे कि मैं अपराधी और पढ़ूँ तो भी वह परिस्थिति के अनुकूल प्रतीत न हो! अन्ततः मैंने साहस करके पढ़ना शुरू किया—

धेनु दुहति अति ही रति बाढ़ी,
एक धार दोहनि पहुँचावत,
एक धार जहँ प्यारी ठाढ़ी।

मैं चाहता तो कह सकता था—'अब बरसों से पढ़ने से मेरा सम्बन्ध छूट गया है।' मगर यह भी नहीं सूझा और मैं पंक्तियों का अर्थ यकायक नहीं बोल पाया। पूरा पद शृंगारिक ही नहीं घोर रोमांटिक था—उसका अर्थ भी अस्पष्ट नहीं था। मुझे कुछ

न कहते देखकर संगीता बोली, "चलो छोड़ो इसका अर्थ तो मैं सुनकर समझ गयी—अब यह बताओ राधा-कृष्ण एक-दूसरे को प्रेम करते थे न?"

मैंने हकलाते हुए विवशता से कहा, "हाँ, इस पद को पढ़ने से तो ऐसा ही लगता है।"

"तो फिर!" उसने प्रश्नसूचक आँखें उठाकर मुझे देखा, "जब उनके प्रेम की इतनी दुहाई दी जाती है कि बड़े-बूढ़े भी सुबह से शाम तक उनकी जोड़ी का स्मरण करते-कराते नहीं थकते तो फिर 'फ्री लव' (स्वतंत्र प्रेम) को गाली देने का क्या मतलब है? राधा का कृष्ण के साथ परम्परागत ढंग से विवाह नहीं हुआ—कृष्ण ने दूसरी औरतों से शादी की। फिर राधा को उनके साथ जबरदस्ती क्यों घसीटा जाता है। यह पाखंड मेरी समझ में नहीं आता कि एक तरफ़ तो आप किसी और की पत्नी को कृष्णजी के साथ जोड़ते हैं और अपने सामाजिक जीवन में इसे कलंक का नाम देते हैं—व्हाट ए हिपोक्रेसी! (यह क्या पाखंड है)?"

अपना तर्क देते-देते संगीता हाँफ गयी और उसकी नाराज़गी कुछ और बढ़ गयी। उसका तर्क अचूक था मगर भाभी की उपस्थिति में इस विषय पर मेरी ज़ुबान से कुछ निकलना असम्भव था। मैंने अपनी जान छुड़ाने की गरज से कहा, "यह हिपोक्रेसी मैंने तो नहीं की। फिर मुझे क्या मालूम? कुछ ख़राबी तो इसमें होगी ही तभी न समाज ने इसे साधारण आदमी के लिए ख़राब बतलाया है।"

संगीता मेरी समझौतावादी नीति से बिगड़ खड़ी हुई, "आप हैं बेपेंदी के लोटे, जिन चीज़ों के लिए जान देने के पीछे नहीं रहेंगे उन्हें भी खुलकर स्वीकार नहीं कर सकते—इन माइ ओपनियन इटज़ इम्मोरल' (मेरी नज़र में यह अनैतिक है)।

मुझे संगीता की झुँझलाहट से लगा कि वह आज कुछ बहुत साफ ढंग से कहना चाहती है और मुझसे भी स्पष्ट कुछ सुनना चाहती है। भाभी को संगीता की मुखमुद्रा से वह सब मिल गया जिसकी टोह में ही शायद वह इधर आयी थीं—अतएव वह उठकर चली गयी। अभी उन्होंने दहलीज़ भी पार नहीं की थी कि संगीता फुफकार उठी, "पंजों के बल चलकर आती हैं बिल्ली कहीं की।" फिर उठते हुए बोली, "सारी शाम चौपट हो गयी—सब मूड बिगड़ गया—अब बैठकर वक़्त काटने का क्या फायदा? चलो काका के पास बैठो—खाना लेकर आ रही हूँ।" और चलने से पहले फिर थमककर खड़ी हो गयी और मुझे धमकाने लगी, "खाना खाने के बाद वह जब भीतर आयें तो उनके पीछे पूँछ की तरह चले मत आना—वहीं बैठकर मेरे ख़त का जवाब लिखना, मैं भी जरा देर को तभी आऊँगी।"

मैं चाचा के पास जाकर बैठा ही था कि उन्होंने भारी भरकम रेडियो के पीछे से

बोतल निकाली और दो गिलासों में थोड़ी-थोड़ी डाल दी। मैंने आनाकानी नहीं की—सोचा शायद इसी चीज़ के सहारे संगीता से कुछ साफ बातें कर सकूँ। पहले मैं बहुत आनाकानी किया करता था मगर आज सहज ढंग से शराब स्वीकार करते देखकर चाचा बोले, "नाव यू आर फिट टु बी ए मैन" (अब तुम काम के आदमी हो गये)।

मैंने बहुत थोड़ी-सी ली। जितनी देर में मैंने एक-डेढ़ पैग खत्म किया उन्होंने आधी बोतल साफ़ कर दी और खड़े होकर बोले, "मैं अभी आया तुम कपड़े-वपड़े बदलो।"

मैं बरसों से जानता था कि वह हमेशा यही करते हैं। चार-छः पैग चढ़ा लेने के बाद दोनों बाजुओं को कन्धे पर आड़े-तिरछे बाँधकर, एड़ियों को उचकाते हुए जब तक सड़क पर खड़े होकर दो-चार आने-जानेवालों को रोककर बातें नहीं कर लेते उन्हें चैन नहीं पड़ता। मूड की बात है। सड़कें के किनारे दो-ढाई घटे भी खड़े रह सकते हैं। उनके चले जाने के बाद न जाने मुझे क्या सूझी कि मैंने अपना गिलास पूरा भर लिया और गटागट पी गया। मुझे गिलास मेज़ पर रखते वक्त संगीता ने देख लिया। वह हाथ में दूध का गिलास लिये हुए थी। उसकी सारी मुखमुद्रा एकबारगी निराशा से भर उठी पर दूसरे क्षण उसकी भौंहें तन गयीं और माथे पर बल पड़ गये। उसने अपने होठों को कठोरतापूर्वक दाँतों से काट डाला। मैंने देखा कि उससे ख़ून की बूँदें रिसने लगी हैं और उसका सारा चेहरा तमतमा उठा है।

मुझे संगीता का वह स्वरूप विस्मयकारी मोहक लगा। मैंने टूटती लड़खड़ाती आवाज़ में उसे पास आने के लिए कहा। उसके इस विप्लवकारी रूप से मुझे इस समय कोई भय नहीं रहा बल्कि मैं और भी धृष्ट हो गया। सहसा संगीता के चेहरे का तनाव ढीला पड़ गया और वहाँ एक ठगे जाने की बेबसी दीख पड़ने लगी। मेरे देखते-देखते उसका पूरा अस्तित्व उड़ता-सा लगने लगा और मैं एक लम्बी-सी साँस लेकर बिस्तर पर औंधा हो गया।

खाने का आरम्भ मुझे कुछ-कुछ याद है मगर उसका अन्त कब और कैसे हुआ मुझे बिलकुल याद नहीं है। न जाने कितनी देर बाद मैंने बिस्तर पर करवट बदली तो सुना कि चाचा की अन्दर से ठठाकर हँसने की आवाज़ आ रही है। रेडियो बहुत तेज बज रहा था लेकिन उसकी तानों का अर्थ समझने का मुझे कोई होश नहीं था। तभी संगीता फिर कमरे में आयी और बाहर तक जाकर मेरे निकट लौट आयी। कमरे से बाहर लॉन में अँधेरा और सन्नाटा फैला हुआ था। मेरा मन हुआ कि बिस्तर से उठकर बाहर एकान्त में चला जाऊँ और संगीता से उसके मन की बातें करूँ...मगर दैहिक विवशता ने मुझे वह नहीं करने दिया। संगीता दुख से बोली, "चाचा के साथ

आप भी अपना सत्यानाश करने लगे हैं—क्या आप यही कुछ करने के लिए यहाँ आते हैं?"

मैंने उद्धत होकर कहा, "मैं कौन रोज़ पीता हूँ—कभी महीने-दो महीने में हो गया..." संगीता ने मुझे बात पूरी नहीं करने दी। अस्फुट स्वर में बोली, "सभी ऐसा ही तो कहते हैं जब चाचा तुम्हारे बराबर थे तब वह भी किसी से ऐसा ही कहते होंगे।"

मुझे उदासी में ग़र्क संगीता पर बेहद प्यार उमड़ आया; मैंने कहा, "यहाँ आओ संगीता—सिर्फ़ एक मिनट के लिए।" किन्तु वह मेरे पास नहीं आयी—मेरी मनुहार के उत्तर में उसने सिर को एक झटका दिया और कातर होकर वह बोली, "ऐसा ही अनोखा है अपना भाग्य—ठीक भी है एक बोतल और एक लड़की के बीच जब चुनाव होता है तो अक्सर लड़की ही हार जाती है।"

उसकी बात मेरे भीतर जाकर कहीं बहुत गहराई में टकराई और मेरी आँखों से, भावुकता के उद्रेक में आँसू बहने लगे। लेकिन संगीता न एकदम आगे बढ़ी और न उसने मुझे सान्त्वना ही दी। वह कई मिनट जड़मूर्ति की तरह निश्चल खड़ी रही और फिर चुपचाप चली गयी।

जाते समय उसने एक दफ़ा भी उस पत्र के विषय में नहीं पूछा जिसका उत्तर वह आग्रहपूर्वक चाहती थी। उसके जाने के बाद भी मुझे देर तक अहसास नहीं हुआ कि अब संगीता एक बार भी इधर नहीं आएगी। मैंने दो-तीन दफ़ा उठने की कोशिश की मगर मैं अपने पैरों को नियन्त्रित करने में असमर्थ ही रहा।

...अगले रोज़ जब मेरी आँखें खुलीं तो सारे कमरे में उजली धूप फैली हुई थी। दस बज चुके थे और चाचा नहा-धोकर कपड़े बदल रहे थे, शायद कहीं बाहर जाने की तैयारी में थे। मुझे जगा हुआ देखकर बोले, "गीता चाय ला देगी—मैं दो घंटे के भीतर ही लौट आऊँगा।"

मुझे रात की बातों का कुछ-कुछ ख़याल आ रहा था। संगीता के अपमान से मेरा मन अभिमान से भर उठा। मैं बोला, "क्या मैं इतना भारी पड़ने लगा हूँ कि आप अपने हाथों से मुझे एक प्याली चाय बनाकर भी नहीं देंगे।"

काका ने चाय केतली में भरकर मेरे सामने रख दी और जाते हुए बोले, "अब तो आज्ञा है? मैं जल्दी ही लौट रहा हूँ।" चाचा के जाने के बाद मैं उठा और बिना किसी से कहे-सुने वहाँ से चाय पीते ही भाग लिया।

सारे रास्ते मेरे मन में द्वन्द्व रहा। मैं दिल से जानता था कि संगीता का आक्रोश अपनेपन की वज़ह से था—उसकी कठोरता के पीछे मेरे लिए, दिल हिला देनेवाला रुदन था—उसका अभिमान मुझ पर अपना स्वत्व दिखने को ही था। उसने बराबर मेरा इन्तज़ार किया होगा—किसी तरह भी नहीं समझ पायी होगी कि मैं इस तरह

बग़ैर बताये क्यों चला आया। उसका ख़त मुड़ा-तुड़ा मेरी जेब में पड़ा था—उस अनुत्तरित पत्र ने मुझे रास्ते भर खासा बेचैन किया। कई बार मन हुआ कि आधे रास्ते से ही लौट पड़ूँ पर वैसा नहीं हो पाया। इसके बाद संगीता का कोई पत्र मुझे नहीं मिला—मैं भी अपने किये पर पछताते रहने के अलावा संगीता को कोई सन्देश नहीं भेज सका।

...सहसा कोई गाड़ी धड़धड़ाती मेरे सामने प्लेटफार्म पर आ लगी। मैंने देखा घड़ी में तीन बज रहे थे। ओफ़! कितना वक़्त यहाँ खड़े-खड़े गुज़र गया? और मुझे लगा कि संगीता मेरे लिए केवल एक अनगूँज भर रह गयी—दूर बहुत दूर चली गयी एक उदास स्वर लहरी की अनुगूँज!

रोज़गार

''मास्टर, ओ मास्टर सोगिया के'' आटे में सने हुए हाथों को रगड़ते हुए, सोलह-सत्रह वर्ष की एक युवती आँगन में महुए के पेड़ के नीचे आकर खड़ी हो गयी। लम्बे, चौड़े, कच्चे आँगन में एक युवक खुरखुरी खाट पर निढाल-सा होकर पड़ा हुआ था। मकान की दहलीज़ को पार करके कच्ची ईंटों के बने हुए दो बेडौल कमरे और एक ओसारा था—चौके के बायीं और कई गाय-भैंसें बँधी हुई थीं। ओसारे के छप्पर से होकर धुएँ के बादल उठ रहे थे, शायद बोरसी में दूध गरम होने के लिए रख दिया गया था। युवक ने आँखों पर से हाथ हटाकर देखा—पसीने में लथपथ बड़े-बड़े नेत्रोंवाली नाम-गुण के अनुरूप श्यामली, एक मैली-सी लाल किनारे की धोती पहने मुँह की ओर टकटकी लगाये देख रही थी। उसने आलस और थके हुए स्वर में पूछा, ''क्या बात है, क्यों चीख रही थी?''

''बात के है। आज रोट्टी-शोट्टी नी खाणी?''

''रोटी बन गयी। अच्छा तू चल, मैं अभी आया।'' यह कहकर युवक फिर करवट बदलकर लेट गया। वह एक मैली-सी लुँगी और बनियान पहने लेटा था और उसकी बाँहों पर खाट के निशान उभर आये थे। लड़की वहाँ से हटी नहीं, कहने लगी, ''तैं खोरड़ी चारपाई पे क्यूँ पड़ा—बण नी चुभते? सारी, बाँह में घाँई पड़गी।'' उसने अपनी बाँहों को देखा और मुस्कराकर बोला, ''अरे तू जाकर चूल्हा क्यों नहीं देखती—रोटी सब जल-भुन जाएगी।'' लड़की ने नाराज होकर पाँव पटके और दो कदम चलकर मुड़ी और कहने लगी, ''मेरे से के? मतणा आवे—तेरी रोट्टी ठंडी होके ठीक्कर हो जाँगी—फेर पेट पकड़ो फिरिये। यहाँ तो सोड्डे-लेमण की भी काई हाट नी।''

देर से रोटी खाने पर, सम्भावित हानियों को लक्ष्य करके उसे एकाएक ज़ोर की हँसी आयी और वह कठिनाई से हँसी रोकते हुए बोला, ''ओ हो! तू तो बिलकुल डॉक्टर हो गयी।'' यह कहते हुए वह उठकर खड़ा हो गया। अब युवती के चेहरे पर बड़ी प्यारी मुस्कान उभरी और वह इठलाती हुई चौके की तरफ़ चली गयी।

यूनिवर्सिटी में पढ़ते हुए वह आज के बारे में बिलकुल ही अँधेरे में था। बन्धु, परिजनों से शाबासी पाने लायक श्रेणी में मास्टर की डिग्री लेकर उसने लाउंडरी में 'अर्जेंट' के जेंट पर ज़ोर देते हुए कपड़े धुलवाये थे। बड़े-बड़े महाविद्यालयों में मुख पर खासी गम्भीरता और तनाव लेकर इंटरव्यू देने गया था। पर मानो इस टीमटाम और कष्ट-सहिष्णु अभिनय को किसी ने देखकर भी नहीं देखा ओर उसे कभी पन्द्रह तो कभी पाँच ही मिनट के बाद इंटरव्यू के कमरे से निकलते हुए एक सूखा-सा धन्यवाद मिलता रहा। ऐसे अवसरों पर जितनी जल्दी हो सका वह घर पहुँचता रहा। शुरू-शुरू में इस असफलता को दूर करने का सीधा-सा नुस्ख़ा यह था कि इंटरव्यू खत्म करके बाहर निकलते ही सिगरेट सुलगा लेता और लम्बे-लम्बे कश खींचकर कहता, "चलो छुट्टी हुई, सालों ने बेकार हैरान किया।"

न जाने महुए के पेड़ के पास खड़ा क्या बुदबुदा रहा था कि श्यामली की चीख उसके कानों से टकराई, "रोट्टी कितनी बार की धरी है—तैं फिर से सोचता रह गया?" वह बेमन से आगे बढ़ा और आँगन के कोने में जाकर खड़ा हो गया। वहाँ श्यामली रोटियाँ सेंक रही थी। कुछ तो शिद्दत की गर्मी और कुछ आग की तपन से उसको बहुत पसीने आ रहे थे। उसका मुँह तमतमाकर लाल हो गया था और गर्दन से बहते हुए पसीने से उसके वक्ष पर तनी हुई चोली भीगकर चिपक गयी थी। वह धोती के आँचल से बार-बार पसीना पोंछ लेती थी। वह सिर झुकाकर चूल्हे की आग ठीक कर रही थी, उसने सिर उठाकर देखा कि सतीश एकटक उसी को देख रहा था। वह लजा गयी और अपने आँचल को ठीक करती हुई बोली, "तैं हर बख़त के सोच्या करे। गम सुद्दड़ (गुमसुम) सा आके खड़ा होग्या ऊँधै पलहँडी पे से पाणी क्यू नी लेता?" अपने विचारों में डूबे सतीश की आँखें श्यामली के मुख पर ही जमी रहीं और वह उसकी बात का कुछ भी अर्थ न समझा। श्यामली ने झींखकर एक भारी लोटा उठाकर उसके हाथ में पकड़ा दिया। तब उसे कुछ होश आया और हड़बड़ाकर उसने लोटे को पकड़ा और पानी भरने चल दिया। श्यामली जिस पटरे पर बैठकर खाना पका रही थी, वह पटरा उसने सतीश की ओर सरका दिया। सतीश की ओर थाली बढ़ाते हुए, उसने, उसके उदास मुख को देखकर, कहा, "मैं जाणू हूँ इस हूस गाँ में तेरा जी नी लगता, फेर भला तैं यहाँ के कारण खात्तर आया? कैसी तो तेरी बणावट और कैसा यों गाँ। तेरी खात्तर क़स्बे में कोई चाकरी नी थी के।"

वह श्यामली के कुल्हाड़े जैसे भारी और कर्कश शब्दों के पीछे छिपी आत्मीयता से सिहर उठा। वह व्यथित होकर सोचने लगा कि वह श्यामली को कैसे बताये उसने अपनी ओर से कोई कसर नहीं उठा रखी, मगर किसी को उसकी सुघर बनावट पर रहम नहीं आया और उसे हर एक जगह से नाक़ाबिल करार देकर दुत्कार दिया गया।

श्यामली ने उसकी थाली में देखा कि उसने इतनी देर में आधी भी रोटी नहीं खायी थी। श्यामली ने उसके मुँह पर आँखें केन्द्रित करके पूछा, "भाजी अच्छी णी बणी के।" वह फ़ौरन ही बोला, "नहीं शमली सब्जी में बहुत स्वाद है...मैं इसीलिए तो धीरे-धीरे खा रहा था।" और उसने बड़े-बडे टुकड़े तोड़कर जल्दी-जल्दी चबाना शुरू कर दिये, किन्तु मानो श्यामली को कोई आश्वासन नहीं मिला। बोली, "नागाहनी क्यूँ झूठ बोल्या करे, थोड़ा-सा घी होर ले ले।" कटोरी से घी का चमचा भरकर श्यामली ने उसकी थाली की ओर बढ़ा दिया और बोली, "ल्या थाली आग्गे कू ला।" सतीश के नहीं कहने पर भी उसने घी का चमचा उसकी सब्ज़ी में छोड़ दिया और फिर बड़ी ममता से कहने लगी, "तू सोच-सोच के यूँही झूरता रह—रोट्टी तो अच्छी तरियों खाया कर।" वह चुपचाप सिर झुकाये रोटी खाता रहा और श्यामली अन्यमनस्क होकर रोटियाँ सेंकती रही। आज तो जैसे-जैसे उसे सतीश को रोटी खिलाने का सुयोग हाथ आया था और सतीश इतना उदास और खोया-खोया होकर मरे मन से रोटियाँ खा रहा था। श्यामली का सारा उत्साह फीका पड़ गया। वह खाते-खाते फिर सोचने लगा—बड़े-बड़े कॉलेजों से निराश होकर उसने छोटे कॉलेजों में ही अर्जियाँ देनी शुरू कर दीं। इन कॉलेजों में अर्जियाँ देते समय वह दरख़्वास्तों के अन्त में पुनश्च करके लिखता—'इंटरव्यू के लिए उसी हालत में बुलायें जब आने-जाने का खर्चा दें।' कहीं से भी उसके ऐसे आवेदन-पत्रों का जवाब तक नहीं आया। फिर उसने क्लर्की के लिए ही कोशिशें की, सोचा—चलो इस तबाही से तो क्लर्की ही अच्छी। मामूली क्लर्क की जगह भी न पाने पर उसने दो वर्षों तक ख़ूब तैयारी की और कम्पटीशन में बैठा मगर आशा की कोई किरण उधर से भी नहीं झाँकी। जिन सम्बन्धियों ने एम.ए. पास होने पर बधाई के तार भेजे थे, उन्होंने इतनी उमर में उसे खाली देखकर ऐसा कातर मुँह बनाया, जैसे किसी जवान विधवा को देखकर क्षुब्ध हो रहे हों। उसने एक बार फिर से कॉलेजों के चक्कर काटने शुरू कर दिये। जब भी वह इंटरव्यू में जाता तो पूछा जाता कि उसने बी.ए. किन विषयों को लेकर पास किया। जब वह विषय बता देता, तो चुनाव कमेटी के लोग बड़े क्षोभ के साथ लाचारी जताते हुए कहते अगर आपने अमुक विषय लेकर पास किया होता तो हम आपको अवश्य रख लेते। कहीं पूछा जाता, 'आपने डबल एम.ए. नहीं किया?' किया होता तो हम आपको जगह ज़रूर दे देते।" वह ऐसे सवालों से झुँझला उठता और कहता, 'जनाब! मैंने अपनी दरख़्वास्त में सब कुछ खोलकर लिख दिया था—आपने मेरी अर्ज़ी देखी भी है।' और गंजी खोपड़ीवाला कोई निरक्षर पेटू परचूनी या आढ़ती ट्रस्टी उत्तर देगा—'जब आप यहीं इतना गर्म होते हैं तो लड़कों को क्या खाक पढ़ाएँगे?' इसका उत्तर वह कुछ न देता, भुनभुनाकर सलेक्शन कमेटी को मन-ही-मन गालियाँ देता हुआ उठकर चल देता।

श्यामली ने उसकी बाँह झकझोरकर कहा, ''कहीं तेरा जी तो ख़राब नी। उठ जा रहण दे, दूध पी लिये।'' उसने हँसने की कोशिश करके कहा, ''नहीं श्यामली मेरा जी बिलकुल ठीक है—ला थोड़ी तरकारी और दे।'' श्यामली ने सब्ज़ी दी और चूल्हे में सिकती हुई रोटी की तरफ़ इशारा करके कहा, ''यो गरम-गरम फुलकी दूँगी।'' और चूल्हे से निकालकर रोटी को ज़मीन पर पटका, चुपड़ा और उसकी थाली में छोड़ दिया। उसने रोटी खाते-खाते सोचा—दो साल पहले वह इलाहाबाद एक इंटरव्यू के सिलसिले में गया था तो नीना के यहाँ भी गया था। नीना ने जब उसके सामने थाली रखी थी, तो बहुत ख़ुश थी और किवाड़ की ओट में खड़ी होकर उसका मुँह देख रही थी। नीना से उसकी मँगनी की बातचीत चल रही थी। नीना के भाई और उसके बड़े भाई बरसों तक एक ही शहर में तथा एक ही दफ़्तर में साथ-साथ रहे थे। तभी से दोनों की गहरी मित्रता थी। शायद इसी बात का ख़याल करके बड़े भाई ने इलाहाबाद जाते समय उससे कहा था, 'होटल वग़ैरह में ही ठहरना वीरेन्द्र के यहाँ जाना ठीक न होगा—यों तो वीरेन्द्र से मिल ज़रूर लेना।' मगर वह नीना को देखने का लोभ संवरण नहीं कर सका और स्टेशन से सीधा नीना के घर ही चला गया। जब वह इंटरव्यू से लौटा, तो बहुत हताश था। नीना भी उसके सामने नहीं आ सकी थी, किन्तु तीसरे रोज़ जब वह जाने को था तो शायद भाभी की व्यवस्था से वह उसको खाना खिलाने आ पहुँची थी। वह रोटी का टुकड़ा तोड़ने से पहले खाँसा था और भूमिका बाँधने में असफल होकर बहुत क्षीण स्वर में बोला था, ''नीना तुम मेरी हालत तो देख ही रही हो। सौ-डेढ़ सौ की नौकरी के लिए मारा-मारा फिरता हूँ मेरे जैसे व्यर्थ प्रयास आदमी के जीवन में तुम कैसे रह सकोगी। तुम सब बातों पर एक बार फिर से विचार नहीं कर सकतीं?'' वह और भी बहुत-सी बातें कहना चाहता था, मगर नीना ने उसे रोककर कहा, ''देखिए आप मुझसे ऐसी बातें न कीजिएगा—इन सब बातों से मुझे बड़ा अफ़सोस होता है। आपने क्या यह समझ रखा है कि आपके बहुत रुपया कमाने पर ही मुझे ख़ुशी होगी? थोड़े-से रुपयों में भी तो काम चल सकता है। रुपया साध्य तो नहीं है और आप कैसे सोच सकते हैं कि आपको मैं रुपये के साथ रखकर लूँगी? क्या रुपया ही सब कुछ है?''

वह उस नीना को जो पिछली बार उसके इलाहाबाद आने पर अपने बड़े भाई के साथ बाज़ार गयी थी और पैंतीस-पैंतीस रुपये की कई साड़ियाँ और बिलकुल नये फैशन की मुगलिया तौर की कीमती मख़मली जूतियाँ ख़रीदकर लायी थी—बहुत कुछ समझना चाहता था। वह उससे कहना चाहता था कि यूनिवर्सिटी में ऊँचा काव्य और साहित्य पढ़कर वह पैसे की वास्तविकता को ठीक से नहीं समझी। वह यह भी कहना चाहता था कि ऊँचा साहित्य पढ़ते समय यूनिवर्सिटी के दिनों में भी यही सब सोचता था। मगर नीना ने उसे कुछ नहीं कहने दिया और जल्दी से जाकर

गरम चपातियाँ ले आयी और उसके नहीं-नहीं कहने पर भी उन्हें थाली में छोड़ दिया। नीना की आत्मीयता उसके सर्वांग को पुलकित कर गयी और वह यथार्थ की सारी विभीषिकाओं को भूलकर किसी ऐसे लोक में जा पहुँचा, जहाँ हँसी और विनोद के अलावा किसी वस्तु या अभाव का अस्तित्व ही नहीं है। वह धीरे-धीरे खाना खाता रहा और अनिमेष दरवाज़े से लगी नीना को देखता रहा। सतीश के थमे हाथों को लक्ष्य करके वह लज्जामिश्रित हँसी के बीच बोली थी, ''पहले खाना खा लीजिए—फिर मुझे पूरे मनोयोग से देख लीजिएगा।'' यह सलज्ज भाव से सिर झुकाकर खाना खाने में लगा था।

जब वह उठा तभी 'गुलाबो काकी' ने ओसारे में ज्वार का गट्ठ फेंका और चौके की तरफ़ आती हुई बोली, ''हे श्यामी तणैं इसे रोट्टी खवा दी के।'' श्यामली ने झुँझलाकर उत्तर दिया, ''के ख़ाक खुवादी—तू ही सिंभाल अपने छौन्ने कूँ।'' गुलाबो काकी ने अपनी ओढ़नी से हवा करते हुए कहा, ''देख्या बेट्टा सतीश एक दिन में ही यो हालियत होगी इस डुटिणी (दुष्टिनी) की।'' काकी उसकी पीठ पर हाथ रखकर बोली, ''चल ऊँधै—इहाँ सी तै क्यूँ तपे?'' वह हाथ धोकर आँगन में पड़ी खाट पर जाकर बैठ गया।

उसकी आँखें धुँआ देती ढिबरी पर केन्द्रित हो गयीं और उसे नीना के उन पत्रों की याद आयी जिनमें कभी उसने लिखा था, ''क्या इतने नाराज़ हो गये कि अब एक बार भी कोई बहाना निकालकर इलाहाबाद नहीं आ सकते?'' और कभी उसने लिखा, ''भैया कहते हैं कि तुम न उनसे मिलते हो और न कोई स्पष्ट बात करते हो।'' उसका मन अत्यन्त खिन्न हो उठा। वह अपनी परिस्थितियों पर विचार करने लगा। इस गवई-गाँव में जहाँ से सात मील दूर तक न कोई स्टेशन हैं और न मोअर का कोई ठिकाना, दो मील पैदल चलकर तो ताँगें मिलते हैं, वह यहाँ किसको बुलाये या किसके पास जाए? वह इस गाँव के 'शहीद हाईस्कूल' में मास्टर है। सुबह से लेकर शाम तक छोटे बालकों तथा बड़ी कक्षाओं (नवीं, दसवीं) से घिरा रहता है। फ़ीस इकट्ठी करता है, रजिस्टर और डायरी भरता है, मास्टरी के साथ-साथ क्लर्की में भी माहिर हो गया है। लड़कों को परीक्षा दिलाने के लिए क़स्बे के स्कूल में लिवा ले जाता है तथा हेड मास्टर के 'सतीश बाबू' कहने पर किसी नये आदेश को पूरा करने के लिए सजग हो उठता है। वह एक सौ रुपये पर दस्तख़त करके केवल पिच्चानवे रुपये पाता है। गुलाबो काकी विधवा हैं और उसके केवल एक लड़की श्यामली है—उसके यहाँ यह केवल इसलिए जगह पा गया है कि एक ज़माने में उसके नाना इस इलाके के पटवारी थे और लोगों को उनकी भलमंसी आज भी नहीं भूली है। इस उजड़े से इलाके में वह बड़ा क्षुब्ध और खोया हुआ-सा रहता है, किन्तु गुलाबो तथा श्यामली के निश्छल स्नेह के कारण ही वह इस जगह पर

पड़ा दिन काट रहा है।

वह करवट बदलकर लेट गया। सिरहाने रखी बीड़ियों पर उसकी बाँह पड़ गयी और वे चर-चर करके टूटने लगीं। उसने एक ठीक-सी बीड़ी निकाली और तभी उसे याद आया कि नीना ने उसे सिगरेट पीने को कितने अनुनय से मना किया था। वह माचिस के अभाव में बीड़ी जलाने के लिए चौके की तरफ़ चल पड़ा। यह याद करके उसके सर्वांग में कड़वाहट फैल गयी कि पढ़ते हुए और यहाँ तक कि बेकारी के दिनों में भी सिगरेट की कमी उसे कभी नहीं हुई और अब 'रोज़गार' पाकर बीड़ियों में भी टोटा नज़र आता है।

वह चौके के करीब पहुँचा ही था कि एक आँख का ननुआ चपरासी हेडमास्टर का आदेश लेकर नमूदार हुआ। उसने हेडमास्टर का फ़रमान सतीश के हाथ में थमा यिा। सतीश उस पुर्ज़े को लेकर धुँआती ढिबरी के पास गया और उसने पढ़ा। कल डिस्ट्रिक्ट स्पोर्ट्स के लिए लड़कों को लेकर नकुड़ जाना है। मुँह अँधेरे चल देने से ही पहली मोटर मिलेगी। साथ जाने वाले लड़कों को ननुआ से रात को ही रवाना करा दो। वह एक मिनट तक उस कागज़ को लिए गुमसुम खड़ा रहा और फिर ननुआ को हैडमास्टर साहब का हुक्मनामा सुनाकर लड़कों के नाम बताने लगा।

ननुआ चला गया और वह हाथ की बीड़ी को जला भूलकर चारपाई की तरफ़ लौट पड़ा। श्यामली ने उसके हाथ की बीड़ी को देख लिया था। वह चिमटे में चूल्हे से एक कोयला निकालकर उसके पास ले गयी। बीड़ी सुलगाते हुए दहकते अंगारे के प्रकाश में उसने श्यामली का भोला सलोना चेहरा देखा और उसे बेसाख़्ता नीना की याद आ गयी। एक आह जैसी लम्बी साँस लेकर उसने मन-ही-मन कहा—कितने दिन हो गये नीना को देखे। काश! किसी बहाने एक बार नीना के पास जा सकता।

प्रताड़ित

सारे दिन की फाइली जड़ता के बाद, सिरदर्द लेकर जिस समय मैं घर में घुसा तो एक हंगामा मचा हुआ था। दो दल बाँधकर घरों की औरतें महाभारत का दृश्य उपस्थित किये हुए थीं। बच्चे उनके पाँवों में पड़े हुए अलग काँय-काँय कर रहे थे मगर किसी को इतनी फ़ुर्सत नहीं थी कि उनकी ओर ध्यान देता। उस सारे दृश्य से तटस्थ होकर बिना एक क्षण रुके, कमरे में चला गया और झोला कुर्सी पर फेंककर जूतों के तस्में खोलने लगा। मैंने यह बात जानने की किंचित भी परवाह न की कि आज युद्ध का कौन-सा नवीन प्रसंग उपस्थित हो गया। इस रोज़-रोज़ की हायबेला से मैं इतना तंग आ चुका था कि घर में घुसते समय ऐसे अप्रिय प्रसंग की सम्भावना मेरे लिए कठिन नहीं होती थी। मैंने कमीज उतारी और विषण्ण मुद्रा में कुर्सी पर बैठ गया।

शायद मेरी इस निर्विकार मुद्रा से युद्ध करने वाले दलों को विशेष बल नहीं मिला—बल्कि कहूँ निराशा ही हुई क्योंकि मेरे इस प्रकार बैठ रहने से पत्नी युद्ध-पर्व समाप्त करके भीतर चली आयी और मुझे आज के सन्दर्भों को खोलकर बताने लगी, ''देखो जी, इस तरह अब हमसे यहाँ एक दिन भी न रहा जाएगा। या तो ये लोग दूसरा मकान लें या फिर हमी...'' और यह कहने के साथ-साथ उसकी साँस फूल गयी कि झगड़े की भूमिका का समापन होता दिखाई देने लगा किन्तु उसने खँखारकर अपना गला साफ़ किया और स्वर की प्रखरता को ज़मीन पर ज़ोर से पाँव पटककर पूरा कर लिया, ''हाँ तो ये भी कोई बात हुई? हम इन लोगों के दबैल हैं? होंगे बड़े आदमी अपने घर के...''

यद्यपि मुझे झुँझलाहट हो रही थी और मैं चिड़चिड़ा हो रहा था किंतु तो भी स्वयं को भरसक संयत करके बोला, ''जब साथ रहना ही है तो फिर ख़ुश होकर क्यों न रहा जाए—इस आये दिन की तू-तू मैं-मैं से तो कोई समस्या हल होनेवाली नहीं।'' मैं यह बात कह तो गया किन्तु मैं जानता था कि यह दलील और शान्ति-सन्देश बेकार है। जब एक ही मकान के दो हिस्सों में रहनेवाले लोग एक-दूसरे से लड़ने पर आमादा हो जाते हें तो फिर किसी कारण की उतनी ज़रूरत नहीं रहती।

साथ रहने में जब तक एक-दूसरे को समझने की गुँजाइश रहती है तभी एक ऐसे भोंड़े प्रसंगों से बचा जा सकता है। जहाँ एक बार ऐसी अप्रिय स्थिति आरम्भ हुई कि फिर उसका कहीं कोई अन्त नहीं रह जाता। इस दुर्भावना का आरम्भ होते ही कि 'हम क्यों दबें', लोग एक-दूसरे की भावनाओं को ठेस पहुँचाने पर उतारू हो जाते हैं। और ठीक यही स्थिति हम लोगों की थी। यों मैं इस मकान में विवाह से पहले से रह रहा था। मकान बहुत बड़ा था। दो छोटे-छोटे परिवारों के लिए अलग-अलग रिहाइश भी थी मगर गैलरी तथा चौक एक होने के कारण वैसा अलगाव सम्भव न था।

मैं जब अकेला इस मकान में रहता था तो क़स्बे के पोस्टमास्टर जो तन्हा थे और जिनका बाकी परिवार गाँव में था—मेरे साथ रहने को आ गये थे। शनिवार की शाम को वह ऑफ़िस खत्म करके गाँव चले जाते थे और फिर सोमवार की सुबह दस बजे तक लौट आते थे। मैं और वे बरसों तक साथ रहते रहे और उनके अवकाश ग्रहण करने पर बाद में मैं फिर अकेला रह गया। उस समय क़स्बों में मकानों की ऐसी कोई किल्लत नहीं थी, मगर ज्यों-ज्यों क़स्बा औद्योगिक होता चला गया मकानों की परेशानी इतनी बढ़ती चली गयी कि लोग इस नगर में नौकरी करने से भी कतराने लगे। मैं अपना विद्यार्थी जीवन समाप्त करके अपने नगर में ही नौकरी करने लगा और विवाह कर लेने के बाद भी इसी मकान में रहता रहा। शादी के बाद कुछ दिनों तक तो ज़रा भी देर करके आता तो पत्नी घबराने लगती और बार-बार दरवाज़े पर आकर मेरी प्रतीक्षा करने लगती। मकान-मालिक दूर कहीं दूसरे शहर में रहता था और उसने पूरा मकान मुझे दे रखा था। इसलिए उसने बाकी हिस्से को किराये पर उठाने का अधिकार भी मुझको ही दे दिया था। मैंने पत्नी के अकेलेपन की स्थायो असुविधा का ख़याल करके अपने एक विवाहित मित्र को अपने साथ रहने का निमन्त्रण दे दिया। वे एक तंग से कमरे में अपनी गृहस्थी फैलाये पड़े थे। मेरे कहते ही अगले दिन में अपने सामान के तशरीफ़ ले आये और घूम-घूमकर सारे घर की तारीफ़ करने लगे। मैंने उन्हें दूसरी ओर का हिस्सा रहने को दे दिया और यों हम लोगों का खालीपन भर गया।

दो-तीन माह तक सब ठीक चलता रहा (शायद इसलिए कि इस बीच मेरी पत्नी अपने मायके चली गयी थी) किन्तु फिर वही कोलाहल शुरू हुआ जिसका अब कोई अन्त नहीं था। मेरा मित्र और उसकी पत्नी इस मकान में घुसते समय अपने आपको स्वर्ग में प्रवेश पा लेने का अधिकारी स्वीकार करते थे किन्तु अब वे यह घोषणा करते न थकते थे कि इस मकान में आकर उनके पुराने पापों का उदय हो गया है। मैं इस बात से इन्कार नहीं कर सकता था कि वे वास्तव में नरक यातना भोग रहे थे। इसका कारण यह भी हो सकता है कि मेरे मित्र का अधिक समय घर पर रहकर

ही कटता था और उनके कानों में कोई ख़राबी नहीं थी इसलिए बर्तनों की मामूली खनक से लेकर किसी के छींकने ओर खाँसने तक का उन्हें साक्षी रहना पड़ता था और बेचारे उन हरकतों को कहाँ तक नज़रन्दाज़ करते जो मेरा नौकर हर मिनट करता रहता था—दरवाज़ों को खोलने, बन्द करने की आवाज़, बिजली का बटन दबाने की आवाज़, नल की टोंटी का शोर, इस सबसे उनके कमजोर दिल की धड़कन बढ़ जाती थी। मैंने नौकर को हिदायत की हुई थी टेप से पानी लेने के बाद मीटर का बोल्ट कस दिया करे जिससे बूँद-बूँद टपकते पानी से मेरे मित्र के दिल पर कोई बुरा प्रभाव न पड़े मगर मीटर बन्द करने से एक नयी चख-चख की शुरुआत हो गयी, उनकी पत्नी ने ज़ोर-ज़ोर से चीखकर विरोध प्रकट किया, ''ये नल, अब किसने ठोंक के रख दिया—पानी क्या हम सड़क के नल से भरकर लायें।'' यदि उन्हें ज़रा-सा भी धैर्य होता तो वह नौकर से कहकर नल का बोल्ट खुलवा सकती थीं इससे उन्हें इतना अधिक सन्ताप न भोगना पड़ता। सुबह से शाम तक घर और बाज़ार के कितने ही काम मेरे नौकरों से करवाने में उन्हें कोई संकोच नहीं था किन्तु पाइप की कसी टोंटी खुलवाने में उनकी मानहानि का कोई पारावार नहीं था।

चाय पीते-पीते मैंने दूसरे कमरे से बड़बड़ाहट सुनी, ''आप म्यूनिसपैल्टी में जाकर शिकायत क्यों नहीं करते, बिना लाइसेंस के ये लोग कुत्ता कैसे रख सकते हैं?'' यह मेरे मित्र की पत्नी का सुझाव था। थोड़ी देर ख़ामोशी रही, उसके बाद फुसफुसाहट में उत्तर मिला, ''नहीं, वैसी कोई बात नहीं है, मगर हमारी रज़ामन्दी के बग़ैर ये लोग कुत्ता नहीं रख सकते।'' यह मेरे मित्र की आवाज़ थी।

मैं चुपचाप चाय पीता रहा और उनके मन्तव्य सुनता रहा। फिर मेरा मित्र ही बोला, ''और तो सब ज्यादती ख़ैर सही जा सकती है मगर खजैले कुत्ते को घर में कैसे रखा जा सकता है?'' उनकी आवाज़ फुसफुसाहट से उभरकर अपेक्षाकृत तीखी हो गयी, मानो वे अपनी बात की गोपनीयता भूल गये और चाहने लगे कि जो वह कह रहे हैं वह भी मैं सुनूँ, ''गैलरी में पेशाब करके इनका कुत्ता रोज़ हमारा अख़बार ख़राब कर देता है, चाहे जब रसोई में घुस जाता है, छत गन्दी कर देता है, ख़ैर, यह तो किसी तरह भुगता जा सकता है; मगर इसका क्या किया जाए कि अब उसको खुजली भी हो गयी है?'' और उनकी पत्नी इतनी देर तक अपनी राय दिये बिना कैसे उनकी बात सुनती रहीं। मगर जब मैंने अपने मित्र की पत्नी की बात सुनी तो थर्रा उठा। वह कह रही थीं, ''नहीं जी! मैं कुछ नहीं जानती, ये हमारे बच्चों को बीमारी लगाएगा। मैं बाज़ार से ज़हर की गोलियाँ मँगाकर कल इसका किस्सा ही खत्म करवा दूँगी।''

यह सारा किस्सा मेरे कुत्ते डब्लू को लेकर था। डब्लू बरसों से मेरे पास था।

अपने परिवार की पूर्णता की कल्पना मैं डब्लू के बिना नहीं कर सकता था। डब्लू को न जाने कैसे खुजली हो गयी थी, वह सारे दिन अपने दाँतों से अपनी खाल उधेड़ता रहता था। उसकी गर्दन के पास के सारे बाल साफ़ हो गये थे और वह बैठा-बैठा अपनी टाँगों, कूल्हों तथा कन्धे को फाड़ता रहता था। जहाँ भी वह बैठता था वहीं ढेर सारे बाल नोंचकर फेंक देता था। जो कुत्ता घर का चौबीस घंटे का पहरेदार था और किसी बाहरी आदमी को दरवाज़े पर आते हुए भी भय लगता था, वही अब इतना अशक्त और हीन हो गया था कि उसे देखने से जुगुप्सा होती थी। मैंने नौकर को ताकीद कर दी थी कि डब्लू को छत से नीचे न उतरने दे और डॉक्टर के यहाँ ले जाकर नियमित रूप से इंजेक्शन लगवाये। कई दिनों से नौकर उसके लिए दवा ला भी रहा था, इंजेक्शन भी कई लग चुके थे और प्राय: उसे ऊपर छत पर ही रखा जाता था, मगर जब कोई ऊपर जाता था और असावधानी से दरवाज़ा खुला छोड़ आता था तो डब्लू झट से नीचे उतर आता था। जितनी ही देर बाद वह घर के लोगों को देखता था उतना ही प्रबल मोह उसका उमड़ पड़ता था और वह पड़ोसियों तक को भी ग़ैर समझे बिना उनके पाँवों में लोटने लगता था। घर का पुराना वफ़ादार मेम्बर होने के कारण उसमें ज़रा बेतकल्लुफ़ी ज़्यादा थी और अपने स्नेह की अभिव्यक्ति कभी-कभी मुखर होकर कर देता था। कहना न होगा यह बदतमीज़ी और बेजा हरकतें मेरे मित्र और उनकी पत्नी को सख़्त नागवार थीं।

स्थिति यहाँ तक असाध्य होती चली गयी कि जब डब्लू घर में दिखाई पड़ जाता तो तूफान खड़ा हो जाता। चल-चल, भाग-भाग और दुर-दुर की इतनी आवाज़ें उठतीं कि लगता घर में कोई उठाईगीर दाख़िल हो गया हो। डब्लू, जो किसी के फ़िकरों को पहले किसी तरह बरदाश्त न कर पाता और अपने अनादर का बदला लिये बिना न छोड़ता, अब लानतों को सुनकर सपाक से बाहर निकल जाता और देर तक न लौटता। मेरा घर में होना, उसकी सबसे बड़ी कमजोरी थी। मेरे घर में लौटने के समय का अनुमान करके वह दरवाज़े के इधर-उधर घूमना शुरू कर देता और जैसे ही मैं घर में घुसता वह मेरे पास आ जाता तथा पैरों में गर्दन डालकर बैठ जाता। मेरे पास थोड़ी देर बैठने के बाद उसकी झुकी हुई थूथनी ऊपर को उठ जाती, ढीली गर्दन तनने लगती और बुझी हुई निष्प्रभ आँखों में आग की लपट दिखाई पड़ने लगती। बावज़ूद इस शोचनीय अवस्था के मुझे उससे इतना लगाव होने लगता कि मैं उसे किसी भी प्रकार न खदेड़ पाता।

पिछले कई दिनों से मैं देख रहा था कि डब्लू मेरे सामने भी सिकुड़ता, सकुचाता हुआ ही आता था और बजाय दरवाज़े में घुसने के वह मूक होकर द्वार पर ही ठहर जाता था। वह देर तक ठहरा रहता किन्तु एक पल को भी न बैठता और उसकी निष्प्रभ आँखों में एक स्थायी उदासी झाँकती रहती। मैं उसे प्यार से आवाज़ें

देकर पास बुलाता किन्तु वह अपी निढाल गर्दन को एक क्षण ऊपर उठाकर फिर झुका लेता। उसकी खाल अब बिलकुल चितकबरी दिखाई देने लगी थी और जगह-जगह से ख़ून रिसता हुआ नज़र आता था। वह बहुत दुर्बल और भूखा-सा मालूम होता था। मैं उसे अपने हाथ से रोटी डालता किन्तु वह उसे सूँघ लेता और बड़े आलस्य से एकाध टुकड़ा तोड़कर चबाता रहता और जाते समय बाकी रोटी को मुँह में दबाकर वहाँ से उठा ले जाता। रात में उसकी परछाई जब ज़मीन या दीवार पर पड़ती तो बड़ी वीभत्स लगती और यह महसूस होता गया वह डब्लू का प्रेत है। पहले ज़रा-से खटके पर रात को उसकी आवाज़ देर तक सुनाई पड़ती रहती थी और छत पर भी वह चैन से न बैठता था किन्तु पिछले कितने ही दिनों से उसकी गुर्राहट मैंने बिलकुल ही नहीं सुनी थी। वह अब अत्यन्त संकोच के साथ घर में आता मानो अपनी उपस्थिति को वह स्वयं गर्हित और अवांछित मानता हो। न वह दीवार से सटकर खड़ा होता और न किसी के पाँवों को छूने की कोशिश करता। पूँछ हिलाना और जबड़े खोलकर जीभ लपलपाना भी उसने बिलकुल बन्द कर दिया था। लगता था कि वह यह जान गया था कि लोग उसकी उपस्थिति और नैकट्य से बचना चाहते हैं। मैं रात को कई बार छत पर जाकर देखता था मगर वह मुझे कहीं दिखाई न पड़ता था। दिन के समय वह अक्सर बाहर रहने लगा था और रात को बाहर रह जाने पर भी उसने पंजों से दरवाज़ा खरोंचकर किवाड़ खुलवाने बन्द कर दिये थे।

जिस दिन यह हंगामा हुआ उस दिन डब्लू नीचे उतर आया था और पड़ोसी के मकान में भी गया था—शायद उनके फ़र्श पर बैठ जाने के कारण ही आक्रोश का यह तूफान उमड़ा था। पत्नी ने मुझसे कहा कि मैं डब्लू को कहीं दूर भिजवा दूँ या उसे ज़हर दिलवाकर मार डालूँ। कहने को तो उसने यह बात कह दी किन्तु मेरे करवट बदलकर लेट जाने पर और देर तक कोई उत्तर न देने पर उसका हृदय कातरता से भर गया। भर्रायी हुई आवाज़ में उसने कहा, "कम्बख़्त! कहाँ से इतना मोह हो गया इस मरे से। आज साँझ आकर तुम्हारी मेज़ के नीचे जाकर चप्पलों पर मुँह रखकर देर तक बैठा रहा और गुड्डू की गेंद ले जाकर बार-बार उसकी ओर फेंकता रहा। इतने दिनों में आज तो थोड़ी देर के लिए नीचे आया था और फिर भी ऐसी कम्बख़्ती आयी कि उसके यहाँ जा मरा।" मैंने पत्नी की ओर देखा—उसकी आँखें गीली हो गयी थीं। वह कह रही थी, "ये हमारा उस जनम का ज़रूर कोई सगा है, नहीं कहीं जानवर को भी ऐसा मोह होता है।"

मैं सोचने लगा, पड़ोसियों की बात का औचित्य ज़रूर है, मगर इसे कहाँ निकालूँ? यही सोचते-सोचते मैं ऊपर गया—डब्लू-डब्लू करके आवाज़ दी किन्तु वह कहीं दिखाई न पड़ा। आख़िरकार मैं लौट आया और बाहर का दरवाज़ा बन्द करके सो रहा।

सवेरे उठकर डब्लू के विषय में मैं बिलकुल ही भूल गया और दूसरे झंझटों में फँस गया। ऑफ़िस जाते समय जब फिर डब्लू का प्रसंग उठा तो मैंने सोचा आज जमादार से कहकर डब्लू को यहाँ से हटवा दूँ। मैं उसे कह दूँगा कि कहीं ले जाकर कुछ गोली-वोली खिला दे या फिर ऐसी जगह छोड़ आये जहाँ से वह इस घर में न लौट सके। मैं यों ही अनायास ऊपर छत पर चला गया किन्तु यह सोचकर कि डब्लू तो कल से ही गायब है, जब आएगा तो देखा जाएगा, मैं लौटकर ज़ीने के करीब पहुँचा और ठिठककर खड़ा रह गया। डब्लू मुँडेर लाँघकर एक दूसरे मकान की छत पर सो रहा था। खाट के पाये बारिश में भीगकर काले हो गये, झिंगले बानों में उसकी आधी देह छुपी हुई थी। मैंने 'डब्लू-डब्लू' कहकर दो-तीन बार आवाज़ दी किन्तु डब्लू ने अपना सिर नहीं उठाया। मैं दीवार के ऊपर होकर उस ओर की छत पर पहुँच गया। झुककर देखा, वह निश्चित होकर अगली टाँगों में मुँह छिपाये पड़ा था, उसकी आँखें फटी हुई और स्थिर थीं तथा जबड़े के नीचे से फ़र्श भीगा हुआ था। उससे कुछ दूर झिंगले के कोने पर कई सूखी रोटियाँ पड़ी थीं जिनसे बहुत कम टुकड़े कुतरे गये थे। मुझे ध्यान आया कि पिछले कई दिनों से जब भी मैं उसे रोटी देता था तो वह उसे बिना खाये ही ऊपर उठा लाता था। क्या वह हम लोगों को यह आश्वासन नहीं दे रहा था कि वह भूखा नहीं रहता?

मुझे डब्लू की यह दशा देखकर सहसा उस रात का ख़याल हुआ जब विद्यार्थी जीवन में एक सहपाठी की भयभीत कर देने वाली लाश जलाकर हम लोग काफी रात गये लौटे थे। सब लोग अपने-अपने घर चले गये थे और मैं जब घर में घुसा था तो निपट अन्धकार छाया हुआ था। शनिवार होने की वज़ह से पोस्टर मास्टर भी गाँव चले गये थे। उन दिनों मकान में बिजली भी नहीं थी, मैं लैम्प जलाकर हौल-दिल होता हुआ कमरे में घुसा था। जाड़े की रात थी, मैं चारपाई पर लेटकर विचित्र सन्नाटे से उत्पन्न वातावरण में व्याकुल होकर अधसोया-सा पड़ा था, बार-बार मृत सहपाठी का ध्यान आता था और मैं सिहर उठता था। आधी रात की स्तब्धता में सहपाठी का वह डरावना कंकाल जो हॉस्पीटल से हम लोग श्मशान घाट लेकर गये थे मेरे सामने खड़ा हो गया लगने लगा। वह मरने से पहले महीनों अस्पताल में रहा था, उसकी चमड़ी उसके अस्थि-पंजर पर बुरी तरह चिमट गयी थी, रात की तो बात ही अलग है, उसे तो दिन में देखने पर भी भय की अनुभूति होती थी। मैं त्रस्त होकर उठ पड़ा और भय से मुझे रोमांच होने लगा। चारों ओर घुप्प अँधेरा छाया हुआ था, जाड़े की रात में दूर-दूर तक चौकीदार की आवाज़ भी सुनाई नहीं पड़ती थी। मैं घबराकर मकान से बाहर निकल आया किन्तु सारी गली में मौत की-सी निस्तब्धता छायी हुई थी। आधी रात भी शायद बीत चुकी थी, इतने बड़े और सूने मकान में लौटने का साहस मुझे नहीं हुआ। मैं बाहर की साँकल लगाकर

जाड़े में ठिठुरता सड़क पर दूर तक निकल गया किन्तु सब ओर गहरी निस्तब्धता छायी हुई थी। वह ऐसा क्षण था जब मैं किसी भी जीवित प्राणी को देखने के लिए अधीर था। घर से काफी आगे निकलर देखा कि हलवाई की नीम गर्म भट्टी में पड़ा एक छोटा-सा पिल्ला कूँ-कूँ कर रहा था। मैंने झुककर उसे उठा लिया और मुझे ऐसा अनुभव हुआ कि मैं एक भयानक क़ब्रिस्तान में खड़ा हूँ। समस्त सृष्टि में उस पिल्ले के और मेरे अतिरिक्त कोई जीवित प्राणी नहीं है। निविड़ रात्रि में उस नन्हें से जीवित पिंड को लेकर मैं घर लौट आया और लैम्प की बत्ती उकसाकर मैंने उसे अपनी रजाई में छिपा लिया। वह मेरे पास पड़ा-पड़ा कूँ-कूँ करता रहा और उसकी वह बेमानी आवाज़ मुझे उस रात, ज़िन्दगी की सबसे अधिक सार्थक और समय देने वाली वाणी प्रतीत हुई। उस रात के बाद वह छोटा-सा प्राणी इस घर को छोड़कर नहीं गया।

सहसा अपनी पुकार सुनकर मैं खड़ा हो गया, मुँडेर के उस ओर खड़ी पत्नी कह रही थी, "कहाँ पहुँच गये आप? सवा दस बज रहे हैं, ऑफ़िस कब जाएँगे?" उसकी आवाज़ से मेरी तन्द्रा टूट गयी, सामने पड़े डब्लू पर मक्खियाँ भिनभिना रही थीं और उसका ज़मीन पर फैला हुआ जबड़ा अत्यन्त जुगुप्सित लग रहा था। उसके इस स्वरूप से लग रहा था कि वह अपनी अवमानना सहन नहीं कर सका था और शायद यही कारण था कि उसे हम लोगों की छत पर मरना तक मंजूर नहीं था। कल शाम की ताड़ना से क्षुब्ध होकर वह इधर चला आया होगा। मैं उसे उसी दशा में छोड़कर उद्विग्न होकर लौट पड़ा, ठीक है मेरा मकान अब उतना ख़ाली नहीं है जहाँ सन्नाटे को दूर करने वाला कोई डब्लू चाहिए मगर बार-बार कान में यह बात आकर टकराती रही, "आज साँझ आकर तुम्हारी मेज़ के नीचे चप्पलों पर मुँह रखकर देर तक बैठा रहा...ये हमारा उस जनम का ज़रूर कोई सगा है...।"

घाटे का भविष्य

पहचान सिर्फ़ इतनी थी कि एक सज्जन काउंटर पर मेरी बग़ल में खड़े किसी 'कोर्स बुक' की बाबत पूछ रहे थे। मैं नये साल का कैलेंडर खरीदने की सोच रहा था। जब से कागज़ का घोर दुष्काल उपस्थित हुआ है, लोगों ने कैलेंडर और डायरी वग़ैरा छपाने बन्द कर दिये हैं, अथवा वे केवल इतनी संख्या में तैयार करवाते हैं कि अपने ऊपर नज़र रखने वालों का ही लिहाज रखते हैं। जब महीना लगभग खत्म ही हो रहा था और यह उम्मीद दम तोड़ चुकी थी कि कोई केमिस्ट, किताबवाला या कोई दूसरा मेहरबान मेरी इस परेशानी का हल मेरे हाथ में लाकर थमा देगा। बहरहाल, मैं आज ही जैसे भी हो, एक तारीख़ोंवाला कैलेंडर खरीद ही डालना चाहता था। वह चीज़ बरसों से मुफ़्त मिलती चली आ रही थी और मन में यह कचोट भी कम नहीं थी कि दुनिया में एक भी आदमी ऐसा नहीं रहा, जो मुझे उपहारस्वरूप एक तारीख़ोंवाला कैलेंडर ही भेंट कर सके।

काउंटर पर फैली पत्र-पत्रिकाओं के बीच कुछ कैलेंडर पड़े हुए थे। मैंने एक कैलेंडर हाथ में उठाया ही था कि बग़लवाले भाईसाहब बोले, "बेकार ही खरीद रहे हो...मेरे पास से ले लेना!"

उनका यह ऑफ़र मुझे एकदम अटपटा लगा। उनसे मेरी कोई मुलाक़ात नहीं थी। एक कैलेंडर जैसी अदना-सी चीज़ को लेकर कोई ख़ुशगवार किस्म की बातचीत भी आगे नहीं चलायी जा सकती थी। मैंने उन पर फिसलती-सी निगाह डाली और हिचकिचाहट भरे स्वर में बोला, "आपका परिचय?"

अपना परिचय देने की बजाय उन्होंने मेरा ही परिचय देना शुरू कर दिया, "आप एक सौ सैंतालीस बटा नौ में सरदार बन्तासिंह के सबटेनेंट ही तो हैं। मैं भी रेलवे में इन्स्ट्रक्टर हूँ। उसके पहले वाले कमरे में मैंने आपको देखा है। बातों में कई बार आपका जिकर आया है—बन्ता बता रहा था कि बड़े शरीफ़ आदमी हैं।" यह साहब बहुत बातूनी मालूम पड़ते थे, बग़ैर रुके बोले चले जा रहे थे, "मैं आपको एक बात बताता हूँ—यह बन्ता एक ही पाजी आदमी है, साल भर से ज़्यादा अपने घर में क़िसी को टिकने नहीं देता। यह कांट्रैक्ट भरवाकर रखता है। जहाँ आपसे

बीस रुपये ज़्यादा देनेवाला दूसरा किरायेदार दिखाई दिया, यह आपको एक मिनट में निकाल बाहर कर देगा!'' फिर मेरे कन्धे पर हाथ रखकर आश्वासन से थपथपाते हुए बोले, ''ख़ैर, कोई फिक्र न करो, मैं सब सही कर दूँगा!''

उस आदमी की बातें सुनकर मेरे भीतर उत्सुकता और रोष का मिला-जुला भाव पैदा हो रहा था—जिस आदमी से मेरी मुलाक़ात तक न थी, वह मेरी अन्दरूनी बखिया उधेड़ रहा था और साथ ही ख़ैरख़्वाही का भी दम भर रहा था! मैंने औपचारिकता को लापरवाही का रंग देते हुए कहा, ''मकान-वकान की मुझे ख़ास परेशानी नहीं है। मेरे पिता इसी शहर में रहते हैं। सरदारजी नहीं रखेंगे, तो उनके साथ रह लूँगा। फिर भी आपकी सूचना के लिए धन्यवाद! कभी तशरीफ़ लाइये!''

उसने मेरा हाथ पकड़कर गर्मजोशी से शेकहैंड किया और बोला, ''मेरा नाम सत्तपरकाश गुप्ता है। किसी दिन आपकी तरफ़ आऊँगा।'' फिर यकायक जैसे कुछ याद आ गया हो, इस अन्दाज़ पर बोला, ''शायद आप किसी कॉलेज में पढ़ाते हैं? मुझे एक पढ़ानेवाले की फ़ौरन ज़रूरत है। आप किसी को तय कर दें, तो मैं बड़ा शुक्रगुजार हूँगा। मेरी बेटी एम.ए. का एग्ज़ाम दे रही है।''

किसी अवकाश के दिन मैं और मेरी पत्नी वीना एक दोस्त के घर जाने के लिए लगभग तैयार हो चुके थे। वीना बच्ची को कपड़े पहना रही थी कि बाहर दरवाज़े पर थापें पड़नी शुरू हो गयीं।

''लो, पता नहीं, कौन आ गया अब!'' कहते हुए वीना बच्ची को जूते पहनाने का काम बीच में छोड़कर बाहर जाने लगी।

मैं ड्रेसिंग टेबल के सामने खड़ा कोट के बटन बन्द कर रहा था, आईने पर आँखें केन्द्रित करके बोला, ''डोंट हियर दैट साइड! (उधर कान मत दो।) कोई सरदारजी का आदमी होगा। हमारे यहाँ तो आज सिर्फ़ अंगद ही आनेवालों में था और उसकी बीवी ने विद्रोह कर दिया! लगता है, यहाँ आने की बजाय वह उसे मैटिनी शो में खींच ले गयी है!''

दरवाज़ा चूँकि हमारे कमरे के बहुत नज़दीक पड़ता था, इसलिए दरवाज़े पर थप्पड़ें मारते आदमी की फटकार पहले हम पर पड़ती थीं। कोई कह रहा था, ''विनयजी हैं क्या घर में?'' अब तो वीना को जाना ही पड़ा। बचने की गुंजाइश ही बाकी नहीं रह गयी थी। वीना ने द्वार खोलकर कहा, ''जी हैं! आप लोग आइए!''

आधे मिनट से भी कम समय में वहीं रेलवे इन्स्ट्रक्टर सत्तपरकाश गुप्ता साहब अपनी पत्नी और दो लड़कियों सहित कमरे में घुसते हुए बोले, ''अरर! लीजिए, आप साहबान तो कहीं बाहर जाने को तैयार मालूम पड़ते हैं। हम लोग गलत टाइम पर आये!'' मैंने आईने के सामने से हटते हुए गुप्ताजी की पत्नी पर

नज़र डाली। वह कुछ उखड़-सी गयी थीं। धोती का पल्लू कन्धे पर डालते हुए अपने पति से बोलीं, ''चलो, सरदारजी से मिल लेते हैं...ये तो बाहर जा रहे हैं!''

निश्चय ही वीना इस वक्त किसी एकदम अनजान-अपरिचित का स्वागत करने की मनःस्थिति में नहीं थी, पर वह धीरज से बोली, ''ऐसी भी क्या बात है? हम लोगों को कहीं जाने की ख़ास जल्दी नहीं है। आप बैठिए तो सही...चाय पीकर जाइएगा!'' मैंने गुप्ताजी से हाथ मिलाया और उत्साह दिखाने लगा, ''हाँ...हाँ, आप सब आराम से बैठिए। हम तो यों ही घूमने जा रहे थे। घंटे भर बाद भी जा सकते हैं।''

गुप्ताजी पलंग पर टिक गये और उनकी पत्नी तथा बेटियाँ सोफे पर बैठ गयीं। गुप्ताजी ने बग़ैर भूमिका बाँधे सीधा सवाल किया, ''क्यों साहब, हमारी बात की याद नहीं रही?'' मैं कुछ सोचकर जवाब दूँ कि फिर बोल पड़े, ''विद्या के लिए आपने किसी मास्टर की तलाश की? इसके इम्तिहान में अब कुल जमा डेढ़ेक महीन हो रह गया है।''

मैंने गुप्ताजी की बड़ी लड़की की ओर देखा। सीधी सपाट निहायत मामूली नाक-नक्श वाली लग रही थी और खिसियाती-सी नज़रों से कमरे की खोज-ख़बर ले रही थीं। मैंने गुप्ताजी के प्रहार से बचने की कोशिश की, ''आपने सब्जेक्ट तो बताया नहीं था।''

मैंने इस अनजाने संकट से निकलने के लिए पासा फेंका, ''आप ट्यूटर के चक्कर में बेकार पड़ रहे हैं! अब दिल्ली के हर कोने में प्राइवेट क्लासें चल रही हैं। ज़्यादा-से-ज्यादा तीस-चालीस रुपया माहवार खर्चा होगा। किसी 'कोचिंग सेंटर' पर भेज दिया करिए।''

गुप्ताजी ने हवा में पंजा घुमाया और मेरे अज्ञान पर तरस खाकर कहा, ''आप भी क्या बात करते हैं शर्मा जी! जवान-जहान लड़की है, कहाँ बसों में धक्के खाती घूमेगी? हमारे घर में अभी पुरानी ही रीतें चलती हैं। हमारी लड़कियाँ कंजरियों की माफक दर-दर नहीं घूमतीं! मैं अपने अदब-कायदे की बात बतलाता हूँ...या तो लड़की मेरे साथ घर से बाहर निकलती है, या फिर अपनी माँ के साथ।''

मैं अपनी राय पर लज्जित हो उठा, ''जी हाँ, यह तो मैं देख ही रहा हूँ...वैसे यह चीज़ बड़ी अच्छी है आपके यहाँ।''

मुझसे कोई बात नहीं बन पा रही थी। मैंने लड़की को 'कोचिंग सेंटर' पर भेजने को बात कहकर सख़्त गलती कर दी थी। गुप्ताजी को जैसे सहसा कुछ याद आ गया। वह मेरी सफाई दरगुज़र करके पूछने लगे, क्या आप भी हिन्दी पढ़ाते हैं? मेरे 'हाँ' कहते ही उनका उत्साह एकदम चरम पर आ पहुँचा। वह मेरे कन्धे पर हाथ मारकर बोले, ''लो, तो फिर प्रॉब्लम घर में ही हल हो गयी! हमें क्या ज़रूरत

है इधर-उधर फिरने की?"

गुप्ताजी ने अपनी पत्नी और बेटियों की ओर देखा और मुझसे बोले, "तो फिर यह काम आप ही कर दीजिए। विद्या आपके पास आ जाया करेगी।" एक क्षण ठहरकर मुझसे पूछने लगे, "क्या राय है आपकी?"

मैंने वीना के चेहरे पर नज़र डाली। वह सम्भवतः कुछ समझ नहीं पा रही थी। मेरे लिए एकदम 'हाँ' या 'ना' करना भी कठिन था। मैंने अस्थिर मन से कहा, "नहीं...नहीं, यह यहाँ रोज़-रोज़ क्या आएगी, मैं ही पहुँच जाया करूँगा।"

मेरी बात से गुप्ताजी आश्वस्त हो गये और ख़ुशी प्रकट करते हुए बोले, "चलिए, आपने यह समस्या खत्म कर दी! मैं कई दिनों से परेशान था।" इसके बाद उनके परिवार ने चाय-नाश्ता किया और बन्तासिंह के यहाँ चले गये।

उन लोगों के जाने के बाद वीना ने धीमे स्वर में फुसफुसाते हुए कहा, "कहाँ रहते हैं यह लोग? हमारे यहाँ पहले तो कभी नहीं आये।"

गुप्ताजी के प्रस्ताव से मैं, भीतर-ही-भीतर, शायद कहीं किसी दिशा में आशान्वित हो उठा था, इसलिए विहँसकर बोला, "हाँ, पहले तो कभी हमारे घर नहीं आये, मगर मुझे एक बार पहले मिल चुके हैं। इन दिनों हम लोग आर्थिक परेशानी में हैं। चलो, घर बैठे-बिठाये काम मिल गया। एम.ए. की लड़की है। डेढ़ महीना भी पढ़ेगी, तो तीन सौ रुपये मिल ही जाएँगे बैठे ठाले!"

वीना ने मेरी प्रसन्नता पर कोई टिप्पणी नहीं की, केवल इतना ही कहा, "प्लान बनाने लगते हैं, बस! आपको इतना तक तो मालूम नहीं है कि यह लोग रहते कहाँ हैं! कहीं दूर रहते होंगे, तो कैसे जाया करोगे? घंटा-दो घंटा तो बसों में ही ख़राब हो जाएगा!"

"हाँ, यह बात तो है।" मैंने वीना की शंका को महत्त्व देते हुए कहा। पर में अपने उत्साह को इतनी जल्दी ठंडा नहीं होने देना चाहता था, इसलिए जानकारी जताते हुए बोला, "रेलवे में इन्स्ट्रक्टर हैं। कहीं रेलवे कॉलोनी में ही रहते होंगे।"

घर से बाहर जाने के पहले मैंने गुप्ताजी को एक मिनट के लिए सरदार बन्तासिंह के घर से बुलाया और उनका पता ले लिया। यों यह मेरी जल्दबाज़ी ही थी, क्योंकि मैं ज़रा-सी भी समझदारी और धीरज से काम लेता, तो पता बाद में बन्तासिंह से भी मालूम कर सकता था। पता लेकर अपने कमरे में आया, तो मुझे आभास हो गया कि गुप्ताजी के घर आने-जाने में मामूली तौर पर दो-ढाई घंटे लग जाने की सम्भावना थी।

पूरी गम्भीरता से मैं गुप्ताजी के घर जाने लगा। मैं एम.ए. की कक्षाएँ नहीं पढ़ाता, इसलिए मैंने ठीक से तैयारी करने के लिए कुछ सहायक पुसतकें भी खरीद डालीं।

कभी घर से निकलने में देर हो जाती, तो स्कूटर भी पकड़ लेता। लड़की मेधावी नहीं थी, लेकिन परिश्रम कर लेती थी। उसे मेहनत करते देखकर मुझे उम्मीद होने लगी थी कि वह पास ज़रूर हो जाएगी।

शुरू से ही यह तयशुदा बात है कि इस मास्टरी पेशे में कुछ ज़्यादा हाथ-पैर पीटने की गुंजाइश नहीं है। यह कुछ बरस खिंच जाए, तो आदमी फिर इतना निकम्मा हो जाता है कि कुछ और बड़ी छलाँग लगाने योग्य ही नहीं रहता। मैं ख़ुद भी यही सोचता हूँ और वीना तो यह दिन में दो-चार बार कह तक डालती है। दोपहर-तिपहर पढ़ाकर लौटा, खाना खाया और पाँव पसारकर सो रहा। मैंने इस लानत को सिर से उतारकर फेंक देने का फ़ैसला कर लिया था। मैंने 'बिजनेस मैनेजमेंट' में दाख़िला लेने के विषय में सोच रखा था ओर यह वीना से भी कई दफ़ा कह चुका था। आख़िर दौड़-धूप करके दाख़िला मिलने की शक्ल भी पैदा हो भी गयी थी।

गुप्ताजी की बेटी को पढ़ाते हुए बाइस दिन निकल गये थे। इन्हीं दिनों मुझे दाख़िला लेना था। एक मुश्त ढाई सौ रुपये जमा करने की बात थी। गुप्ताजी कई दिनों से घर पर नहीं मिल रहे थे। अन्ततः एक शाम मैं लड़की को देर तक पढ़ाता रहा और संयोग से इसी दौरान गुप्ताजी भी आ गये। मैं विद्या को पढ़ाने के बाद भी बैठा रहा। जब विद्या उठकर चली गयी, तो गुप्ताजी बोले, "कहो, कैसी चल रही है? वैसे तो विद्दो मेहनती है, पिछले साल ख़ुद से पढ़कर सेकेंड ले आयी थी। इस बार कोई ऐसा पर्चा आ पड़ा कि इसे मामूली कोचिंग की ज़रूरत पड़ गयी।" फिर स्वयं ही निष्कर्ष निकालते हुए कहने लगे, "चलो, अब आपने तकलीफ़ उठायी है, तो यह निकल ही जाएगी।"

मैं एकदम नहीं समझ पा रहा था कि अपनी बात कहाँ से शुरू करूँ। ज़रूरतमन्द आदमी अपनी बात पूरी शक्ति और आत्म-विश्वास से शायद ही कभी कह पाता हो। मैंने अपने होठों पर जीभ फेरी और मिनमिन करता बोला, "गुप्ताजी, मुझे आपको एक कष्ट देना था...।"

सुई के गिरने से पैदा होने वाली महीन आवाज़ की तरह स्वर मेरे अपना था, यह मानने में मुझे कठिनाई होने लगी। वह किस रूप में गुप्ताजी तक पहुँचा, यह समझना और भी ज़्यादा कठिन था, पर उनका प्रभाव तत्काल हुआ। गुप्ताजी कुछ उखड़े-से आवेशजनित स्वर में बोल उठे, "हाँ...हाँ, कहिए! कष्ट की कोई बात नहीं है...आप मेरे लायक सेवा बतलाइए।"

मैंने अपनी बेतरह बढ़ती धड़कन को काबू में रखने का असफल प्रयत्न किया, "वो ऐसा है...मैं 'बिजनेस-मैनेजमेंट' में दाख़िला लेने की सोच रहा हूँ..."

गुप्ताजी ने सोचने से आगे मेरी बात नहीं सुनी, बीच में ही बोल पड़े, ''अरे प्रोफ़ेसर साहब, आप भी क्या बात करते हैं! क्या धरा है बिजनेस-उजनेस में? आप अच्छे भले प्रोफ़ेसर हैं। ठीक-ठाक तनखा मिलती होगी। दो-चार ट्यूशन पीट लेते होंगे। सवा दो प्राणियों का परिवार है। अरे भाई, मेरी मानो, तो सब तरफ़ से ध्यान हटाकर परिवार-नियोजन का ख़याल रखो। आपको कौन व्यापार करना है, जो इस दाख़िले के लफड़े में पड़ने की सोचते हो!''

मैंने देखा कि गुप्ताजी मुझे एकदम हल्के ढंग से ले रहे थे। ऐसी स्थिति में मुझे अपनी बात और आगे बढ़ानी घोर दुष्कर लगने लगी।

''मैं सोच रहा हूँ,'' कहकर मैं वास्तव में सोचने ही लगा। मैं सोचने की उलझन से अभी बाहर नहीं निकला था कि गुप्ताजी ने अपनी बात का तार फिर से पकड़ लिया, ''देखिए, मैं आपको एक सलाह देता हूँ—जो कमाते हो, उसका पच्चीस फीसदी बचाकर रखो। जब 'रिटायर' होंगे, तो लाख रुपया पास होगा। हम तो यह बात कर नहीं पाये। शुरू से साले...बेहिसाब रहे। इसी चकल्लस में छः बच्चों की गृहस्थी हो गयी, नहीं तो आपकी तरह मजे में बेफिक्र होते! आप पर ऐसा खर्च ही क्या है अभी! एक बीवी, एक अदद बच्चा! बुरा न मानना, घोड़े बेचकर सोते होंगे। एक मुझ बदनसीब को देखिए, करते-करते मरा जाता हूँ। हर साल ढाई-तीन हजार का कर्जा सिर पर हो जाता है। किसी तरह उससे निकलता हूँ कि फिर उतना ही तैयार! चार-चार लड़कियाँ शादी के लिए वैसे जान पर है। आप जानते हैं, मेरी बिरादरी में एक लड़की की शादी पर मरे से मरा खर्चा क्या है? चालीस हजार से एक कौड़ी कम नहीं।''

अब गुप्ताजी पूरी तरह से आत्म-भर्त्सना के दौर में आ चुके थे। समय नौ से ऊपर हो रहा था। अपनी बात कहने का मेरा साहस और आत्मविश्वास एकदम स्खलित होता जा रहा था। मैंने हिम्मत करके कहा, ''गुप्ताजी, ऐसा है, मुझे कल फ़ीस जमा करनी है। सौ रुपये मेरे पास हैं। फिलहाल आप डेढ़ सौ दे दीजिए, बाकी हिसाब बाद में होता रहेगा।''

गुप्ताजी ने मेरी तरफ़ हैरत से देखा और पहलू बदलते हुए बोले, ''हिसाब! आपसे हिसाब! आप तो घर के आदमी हैं। मैंने तो कभी सोचा भी नहीं कि आपसे भी कभी ऐसी बात हो सकती है! माफ़ कीजिए, मैंने आपको ट्यूटर नहीं समझा और न कभी इस तरफ़ ध्यान दिया।''

मेरे होश उड़ गये। तीस रुपये तो मैंने किताबों पर ही खर्च कर डाले थे। मैं विद्या को बाकायदा तैयारी के साथ पढ़ाने जाता था। इसके अलावा जब विलम्ब हो जाता था, तो बस छोड़कर स्कूटर भी लेता था। यह एक विचित्र-सी स्थिति थी, क्योंकि रुपये-पैसे के बारे में पहले से कुछ तय नहीं किया गया था। अब 'घर का

आदमी' कहे जाने के बाद झगड़ने का भी प्रश्न नहीं रह जाता था।

गुप्ताजी ने विद्या को आवाज़ दी और चाय लाने के लिए कहा। मेरे सारे शरीर में अजीब-सी गर्मी और चुनचुनाहट फैल गयी। बेहयाई से किये गये इस शोषण का मैं भरपूर प्रतिकार करना चाहता था, लेकिन कोई ज़मीन ऐसी नज़र नहीं आती थी, जिस पर खड़ा होकर मैं अपना पक्ष दृढ़ता से गुप्ताजी के सामने रख सकूँ। यह मामला सरासर ठगी और निर्लज्जता का था, पर मैं तकल्लुफ़ के दायरे से बाहर नहीं निकल पा रहा था।

इसी क्षण मेरी नज़र दीवार पर लगे एक जैसे दो कैलेंडरों पर पड़ी। बड़े ही आकर्षक कैलेंडर थे। सहसा मुझे याद आया, जिस प्रकरण को मैं पूरी तरह विस्मृत कर चुका था, वह इन कैलेंडरों को देखते ही मेरी स्मृति में सजीव हो उठा। जनवरी में उनसे मेरी पहली भेंट, उनका कैलेंडर देने का वादा और फिर उनकी बेटी का पढ़ाने का सिलसिला। मैंने कैलेंडर पर दोबारा नज़र डाली। दोनों लगभग एक फुट के अन्तर से दीवार पर समानान्तर टँगे थे और उनके ऊपी सिरों को जोड़ने के लिए एक रंगीन झालर धनुषाकार दीवार पर फिट कर दी गयी थी। अपनी पराजय और अपमान को दरगुज़र करके मैंने कहा, "चलिए, गोली मारिए रुपये को...आप मुझे इन कैलेंडरों में से एक दे दीजिए।"

मुझे कैलेंडरों की तरफ़ उँगली उठाते देखकर गुप्ताजी बहुत सधे हुए स्वर में बोले, "मैं आपको कैलेंडर ला दूँगा...इन्हें रहने दीजिए!"

मैंने संकोच छोड़कर कहा, "आपके पास तो दो हैं, इन्हीं में से एक दे दीजिए।"

गुप्ताजी गम्भीर होकर बोले, "आपको इन कैलेंडरों में से एक दे देने से सारी शो ख़राब हो जाएगी। आप ख़ुद ही देखिए, इन्हें कायदे से टाँगा गया है! एक के हटते ही कमरा लुटा हुआ लगने लगेगा।" अपनी बात को तर्कपूर्ण औचित्य देने के लिए उन्होंने दार्शनिक लहजा अपना लिया, "मैं कुछ ख़ास चीज़ें जोड़े में रखना पसन्द करता हूँ, मसलन गुड़िया, हंसों और चिड़ियों का जोड़ा, कैलेंडर, वग़ैरा।"

उनके इन्कार से मैं बुरी तरह उखड़ गया। मुझे लगा, काइयाँपन और बेशर्मी में उनका कोई जवाब नहीं है ओर साथ ही मेरे गावदीपन का भी कहीं अन्त नहीं है! मैं यकायक उठकर खड़ा हो गया। मेरा मन उस शख़्स की गरदन दबोचने का हुआ, लेकिन उसी वक्त विद्या चाय लेकर आ गयी। चाय का प्याला मेरे सामने रखते हुए वह अपने ख़ास मिनमिनाते स्वर में बोली, "मास्साब, कल मेरी एक सहेली की शादी है—आप कुछ जल्दी आ सकें तो अच्छा है।"

मैंने आग्नेय दृष्टि से उसे देखा और हुँकार जैसी किसी विस्फोटक ध्वनि को दबाते हुए बोला, "अब तुम आराम से शादियाँ निबटाओ।"

गुप्ताजी विद्या से मुख़ातिब होकर परम भोलेपन से बोले! ''अरे, इसमें क्या है! कल न सही, परसों या चौथे देखा जाएगा।'' इसके बाद वह मुझसे यों निस्पृह होकर बोले, गोया कोई विशेष बात न हुई हो, ''खड़े क्यों हैं, बैठिए। चाय पीकर जाइए। कैलेंडर मैं कल आपके लिए बहुत नफ़ीस लाकर दूँगा। और हाँ, यह बिजनेस वग़ैरा का फितूर दिमाग से निकालकर आराम की नींद सोइए! 'ब्राइट फ्यूचर' के नाम पर फालतू का एक्साइटमेंट दिमाग पर हावी मत होने दीजिए!''

और मैंने देखा कि इतने पर भी, 'प्रोफ़ेसर' कहे जानेवाला आदमी फिर से कुर्सी पर टिक गया और चाय का प्याला हाथ में पकड़े गुप्ताजी की सलाह का औचित्य समझने की कोशिश करने लगा।

एक कोई और अतीत

कपड़े बदलकर जब अपने होटल से वह सड़क पर निकला तो उसकी ऊब और अकेलापन काफी कम हो गया था। वक़्त देखकर उसने निश्चिन्तता की साँस ली—अभी कॉन्फ्रेंस में कई घंटे की देर थी। दायें-बायें दुकानों पर लगे बोर्ड पढ़ते हुए वह आगे बढ़ने लगा और समय बिताने की गरज से एक किताबों की बड़ी-सी दुकान में घुस गया। पहले उसने किताबों का सूचीपत्र उलटा-पुलटा, किन्तु उसे यों ही बीच में छोड़कर फिर वह किताबों के रैक के पास खड़ा होकर किताबों की पुश्त पर लिखे शीर्षकों और लेखकों के नाम देखने लगा। कई किताबें उसके जानकार लेखकों की थीं। पुस्तकें देखते-देखते सहसा एक नाम पर उसकी आँखें ठिठककर रह गयीं—प्रमीला चौधरी नाम देखकर उसने पुस्तक बाहर खींच ली। यह कई वर्ष पहले का छपा हुआ एक काव्य-संग्रह था। उसने संग्रह खोला—आमुख के अन्त पर नाम के साथ लेखिका का पता प्रकाशित था—निश्चय ही यह वही प्रमीला थी। उसकी आँखों में प्रमीला की वर्षों पुरानी आकृति उभर उठी। वह तब भी कविता लिखती थी, सुरजीत और रमेन्द्र के साथ वह भी उसके यहाँ चला जाता था। उसे कई भूली-बिसरी बातें याद आ गयीं।

दुकान के उस भाग में वह किताब हाथ में लिये अचल खड़ा रहा—अतीत उसके सामने साकार हो गया। बीस वर्ष पूर्व वह वहाँ विद्यार्थी था, उसे यह सोचकर हैरत हुई कि अब इस नगर में वह एक विराना व्यक्ति है। उसके इर्द-गिर्द भीड़ बढ़ने लगी—उसने काउंटर पर पहुँचकर किताब की कीमत चुकायी और तेजी से सड़क पर निकल आया। फुटपाथ पर चलते हए वह प्रमीला के विषय में ही सोचता रहा। उन दिनों वह किसी गर्ल्स कॉलेज में पढ़ाती थी शायद। वह औसत कद की, दुबली-पुतली देहयष्टि की युवती थी। एकाएक वह चलते-चलते रुक गया—ढेर सारी भीड़ चौराहे पर सिपाही का संकेत पाने के लिए खड़ी थी। भीड़ आगे बढी तो वह भी चल दिया। प्रमीला शायद बहुत सुन्दर नहीं थी, मगर एक मूक आमन्त्रण उसकी आँखें में अवश्य था। कौन जाने, यह उसकी उस उम्र का 'क्रेज़' हो या फिर इसलिए कि सुरजीत और प्रमीला एक ही क़स्बे के थे और इसीलिए प्रमीला के यहाँ

जाते रहना निरापद था। हालाँकि वह उम्र में उन लोगों से बड़ी ज़्यादा नहीं थी, मगर अभिभाविका का रुख़ चाहे जब अख़्तियार कर लेती थी। उसे इतने दिनों बाद इस बात पर आश्चर्य हुए बिना न रहा कि कभी वह भी कविता लिखा करता था—शायद एक उम्र में सभी को काव्य-साहित्य का शौक चर्राया करता है। कभी वह कैसा था, उसने अपनी बलिष्ठ भुजाओं पर ग़ौर किया। अब उसका मुखमंडल एकदम गोल है, छोटी-छोटी तिल्लीनुमा तराशी हुई मूँछें हैं, और तब? तब तो यों ही दुबला लक-लक-सा था, चेहरे पर हमेशा पीलापन छाया रहता था—कल्ले भी भीतर को दबे-दबे रहते थे—यह थी उसके कवि की काया।

उसे यह बहुत अजीब बात लगी कि प्रमीला अभी भी उसी नगर में वही पुराना मकान लेकर रहती है। शायद नगर के विस्तार के साथ निवास की समस्या जटिल होते रहने के कारण उसने वह मकान न बदला हो, परन्तु इतने अर्से में उसने कितना कुछ बदला—कारोबार के सिलसिले में बाहर गया, विदेश घूमा, अच्छा मुनाफ़ा कमाया, विवाह किया और फिर राजनीति में आया। उसकी राजनीति फलवती भी हुई और एक यह प्रमीला है जो अब भी कविता करती है। उसकी दृष्टि में वास्तव में यह एक विचित्र ही बात थी कि एक आदमी इतनी लम्बी दौड़ में एक जगह ही जमकर रह जाए। जाने कैसा अदम्य कौतूहल उसमें जागा कि उसने पास से गुज़रती एक टैक्सी को हाथ देकर रोक लिया ओर एक पुरानी गली का नाम बताकर उसमें सवार हो गया। उसने टैक्सी में बैठकर अथाह भीड़ के समन्दर को देखा। बीस बरसों में दुनिया कहाँ से कहाँ पहुँच गयी—दुनिया ही क्यों, वह स्वयं भी तो...। उसे अपना ही स्वरूप पहचानना कठिन हो गया। वह विचारों के सैलाब में बह गया। उसके विचारों का क्रम तब टूटा, जब टैक्सी पुराने मकानों की एक सँकरी-सी गली के मोड़ पर जाकर ठहर गयी। वह उतरा, किराया चुकाया और गली में बढ़ गया।

शुरू में प्रमीला का मकान पहचाने में उसे बड़ी उलझन महसूस हुई, किन्तु तभी उसकी स्मृति में अटकी पहचान ने उसे एक स्पष्ट संकेत दे दिया। प्रमीला के मकान में घुसने से पहले एक बड़ा-सा, सींखचों का फाटक था। वह कुछ कदम और बढ़कर उस जर्जर फाटक के सामने जाकर खड़ा हो गया। फाटक बन्द था, किन्तु ठेलने से एक बार वह नीचे से ऊपर तक डगमगाया और कड़-कड़ की आवाज़ करके खुल गया। कुछ गज आगे एक बन्द द्वार था और शायद इसी द्वार के उस ओर प्रमीला थी उसने झुककर दहलीज़ पर पड़ी लोहे की साँकल खड़खड़ायी। वह इतनी देर में ही हाँफ़ गया और लकड़ी के द्वार की क्षीण-सी सन्धि के अन्दर की ओर देखने लगा, मगर उसे कुछ दिखाई न पड़ा। हाँ, उसकी आँखों के सामने धुन्ध के केंचुए अवश्य तैरने लगे। तभी बहुत हल्के कदमों से कोई आया और चर्रर-

चूँ का शोर करते हुए लकड़ी के दो भारी पल्ले हट गये—उसने देखा, एक अधेड़ औरत दरवाज़े में खड़ी है। सफ़ेद वायल की साड़ी में वह एक सम्भ्रान्त और सहज स्त्री लग रही थी। उसके खुले हुए खिचड़ी बाल पीठ पर ही फैले हुए थे। वह बीस वर्ष पहले की प्रमीला की आकृति को अपनी आँखों में लाने का प्रयत्न करने लगा, किन्तु उसे सफलता नहीं मिली। सामने खड़ी महिला को देखकर उसे अपना ख़याल हुआ—अब वह स्वयं भी तो उतना ओजपूर्ण और युवक नहीं रह गया है। उसने मस्तिष्क में उभरते बुढ़ापे के विचार को एकदम पीछे ठेल दिया। स्त्री सम्भ्रम में पड़ गयी थी और उसे पहचाने का भरसक प्रयत्न कर रही थी। प्रवीण के चेहरे पर एक क्षीण-सी मुस्कान उभरी और उसकी नासिका काँप उठी, जिसे लक्ष्य करते ही प्रमीला के मुँह से निकला, "अरे प्रवीण, तुम...आप?" वह अपने सम्बोधन पर कुछ ठिठकी। उसके संकोच को दूर करने के लिए वह बोला, "हाँ-हाँ प्रवीण ही हूँ—तुम कहने में कोई हर्ज नहीं है।" प्रमीला ने मानो उसकी बात ही नहीं सुनी। ज़ोर से हँसकर बोली, "अहोभाग्य! अन्दर तो आओ पहले।" और उसके कुर्ते की आस्तीन खींचकर वह उसे भीतर की ओर ले चली। प्रमीला ने उसे कमरे के बीच में लाकर खड़ा कर दिया और उसकी ओर एक कुर्सी खिसका दी। वह चुप रहकर शायद आश्चर्य से उसकी ओर देखती रही और प्रवीण की आँखें कमरे में चारों तरफ़ दौड़ती रहीं। स्पष्टतः कहीं और निगाह में आ सकनेवाला विशेष परिवर्तन दिखाई नहीं पड़ता था। वह कुर्सी पर बैठते हुए बोला, "प्रमीला! न तुम बदलीं, न तुम्हारा मकान—सब कुछ पूर्ववत् दिखाई देता है।" प्रमीला के चेहरे पर एक आत्मीय मुस्कान उभरी और वह बोली, "पूर्ववत् न कहकर सब कुछ पुराना कहो न!" कुर्सी के हत्थे पर हाथ फेरकर प्रवीण ने कहा, "कमरे में ठंडापन भी पुराने दिनों की तरह बरकरार है।" स्वयं को पर्याप्त संयत करके प्रमीला बोली, "मकान भी पुराने होकर आदमियों की तरह ठंडे पड़ जाते हैं।" मेज़ पर थमे हुए प्रमीला के हाथों पर प्रवीण की आँखें ठहर गयीं और वह सोचने लगा कि बीस साल पहले ये पतली उँगलियाँ और गुलाबी नाख़ून वह चोरी से देखने की कोशिश किया करता था—प्रमीला तब कैसी थी? प्रमीला भी शायद कुछ सोच रही थी। बरबस एक लम्बी साँस उसके मुँह से निकल गयी। एक वह भी समय था, जब वह प्रमीला के सामने आते ही दब्बू हो जाता था, कई बार असम्बद्ध-सी बातें करके शरमाने लगता था—शायद तब वह प्रमीला को प्रभावित करना चाहता था। बहुत देर तक कोई कुछ नहीं बोला तो वातावरण को बोझिल होते देखकर उसने ही बात चलायी, मानो अपने एकाएक चले आने की सफ़ाई दे रहा हो, "एक दुकान पर तुम्हारा 'कविता-संग्रह' देखा। उसमें छपा पता देखकर सोचा, चलो प्रमीला से मिले जमाना हो गया, उसे बधाई ही दे आऊँ।" फिर वह यों ही अकारण हँसने लगा, "और यह मज़ा देखो, तुम मुझे

पहचान भी नहीं पायीं। ठीक भी है, मैं पहले से बहुत मोटा हो गया हूँ।'' और सहसा न चाहते हुए भी आवेश में एक भावुकतापूर्ण वाक्य उसके मुँह से निकल ही गया, ''अब तो पुराने दिन सपने ही हो गये।''

''मैं जानती हूँ, अब तो तुम देश-नेता हो गये हो—मैंने अख़बारों में वक्तृता देते समय के तुम्हारे फोटो देखे हैं।''

उसने हवा में हाथ हिलाया मानो अपने छपे हुए चित्रों में उसकी कोई दिलचस्पी नहीं है। उसने सहज होने की कोशिश में अपनी टाँगें आगे को फैला दी और सिगरेटकेस से एक सिगरेट खींचकर नाख़ून पर ठोंकने लगा। उसे सिगरेट जलाते देखकर प्रमीला के चेहरे पर एक हलका-सा परिवर्तन हुआ, जिसे लक्ष्य करके वह बोला, ''माफ़ करना, क्या अभी भी सिगरेट के धुएँ से तुम्हें वैसा ही परहेज़ है!'' प्रमीला उसकी ओर आँखें तरेरकर बोली, ''बेवकूफ़ मत बनो, अब अपना बुढ़ापा है। इसमें आदमी बेमन से भी बहुत-सी बातें बरदाश्त करना सीख जाता है। तुम आराम से सिगरेट पियो, मैं तुम्हारे लिए चाय बनाकर लाती हूँ।''

प्रमीला के चले जाने से उसे एक अजीब-सी राहत हुई। उसने कुर्सी बदली—वह मेज़ के सामने वाली चेयर पर जा बैठा और बेपरवाही से फ़र्श पर राख झाड़ने लगा। मेज़ पर प्रमीला की हाथ से लिखी कविताओं की पांडुलिपियाँ पड़ी थीं। उसने एक-दो कविताएँ पढ़ीं मगर उन कविताओं ने उसे कहीं अटकाया नहीं—उसे लगा कि कविता अब उससे बहुत दूर की वस्तु है, कविता का रस अब उसमें कोई भाव नहीं जगाता। काव्य के विषय में सोचते हुए वह और दूसरी बातों पर जा पहुँचा। प्रमीला के आने का उसे पता नहीं चला—प्रमीला ने उसका कन्धा हल्के से छूकर प्याला उसके हाथ में थमा दिया। उसने चाय ली तो प्रमीला ने चूड़े की प्लेट उसके और क़रीब खिसका दी। मशीनी ढंग से उसने चममच उठाकर चूड़ा मुँह में भर लिया। तभी प्रमीला को कहते सुना, ''अरे! मैं तो भूल ही गयी।'' और वह उठकर दूसरे कमरे में चली गयी। ज़रा देर बाद जब वह लौटी तो उसके हाथ में मलाई की अँदरखी से भरी हुई प्लेट थी, ''यह तो तुम्हारी ख़ास पसन्द थी।'' कहकर उसने तश्तरी प्रवीण के सामने रख दी। उसे एक बहुत पुरानी बात याद आयी। सुरजीत उससे मज़ाक़ में कहा करता था, ''प्रमीला तुझे देखकर ही मिठाई लाती है वर्ना हम लोगों को तो चने-वने खिलाकर टरका देती है।'' उसका मन हुआ कि सुरजीत वग़ैरह के बारे में कुछ पूछे, किन्तु अतीत के प्रति अयाचित कोमलता जगाना उसे रुचिकर नहीं लगा। वह चुपचाप चाय पीता रहा, अँदरखी के दो-तीन बड़े-बड़े टुकड़े उसने प्रमीला के आग्रह के बिना ही मुँह में डाल लिये। अपनी चुप्पी उसे कुछ महसूस लगने लगी तो उसने यों ही पूछ लिया, रमेन्द्र वग़ैरह आते हैं कभी?

''रमेन्द्र कौन?'' प्रमीला के मस्तक पर तेवर उभर आये। शायद वह इस नाम को याद करने की कोशिश कर रही थी, ''कहीं तुम्हारा मतलब रमण से तो नहीं है?''

''अच्छा हाँ, वह लम्बा-सा लड़का रमण था—पता नहीं मेरी स्मृति में उसके लिए क्या अजीब एसोशियेशन है कि वह मुझे रमेन्द्र करके ही याद आता रहा है।''

''हाँ, कभी-कभी ऐसा भी होता है।'' यह कहकर प्रमीला कुछ गम्भीर हो गयी, ''तुमने शायद पढ़ा होगा, पिछले दिनों की लड़ाई में उसकी मृत्यु हो गयी।''

उसने जल्दी से 'हाँ-हाँ' की जो स्पष्टत: इस घटना के प्रति उसका अज्ञान प्रकट करती थी। अपने अज्ञान पर उसे शर्म महसूस हुई और किसी तरह बात बनाने की कोशिश में वह बोला, ''आखिर सभी छूट गये।'' प्रमीला ने उसकी स्थिति पर विशेष ध्यान दिये बिना कहा, ''तुम्हें सुरजीत की तो याद होगी?'' उसे अधिक उत्साह दिखाने की आवश्यकता नहीं पड़ी। प्रमीला अपनी रौ में कहती चली गयी, ''सुरजीत जंगलात का बड़ा ठेकेदार हो गया है—कई साल पहले नुमाइश में आया था तो थोड़ी देर के लिए मय बाल-बच्चों के आया था, मगर पाजी की बात तो देखो, सामान-बिस्तर वग़ैरा होटल में रख आया था।''

निकटतम सन्दर्भ में आनेवाले व्यक्तियों का प्रकरण इतनी जल्दी और सरसरी तौर पर खत्म हो गया कि सहसा दोनों के बीच का वार्तालाप समाप्त हो जाने से एक अप्रिय चुप्पी वातावरण में ठहर गयी। प्रमीला किसी काम से उठकर जाने लगी तो उसने प्रवीण से ऐसे पूछा मानो सहसा कोई बड़ी ज़रूरी बात याद आ गयी हो, ''अरे हाँ! तुमने अपने बारे में तो कुछ बताया ही नहीं—क्या तुम अब भी कुछ करते हो? मेरा मतलब कभी-कभी कविता भी लिखते हो?''

ठठाकर हँसने का नाटक करके प्रवीण बोला, ''कविता? तुम कहती क्या हो! दूसरे-दूसरे व्यर्थ झंझट कौन कम हैं?'' यह कहते-कहते उसने मेज़ पर पड़ा एक अलबम उठा लिया। अलबम का आवरण लगभग गल-सा गया था और उसकी रेशमी डोरी के बल खुलकर झूल रहे थे। उसने आहिस्ता से उसे अपने घुटनों पर रख लिया और मोटे पृष्ठों को खर्र-खर्र करके पलटने लगा। बहुत अन्त में जाकर सुरजीत और रमेन्द्र (रमण) के बीच में बैठे हुए उसकी भी एक तसवीर थी जो इतनी मैली और मामूली लग रही थी गोया फुटपाथ पर सस्ते ढंग से फोटो खींचनेवाले किसी अनपढ़ फोटोग्राफर ने खींची हो। उसे याद नहीं आया कि उन लोगों ने यह फोटो कब खिंचायी थी। किन्तु साथ ही, उस फोटो में उसे अपनी पुरानी आकृति और कल्पनाशील आँखें (शायद यह उसका भ्रम ही हो; चालीस से ऊपर पहुँचकर अठारह-बीस की उमरवाली आँखें ख़ुद को कल्पनशील लगने में कोई बड़ी बाधा नहीं है) देखकर पहली बार गहरी भावुकता का अहसास हुआ। उसने कुछ और देर

भावुक रहना चाहा कि तभी शायद उसकी मन:स्थिति भाँपकर प्रमीला बोल उठी, "क्यों उदास होते हो प्रवीण?" अपनी मानसिक स्थिति की इस रूप में अभिव्यक्ति देखकर वह एकाएक हड़बड़ा उठा और उसने झटके से अलबम बन्द कर दिया। अपने घुटने पर पड़े कुर्ते को वह ऐसे झटकने लगा गोया गीले कपड़े को फटकार रहा हो। अनियन्त्रित होते हुए उसने बात बनाने की कोशिश की, "मुझे तुम्हारी उस समय की रचनाएँ बहुत अच्छी लगती थी। अब भी कभी-कभी कोई पंक्ति अनायास दिमाग में कौंध जाती है।"

प्रमीला ने उसकी ओर किंचित गहरी दृष्टि से देखा और बोली, "हाँ ज़रूर! और उससे तुम्हें मेरी याद आ जाती है और तुम बीस साल बाद एकाएक मुझसे मिलने चले आते हो। क्यों ठीक है न?" प्रमीला के ठठाकर हँसने में प्रवीण उसका साथ न दे सका। प्रमीला की हँसी की गूँज समाप्त होने से पहले फिर उसने मूर्खता की बात कही, "अच्छा! अब मैं फिर से कविता लिखा करूँगा और तुम्हारे पास भेज दिया करूँगा। बोलो, तुम उनमें संशोधन कर दिया करोगी? पहले भी तो करती थीं।"

"अरे, कहीं लिखो भी। तुम्हें राजनीति से इतनी फ़ुर्सत है?" फिर उसने एक अजीब-सी जिज्ञासा से पूछा, "अच्छा एक बात बताओगे," वह क्षण-भर असमंजस में रही मानो वह अपने प्रश्न के औचित्य को तौलती रही, परन्तु फिर उसने पूछ ही लिया, "वास्तव में क्या तुम अब भी कविता लिख पढ़ सकते हो?"

उसने व्यर्थ का उत्साह दिखाते हुए कहा, "क्यों नहीं!" और फिर उसने कलाई-घड़ी की ओर देखा—सात बजकर बीस मिनट हो चुके थे। वह व्यस्तता से उठते हुए बोला, "अच्छा, अब मैं चलूँगा। आज एक विशेष सम्मेलन में 'पालिसी मैटर' पर कुछ महत्त्वपूर्ण डिस्कशन है।" उसने मेज़ से अपनी टोपी उठायी और चल दिया।

प्रमीला उसकी व्यस्तता देखकर बोली, "बस्स, इत्ती-सी देर के लिए आये थे!" वह भी उसके साथ चल दी, मगर तभी उसकी निगाह मेज़ पर पड़े कविता-संग्रह पर पड़ी। उसने पीछे लौटकर उसे उठाया और प्रवीण के हाथ में देकर हँसते हुए बोली, "अभी कविता लिखने की बात करते थे। इत्ती-सी देर में ख़ुद का खरीदा हुआ कविता-संग्रह भूल भी गये।"

उसने फ़ैशन के तौर पर कहा, "ओह, मैं भी अब अजीब भुलक्कड़ होता जा रहा हूँ।" वह किताब लेकर तेजी से लपककर गली में पहुँच गया। एक मिनट से भी कम समय तक वह बाहर खड़ा हुआ और फिर नमस्कार करके चलने लगा। चलते समय उसके चेहरे पर एक ख़ास किस्म की कारोबार-सम्बन्धी व्यस्तता दिखाई पड़ी और वह यान्त्रिक ढंग से मुस्कराकर आगे बढ़ गया। नमस्कार के

प्रत्युत्तर में प्रमीला के हाथ जुड़े ही रह गये। उसने गली के नुक्कड़ पर जाकर दूसरी ओर मुड़ते हुए अनायास पीछे देखा—प्रमीला अब भी द्वार से हटी नहीं थी।

उसने बड़ी सड़क पर पहुँचकर एक गुज़रती हुई टैक्सी को आवाज़ देकर रोका और होटल का पता देकर झटके से उसमें जा बैठा। उसे लगा कि मीटिंग में पहुँचते-पहुँचते देर हो जाएगी। उसे आज कई ज़रूरी मसलों पर मन्त्रीजी से विचार-विमर्श करना है। उसे देर हो जाने की वज़ह से बहुत कोफ़्त हुई अगर होटल से चलते समय ब्रीफ़केस भी साथ ले लिया होता तो होटल तक लौट चलने की ज़हमत न उठानी पड़ती। उसे एक अजीब-सी उलझन महसूस हुई, मगर वह धड़कते दिल से जल्दी-से-जल्दी होटल पहुँचने का इन्तज़ार करने लगा। वह शायद कॉन्फ्रेंस में कही जाने वाली बातों को 'सम-अप' कर रहा था कि तभी टैक्सी होटल से बाहर आकर ठहर गयी। उसके विचारों का क्रम टूट गया, उसने टैक्सी से शीघ्रतापूर्वक बाहर निकलकर ड्राइवर की माँग के मुताबिक रुपये चुकाये बाकी पैसे लिये बिना ही वह होटल की ओर लगभग दौड़ने-सा लगा। ड्राइवर ने पीछे से आवाज़ दी, ''साहब, आपकी यह किताब रह गयी।''

उसने आगे की ओर लपकते हुए ही मुड़कर पीछे की ओर देखा और ड्राइवर की दिशा में हाथ हिलाकर बोला, ''ठीक है, ठीक है, इसे तुम अपने पास ही रख सकते हो।''

टैक्सी-ड्राइवर आश्चर्य से उसे ज़ीने पर दौड़कर चढ़ते हुए देखता रहा।

हातिमताई

दस मिनट की चिक-चिक के बाद रमाकान्त ने रिक्शेवाले से बारह आना किराया तय किया था। रिक्शे पर बैठकर रमाकान्त अभी उन तर्कों में उलझा हुआ था जो उसने रिक्शेवाले को कम पैसों पर चलने के लिए राज़ी करते हुए दिये थे। मसलन पाँच पैसों पर जब रिक्शेवाले ने कहा था, "बाबूजी आपके लिए क्या फरक पड़ता है—जैसे पिचहत्तर वैसे ही अस्सी', तो उसने परम दार्शनिक तटस्थता के साथ कहा था, "क्यों फरक नहीं पड़ता भाई—पैसे की कीमत हमारे और तुम्हारे लिए दो थोड़े ही हैं?" ज़ाहिर है रिक्शा चालक की समझ में कीमत की समानतावाली ऊँची बात नहीं घुसी थीं और वह 'अच्छा बाबूजी जो आपके जी में आये दे देना।" कहकर चल पड़ा था।

शाम जब वह रमाशंकर के यहाँ गया था तो उसका इरादा वहाँ खाना खाने का नहीं था। वह तय करके चला था कि किसी, मामूली से—कुछ बेहतर ढाबे में रुपये या सवा रुपये में खाना खाएगा—सिगरेट और पान समेत डेढ़ेक रुपया खर्च हो जाएगा। महँगाई के इन दिनों में तीन-चार रुपये रोज़ तक खर्च करना रमाकान्त को अपनी आय के बिलकुल उपयुक्त लगता था लेकिन जिस दिन छह या सात रुपये खर्च हो जाते वह चाहने लगता था कि बजट का सन्तुलन बनाये रखने के लिए अब उसे दो दिन बाहर नहीं निकलना चाहिए। आज शाम भी यही हुआ था। शाम से पहले ही चार रुपये खर्च हो चुके थे इसलिए वह अब रुपये-डेढ़ रुपये से ऊपर नहीं जाना चाहता था। ऐसी स्थिति में रमाकान्त को यह लगता था कि एक तरफ़ कुछ निश्चित से रुपये हैं और दूसरी तरफ़ महीने के न कट सकने वाले दिन। दोनों एक-दूसरे की परिधि में चक्कर काट रहे हैं और कैसा भी व्यतिक्रम हो जाने पर पारस्परिक गुरुत्वाकर्षण टूट जाएगा जिसका मतलब 'अनर्थ' जैसा कुछ होगा।

दो मील पैदल चलने के बाद रमाकान्त ने थोड़ी थकान महसूस की। एक पनवाड़ी की दुकान पर ठहरकर उसने एक सिगरेट लेकर सुलागई और पैसे देकर जैसे ही वह आगे बढ़नेवाला था उसे प्रेमशंकर सामने से आता दिखाई पड़ गया। रमाकान्त चूँकि अभी दुकान की हद में था इसलिए बतौर फ़र्ज़ उसने प्रेमशंकर के

लिए भी सिगरेट खरीदी। प्रेमशंकर ने भी सिगरेट जला ली और दोनों आगे की ओर बढ़ चले। अपने घर की गली के सामने पहुँचकर प्रेमशंकर बोला, "अब आओ थोड़ी देर घर बैठकर ही बातें करेंगे चाय पीकर चले जाना। तुम्हें जल्दी तो नहीं है?" कोई ख़ास प्रोग्राम सामने न देखकर रमाकान्त प्रेमशंकर के साथ चल दिया।

प्रेमशंकर के पास मामूली से दो कमरे हैं—दोनों में बराबर नहूसत फैली रहती है। पूरे मकान को दो-दो कमरे में बाँटकर मकान-मालिक ने पाँच-छः किरायेदार रख छोड़े हैं। शायद किसी हिस्से में मकान-मालिक स्वयं भी रहता है लेकिन वह अगल से खोज का विषय है। रमाकान्त को अपने एकान्त जीवन और खुले से सरकारी क्वार्टर में रुग्णता का ऐसा आभास कभी नहीं होता जैसा कि इस डिब्बे जैसे मकान में घुसने पर होता है। रमाकान्त प्रेमशंकर का मित्र तो ज़रूर है लेकिन असल चीज़ मित्रता नहीं है जो उसे वहाँ ले जाती है। भिंचेपन और रुग्णता में भी एक आकर्षण होता है। इसका अनुभव रमाकान्त को प्रेमशंकर के मकान में जाकर ही हुआ है। शाम को जब कभी रमाकान्त वहाँ पहुँचता है। घर की औरतें और प्रायः लड़कियाँ कोयले की अँगीठियाँ सुलगाते हुए सँकरी गली या दबे-घुटे सहन में खड़ी मिलती हैं। उस समय पहने हुए उनके मैले-कुचैले कपड़े और लापरवाही से खिंची-तनी मुद्राएँ उसे अजीब आकर्षक लगती हैं। कोई-कोई युवती, या औरत में बदलती लड़की उसकी तरफ़ आँख उठाकर देखती भी है। वह तेजी से गली या सहन पार करके ज़ीना चढ़ने लगता लेकिन वह जानता है कि कुछ भूखी या आतुर निगाहें अब भी उसका पीछा कर रही हैं। कई बार प्रेमशंकर ने अपने बहुत ठंडे लहजे में उसे उस मकान में घटित होनेवाली घटनाएँ भी सुनाई हैं। प्रेमशंकर की बातें उसे स्त्रियों की मुद्राओं या ढीले-ढाले लापरवाही से पहने हुए वस्त्रों से मेल खाती दिखाई पड़ती हैं। पिछले दिनों प्रेमशंकर ने उसे बतलाया था कि एक किरायेदार के जवान लड़के ने नीचे रहने वाले सुपरवाइजर की सत्रह-अठारह वर्षीया बहन का ऊपर छत पर सोते हुए शीलभंग कर दिया था और दिलचस्प बात यह है कि रात को इस कांड की किसी को भनक भी नहीं पड़ी लेकिन दिन में घर भर में वह कोहराम मचा कि ख़ुदा की पनाह। सारे किरायेदारों में एक अनोखा भय व्याप्त हो गया था और मकान-मालिक अपने नैतिक दायित्व से काफी परेशान नज़र आया था। जिस लड़की के साथ यह किस्सा हुआ था कई बार रमाकान्त ने उसे ग़ौर से देखा था। उस लड़की के चेहरे पर एक ख़ास क़िस्म का ठंडापन लगता था लेकिन उसके गालों पर एक ऐसी दाहक लाली थी कि जो उसके ठंडेपन का सरासर विरोध करती थी।

इसके अलावा प्रेमशंकर एक बौद्धिक आदमी है। उस मकान की सीलन और सस्तेपन में कुछ देर रहना रमाकान्त को अपने लिए महानता का प्रतीक मालूम पड़ता

है। यह इसे अपनी रोमांटिक उदारता ख़याल करता है। बहुत बेमालूम तरीके से वह प्रेमशंकर को जताना चाहता है कि देखो हम तुम्हें इस कबूतरख़ाने में भी 'रिकॉगनाइज' करते हैं। इस संकेत को प्रेमशंकर न जानता हो यह बात नहीं है, लेकिन अपनी महानता से वह रमाकान्त की ग्रेटनेस को काटना चाहता है। और होता यह है कि बड़प्पन कट जाता है केवल, दोनों मित्रों का दिमाग़ी कमीनापन बाकी रह जाता है, जिसमें दोनों इस मकान के माहौल में साझीदार हो जाते हैं।

प्रेमशंकर के घर पर रमाकान्त खाना नहीं खाना चाहता। उसे यहाँ खाना खाकर ख़ुशी नहीं होती क्योंकि प्रेमशंकर की पत्नी बहू टाइप औरत है। प्रेमशंकर के दोस्तों को बिना चूँ चपड़ बरदाश्त तो कर जाती है और अपनी तकलीफ़ भी नहीं जताती लेकिन जब वह प्रेमशंकर के पास आनेवाले मित्रों को आदमी ख़याल न करके लकड़ी-डंडा या कुत्ता-बिल्ली समझने वाली आँखों से देखती है तो आदमी को अपनी ही शर्म खाने लगती है। रमाकान्त को ख़ासतौर से स्वयं को खोजना पड़ता है। उस औरत की नज़र में वह एकदम कुछ नहीं है। वह मात्र प्रेमशंकर की ओर ही स्त्री-पुरुष का दृष्टिकोण रखती है। बाकी दुनिया उसकी नज़र में हाड़-माँस की है ही नहीं। इतने भीषण शील और सतीत्व से रमाकान्त त्रस्त हो उठता है लेकिन रमाकान्त के घर में उसकी आवाजाही बनी रहती है। वह उस मकान के अन्य किरायेदारों की आँखों में अपने प्रति दिलचस्पी इस सीमा तक मरते हुए नहीं देखता।

सीढ़ियाँ उतरते हुए किसी लड़की या औरत से एक हल्की-सी टकराहट या फिर टकराहट का आभास भर ही रमाकान्त को काफी रोमांचक लगता है। प्रेमशंकर के घर खाना खाने की प्रक्रिया को उसने एक अजीब से आविष्कार से सहन करना सीख लिया है। खाना खाते हुए रमाकान्त सोचता रहता है। यहाँ खाना खा लेने से महीने में चार-छह रुपये बचते हैं इसके अलावा कुछ ऐसे नज़ारे भी मिल जाते हैं जो कहीं अकेले में गुदगुदाहट भी पैदा करते हैं—तो फिर क्या हर्ज़ है प्रेमशंकर के यहाँ आने में? उसकी बीवी मेरा नोटिस नहीं लेती या मुझे नापसन्द करती है तो भी इससे मेरा क्या जाता है? मैं प्रेमशंकर या उसकी पत्नी की दुनिया में कहीं कमिटेड नहीं हूँ। शुद्ध वस्तुवादी दृष्टिकोण लेकर आता हूँ। इसमें बुराई ही क्या है।...लेकिन अपना यह चौकन्नापन कभी-कभी रमाकान्त को स्वयं ही खल जाता है। किसी का नमक खाते हुए आदमी को इतना हरामी और गर्हित नहीं होना चाहिए। बहुत ऊँची 'वैल्यूज' ने कहाँ दम तोड़ा। महीने में चार-छह रुपये की मामूली सी बचत पर?

प्रेमशंकर की पढ़ने-लिखने या दोस्तों के साथ बैठने की कोठरी अलग है लेकिन पहले वह रमाकान्त को पूरी गृहस्थीवाले कमरे में ही ले गया। रमाकान्त के साथ हमेशा यही करता है! इसका कारण यह है कि वह रमाकान्त को यह आभास नहीं देना चाहता कि हम तुम्हें ग़ैर समझते हैं। वह यहाँ तक उदारता दिखाता है कि

रमाकान्त को अपनी बीवी से थोड़ी दूर पर ही ले जाकर बिठा देता है। रमाकान्त को इससे कोई सुखद अनुभूति नहीं होती वह अपने ऊपर से कोई अवांछित-सी चीज़ झाड़ फेंकने की कोशिश में ज़ोर से 'नमस्कार साहब' की गोली दागता है पर प्रेमशंकर की पत्नी चेहरे पर कई तरह से बोझ और तनाव लिये हुए धीरे-से नमस्कार का उत्तर देती है।...गो वह उसकी अवमानना करते हुए नहीं उठती पर तीन-चार मिनट के बाद किसी-न-किसी काम या बहाने से रसोई अथवा दूसरे कमरे में चली जाती है।

आज जब वह प्रेमशंकर के साथ उसके कमरे में दाख़िल हुआ तो प्रेमशंकर की पत्नी अपेक्षाकृत ख़ुश दिखाई पड़ी। उसकी सहजता रमाकान्त को स्वस्ति प्रदान करने वाली लगी। उसके व्यवहार से रमाकान्त को हल्केपन की अनुभूति हुई लेकिन दूसरे ही क्षण रमाकान्त ने स्वयं को धिक्कारा 'इस औरत की सहजता से तुझे क्या—इसका 'एटीटयूड' कुछ भी रहे तुम्हें क्या लेना-देना है। लानत है तुम पर। तुम्हारे अन्दर कभी-कभी कितने नाचीज़ और बेमानी अस्तित्वों से राहत जागती है।'

प्रेमशंकर ने अपनी पत्नी को वरदानी देवी की हालत में पाया तो बोला, "जनाब होटल में खाना खाने जा रहे थे। इनसे कोई पूछे कि दिमाग़ ख़राब हो गया है क्या? अरे भाई यहाँ रूखा-सूखा खाते हुए तुम्हें मौत आती है?" यह कहकर प्रेमशंकर ने रमाकान्त की तरफ़ एक विशेष चालाकी से मुस्कराकर देखा। रमाकान्त सन्नाटे में आ गया। प्रेमशंकर उसे केवल चाय के प्याले की बात कहकर लाया था और अब बीवी का मूड ठीक देखकर खाने के लिए कह रहा था। रमाकान्त को लगा कि वह और प्रेमशंकर बेचारी औरत की सहज हो जानेवाली स्थिति का बहुत धूर्तता से शोषण कर रहे हैं। यही औरत उसे देखकर नाराज़गी का नकाब ओढ़ लेती तो शायद चाय भी प्रेमशंकर ख़ुद ही बनाता और अब कितनी दूर तक पैर फैला रहा है। रमाकान्त को प्रेमशंकर के प्रस्ताव पर कहने के लिए कुछ नहीं सूझा तो वह बोला, "नहीं-नहीं खाने की कोई वैसी बात नहीं है।"

"हाँ-हाँ खाने की क्या बात है—तुम तो हवा खाते हो, ऊपर से बनना भी तो देखिए जनाब का।" प्रेमशंकर ने रमाकान्त की नकल बनाते हुए मुँह बिचकाया और पत्नी का चेहरा देखने लगा जैसे अपनी बात की पुष्टि कराना चाहता हो। प्रेमशंकर की पत्नी कठिनाई से थोड़ा-सा पसीज पायी, "हाँ-हाँ खाने में क्या परेशानी, सब्ज़ी ज़्यादा बनी है और पराँठे भी तो छह-सात सिके रखे हैं। आप दोनों जने खाइए।"

रमाकान्त ने एकाध बार और ना-नू की मगर ज़्यादा तक़ल्लुफ़ न दिखा सका। अगर बोलने की ज़रूरत न पड़े तो रमाकान्त बराबर अभिनय करके अपने तेवर बदलता रह सकता है लेकिन अपने अभिनय के अनुरूप डायलॉग भी बोलने पड़ें तो वह फिर ठस्स हो जाता है। ख़ैर, दोनों का खाना-पीना हो गया। पान खाने की गरज़

से दोनों मकान से बाहर निकलने को तैयार हो गये।

उस घर से निकलते हुए रमाकान्त पहले ही बारजे पर निकलकर खड़ा हो जाता है। वह ऐसा इसलिए करता है कि जितनी देर में प्रेमशंकर कपड़े बदलकर आये वह इधर-उधर का नज़ारा ले ले। ऐसे क्षणों में रमाकान्त को किसी बहुत अप्रत्याशित आकर्षण की तलाश रहती है। पता नहीं वह किस कोने से सहसा निकलकर सामने आ जाए। अपने लिए किसी चुपचाप आमन्त्रण की कामना रमाकान्त ऐसे समय बराबर करता रहता है।...कहीं कुछ नहीं गुज़रता सिवाय इसके कि कोई लड़की कहीं से प्रकट होकर धुएँ में खो जाती है और अन्दर कमरे में पत्नी को निर्देश देता हुआ प्रेमशंकर बाहर निकलकर आ जाता और वे दोनों एक साथ ज़ीना और दहलीज़ पार करते हुए सँकरी गली में पहुँच जाते हैं।

आज भी रमाकान्त प्रेमशंकर से पहले ही बाहर आ गया था। थोड़ी देर बाद आस्तीनों पर कोट की बाँहें चढ़ाते हुए प्रेमशंकर भी निकल आया और दोनों चल पड़े।

चौड़ी सड़क पर पहुँचकर दोनों ने चौराहों की तरफ़ चलना शुरू कर दिया। बातें करते हुए निरुद्देश्य आगे बढ़ना दोनों को प्रिय है। चौराहे से थोड़ा आगे निकलकर निम्न मध्यवर्गीय लोगों के लिए एक रेस्त्रां है और उसमें सबसे अच्छी बात यह है कि आठ-दस केबिन बने हुए हैं। वहाँ पहुँचकर दोनों पाँच-सात मिनट यों ही बाहर खड़े होकर बातें करते रहे और फिर अन्दर जाकर उस केबिन में बैठ गये जहाँ दोनों अक्सर बैठकर बहस किया करते हैं।

घंटे-डेढ़ घंटे बाद प्रेमशंकर और रमाकान्त बाहर आने लगे तो बिल चुकाने के लिए दोनों ने अपनी-अपनी जेबों में हाथ डाले। प्रेमशंकर ने 'ट्रे' से बिल उठाकर जेब से रुपये निकाले और काउंटर पर रख दिये। प्रेमशंकर बिल कभी अन्दर नहीं मँगाता—काउंटर पर ही पेमेंट करता है लेकिन बिल की तश्तरी में बैरा का टिप डालना नहीं भूलता। जब तक प्रेमशंकर ने पैसे चुकाये रमाकान्त बराबर यही सोचता रहा कि उसके अपने बजट में ज़्यादा-से-ज्यादा रुपया या डेढ़ रुपया खर्च करने की गुंजाइश है—शायद आगे कोई मौका हाथ आ जाए, बिल पेमेंट न करने की वज़ह से रमाकान्त ने अपनी आन्तरिक हीनता छिपाने की कोशिश में ज़ोर-ज़ोर से बोलना शुरू कर दिया। वह जानता है कि अन्दर खोखलापन हो तो हँसी और ठहाकों की आवाज़ अपेक्षाकृत ऊँची होती है।

न जाने कितने विषयों का अवगाहन करते हुए आख़िर में दोनों एक पनवाड़ी की दुकान पर जाकर खड़े हो गये। दोनों ने पान खाये और सिगरेट ली। बातों की व्यस्तता के बीच ही प्रेमशंकर ने जेब में हाथ डालकर पाँच रुपये का नोट निकाल लिया। जब वह पनवाड़ी की ओर नोट बढ़ा रहा था तो रमाकान्त नोट अनदेखा न कर

सका। उसने फुर्ती से अपनी जेब में मानो कर्तव्यवश हाथ डाला और एक रुपये का नोट निकालकर बोला, ''तुम रहने दो—पैसे मैं देता हूँ मुझे कुछ सिगरेटें और भी लेनी हैं—घर पहुँचते-पहुँचते दुकानें बन्द हो जाएँगी।'' प्रेमशंकर ने सहज ढंग से हाथ पीछे करके नोट अपनी जेब के हवाले कर दिया। दोनों पान खाकर चले तो चौराहे तक पहुँचते-पहुँचते रमाकान्त को लगा कि उसका घर दूर है और अब साढ़े दस बजा है, अकेले इतनी दूर पैदल जाना ठीक न होगा। उसने प्रेमशंकर से कहा, ''अच्छा!'' अब तुम जाओ—भाभी इन्तज़ार करती होंगी, मैं आगे से रिक्शा ले लूँगा।''

रात को दस के बाद उस सुनसान इलाक़े में रिक्शेवाला मुश्किल से ही जाता है। लापरवाही दिखाते हुए, उसने कई रिक्शे रोके (उसे डर था कि कहीं ख़ुद को ज़रूरतमन्द ज़ाहिर करने से रिक्शेवाले ज़्यादा पैसे न माँगने लगें) लेकिन कोई उस तरफ़ जाने के लिए तैयार न हुआ! कोई दो फ़र्लांग पैदल घिसटने के बाद बस्ती के छोर पर उसे जो रिक्शेवाला मिला उससे रमाकान्त ने ऐसी बातें कीं कि वह बेचारा कुछ ठीक से नहीं समझ पाया और अन्त में यह कहते हुए—'अच्छा बाबूजी जो आपके जो में आये दे देना'—चल पड़ा।

रमाकान्त ने रिक्शे की ठंडी सीट पर अकड़कर बैठते हुए सर्दी भगाने की कोशिश की और आज के ख़र्चे का हिसाब जोड़ने लगा। पिछले कुछ महीनों से, अकेले होते ही यह क्रिया स्वचालित ढंग से होने लगी थी। शाम से अब तक का ख़र्च और रिक्शे का किराया मिलाकर लगभग डेढ़ रुपया बैठता था। उसे ठगे जाने का अहसास हुआ। डेढ़ रुपये में तो मज़े में खाना खाकर घर लौटा जा सकता था। रमाकान्त ने स्वयं को फटकारा, ''तुम हमेशा इसी तरह बेवकूफ़ बनते हो 'सेंटीमेंटल' आदमी को यही तो नियति है—डेढ़ रुपया होटल में खर्च किया होता तो किसी का अहसान तो सिर पर न चढ़ता।''

रिक्शेवाला अँधेरी सड़क पर तेजी से रिक्शा दौड़ा रहा था। रमाकान्त ने उसके पैरों की गति का अनुमान करके कहा, ''आज शाम को मैं भी चार मील घूमकर आया हूँ। इतनी लम्बी सैर के बाद रिक्शे में लदने को मन नहीं होता—वो तो मैं अपने दोस्त की वजह से बैठ गया। वह अब रात को इतनी दूर मुझे छोड़ने आता।...मैंने सोचा लाओ रिक्शे में ही चलें।'' रमाकान्त ने इस बात की कोई परवाह न की कि रिक्शेवाले जैसे सामान्य व्यक्ति से उसे अन्तरंग भाव से अपनी बात नहीं कहनी चाहिए। रमाकान्त बोलता चला गया, ''अब यह दोस्त ऐसा है कि मुझे रात को बारह-बारह बजे घर छोड़कर जाता है, हालाँकि यह कोई ख़ास बात नहीं है लेकिन इससे मन की भावना का पता तो चल ही जाता है।'' अभी अपनी अन्तरंगता को रमाकान्त शायद और भी आगे ले जाता पर बोलने

की भड़ास में सहसा उसके मुँह से निकल गया, ''क्यों भई रिक्शेवाले तेरा भी कोई यार है?'' रिक्शा चालक तेजी से रिक्शा खींचते हुए हाँफ रहा था लेकिन वह तपाक से बोला, ''हाँ बाबूजी दुनिया में सब आदमी एक जैसे नहीं होते। मैं जिस आदमी का रिक्शा खेंच रहा हूँ उसने मेरी हालत पै तरस खाके रिक्शा दे रखा है। इसे वो भी खेंचता है और मैं भी खेंचता हूँ। मोकू (मुझे) चार दिन आये भये हो गये हैं, पान-बीड़ी के अलावे रोटी-मजूरी में भी वाने (उसने) मोकू सामल कर लियो है।''

रमाकान्त को रिक्शे वाले की बात में कचोट का आभास मिला। उसने पूछा, ''क्या तुम यहाँ के रहनेवाले नहीं हो?''

''नहीं बाबूजी! मैं जिला बीलन शहर का रहनवारा हूँ—मेरे खिसशा (किस्सा) में बड़ी बिपत है। मैं तो बस चार दिना से रक्शा चलावत हूँ—पहले एक सीरन्ज (सिरींज) फैंटरी में हो।''

''तुमने ऐसी अच्छी लगी-लगाई नौकरी क्यों छोड़ दी?''

रिक्शेवाले ने पीछे मुड़कर देखा और पाँवों की गति अपेक्षाकृत धीमी करते हुए बोला, ''बाबूजी अब कहा बताऊँ—जैसे आप मालक हैं मैं आपको कामदार होऊँ और मोकू तो आप तनखा दे दें और जिन बरखर (वर्कर) से मैं काम लेऊँ बिने पैसा भी न दें तो भला वो कौन ते कहेंगे? वो मो से तनखा की कहें—पर मालक विनको तनखा न दें। आख़िरकार मजूरन की बुरी दसा देख के सच्ची कहूँ मेरो जी भर आयो। मैंने तो नौकरी पै लात मार दई। दो साल की लगी-लगाई नौकरी तो छूटी सो छूटी, बोनस और फैंटरी रूल के मुताबक कटो मेरो पैसा भी मोकू अब लग (तक) नाहीं मिल्यो।''

रिक्शेवाले की सीधी-सच्ची बेलाग बातें सुनकर रमाकान्त हिल उठा। उसने रिक्शेवाले का चेहरा ध्यान से देखने की कोशिश की। कठिनाई से पच्चीस-छब्बीस साल का होगा लेकिन उसने इतना बड़ा रिस्क ले डाला। उसे उन मक्कार नेताओं का ध्यान आया जो दुतरफ़ चाल चलकर साधारण जनता का शोषण करते हैं और लाभ का कोई अवसर हाथ से नहीं जाने देते। रिक्शेवाला कह रहा था, ''सो बाबू जी आपकी दया से बिपता के दिन भी कटी जाएँगे, अब मैं रक्शा ले के पहुँचूँगो तो मेरी जोटी (जोड़ीदार) चलावेगो।''

रमाकान्त रिक्शेवाले की बातें सुनते हुए बस्ती के निकट पहुँचकर मोड़ों पर 'दायें चलो'—'अब उधर मुड़ो' कहता हुआ अपने मकान के सामने पहुँच गया। उसने रिक्शेवाले को रोका और जेब से एक रुपये का नोट निकालकर उसके हाथ में रख दिया। रिक्शेवाले की कहानी से वह इतना द्रवित हो गया था कि उसने बाकी पैसे नहीं माँगे। ज़िन्दगी के प्रति रिक्शेवाले के रवैये से उसका बनियापन

सहसा गायब हो गया। रमाकान्त को आगे बढ़ते देखकर रिक्शेवाला बोला, "बाबूजी अपने चार आने तो लेते जाओ।" रिक्शेवाले के कथन में कोई ठसक नहीं थी—वह रमाकान्त के पैसे लौटाने के लिए आगे बढ़ा तो रमाकान्त जरा पीछे की ओर सिर घुमाकर अभिभावक के अन्दाज़ पर बोला, "नहीं-नहीं, इन पैसों को तुम अपने पास ही रखो इसका कुछ खा लेना।"

रिक्शा चालक कुछ नहीं बोला वह अपने रिक्शे के पास खड़ा कुछ सोचता रहा और फिर रिक्शा मोड़ने लगा। रमाकान्त ने अपने दरवाज़े पर खड़े होकर रिक्शेवाले को जाते हुए देखा और मन-ही-मन अपनी परम उदारता पर गद्‌गद् होते हुए दरवाज़ा खोलने लगा।

रमाकान्त इस वक़्त यह बात बिलकुल भूल गया था कि प्रेमशंकर से अलग होते हुए वह हिसाब लगा रहा था और रिक्शे में बैठते हुए उसने रिक्शेवाले को भी पाँच पैसे के ऊपर दार्शनिकता भरा हुआ भाषण पिलाया था।

खुली आँखों का दुख

रात किसी दोस्त के यहाँ काटकर जब नीलकान्त घर (यानी एक दूसरे विधुर मित्र के यहाँ—जहाँ वह पिछले छह माह से स्थाई रूप से रह रहा था) पहुँचा तो उसका मित्र ऑफ़िस जा चुका था। नीलकान्त ने मकान-मालिक के कमरे से होकर मित्र के कमरे में प्रवेश किया और सबसे पहले मेज़ टटोली। मेज़ पर एक कार्ड और अठन्नी रखी हुई थी। वह कार्ड देखने से पहले ही समझ गया—कहीं से इंटरव्यू आया है। नीलकान्त ने जल्दी से सड़क की ओर खुलनेवाला दरवाज़ा खोला और बदहवासी से कार्ड पढ़ने लगा; लिखा था : 'चाँदनी चौक की स्टेट बैंक शाखा में ग्यारह बजे क्लर्की का इंटरव्यू है—आने-जाने का कोई खर्चा नहीं दिया जाएगा।' यह इंटरव्यू कार्ड एम्लायमेंट एक्सचेंज के द्वारा भेजा गया था। नीलकान्त ने हौलदिल होते हुए मेज़ की घड़ी की ओर निगाह दौड़ाई—दस बजने में अब कुछ देर नहीं थी। उसने साबुन मलकर एक बार फिर मुँह धोया, जल्दी-जल्दी कपड़े बदले—बाल ठीक किये और मुख पर सूखी 'स्नो' पानी की सहायता से पोतकर अठन्नी तथा कार्ड सँभालता बाहर सड़क पर निकल आया। इतनी-सी देर में ही वह इतना हाँफ़ गया था। अतः एक बार फिर कमरे में लौटकर अटैची खोलनी पड़ी और डिग्रियों का बंडल निकालना पड़ा। सड़क पर दोबारा आते-आते किसी ने तड़ से छींका—मगर बेचारे नीलकान्त को इतना भी अवसर नहीं था कि लौटकर इस बार कमरे में जा सकता। वहीं-का-वहीं खड़ा हो गया और छींक के कुप्रभाव का शमन करता रहा। क्षण भर जड़ रहने के बाद हड़बौंग में बस पकड़ने के लिए लपका। जैसे ही स्टैंड पर पहुँचा स्टेशन जानेवाली बस चल दी। वह भाग्य को दो-चार भद्दी गालियाँ बकता हुआ पनवाड़ी की दुकान पर चला गया। उसने एक सिगरेट खरीदकर जला ली और दूसरी बस का इन्तज़ार करने लगा। सिगरेट पीते-पीते वह बस स्टैंड के सामनेवाली दुकानों की ओर जा निकला और बरांडे में खड़े होकर दुकानों के शीशे में झाँकने लगा। 'शो केस' में अच्छी सिली-सिलाई कमीजें लटकती देखकर उसने अनायास अपने बदन पर लटकती बेढंगी कमीज की ओर देखा। सिगरेट का लम्बा कश लेकर वह जैसे ही मुड़नेवाला था कि पीछे से किसी ने बहुत ही मरियल और

दयनीय स्वर में कहा, "भाईसाहब यहाँ कहीं टेलीफोन किया जा सकता है?" उसने बिना उसकी ओर देखे फ़ौरन ही उत्तर दिया, "किया क्यों नहीं जा सकता—सामने इसी दुकान से कर लो।" किन्तु ज्यों ही उसने उस व्यक्ति को देखा उसे अपनी सूचना बेकार लगी क्योंकि वह व्यक्ति निपट अन्धा था, उसके हाथ में लाठी थी और वह मैले-कुचैले बेतरह लटकते ढीले कपड़े पहने हुए था। लगता था उसके सभी कपड़े माँगे हुए थे। उस व्यक्ति के सिर के बाल उलझे थे और चेहरे पर इंच-पौन इंच की दाढ़ी बढ़ी हुई थी। अब तक 'स्टैंड' पर दूसरी बस आकर खड़ी हो चुकी थी। नीलकान्त बस पकड़ने की जल्दी में था। किन्तु अन्धे व्यक्ति को यों ही छोड़कर चल देना उसे भारी क्रूरता लगी। नीलकान्त ने उसकी लाठी पकड़ी और सामनेवाली एक बड़ी-सी दुकान में घुस गया। उसने दुकान के मालिक से इजाज़त लेकर उस व्यक्ति से नम्बर पूछा और जल्दी-जल्दी डायल घुमाने लगा और चोंगा कान से लगाकर उधर से किसी के 'रैसपान्स' करने की प्रतीक्षा करने लगा। जैसे ही उधर से किसी ने 'हैलो' कहा—नीलकान्त ने चोंगा उस अन्धे के हाथ में थमा दिया, मगर उस व्यक्ति ने कहा, "आप ही कह दो शिवराम नौकरी की बाबत पूछ रहा है।" नीलकान्त ने चोंगा उसके हाथ से लेकर उसकी बात टेलीफोन पर दुहरा दी। उधर से आवाज़ आयी, "अच्छा-अच्छा शिवराम को फ़ौरन भेज दीजिए—यहीं सब बातें हो जाएँगी।" इसके बाद फुस-फुस करके शिवराम ने जाने क्या कहा, नीलकान्त की कुछ समझ में नहीं आया और उसने दुकानदार की तीखी नज़रों से स्वयं को घूरे जाते देखकर खट से चोंगा नीचे रख दिया। नीलकान्त जैसे ही वहाँ से चलनेवाला था कि दुकानदार सख़्ती से बोला, "भाई साहब आपको क़ायदा-क़ानून कुछ मालूम है या यों ही फून करने लगते हैं—फून करने के पन्द्रह पैसे लगते हैं।" नीलकान्त ने शिवराम की तरफ़ देखा किन्तु उसके देखने का शिवराम पर कोई असर नहीं पड़ा—शिवराम मूर्ति की भाँति निश्चल खड़ा रहा। आख़िर हारकर नीलकान्त ने अपनी जेब से अठन्नी निकाली और दुकानदार को थमा दी। दुकानदार ने पैंतीस पैसे लौटा दिये और ऐसे देखा जैसे वह 'सर्टीफाइड' गावदी है।

नीलकान्त ने शिवराम से कहा, "अच्छा भाई शिवरामजी अब आप यहाँ से चलिए और कोई बस पकड़कर जहाँ आपको बुलाया है पहुँच जाइए।" शिवराम लाठी से ठक-ठक करता बढ़ा किन्तु दुकान से बाहर निकलने की बजाय और भी अन्दर घुसने लगा। नीलकान्त ने उसकी यह गति देखी तो उसे पकड़कर बाहर दुकान के बरांडे में ले आया। बरांडे में खड़े होकर उसने सामने बस स्टैंड की ओर नज़र दौड़ाई तो पाया कि जानेवाली बस चलने को तैयार है। उधर शिवराम के ढंग से लगता था कि किसी ने उसे आसमान से टपका दिया है और वह नयी दिल्ली में आकर गिरा है। क्योंकि जहाँ अच्छे-भले आँखोंवाले भी प्रत्येक मोड़ पर राह-बाट

पूछते हैं वहाँ उस अन्धे आदमी की क्या गति हो सकती है? शिवराम शायद इतनी देर में अपना मार्ग निश्चित कर चुका था, बोला, "भाई जी आप मुझे पूसा इंस्टीट्यूट नहीं पहुँचा सकते? वहाँ कोई डायरेक्टर हैं उनके यहाँ बच्चों को गाना सिखानेवाले एक आदमी की ज़रूरत है।" फिर शायद उसे अपनी बात का अनौचित्य मालूम हुआ, वह बड़े दयनीय स्वर में बोला, "अगर मैं वहाँ पहुँच जाता तो शायद मुझे नौकरी के साथ रहने को जगह भी मिल जाती...मैंने सुना है बड़े आदमियों के यहाँ नौकरों के लिए भी कोठरी-क्वार्टर होते हैं—महीने भर से हम लोग पहाड़ के जाननेवाले अपने गाँव के लोगों के साथ रह रहे हैं, अब तो वे लोग भी ऊबने लगे हैं।"

नीलकान्त को एक विचित्र-सी झुँझलाहट हुई जो सम्भवत: कुछ तो अनिश्चित आगत के कारण थी और कुछ इसलिए थी कि इतने पंगु और हीन व्यक्ति को अपना आक्रोश दिखाना सर्वथा अनुपयुक्त था। दूसरी ओर उसका हृदय रो रहा था—घड़ी की ओर बार-बार उसकी दृष्टि जाती थी, "हाय यह नौकरी भी गयी।" बस बाहर से रोने की कसर बाकी थी—इस चकल्लस में पौने ग्यारह हो रहे थे उसे अभी चाँदनी चौक पहुँचना था। नीलकान्त थोड़ी देर खड़ा सोचता रहा—सोचता क्या रहा समय गँवाता रहा और यह कार्य उसने बड़ी बेचैनी से किया किन्तु जैसे ही ग्यारह बजे, उसने मुक्ति की साँस ली। उसे लगा कि अब उसका कोई दोष नहीं है—जब अनायास ही ग्यारह बज गये तो वह क्या कर सकता है और ग्यारह बजने से एक अजीब किस्म की ख़ुशी हुई। उसने डिग्रियों के बंडल को एक बग़ल से निकालकर दूसरी बग़ल में पहुँचा दिया और शिवराम को बरांडे में एक खम्भे के सहारे खड़ा करके निर्णय स्वर में बोला, "मैं ज़रा एक सिगरेट ले लूँ—तुम्हें पहुँचाने का इन्तज़ाम अभी करता हूँ।" शिवराम ने शायद नीलकान्त के रूप में कोई बहुत सहृदय और सुखी आदमी पा लिया, वह निश्चिन्तता से बोला, "हाँ-हाँ—जरूर, सिगरेट ले लीजिए...और एक बीड़ी मेरे लिए भी लेते आइए।" नीलकान्त ने बाजू में लगी हुई पनवाड़ी की दुकान से एक सिगरेट और एक बीड़ी का बंडल लिया और सिगरेट सुलगाकर शिवराम के पास खड़ा होकर पीने लगा। शिवराम के फिर याद दिलाने पर उसने बीड़ी का बंडल उसे थमा दिया और उसकी बीड़ी जला दी। नीलकान्त के हृदय में इंटरव्यू में न पहुँचने के ख़याल से कई बार धुकधुकी हुई किन्तु सिगरेट का लम्बा कश लेकर उसने लापरवाही से धुआँ उड़ा दिया। सिगरेट बहुत छोटी रह जाने पर उसने फ़र्श पर फेंककर मसल दी और सामने बस स्टैंड की ओर देखने लगा। जब शिवराम भी अपनी बीड़ी खत्म कर चुका और उसने लाठी से ज़मीन को ठकठकाया तो नीलकान्त को चलने का होश हुआ। उसकी जेब में अब कुल जमा चार आने बचे थे और समस्या थी पूसा इन्स्टीट्यूट पहुँचने की। कुछ देर तक कोई

रास्ता निकालने की सोचता रहा और हारकर उसने शिवराम को अपनी मजबूरी बतला दी। शिवराम के बोलने से पहले ही नीलकान्त कहने लगा, "न हो शिवराम तुम्हें बस में बैठा देता हूँ—तुम ख़ुद ही पहुँच जाओगे। सड़क पर उतरकर किसी से भी पूछ लेना—तुम्हें कोई-न-कोई ज़रूर ही वहाँ पहुँचा देगा।" किन्तु शिवराम को यह प्रस्ताव पसन्द नहीं आया। उसने झिझक भरी विनय से मिनमिनाते हुए कहा, "भाई जी आप ही चलते तो अच्छा होता" और यह कहने के साथ ही उसने मैली कमीज हटाकर बनियान की जेब से निहायत मैले और ख़स्ता हाल एक-एक रुपये के दो नोट निकाले और नीलकान्त की ओर बढ़ाकर बोला, "भाई जी इनसे तो काम चल जाएगा न? आप भी ज़रूर चलिए अगर यह नौकरी मुझे मिल गयी तो सोचिए अच्छे आदमी की ज़िन्दगी का कितना बड़ा सहारा हो जाएगा।"

यदि शिवराम दिल्ली शहर का अन्धा होता तो वह बख़ूबी पहचान जाता कि इस शहर नें किसी के पास इतना समय नहीं होता कि वह दूसरे को नौकरी दिलाने के चक्कर में अपने काम को चौपट करके घूमता फिरे। जिस नगर में मिलने-जुलनेवाले एक-दूसरे को देखकर दूर से ही हाथ हिलाकर "हैलो-हैलो, सब ठीक है," अथवा "सब ठीक तो चल रहा है,", "ओ.के." कहकर आगे बढ़ जाते हैं वहाँ बेकार-से-बेकार आदमी के पास भी इतना अवकाश नहीं होता कि वह किसी अन्धे को उसके गन्तव्य तक पहुँचाने में दिलचस्पी दिखाये।

नीलकान्त ने शिवराम से कुछ नहीं कहा। उस ओर जानेवाली बसों का कुछ ठीक समय मालूम न होने के कारण उसने दफ़्तर एक बजे तक पहुँचने के लिए स्कूटर पकड़ा। जब स्कूटर चल पड़ा तो उसकी भद-भद के बीच शिवराम ने बताया कि वह कुमायूँ का रहनेवाला है और अपनी माँ और पत्नी के साथ यहाँ आया हुआ है। उसके गाँव के लोग जो दिल्ली में नौकरी करते हैं उन्होंने बताया था कि गाना-बजाना जाननेवालों को दिल्ली में बड़ी अच्छी नौकरी मिल जाती है। जब वह गाँव से आया-आया नया आदमी था तो गाँववालों ने उत्साह दिखाया था मगर जब कोई काम नहीं बना तो वे लोग गाँव लौट जाने की सलाह दे रहे हैं। कल बड़ी कठिनाई से पता चला है कि कुमायूँ के कोई बड़े अफ़सर हैं जिन्हें बच्चों को गाना सिखानेवाले एक आदमी की ज़रूरत है। उसने यह भी कहा कि उसके गाँव के एक आदमी ने अफ़सर से काफी सिफ़ारिश करके कहा है कि शिवराम बड़ा अच्छा गाना जानता है, वह बच्चों को अच्छी तालीम देगा। पहले शिवराम की स्कीम यह भी थी कि यहाँ वह कोई छोटा-मोटा 'गन्धर्व विद्यालय' खोलेगा किन्तु जब आदमी के रहने का ही ठौर-ठिकाना न बन पाये तो फिर संगीत विद्यालय के लिए जगह का क्या सवाल उठता है। इतनी बातों के दौरान शिवराम ने नीलकान्त की बाबत एक बार भी नहीं पूछा। नीलकान्त की उत्कट इच्छा हुई कि वह शिवराम को अपने

विषय में सब कुछ बता दे। किन्तु एक दुखी, अन्धे और बेरोज़गार आदमी को अपनी कहानी सुनाकर परेशान करना उसे कुछ जँचा नहीं। अनायास यह कहावत—'अन्धे आगे रोवे—अपने नैन खोवे' याद आने से इतने दुख में भी उसके होठों पर मुस्कराहट आ गयी। शायद शिवराम को भी सहसा उसका कुछ ख़याल आया कि उसने नीलकान्त का हाथ टटोलकर उसे गर्मजोशी से दबाना शुरू कर दिया।

एक अन्धे आदमी के आवेश को ग्रहण करना वास्तव में बहुत कठिन है क्योंकि वह अनुमान से ही सब कुछ जानना चाहता है—अन्धा होने के कारण वह आपके चेहरे पर लिखे भावों को पढ़ने में असमर्थ होता है। शिवराम ने भावावेश में कहा, "भाई आप कितने अच्छे हैं...न जाने अपना कितना हर्ज़ करके मुझ अन्धे के साथ परेशान हो रहे हैं।" नीलकान्त डर रहा था कि कहीं शिवराम यह न पूछ बैठे, "आप क्या करते हैं?" इसका तो जवाब देना ही भारी पड़ जाएगा किन्तु उसने नीलकान्त से कुछ नहीं पूछा। नीलकान्त ने उसके आवेश को ग्रहण करने की गरज़ से उसका हाथ थपथपाकर कहा, "ठीक है कोई बात नहीं। चलो तुम्हें नौकरी मिल जाए इससे भली क्या बात हो सकती है।" यह कहने के साथ ही नीलकान्त के अन्तःकरण से निराशा की एक दीर्घ निश्वास निकल गयी।

पूसा इन्स्टीट्यूट पहुँचने पर जब नीलकान्त ने स्कूटर का किराया चुका दिया और स्कूटरवाला चला गया तो चौकीदार से पूछने पर मालूम हुआ कि वह डायरेक्टर महोदय यहाँ नहीं है बल्कि उनका दफ़्तर सी.टी.ओ. है। नीलकान्त को बड़ी निराशा और खीझ हुई किन्तु वहाँ से सिवाय झक मारकर चल देने के अलावा चारा क्या था? शिवराम लाठी की ठक-ठक के बीच दाँत निकोसते हुए बोला, "देखा यह है दिल्ली—अब आप साथ न होते तो मैं अन्धा आदमी कहाँ-कहाँ मारा फिरता?" नीलकान्त से कोई उत्तर न बन पड़ा, उसे लगा कि वह इतने दिन यहाँ रहने पर भी निपट अनाड़ी है वरना दो रुपये दो आना खर्च कर देने के बाद भी क्या ठीक जगह न पहुँच पाता? नीलकान्त और शिवराम पैदल चलकर कई लोगों से पूछने के बाद एक बजे से कुछ पहले ही 'सैंट्रल ट्रैक्टर ऑर्गनाइजेशन' पहुँच गये। नीलकान्त ने चौकीदार के द्वारा शिवराम की पर्ची भिजवा दी और थोड़ी-सी प्रतीक्षा के बाद डायरेक्टर महोदय ने उन्हें बुला लिया। अन्दर जाकर एक लम्बे बरांडे को पार करके वे लोग डायरेक्टर के कमरे में पहुँच गये। नीलकान्त ने साहब को शिवराम का परिचय दे दिया और साहब ने "ओह! आलराइट" कहकर शिवराम से बातें करना शुरू कर दिया। साहब ने संगीत के विषय में शिवराम से कुछ पूछा और वह एक-दो वाक्य हिन्दुस्तानी में बोलने के बाद उनसे पहाड़ी भाषा में बातें करने लगा। थोड़ी देर में ही नीलकान्त ने देखा कि शिवराम साहब से अन्तरंग भाव से बातें कर रहा था और सम्भवतः कुमायूँ में उनके निवास का स्थान मालूम कर रहा था। साहब ने कुछ

देर बातें करने के बाद हिन्दी में कहा, "अच्छा ले जाऊँगा।" यह कहकर साहब ने नीलकान्त से हाथ मिलाया और 'थैंक्स' कहा। नीलकान्त के विषय में भी शायद साहब ने कुछ पूछा था, तभी तो शिवराम ने उसकी ओर हाथ उठाकर कुछ उत्तर दिया था। इस पर साहब ने नीलकान्त को ध्यान से देखा था।

वे दोनों साहब के कमरे से निकलकर बाहर बैठ गये। चौकीदार दो प्याले चाय ले आया और दोनों चुपचाप चाय पीते रहे। चाय पीने के बाद नीलकान्त ने शिवराम से कहा, "अच्छा भाई शिवराम जी, अब मैं चलूँ। तुम्हें तो नौकरी मिल गयी लगती है।" शिवराम के चेहरे पर तेल की चिकनाई फैली हुई थी और उसके चेहरे पर मैल की परतें साफ़ दिखाई पड़ रही थीं किन्तु जब वह पीले दाँत दिखाकर मुस्कराया तो उसके भौंडे चेहरे पर असीम प्रसन्नता और सन्तोष की लहर दौड़ गयी। वह अत्यन्त पुलकित होकर बोला, "हाँ साब अब तो नौकरी लग गयी समझो। मैंने साहब से पूछा भी है—कहते हैं रहने को भी जगह हो जाएगी। अब तो आपकी किरपा से संकट ही कट गया।" यह कहते हुए उसने नीलकान्त का हाथ टटोला और उठकर खड़ा हो गया। नीलकान्त चलने लगा तो वह बोला, "दाज्यू नाम-पता तो देते—कभी आपसे मिलना-जुलना—आप जैसे देवता के दर्शन...।" और यह कहते-कहते वह हठात् रुक गया क्योंकि शायद उसे अपने अन्धे होने की बात याद हो आयी और दर्शन करने की बात बेतुकी लगी।

नीलकान्त ने उसे टालते हुए कहा, "अरे शिवराम भाई पता लेकर क्या करोगे—तुम्हारा पता तो अब हो ही गया—कभी मैं ही आ जाऊँगा।" शिवराम काफ़ी उत्साह में था इसलिए उसने नीलकान्त का पता जानने पर अधिक ज़ोर नहीं दिया, केवल नाम जानकर ही सन्तोष कर लिया और खीसें निपोरता हुआ बोला, "अच्छा जी यों ही सही।" नीलकान्त ने स्टूल पर रखे अपनी डिग्रियों के बंडल को उठाया और चल खड़ा हुआ।

जब चपरासी ने बाहर का बड़ा गेट खोलकर उसे बाहर निकाल दिया तो सूनी सड़क पर जाकर उसका हृदय एक विचित्र-सी कसक से भर उठा। दूर तक सड़क खाली थी, कोई सवारी-रिक्शा, बस आदि कुछ नहीं था। सड़क के दोनों ओर घने छायादार वृक्ष थे और दूर तक जाती सड़क ऐसी लगती थी मानो आगे जाकर बिलकुल ही सिमटकर आकाश पर दैत्याकार फैले बादलों में गुम हो गयी हो। नीलकान्त ने नीचे सरकती पतलून को ऊपर की ओर खींचा और इधर-उधर बहकती डिग्रियों को इकट्ठा करके सुतली से लपेटा और फिर से गोल बंडल बनाकर हाथ में ले लिया। उसने अपनी डिग्रियों के बंडल के गोल छेद में फू-फू की और एक आँख बन्द करके दूसरी आँख के सामने फैली निर्जन सड़क पर दृष्टि दौड़ायी। शायद बस आ जाए मगर उसे एकाएक ख़याल आया—'केवल दो ही आने तो बचे

हैं'—शिवराम के जो रुपयों के साथ उसके भी दो आने स्कूटरवाला झटक ले गया था। उसके सर्वांग में निराशा की एक झुरझुरी दौड़ गयी और उसे अपनी टाँगें जवाब देती-सी लगीं। इतनी नीरवता में उसे सहसा अपने घर और क़स्बे का ख़याल आया, बेतरतीब एक-एक करके कई सूरतें उभरीं, कई वाक्यों की स्मृति उभरी किन्तु उसने निष्ठुरता से कोमल क्षणों को कुचल डाला। उसने शिवराम पर ग़ुस्सा करके उसे कोसना चाहा। उसे शायद शिवराम से ईर्ष्या हुई। एक अन्धा आदमी नौकरी पा गया और वह जिसने वर्षों बाकायदा शिक्षा प्राप्त की और अब भी सर्टीफिकेटों का बंडल लिये घूम रहा है और इतने पर भी उसे किसी ने फूटी कौड़ी को नहीं पूछा। नीलकान्त ने अपने अन्धे होने की कल्पना की। काश! वह भी अन्धा होता—भीख तो मिल जाती। यह सब ख़ुराफात सोचते-सोचते दोपहरी की धूप से व्याकुल होकर वह पेड़ के नीचे बैठ गया और शिवराम के लिए खरीदी हुई बीड़ियों में से एक निकालकर पीने लगा।

आत्मा की आवाज़

पांडेजी पिछले तीन दिन से कमरे में बन्द थे। घर के छोटे-बड़े सभी लोग कई बार दरवाज़ा खुलवाने की अनथक कोशिश कर चुके थे पर पांडेजी आख़िरी दिन दफ़्तर से लौटने के बाद कमरे में घुसे तो फिर बाहर ही नहीं निकले। उनकी पत्नी बाहर द्वार पर खड़ी मिन्नतें करती रही लेकिन उन्होंने दरवाज़ा नहीं खोला तो फिर खोला ही नहीं।

धीरे-धीरे घर में एक अजीब-सा आतंक फैल गया। बड़ी लड़कियाँ, स्कूल में पढ़नेवाले बच्चे और पांडेजी का दामाद शादीलाल घंटों बैठकर यह तय करते रहे कि आख़िर पांडेजी को बन्द कमरे से बाहर कैसे निकाला जाए।

शादीलाल सेल्स टैक्स के दफ़्तर में क्लर्क था। उसे तनख़्वाह तो बहुत कम मिलती थी पर ऊपर की आमदनी अच्छी हो जाती थी। इसलिए वह अच्छा ठाठ-बाट बनाकर रहता था। पांडेजी ने किसी तरह जोड़-तोड़ करके बड़ी बेटी निर्मला का विवाह शादीलाल से कर दिया था। शादीलाल था तो दसवीं पास पर उसकी सेहत अच्छी थी। पहन-ओढ़कर साहब लगता था और बातचीत में भी तेज-तर्रार था। शादी के बाद पांडेजी के घर पर ही आकर रहने लगा था। पांडेजी बनारस के रहनेवाले थे और उनका पुश्तैनी पेशा महाब्राह्मण का था। यही कारण था कि मेधावी होने के बावज़ूद अपने नगर में उन्हें कोई प्रतिष्ठा नहीं मिल पायी थी। बनारस में न पढ़कर वह इलाहाबाद विश्वविद्यालय में पढ़े थे और वहीं से उन्होंने सन् चालीस में ए.ए., एल.एल.बी. परीक्षा उत्तम श्रेणी में उत्तीर्ण की थी। घर-परिवार की स्थिति अच्छी नहीं थी। इसलिए साल-दो साल घर में सहायता लेकर प्रैक्टिस जमाने का धीरज भी उनमें नहीं था। इसके अलावा पढ़ाई पूरी करते-करते वह दो बच्चों के पिता भी बन चुके थे।

पांडेजी शुरू-शुरू में छोटी-मोटी नौकरियों में दिन काटते रहे। दूसरे महायुद्ध के दिनों में राशनिंग विभाग में लग गये और यही नौकरी आगे जाकर पक्की हो गयी। तेज दिमाग तो थे ही—धीरे-धीरे उन्नति करते चले गये। उनकी घरेलू

परिस्थितियों में भी थोड़ा सुधार हुआ। मगर उसी अनुपात में परिवार भी बढ़ता चला गया। पांडेजी शुरू से ही सादगी पसन्द इनसान थे। सुबह नित्य कर्मों से फ़ारिग होकर दो घंटे पूजा करते और फिर भोजन करके दफ़्तर जाते। मेहनत से सरकारी काम-काज निपटाते। स्वभाव में गम्भीर और संकोचशील थे। उनकी सलाना रिपोर्ट हमेशा अच्छी होती रही और लम्बे समय में वह एक सधे हुए ज़िम्मेदार अफ़सर के रूप में माने जाने लगे। राशनिंग विभाग में रहते हुए भी जी-तोड़ पैसा पैदा करने की इच्छा उनमें कभी नहीं जगी। होते-होते वह असिस्टेंट सेल्स टैक्स अफ़सर की कुर्सी पर पहुँच गये। सारे विभाग में उनके देवता स्वभाव की धाक थी। बिक्रीकर से सम्बन्धित छोटे-से-छोटा ब्यौरा उनकी ज़ुबान पर रहता था। अपने विभगीय काम के अलावा इन्हें किसी और बात में विशेष दिलचस्पी नहीं थी।

पांडेजी के गुणों में जहाँ इतनी समृद्धि दीख पड़ती थी वहीं दूसरी ओर एक गहरी खाई भी थी। पुत्रियों के बाद एक बेटा था जो अभी कॉलेज में ही पढ़ रहा था। बेटे के बाद सात बेटियाँ और थी। तनख़्वाह से प्राविडेंट फंड के नाम पर जो कुछ कटता था वही उनकी संचित भविष्य निधि थी। ले-देकर कुल चालीस हज़ार के बीमे थे। इतनी-सी सुरक्षित सम्पत्ति से स्पष्ट ही कोई बड़ा काम पूरा नहीं हो सकता था। आवास के लिए हालाँकि उन्हें एक बड़ी कोठी मिली हुई थी, कोठी के सामने लम्बा-चौड़ा लॉन था मगर उसकी न कभी कायदे से घास कटती थी और न फूल-पौधे रोपे जाते थे। कोठी के बाहर बरांडे में सरकंडे के पुराने-धुराने आठ-दस मोढ़े पड़े रहते थे। श्रीमती पांडे ने उन पर साइकिलों के टायर चढ़वा दिये थे जिससे उनके अंजर-पंजर ढीले होने के बावजूद एक जगह जुड़े हुए थे। पुरानी कंडम साड़ियों से मोढ़ों की गद्दियाँ बनायी गयी थीं जिसकी वज़ह से दस मोढ़ों पर सात-आठ रंगों की गद्दियाँ दिखलाई पड़ती थीं। कोठी की कमोबेश यही हालत भीतर से थी। इतने सारे कमरों की कोठी में एक भी कमरा ऐसा नहीं था जहाँ बाहर से आनेवाले मेहमानों या 'विजिटर्स' को बिठलाया जा सके। अधिकांश कमरों में बच्चों की किताबें, बस्ते और छोटे-मोटे कपड़े बिखरे रहते थे। पांडेजी की पत्नी को बेसलीका औरत नहीं कहा जा सकता था—वह अपनी सामर्थ्य भर घर को बराबर कायदे में लाने का प्रयास करती रहती थी, परन्तु एक दर्जन बच्चों का घर तो सारी कोशिशें नाकाम करके हॉस्टल के रूप में बदलता-सा लगता था।

पांडेजी के बच्चे अभी चाहे कितने ही छोटे थे मगर उनकी ज़िन्दगी की शाम बहुत तेजी से उतरती आ रही थी। कुल जमा एक लड़की की शादी हुई तो और उसका भी यह हाल कि पति सिर्फ़ दो सौ सत्तर रुपये तनख़्वाह पाता था। यही नहीं, रहता भी श्वसुर के घर में ही था। कम तनख़्वाह ने शादीलाल को ईमानदारी से

एकदम विमुख कर दिया था। पांडेजी की कोठी में रहते हुए उसने अपनी सास को अपने विश्वास में ले लिया और पांडेजी की सारी फाइलें उलट-पलटकर उन मामलों की छानबीन करने लगा जिनसे अच्छी रकमें पैदा की जा सकती थीं। चूँकि शादीलाल 'असिस्टैंट कमिश्नर' साहब का दामाद था और एक दबंग आदमी माना जाता था इसलिए नीचे के अफ़सरों ने उसकी छानबीन में कोई रोड़ा नहीं अटकाया।

धीरे-धीरे स्थिति यहाँ तक पहुँची कि शादीलाल पांडेजी के सामने पेश होनेवाले मुकदमों का ब्यौरेवार सूक्ष्म अध्ययन करने लगा और सम्बन्धित पक्षों से रुपये ऐंठकर उन्हें बच निकलने के रास्ते बतलाने लगा। यह रकमें इतनी ज़्यादा नहीं थी कि देनेवालों को अखरती। ऐसी वसूली वह अपनी सास के हाथ में देने लगा। यही नहीं, वह अपनी कारगुजारी पांडेजी को भी बतलाने लगा। वह कभी पांडेजी को किसी केस में नरमी बरतने की सलाह भी देने लगा।

पांडेजी—जिन्होंने पहले कभी किसी के प्रति अनावश्यक मुरव्वत नहीं दिखलायी थी, शादीलाल के तरीकों से बहुत दुखी हुए परन्तु वह उस वाक्पटु दामाद की बातों और उसके तर्कों के औचित्य से इन्कार नहीं कर पाये। पांडेजी के रिटायर होने में सिर्फ़ दो साल रह गये थे—बचत के नाम पर बैंक में उनके सौ-दो सौ रुपये भी नहीं थे। रिटायर होने के बाद इतने बड़े परिवार का भरण-पोषण एक ऐसी बीहड़ समस्या थी जिसका निराकरण उन्हें कहीं होता नहीं दीख पड़ता था। शादीलाल के प्रयत्नों से घर में 'गोदरेज' की अलमारी और दूसरी सुविधाजनक चीज़ें दिखलायी पड़ने लगी थीं—मगर हालत अब भी बस कामचलाऊ ही थी।

शादीलाल अपने ढंग से काम करता रहा। श्रीमती पांडे ने दामाद की क्षमता का सिक्का मान लिया और उनकी सहायता से लड़कियों की शादियों के लिए थोड़ा-बहुत ज़ेवर भी खरीदना शुरू कर दिया। पांडेजी ने अपनी लम्बी नौकरी के दौरान कोई ऐसा काम नहीं किया था जिससे विभाग में बदनामी होती इसलिए उनके नाम पर शादीलाल की वसूली के बावजूद दफ़्तर में उनकी प्रतिष्ठा को कोई ख़ास नुकसान नहीं पहुँचा।

एक-डेढ़ बरस में शादीलाल ने एक हजार से पाँच हजार रुपये तक भिन्न-भिन्न मामलों में वसूल किये। ज्यों-ज्यों पांडेजी रिटायरमेंट के करीब पहुँचते जाते थे। शादीलाल की हरकतों से उनकी व्यथा बढ़ती जाती थी। वह दिनों-दिन अवकाश प्राप्त करने के लिए बेचैन रहने लगे?

अभी पांडेजी के अवकाश ग्रहण करने में लगभग डेढ़ माह का समय बाकी था कि एक बड़े उद्योगपति का मामला सामने आ गया। इस केस में बिक्री कर से सम्बन्धित लाखों रुपये का घपला था। शादीलाल ने चुपके-चुपके बातचीत करके

उद्योगपति से एक लाख रुपया तय कर लिया। शादीलाल ने जब सारी स्थिति पांडेजी के सामने रखी तो उनका चेहरा विवशता और ग़ुस्से की अधिकता से काला पड़ गया। उन्होंने शादीलाल की तरफ़ से अपना मुँह दूसरी ओर फेर लिया और एक शब्द भी नहीं बोले। शादीलाल ने उनसे उस समय तो कुछ नहीं कहा लेकिन वह चैन से बैठा भी नहीं। उसने सारी स्थिति अपनी सास को बतलायी और उनसे भी ज़ोर लगाने को कहा।

जिस समय पांडेजी अपनी आँखों के सामने अख़बार किये बैठे थे और उनका चेहरा अस्वाभाविक रूप से गम्भीर था, शादीलाल ने अपनी सास की उपस्थिति में कहा, ''देखिए बाबूजी, आप नौ सितम्बर को तो रिटायर हो रहे हैं—आज इक्कीस जुलाई है। आपने रिटायर होने के बाद के लिए भी कुछ सोचा है कभी? आख़िर ये इतने सारे काम जो अधूरे फैले पड़े हैं कैसे पूरे होंगे? आपके घर बैठ जाने से घर के खर्चे तो एकदम से बैठ नहीं जाएँगे। बच्चे-बच्चियाँ आज जिस, 'स्टैंडर्ड' पर पहुँच चुके हैं उनसे नीचे उतरने का तो सवाल ही नहीं उठता। मैं यह नहीं मानता कि इस एक 'केस' में एक लाख रुपया ले लेने से सारी समस्याएँ हल हो जाएँगी पर आप इतना समझ रखिए कि आपके बाद जो आदमी आपकी कुर्सी पर आएगा उसके लिए रिश्वत लेने में कोई धर्म संकट आड़े नहीं आएगा।''

पांडेजी ने चेहरे के सामने से अख़बार हटाकर शादीलाल से पूछा, ''तुमने इस केस में क्या लिया है?''

शादीलाल ने बेबाकी से कहा, ''पचास ले चुका हूँ और पचास हजार तारीख़ के दिन मिलना तय हुआ है।''

पांडेजी का चेहरा सफ़ेद और बुढ़ापे की झर्रियों से भरा दिखाई पड़ने लगा लेकिन उन्होंने अस्वाभाविक रूप से काँपती आवाज़ पर काबू पाने की चेष्टा में कहा, ''इस केस की कौन तारीख़ है?''

शादीलाल ने 'नौ सितम्बर' इस तेजी से कहा गोया बन्दूक से गोली दाग दी हो।

'नौ सितम्बर' यानी पांडेजी की नौकरी का आख़िरी दिन। पांडेजी का शरीर एक बार तो ऐसे काँप गया जैसे उन्हें जाड़ा देकर मलेरिया चढ़ गया हो लेकिन उन्होंने कोई भी उत्तर न देकर सिर फिर अख़बार में गाड़ लिया। शादीलाल थोड़ी देर बैठा इन्तज़ार करता रहा कि शायद पांडेजी कुछ और दरयाफ़्त करें पर उन्होंने अख़बार से आँखें नहीं हटायीं।

घर के सारे काम हस्बेमामूल चलते रहे। पांडेजी के दैनिक कार्यों में भी कोई अन्तर नहीं आया। वह पहले भी अधिक बातें नहीं करते थे—इधर तो उन्होंने

एकदम बोलना ही छोड़ दिया। समझदार बच्चों और पत्नी ने इसे रिटायरमेंट का दुख माना। पांडेजी के कमरे की बत्ती सारी-सारी रात जलने लगी। उनका चेहरा थका-थका और निस्तेज नज़र आने लगा। जो सहज स्वाभाविक गति उनके जीवन की विशेषता थी और सबके लिए स्पष्ट और जानी-पहचानी भी, सहसा खंडित होती दिखाई पड़ने लगी। निश्चय ही इसमें अवकाश प्राप्ति की मानसिकता तैयार करने का कष्ट होगा। मगर वे तो बरसों पहले से कहते चले आते थे, "क्या धरा है इस नौकरी में। इसमें चार गुना तो मैं सेल्स टैक्स को प्रैक्टिस करके कमा सकता हूँ। फिर वह विश्वास आज सहसा कैसे टूट गया?"

जो हो पांडेजी नौ सितम्बर को ठीक वक्त से फ़ारिग होकर अपनी कुर्सी पर डट गये और अन्तिम दिन के मुकदमों की फाइलें देखने लगे।

दफ़्तर में पांडेजी अपनी कुर्सी पर सारे दिन सन्निपात के रोगी की स्थिति में रहे। उनके सामने जो भी केस उस दिन आये वह अत्यन्त उद्विग्न भाव से उनकी सुनवायी करके फ़ैसले देते रहे। जब उनके सामने वह एक लाख रुपये वाला मामला आया तो शादीलाल एक क्षण के लिए कमरे में आया और तत्क्षण झाँककर चला गया। पांडेजी के माथे की नसें खड़ी हो गयीं और उन्हें सारा ब्रह्मांड चक्कर काटता हुआ मालूम पड़ने लगा।

पांडेजी का सहायक यह देखकर दंग रह गया कि लाखों रुपये के घोटालेवाले अत्यनत पेचीदा मामले को निपटाने में पांडेजी को दस मिनट का समय भी नहीं लगा। दफ़्तर के सभी कर्मचारियों की नज़र में यह एक महत्त्वपूर्ण मामला था। अन्दरूनी तौर पर इस केस के बारे में लोगों को सभी कुछ मालूम भी था और कोई भी यह नहीं सोच सकता था कि पांडेजी जैसा दयानतदार अफ़सर इस केस में इतनी नरमी से काम लेगा। लेकिन उन्होंने अपने मुँह से उफ तक नहीं की। पांडेजी के विरुद्ध एक शब्द नहीं कहा। आख़िर पांडेजी एक देवता समझे जानेवाले इनसान थे और उन्होंने अपनी पूरी नौकरी के दौरान एक भी मातहत की बुरी रिपोर्ट नहीं लिखी थी। उन्हें माफ़ करना सभी मातहतों को अपना इनसानी फ़र्ज लगा।

शाम तक दफ़्तर के प्रत्येक कर्मचारी को मालूम हो गया कि इस केस में भीतरी तौर पर क्या कुछ हुआ है। पर इतने पर भी बात लोगों के दिल और आँखों में ही रही। प्रत्येक व्यक्ति ने अजहद शालीनता और धैर्य का परिचय दिया। निश्चय ही यह लम्बे वक्त से चली आनेवाली पांडेजी की नेकनीयती का नतीजा था।

...लेकिन पांडेजी ने दफ़्तर से लौटने के बाद किसी से बातें नहीं कीं। अपने कमरे में घुसे और भीतर से दरवाज़े बन्द कर लिये। बहुत लोग पिछले तीन दिन में उनसे भेंट करने के लिए आये—घर के सभी लोग द्वार पर टक्करें मारते रहे लेकिन

पांडेजी ने न किसी को कोई उत्तर दिया और न दरवाज़ा खोला।

पांडेजी यह तो नहीं कह सकते कि उनकी चादर एकदम बेदाग़ थी क्योंकि उनका दामाद शादीलाल पिछले कुछ वर्षों से गड़बड़ करता चला आ रहा था लेकिन यह आख़िरी झटका जो एक लाख पर पहुँचकर उनकी बनी-बनायी प्रतिष्ठा को धूल में मिला गया था उनकी आत्मा पर असह्य बोझ बन गया था।

कोई नहीं कह सकता था कि उनकी आत्मा की आवाज़ उन्हें प्रायश्चित की किस सीमा तक ले जानेवाली थी।

वहम

उसने 'विभागीय लाइब्रेरी' में जाकर एक-एक करके सारे दैनिक देख डाले। हिन्दी, अँग्रेजी के समाचारपत्रों में उस ख़बर के छोटे-से-छोटे भी संकेत कहीं नहीं थे। वह गम्भीरतापूर्वक सोचने लगा, 'ऐसा कैसे हो सकता है?' अख़बारों में छोटी-से-छोटी घटना का विवरण प्रकाशित होता है। संवाददाता पता नहीं कितने मामूली क़स्बों और गाँवों तक ये खबरें बटोर लाते हैं ओर यहाँ इतने बड़े शहर में वह चीज़ इस तरह दब गयी, गोया कभी कोई घटना घटी ही न हो।' लाइब्रेरी में कुछ स्थानीय अख़बार भी आते थे, जिन्हें उसने अब तक नहीं टटोला था। कौतूहलवश उसने उन्हें भी छान मारा—उनमें नगर की कोई ख़ास ख़बर नहीं थी—हाँ, मुंडन-कनछेदन, मकानों के प्रवेश-समारोह या किसी समृद्ध बूढ़े नागरिक के वानप्रस्थ लेने की सूचनाएँ ज़रूर थीं—या फिर पूरे-पूरे पृष्ठों पर नगर निगम द्वारा आमन्त्रित 'टेंडरों' के विज्ञापन थे और सबसे ज़्यादा निराश करने वाली वे अन्तरराष्ट्रीय घटनाएँ थीं, जो अब तक इतनी बासी हो चुकी थीं कि उनमें शायद ही किसी की उत्सुकता बाकी बची हो।

वह पुस्तकालय से उठकर कैंटीन की तरफ़ चला गया। अभी बाकायदा दफ़्तर का वक्त शुरू होने में थोड़ी देर थी। उसने सोचा, ऐसे दो-एक लोग वहाँ ज़रूर पहुँच चुके होंगे जिनकी दिलचस्पी अब अपनी गृहस्थी में नहीं है। एक कोने में कालीचरण, रघुनाथ और वर्मा बैठे किसी समस्या पर ज़ोर-ज़ोर से चीखकर बहस कर रहे थे और उनसे काफी हटकर मनोहर चुपचाप बैठा चाय पी रहा था। उसे मनोहर बहुत उदास और समस्याग्रस्त लगा। उसने सोचा, शायद मनोहर को उस सम्बन्ध में कुछ मालूम हो। अभी वह मनोहर की तरफ़ बढ़ने की सोचा ही रहा था कि वह चाय का खाली प्याला एक ओर सरकाकर उठ खड़ा हुआ। मनोहर उसके बहुत पास से निकला, लेकिन उसने हवा में अपना पंजा इतनी बेदिली से लहराया जैसे वह बहुत जल्दी में हो और मूक अभिवादन के अलावा इस क्षण और कुछ न कर सकता हो। हालाँकि वह मनोहर से कुछ पूछने के लिए बुरी तरह उतावला था, लेकिन उसे अपनी बेसब्री सख़्ती से दबानी पड़ी और वह कैंटीन छोड़कर दफ़्तर की बिल्डिंग की ओर घूम गया।

हस्बेमामूल वह उस दिन भी मुँह अँधेरे सैर करने निकला था। अँधेरा छँटने में ज़्यादा देर नहीं थी, लेकिन मैदान के पेड़-पौधे और इक्का-दुक्का मकान पूरब में उभरती ललौंही के बीच सिलहुत-जैसे उभरे हुए थे। उसके पैर मार्ग के अभ्यस्त थे और आँखों पर कतई निर्भर नहीं करते थे। कहाँ रेत का ढूह होगा, कहाँ काँटेवाली झाड़ियाँ—इनका उसके पैरों को अहसास था। जी हाँ, पैरों को अहसास—इसी सैर ने उसे बतला दिया था कि महज मस्तिष्क ही सोचने का बोझ नहीं उठाता, हाथ-पाँव और नाख़ून तक कुछ सोचते हैं और उनमें बाकायदा अनुभूति व्यक्त करने की कूबत हैं। ख़ैर, वह बढ़ते-बढ़ते आठ-नौ फीट चौड़े नाले के किनारे पहुँच गया। उस पर आर-पार एक पौन फीट चौड़ा सीमेंट का लट्ठा पड़ा था और गाँवों से दूध लानेवाले शरीर उस ख़फ़ीफ़-सी चौड़ाईवाले लट्ठे को बग़ैर डगमगाये पार कर जाते थे।

एकाएक नाले में कुछ फैला हुआ देखकर वह बीच में ठहर गया। उसने लट्ठे पर खड़े-खड़े ही ग़ौर किया, कोई चारेक फीट के विस्तार में कोई चीज़ पसरी पड़ी थी। एक कम्बल-जैसी चीज़ ऊपर नज़र आ रही थी। उसके नीचे कुछ रंगीन-सा था। नाला तली में एकदम सूखा पड़ा था। वह भय और त्रास से जड़ होकर कुछ पल पतले लट्ठे पर ही खड़ा रहा। उससे कुछ लोग बतियाते जा रहे थे। वह दो-तीन डग बढ़ाकर नाले के पार हो गया और आगे जानेवाले के नज़दीक पहुँचने की गरज से तेज-तेज चलने लगा।

वे लोग दूध के भाव के बारे में चिन्तित थे और महँगाई घटने के प्रश्न पर एकमत नहीं लग रहे थे। उसे लगा कि शहतीर पर जानेवालों की नज़र शायद नाले के भीतर नहीं पड़ी। अन्यथा वे महँगाई और दूध के भाव पर बहस न करते—वहाँ ज़रूर ठहरते और कोई निर्णय लेते। हादसा एकदम साफ और सामने था। रात के किसी पहर में नृशंसता का एक वीभत्स कांड घटित हो चुका है और हत्यारे अपनी करतूत नाले के हवाले करके बच निकले हैं। दिन निकले जब लोग इधर से गुजरेंगे, तभी शायद सही शिनाख़्त हो सकेगी।

डगमगाते-से कदमों से वह आगे बढ़ता रहा, लेकिन उसके मन की सारी निश्चिन्तता तहस-नहस हो गयी। हवा के भीतर कम्बल के नीचे पड़े स्तूप में केन्द्रित हो गयी। वह बहुत लम्बी सैर पर नहीं जा सका। अजीब से ख़यालों में भटकते हुए वह आगे जाकर नाले की पुलिया पर बैठ गया। लेकिन उसे चैन नहीं पड़ा—जैसे ही उसने कुछ लोगों को शहतीर के पुल की तरफ़ लौटते देखा, तेजी से कदम बढ़ाते हुए उनके पीछे लग लिया। उसके आगे चलनेवाले लट्ठे को बिना रुके आराम से लाँघते चले गये—उनमें से न किसी को किंचित् हिचकिचाहट हुई और न उनके कदमों में ठहराव आया। यही नहीं, उन्होंने उस पार पहुँच जाने के बाद भी

रुकना ज़रूरी नहीं समझा। वह भी नाला पार करके दूसरी ओर पहुँच गया और इरादा करके वहीं ठहर गया। उसने देखा, चार-छह लोग दूसरी तरफ़ से चले आ रहे हैं। अब यह बात बिलकुल साफ़ हो गयी थी कि वे लोग उसे नाले में यों ताकते-झाँकते देखकर ज़रूर ठहर जाएँगे और नाले में पड़ी चीज़ पर पूछताछ शुरू कर देंगे।

वह शहतीर के ठीक नीचे पड़ी बिखरी हुई जिन्से देखने लगा। एक पुराना-सा कत्थई रंग का कम्बल था। एक मैली-सी शर्ट, जो शायद सस्ती टेरेलीन या टेरीकॉट की हो, लस्त-पस्त हालत में अपनी बाँहें पसारे हुए थी और चौड़ी मोहरी का एक पायजामा भी मौज़ूद था। यानी एक पूरे आदमी का लिबास था—जूते हो (या चप्पलें ही सही) तो आदमी की शख़्सियत का कुछ ओर सही अनुमान हो सकता था।

उसे इस जानकारी से कोई राहत नहीं मिली कि वहाँ कोई हताहत आदमी नहीं है—महज एक लिबास है। क्या कपड़ों के इस तरह बेतरतीब पड़े रहने से यह साफ नहीं हो जाता कि किसी को हलाल करने से पहले ही ये आच्छादन उसके शरीर से अलग कर लिये गये हैं? तफ़तीश-जैसी चीज़ के तहत उसने इधर-उधर नज़र डाली, लेकिन उसे अपनी यह खोज काफी मूर्खतापूर्ण लगी—उन लोगों ने क़त्ल के बाद अपने शिकार को आसपास नहीं फेंका होगा—वे इतने नौसिखिये नहीं हो सकते। हो सकता है, इस साफ़ ढंग से लगभग आम रास्ते के बीच लत्ते महज इसलिए फेंके हों कि शिनाख़्त हो जाए कि किसका सफाया हुआ है।

चार-पाँच फीट के घेरे में फैले हुए रहस्य-रोमांच में वह इतना ग़र्क हो गया कि उसे पता ही नहीं चल पाया कि इस बीच कितने लोग शहतीर पार करके इधर-उधर जा निकले।

तमाम वक्त वह उम्मीद करता रहा कि अभी कोई सूचना देनेवाला है कि नाले में जो कपड़े पड़े मिले हैं, वह अमुक व्यक्ति के हैं। वह अपने दफ़्तर वक्त से काफी पहले पहुँच गया। उसके ऑफ़िस का एक चपरासी महरौली से आता था—उसे 'शार्टकट' से आने में नाले पर पड़े शहतीर को ज़रूर लाँघना पड़ता होगा। जब चपरासी उसे आता दीख पड़ा, तो उसने संकेत करने की बजाय उसे आवाज़ देकर बलुाया। उसने गंगाबिशन से कई मिनट तक इधर-उार की बातें की और ख़ास तौर से नाले पर पड़े शहतीर की चर्चा की। उसने गंगाबिशन से पूछा, "क्यों गंगाबिशन नाले के आम रास्ते पर पुल क्यों नहीं बनाते? लोगों को पुल पार करने के लिए काफ़ी आगे जाना पड़ता है।" गंगाबिशन ने पुल में अपनी कोई दिलचस्पी नहीं दिखलायी, बल्कि गाँव में बैंक की शाखा खुलने का ज़िक्र किया और बतलाने लगा कि अब भैंस खरीदने के लिए जो चाहे ढाई हज़ार रुपये बैंक से उधार ले ले। गाँव, रास्ता और पुल कई बार सामने रखे गये, लेकिन गंगाबिशन उस सन्दर्भ से इस तरह साफ़

बच निकला जैसे कोई चालाक चूहा चूहेदानी की भीतरी दिलचस्पी की तरफ़ आँख भी न उठाये। आख़िरकार उसने गंगाबिशन को सिगरेट लाने के लिए पैसे निकालकर दिये और कोई दूसरा रास्ता सोचने लगा।

जैसे आप घर कभी-कभी इसलिए शीघ्र लौट आते हैं कि आपको कोई महत्त्वपूर्ण पत्र या अन्य सूचना मिलने की उम्मीद होती है, उसी भावना के तहत वह उस रोज़ दफ़्तर से उठकर सीधे घर आया। जब दिन छिपने लगा तो वह छड़ी उठाकर उधर ही टहलने चल दिया। वह शीघ्रता से पैर बढ़ाते हुए चलने लगा—अँधेरा होने से पहले लौटना बेहतर होगा। नाले के करीब पहुँचकर उसने देखा, सारे कपड़े यथावत् पड़े हुए हैं। उसने नाले के उस पर जाने का ख़याल छोड़ दिया।

लौटते हुए उसने सोचा कि इन कपड़ों की बाबत अब किसी से बात कर ही ली जाए। वारदात हुई ज़रूर है, लेकिन हैरत है, कहीं उसको लेकर कोई चूँ तक नहीं कर रहा है। चलते-चलते वह एक नये बनते मकान के सामने जाकर ठहर गया। मकान के फ़र्श की मशीन से घिसाई चल रही थी। मकान-मालिक लुँगी-कुर्ता पहने बाहर बरांडे में खड़ा मिस्त्री को कुछ समझा रहा था। वह गेट के पास पहुँचा तो मकान-मालिक उसी तरफ़ बढ़ आया—शायद उसने सोचा हो कि आगन्तुक किसी का पता पूछना चाहता है, "कहिए, किसकी तलाश है?"

एकाएक वह तय नहीं कर पाया कि किस तरह शुरुआत की जाए, लेकन उसने सोचा, चुप रहने से वह अहमक समझा जाएगा। वह बग़ैर भूमिका बाँधे बोलने लगा, "आपको नाले में पड़े चार कपड़ों के बारे में कुछ मालूम है?" वह आदमी सहसा घबरा-सा गया, "जी कपड़े! कौन-से चार कपड़ों से मकसद है आपका?"

वह नाले की दिशा में उँगली उठाकर बोला, "आपने शायद देखा हो, आपकी कोठी के पिछवाड़े जो सूखा नाला है, उधर एक आदमी के कुछ कपड़े पड़े हैं—मेरा मतलब..." पर वह अपना मतलब साफ नहीं कर पाया। इस दौरान मिस्त्री भी उस आदमी के करीब पहुँच चुका था और कुछ सुनने के लिए उत्सुक दिखाई पड़ता था।

मकानवाला आदमी अपने मकान को 'कोठी' का दर्जा दिये जाने के बावजूद उसकी जिज्ञासा से प्रसन्न नहीं हो सका और यह कहते हुए कि "मुझे नहीं मालूम, आप किसके बारे में क्या दरयाफ़्त करना चाहते हैं," पीछे लौट गया।

उसने ऊहापोह में ख़ुद से सवाल किया, "यह कैसे हो सकता है कि इतने क़रीब रहनेवालों को कुछ भी मालूम न हो?"

वह दो दिनों तक चाहकर भी सुबह-शाम की सैर पर नहीं निकला। तीसरे दिन ख़ूब उजाला हो जाने पर छड़ी हाथ में लेकर घूमने निकला। उसने तय किया

कि आज वह छड़ी से कपड़ों को टटोलकर पता लगाएगा कि कहीं कपड़ों पर ख़ून के धब्बे तो नहीं हैं। लेकिन नाले के किनारे पहुँचकर वह सन्नाटे में आ गया—वहाँ से कम्बल गायब था, बाकी कपड़े ज्यों-के-त्यों पड़े थे। देर तक सिर मारने के बावज़ूद उसकी समझ में नहीं आया कि कम्बल कौन ले गया।

शाम को दफ़्तर से निकलने के बाद वह 'गुदड़ी मार्केट' की तरफ़ से गुज़रा। उसे क्षीण-सी आशा थी कि फुटपाथ पर बिकनेवाले फटे-पुराने मरममत किये हुए कपड़ों के ढेर में उसे वह कम्बल नज़र आ जाएगा। उसेन बहुत नामालूम ढंग से एक-एक ढेर के सामने ठहरकर निगहबानी की कि वह कत्थई रंग का कम्बल उसे कहीं दीख जाए, लेकिन वैसा कोई भी कम्बल उसे कहीं नज़र नहीं पड़ा।

एक अजीब विचार उसके मस्तिष्क में कौंधा—'जहाँ से कुछ सुराग मिल सकता था, उस जगह तो तुम पहुँचे ही नहीं!' लेकिन पुलिस स्टेशन जाने की बजाय वह ख़ुद से उलझने लगा, "होंगे कपड़े किसी मरदूद के...तुझे क्या...तू क्यों मरा जाता है?" सबसे बुरी बात यह होती है जब आपको गहराई में पहुँचने के लिए सम्भावित खतरे उठाने चाहिए, तब आप निकल भागने के लिए कोई पिछला दरवाज़ा तलाश करने लगें। उसने धीरज के साथ सोचकर समझना चाहा कि वास्तव में उसकी मंशा क्या है? एक अमूर्त अपराध के पीछे सिर मारते चले जाना किसी भी स्थिति में मानसिक स्वास्थ्य का लक्षण नहीं है—इस चीज़ को यहीं छोड़ देना बेहतर है।

लेकिन अगली सुबह बिस्तर पर आँखें खुलते ही उसे फिर उन कपड़ों की याद आ गयी। क्या ख़ुराफात है? आख़िर ऐसा क्यों हो रहा है? उसने कपड़ों के ख़याल को जहाँ-का-तहाँ झटककर यह याद करने की सोची कि कितने वर्ष पहले वह बिस्तर पर आँखें खुलते ही कुछ सुन्दर और सुखद बातों के बारे में अनायास अनुभूतिमय हो उठा करता था। तब शायद उसमें गहरी तन्मयता और उत्साह था—कविता उसको सुख दे सकती थी। कोई अनाम-सी सुगन्ध किसी चेहरे का ख़याल आते ही उसके सारे व्यक्तित्व को आप्लावित कर लेती थी। एक वास्तविक अचम्भे ने उसे हिला दिया, "पता नहीं, यह चेतना अनजाने तरीके से मुझे कब छोड़कर चली गयी। उम्र बढ़ने के साथ यह क्या होने लगता है—आदमी अपने से बाहर की चीज़ों और घटनाओं के बारे में सोचते-सोचते बेचारा और अकेला हो उठता है।" उसने अपने स्वभाव के विपरीत एक भद्दी-सी गाली धीमी फुसफुसाहट में उच्चरित की और सिर सहित कन्धों को झटका देकर बिस्तर से उठ गया।

उसने तय कर लिया कि अब वह अपनी जिज्ञासा का गला घोंट देगा और कपड़ों की बाबत भूल जाएगा और अब भूलकर भी उधर सैर के लिए नहीं जाएगा।

दफ़्तर में पहुँचकर उसने तय किया कि आज चाहे रात तक बैठना पड़े, वह

सारा काम समाप्त करके ही बिल्डिंग से पाँव बाहर रखेगा। दोपहर तक उसने पाया कि उसने पूरे दिन का काम अखंड तन्मयता से निपटा दिया है। 'अब क्या किया जाए' के भाव से वह अगले ढाई-तीन घंटों का हिसाब लगाने लगा। सीट पर बैठे-बैठे मक्खी मारने की बजाय लोगों से कुछ बात ही की जाए। लेकिन कौन-सी बात? उसे फिर खुजलाहट ने आ घेरा। यह खुजली कुछ ऐसी जगह पर थी, जैसे पीठ पर जहाँ पर आपका अपना हाथ न पहुँचता हो और दूसरे से कहने के लिए उपयुक्त अवसर न हो। वह ग़ौर से दफ़्तर के सहयोगियों के चेहरे परखने लगा। उसकी जबरदस्त इच्छा हुई कि तिवारी से बातें करें—कोई भी बातें। वह निहायत बहिर्मुख फक्कड़ तबीयत आदमी है, लेकिन तत्काल ही खुली तबीयतवाले आदमी का एक ऐसा पक्ष भी नज़र में आ गया कि वह सावधान हो उठा। तिवारी से बात करने का मतलब है, वह बात पल-भर में सारे दफ़्तर में चर्चा का विषय बन जाएगी। इधर-उधर सब तरफ़ टकराकर अन्ततः उसकी आँखें फिर मनोहर पर ही टिक गयीं—बीवी-बच्चोंवाला आदमी है और उसकी पारिवारिक समस्याएँ ही इतनी अधिक हैं कि वह इस बात को चार आदमियों से कहने का अवसर ही नहीं निकाल सकता।

दफ़्तर से मनोहर जैसे ही चलने लगा, वह उसके साथ हो लिया और दफ़्तर के 'मेन गेट' से बाहर निकलते ही उसने मनोहर को दबोच लिया, "...तुम्हें मालूम है, मेरे घर से थोड़ी दूर जो नाला है, उसमें किसी आदमी के पूरे कपड़े पड़े हैं?"

मनोहर अपनी ही उलझनों में था। उसे टालते हुए बोला, "पड़े होंगे किसी आदमी के—मरे हुए लोगों के कपड़े ऐसे ही डाल दिये जाते हैं। हाँ, एक बात बतलाओ, तुम्हारी नज़र में हिसाब और अँग्रेजी पढ़ानेवाला कोई ठीक-ठाक मास्टर है? पता नहीं, साले स्कूलों में आजकल क्या पढ़ाते हैं—दीपक पढ़ाई में एकदम सिफ़र है।"

उसने एक क्षण कुछ सोचा और बोला, "ठीक है, मास्टर का इन्तजाम हो जाएगा, लेकिन मनोहर, आख़िर पता तो चलना ही चाहिए कि ये कपड़े किसके हैं...मैं एकदम 'श्योर' हूँ कि यह स्वाभाविक रूप से मरनेवाले आदमी का लिबास नहीं है। मरे हुए आदमी के कपड़े लोग अपने दरवाज़े पर डालते हैं जिससे हरेक को पता चल जाए कि वहाँ कोई मर गया है—कोई घर से इतनी दूर नाले में कपड़े डालने क्यों जाएगा?"

मनोहर कुछ मिनट तक सोचते हुए चलता रहा और फिर चिन्ता के स्वर में पूछने लगा, "कितने दिन की बात है?"

"यही चार-छह रोज़ हुए होंगे, लेकिन मज़े की बात यह है कि अभी तक कहीं भी कोई कार्यवाही नहीं हुई।"

शाम का धुँधलका गहराने लगा था। मनोहर बोला,"तो आओ चलो देखते हैं—शायद कुछ सुराग लग ही जाए।" वह मनोहर को साथ लेकर जब नाले के किनारे पहुँचा तो उसने देखा, वहाँ कपड़ों के नाम पर एक चिन्दी तक नहीं थी। वह हैरान रह गया। मनोहर को विश्वास में लाने की कोशिश करने लगा, "यहाँ, इसी शहतीर के नीचे कम्बल, कमीज, स्वेटर, पाजामा—ये सभी कपड़े पड़े थे। हाँ, कोई तीन दिन पहले कम्बल कोई यहाँ से रात में उठा ले गया था, लेकिन बाकी तीनों कपड़े मैं ख़ुद अपनी आँखों से देखकर गया था। बेचारा कोई बदकिस्मत आदमी था...।"

उसके बतलाये हुए स्थान को मनोहर मोटे काँच की ऐनक पर आँखें जमाये कुछ देर तक देखता रहा और संशयात्मक स्वर में बोला, "सोचो तो, यहाँ इस बियावान जंगल से कपड़े कौन उठा ले जाएगा? मुझे लगता है यह सिर्फ़ तुम्हारा वहम है—फ़िज़ूल की किताबें पढ़ना छोड़ दो।"

मनोहर को विश्वास दिलाने के लिए वह किसी शहादत के बारे में सोचने लगा कि तभी मनोहर ने उसका कन्धा छूकर कहा, "चलो-चलो, अँधेरा घिरता आ रहा है।"

व्यवस्था

पूरा साल निकल चुका था—आर्डिनेंस लागू होने के बावजूद व्यवस्थाओं ने उस पर रत्ती-भर ग़ौर नहीं किया था। हम सभी, कभी संकेत में और कई बार मुखर होकर एक-दूसरे से पूछते थे, "आज उम्मीद है कुछ?"

लेकिन सही उत्तर देने की स्थिति में कोई नहीं होता था। एक-दो लोग ऐसे भी थे, जो दफ़्तर में घुसते ही बड़े बाबू से पूछते थे। बड़े बाबू की दायीं आँख के पास रुपये बराबर एक काला निशान था और उनके चेहरे पर हमेशा तनाव बना रहता था। फाइलों से घिरे उस नाराज आदमी को लोग मनहूस ख़याल करते थे। वह सवाल करनेवालों की कतई नोटिस नहीं लेता था। पता नहीं रजिस्टरों में ग़र्क रहकर वह क्या करता रहता था। कर्मचारियों का वेतन जब दो-दो महीने नहीं मिलता था, तो उसके काग़ज़ काले करने का क्या मतलब था? कर्मचारी उससे बहुत झिझकते हुए संकोच से सवाल करते थे और जानते थे, वह उनको कोई जवाब नहीं देगा—काले घाव से घिरी हुई, अनुपस्थित आँख ऊपर ओढ़ी हुई मालूम नहीं पड़ती थी—वह अक़्सर किसी ऐसी चीज़ में फँसा दिखाई देता था, जिसका सूत्र कहीं बहुत दूर किसी अदृश्य व्यक्ति के हाथ में था। बड़े बाबू नाम के अजूबे से कोई उत्तर न मिलने पर हम बुरी तरह आहत और अपमानित महसूस करते थे और स्वयं को हीन ख़याल करते हुए वहाँ से हट जाते थे।

शुरू-शुरू में मैं इस स्थिति की कल्पना भी नहीं कर सकता था। भला, यह कैसे हो सकता है कि दफ़्तर नियमित समय पर खुले, लोग लगभग निश्चित समय पर अपनी सीटों पर आ जाएँ, स्टाफ रजिस्टर पर दस्तख़त करके टाइम नोट करें और थोड़ी-सी देर हो जाने पर भयभीत दिखाई दें—दफ़्तर की कुर्सियों और मेज़ों की झाड़-पोंछ नियमित रूप से होती रहे—चपरासी बीच-बीच में आकर लोगों को पानी पिलाते रहें—बॉस के कमरे में टेलीफोन की घंटी घनघनाती रहे और चपरासी को तलब करनेवाली मेज़ की घंटी का बराबर प्रयोग होता रहे, कम्पनियों के बिल डाक से बदस्तूर आते-जाते रहें और दफ़्तर की बिल्डिंग के बाहर कुछ छोटी, कुछ लम्बी कारें हमेशा खड़ी रहें—लेकिन कर्मचारियों को महीनों वेतन नसीब न हो।

अतिरिक्त सतर्कता या सावधानी आदमी तब बरतता है, जब चीज़ें उखड़ी और अव्यवस्थित दिखलाई पड़ें—कायदे-कानून में किसी विशिष्ट सावधानी की ज़रूरत नहीं समझी जाती। हर मौसम में लिबास बदल सकने की सुविधा की रोशनी में आदमी लुट जाने का खतरा महसूस नहीं करता। पढ़े-लिखे लोग तनख़्वाह को लेकर ज़्यादा बातचीत करना अपनी सभ्यता और संस्कारों के विरुद्ध समझते हैं—वे मजदूरों की तरह पगार के लिए अतिरिक्त उत्सुकता या पूछताछ का रास्ता भी नहीं अपना सकते।

कोई नहीं जानता था कि गड़बड़ कहाँ है, लेकिन कहीं भयंकर घोटाला था। व्यवस्थापकों से सीधे बात करने का कोई रास्ता नहीं था। बॉस से भी वेतन के बारे में बातें करने में लोग कतराते थे। अपनी नौकरी के आरम्भिक महीनों में मैं दफ़्तर के वातावरण और व्यवस्था से इतना अधिक प्रभावित हुआ था कि मैंने वेतन जैसी निश्चित चीज़ के बारे में एक बार भी नहीं सोचा था।

जब हम लोग बहुत तंग हो गये और अपनी शर्म ढँकने में असमर्थ होकर अपने साथ बीतनेवाले आर्थिक महाभारतों के किस्से कहने लगे, तो स्थिति वास्तव में बहुत नाज़ुक दिखाई देने लगी। यह एक अजीब 'सीन' होता है कि लोग अपने आर्थिक अभावों का रोना रोते हुए इतने तन्मय हो जाएँ गोया हरिभजन कर रहे हैं। हम लोग अपनी तकलीफ़ें बयान करते हुए यह भूलने लगे थे कि मजमे में हर आदमी कुछ-न-कुछ कह रहा है और दूसरे की बात सुनने में उसे कोई दिलचस्पी नहीं है और यह भी कि अपने प्रभावों का स्रोत खोजने का उत्साह किसी में नहीं है।

हममें से प्रत्येक अपने-अपने मोर्चे पर मुस्तैदी से डटा हुआ था। कुछ लोग शायद कुशलता के जोम में बिना तनख़्वाह के दिन काटकर शहीद होने की मुद्राएँ दे रहे थे। यह लगभग उसी तरह हो रहा था, जैसे एकाएक वाटर सप्लाई रुक जाने पर लोग आधी बाल्टी से सारे काम सरंजाम देने में अपनी विशिष्टता का परिचय दें और इसे अभावों में जीने का अभ्यास घोषित करें। उन्हें उन लोगों से कहीं ऊपर होने का गौरव अनुभव होता है, जिनके पास ऐसे वक़्त एक लौटा पानी का भी जुगाड़ नहीं होता। 'इमरजेंसी' की खासियत यह होती है कि आदमी इतना व्यक्तिवादी हो जाता है कि अपनी सारी चेतना अपना अस्तित्व बचाने में लगा देता है। अपनी पीठ ख़ुद ही थपथपाने लगता है।

दो महीने का वेतन एक साथ मिल जाने की उम्मीद बनने लगी थी—हालाँकि स्पष्ट आश्वासन किसी तरह से नहीं मिला था। बड़ी किच-किच में वक्त गुज़र रहा था—हर ज़रूरत और इच्छा आनेवाले कल पर उछाली जा रही थी। मैं कई बार मन-ही-मन हिसाब लगाकर देख चुका था कि दो माह की तनख़्वाह एक साथ मिलने पर उमसें से कितना कुछ फ़िलहाल बचाया जा सकता है। कुछ लोगों को और भी

टाला जा सकता है। दफ़्तर के साथियों का आधा उधार चुकाया जा सकता है और अगर फिर से ऐसी ही स्थिति आ गयी, तो आपत्तिकाल के लिए कुछ-न-कुछ बचाया जा सकता है।

उपलब्धि के बग़ैर ही बचा लेने की धुन मुझे थोड़ा उत्साह देती थी और इस ख़ुशी में मैं अपने किसी साथी से निस्संकोच कुछ माँग लेता था। माँग लेने की हया-शर्म अब पूरी तरह दम तोड़ चुकी थी। दफ़्तर छोड़ते वक्त आज भी मैंने तिवारी से दो रुपये झटक लिये थे। पैसे के मामले में तिवारी बहुत खींचू आदमी है। रुपया देते ही झट से डायरी में टीप लेता है, मगर माँगने पर कभी टरकाता नहीं। तनख़्वाह की उसे इतनी परवाह भी नहीं है; किसी तरह एक मकान खड़ा कर लिया है और उसमें आठ-दस किरायेदार घुसा रखे हैं। महीने में तीन-चार सौ की आमदनी हो जाती है। वेतन मिलते ही हम लोगों से कर्जा उगाहकर सारे रुपये बैंक में डाल देता है। इस टोपी-पायजामेवाले तिवारी के सहारे ही टूट-फूटवाला खर्चा चलता रहता है। इतने दिन पगार न मिलने पर मजदूर निश्चय ही हड़ताल या दूसरा बखेड़ा खड़ा कर देते, लेकिन हम पढ़े-लिखे लोगों की बात ही अलग है। हम हर हालत में सन्तुष्ट हैं—हमारा बदन ढँका हो, तो हम छिले हुए मन को भी उसी में छिपाने की कोशिश करते हैं।

घर में घुसने से पहले मैंने देखा कि मेरे दरवाज़े पर एक 'एंबेसेडर' गाड़ी खड़ी है और दोनों बच्चे पिछली सीट पर उछल-कूद मचा रहे हैं। ड्राइवर अगली सीट पर बैठा सिगरेट पी रहा था। मैं बच्चों से छेड़छाड़ किये बग़ैर चुपचाप दरवाज़े में घुस गया। बच्चों को शायद कुछ बतलाने की उत्सुकता थी। उन्होंने चिल्लाकर कुछ कहा और शायद मेरे पीछे आने की भी कोशिश की, लेकिन कार का दरवाज़ा बन्द होने की वज़ह से वहीं रह गये। मेरे जूतों की आवाज़ सुनकर सविता बाहर दालान में निकल आयी और मुझे देखते ही उसने बोलना शुरू कर दिया, "आ गये आप? ताऊजी ने गाड़ी भेजी है—रीना की शादी है न! मैं डर रही थी, कहीं आप दफ़्तर से कहीं न चले जाएँ।"

सविता के पिता अपर डिवीजन क्लर्क हैं, लेकिन ताऊजी डिप्टी सेक्रेटरी के पद पर हैं। कई बार विदेश भी जा चुके हैं और यह उनकी कम मेहरबानी नहीं है कि भाई के दामाद को लाने के लिए गाड़ी भेजी है। हफ़्ते-भर पहले तक शादी में शामिल होने की सम्भावना भी थी, लेकिन पिछले दो दिनों में यह उम्मीद हर तरफ़ से दम तोड़ चुकी थी।

बड़े आदमियों के यहाँ से आनेवाले 'ग्रीटिंग कार्ड्स' और शादी के निमन्त्रण-पत्रों को मैं अलमारी के बीचवाले खाने में इस तरह सजाकर रखता हूँ कि हर आने-जानेवाले की निगाह उन पर बरबस ठहर जाती है। ये आमन्त्रण दूसरों के सामने मेरे

गौरव की रक्षा करते हैं। इन डिप्टी सेक्रेटरी साहब के निमन्त्रण-पत्र को भी मैंने रेडियो के ऊपर सहेजकर रखा हुआ था। मेरी आँखें उस निमन्त्रण-पत्र पर एक क्षण ठहरीं और अचानक मेरी सूझ-बूझ काम दे गयी।

मैंने उल्लास में डूबी सविता पर नज़र डाली—उसने सन्दूक से सारी साड़ियाँ निकालकर पलँग पर फैला रखी थीं। उनमें से दो-तीन साड़ियाँ साथ ले जाने के लिए शायद वह मेरी पसन्द जानना चाहती थी। मैंने बहुत नामालूम ढंग से उन साड़ियों को देखा—वे सब दस-बारह वर्ष पहले की खरीदी हुई थीं—और खरीदी हुई थी क्या, उसके माँ-बाप, भाई-बहनों की सौग़ातें थीं। उन साड़ियों के उड़ते हुए रंग और छीजती हुई देह देखकर किसी के भी मुँह से एक सर्द आह निकल सकती थी। वे साड़ियाँ बीतते चले जाने की मुजस्सिम मिसालें थीं। मैंने उनसे जबर्दस्ती अपनी आँखें हटा ली और कुछ सोचने लगा। अनजाने में हाथ कोट की भीतरी जेब में चला गया। वहाँ चन्द सिक्कों और तिवारी से उधार माँगे हुए दो रुपयों के अलावा कुछ नहीं था। सविता इस स्थिति में बेख़बर थी। उसे यह तो मालूम था कि मुझे पिछले दो महीनों से तनख़्वाह नहीं मिली, लेकिन जिस तरह से मैं उसे दिलासा देता था, उससे सम्भवत: वह आश्वस्त थी कि मैंने रीना की शादी के लिए कोई व्यवस्था कर ली होगी।

सविता के कपड़ों से भरी अटैची खाली करते हुए कहा, ''ड्राइवर बड़ी देर से इन्तज़ार कर रहा है, चलो रीना के लिए साड़ी दिल्ली से ही खरीद लेंगे—वहाँ वेरायटी भी मिल जाएगी। अच्छी साड़ी के साथ इकतालीस या इक्यावन देने से भी काम चल जाएगा, यों देना तो 'ओरनामेंट' चाहिए!''

सविता की बात से मेरा सिर घूम गया। बच्चे बाहर कार में ही बैठे थे। शायद वे हम लोगों के बाहर निकलने की राह देख रहे थे।

मैं दो-तीन मिनट तक कुछ सोचता रहा और फिर बाहर जाने के लिए मुड़ते हुए सविता से बोला, ''मैं अभी दस मिनट में लौटता हूँ—बच्चों को भी अन्दर ही भेज रहा हूँ—वे लोग गाड़ी के दरवाज़ों को खोलने-बन्द करने की कोशिश में कही अपनी उँगली या हाथ न काट लें।''

सविता का उत्तर सुनने से पहले मैं बाहर निकल गया और कार का दरवाज़ा खोलकर बच्चों को बाहर निकाल दिया। बच्चे शायद निकलकर सहमे-से खड़े रहे। वे अनिच्छा से बाहर निकले थे। मैंने ड्राइवर की बग़ल में बैठते हुए कहा, ''थोड़ी दूर चलना है—आठ-दस मिनट लगेंगे।''

ड्राइवर ने 'आहो जी' कहकर गाड़ी स्टार्ट कर दी। बच्चे घर के भीतर नहीं गये। वे बराबर गाड़ी की तरफ़ घूरते रहे, लड़कों ने याचना-सी करते हुए फँसे गले से कहा, ''पापाजी, हम भी आ जाएँ?''

मैंने खिड़की से बाहर मुँह निकालकर सख़्ती से कहा, "नहीं! तुम लोग मम्मी के पास चलो—मैं अभी आता हूँ।"

गाड़ी मुख्य सड़क पर आ गयी तो मैंने ड्राइवर से कहा, "घंटाघर ले चलो।"

चार-पाँच मिनट में गाड़ी घंटाघर पर पहुँच गयी। ड्राइवर से दो मिनट में लौटने के लिए कहकर मैं एक डॉक्टर की दुकान में घुस गया। डॉक्टर ने शायद अभी-अभी अपना क्लीनिक खोला था—कोई मरीज उसके पास नहीं था। मैंने डॉक्टर के सामनेवाली कुर्सी पर बैठते हुए व्यस्तता से कहा, "डॉक्टर साहब, एक आठ साल के बच्चे का मेडिकल सर्टीफिकेट बनाना है नाम आशीष कुमार है।"

डॉक्टर ने मुझसे और कुछ नहीं पूछा, मेडिकल सर्टीफिकेट की फाइल खींचकर उस पर कुछ घसीटा और बीच में ठहरकर बहुत व्यस्तता से—गोया वहाँ और भी बहुत-से मरीज बैठे हों और डॉक्टर जल्दी में हो।

उसने पूछा, "किस तारीख़ से कब तक के लिए?"

"आज की डेट से ही बना दें, लेकिन बीमारी ऐसी लिखें, जिसमें तीन-चार दिन घूमने-फिरने की बिलकुल मनाही हो।"

डॉक्टर सिर झुकाकर सर्टीफिकेट तैयार करता रहा। बाद में उससे मुझसे दस्तख़त कराये और उसे फाइल से अलग करके मेरे हाथ में थमा दिया। अपने दफ़्तर के सहयोगी तिवारी से उधार माँगे हुए रुपये कोट की जेब से निकालकर मैंने डॉक्टर के हवाले किये और दुकान के बाहर आ गया।

डॉक्टर के क्लीनिक से थोड़ा हटकर एक किताबों की दुकान थी, जहाँ से मैंने एक छोटा-सा लिफाफा खरीदा और सविता के ताऊ डिप्टी सेक्रेटरी साहब का नाम-पता उस पर लिख दिया।

लौटकर मैंने देखा, ड्राइवर ने गाड़ी का मुँह घुमाकर मेरे घर जानेवाली दिशा में कर दिया था और वह गाड़ी के सहारे खड़ा सिगरेट पी रहा था। मुझे देखते ही उसने आगे बढ़कर कार का दरवाज़ा खोला। मैंने गाड़ी में बैठने से इन्कार करते हुए कहा, "नहीं नहीं, अब आप तकलीफ़ न करें। कुछ ज़रूरी कारणों से जरा मेरा जाना नहीं हो पाएगा, आप यह ख़त ताऊजी को दे देना।"

ड्राइवर ने विचित्र शंकालु दृष्टि से मुझे देखा और अपनी ठोड़ी पर हाथ रगड़ते हुए लिफ़ाफ़ा मेरे हाथ से लिया। कार का अगला दरवाज़ा खोलते हुए वह बोला, "बच्चे भी नहीं जाएँगे?"

"मेरा ख़याल है, नहीं जाएँगे। तुम देर न करो। हो सकता है, वहाँ कार की ज़रूरत पड़ रही हो। तुमको वहाँ से चले हुए भी काफी वक़्त हो गया होगा।"

बहुत हैरत से मेरी ओर देखते हुए वह अधेड़ उम्र का आदमी स्टीयरिंग व्हील के सामने जा बैठा और दिल्ली जाने वाली सड़क पर गाड़ी मोड़ने लगा।

वशीकरण

मैंने और प्रोफ़ेसर नेगी ने मसूरी में पूरे सीज़न के लिए एक कॉटिज बुक करा ली थी। 'मिडविला' नाम की यह कॉटिज ऊँचाई पर 'रिज़रवायर' से एकदम सटी हुई थी। रौनक़ के लिहाज से तो यह फीकी-सी जगह थी पर हवा-पानी की दृष्टि से बहुत उत्तम थी।

यों तो मैं और नेगीजी पूरे एक माह का समान जुटाकर चले थे पर मसूरी में दाख़िल होते ही एक ऐसा परिवार हमारा मेहमान बन गया कि राशन-पानी दस-बारह दिन से ही स्वाहा हो गया।

उस परिवार के विदा हो जाने के बाद नेगीजी बोले, "चलो दिनेश आज हाट-बाज़ार कर आते हैं। मिस्टर शर्मा की फैमिली तो पूरे महीने का मीज़ान ही चौपट करके चली गयी।"

नेगीजी की बात सही थी। हम लोग बर्तन-भाँडों के साथ जो कुछ बाँध-बूँधकर लाये थे वह सभी लगभग चुक गया था और तेल से भरे स्टोव का मामला भी फिस्स होने को था।

हम दोनों माली और चौकीदार को साथ लेकर नीचे माल पर गये और बाज़ार से ज़रूरी चीज़ें खरीदवाकर उन्हें कॉटिज पर वापस भेज दिया।

जब वह दोनों समान लेकर चले गये तो नेगीजी बोले, "सुनो, घर में पड़े-पड़े तो बहुत जल्दी ऊब गये। दरअसल यह जगह बहुत छोटी है और आसपास की दो-चार जगहों को छोड़कर देखने लायक भी कुछ ख़ास नहीं है।"

मैंने फ़ब्ती कसी, "आकर्षण के लिहाज से तो अभी घर भी छोटी जगह नहीं होनी चाहिए पर चलिए आपको कहीं एक्साइटमेंट की उम्मीद हो तो वहीं चले चलिए।"

"एक्साइटमेंट नहीं—थ्रिल कहो।" कहकर उन्होंने मेरा चेहरा ग़ौर से देखा और सड़क के ढलान पर उतरने लगे।

सड़क के किनारे ही तिब्बती औरतों ने अपना सामान फैला रखा था। उनके सामान में तरह-तरह की विचित्र वस्तुएँ दिखाई पड़ रही थीं। उनके नज़दीक पहुँचते

ही नेगीजी फड़क उठे और मेरे कन्धे पर हाथ रखकर बोले, "लो प्रोफ़ेसर, तुम्हारी चाह पूरी हुई।"

मैं उनकी टिप्पणी एकाएक समझ नहीं पाया तो उन्होंने ख़ुलासा किया, "अरे भई वोही एक्साइटमेंट वाली बात।"

मेरे कुछ कहने से पहले ही वह बोल पड़े, "आइए देखें इनके पास क्या है?"

हम दोनों उस बेतरतबी फैले सामान के पास झुककर खड़े हो गये और अपने मतलब का कुछ ढूँढ़ने लगे।

मैंने काफी सिर मारी की। मुझे खरीदने के लिए वहाँ कोई भी उपयुक्त चीज़ दिखाई नहीं पड़ी। उधर से उपराम होकर मैं उत्सुक होकर देखने लगा कि नेगीजी क्या खरीदते हैं।

दो पढ़े-लिखे सफ़ेदपोश बाबुओं को खरीदार की भूमिका में पाकर वह औरतें एकाएक सजग हो उठीं। फैले हुए समान के बीच से वह तरह-तरह की चीज़ें उठाकर हम दोनों को दिखाने लगीं। मनकों की कई रंगों की मालाएँ, रुद्राक्ष, वशीकरण यन्त्र, ताँबे के ताबीज़ और गरम कपड़े तथा पुराने ढंग की अंगियाँ-चोलियाँ वग़ैरह।

नेगीजी गहरी दिलचस्पी के साथ सभी सामान देखते रहे। उन साधारण-सी वस्तुओं को प्रोफ़ेसर नेगी जितने धैर्य और दिलचस्पी से देख रहे थे वह उनके व्यक्तित्व का एक ख़ास पक्ष था जिसे मैं पहले भी कई अवसरों पर देख चुका था। वह इस तरह शालीनता का निर्वाह करते थे कि ताज्जुब होता था। आख़िर वह यूनीवर्सिटी में समाज शास्त्र के विख्यात प्रोफ़ेसर थे।

बहुत-सी मालाएँ देखने के बाद वह बोले, "कोई ऐसी चीज़ दिखलाओ जिससे किसी को बस में किया जा सके।"

मैंने अपनी मुस्कराहट जबरदस्ती रोकी, मगर उनकी फ़रमाइश पर गोल-मटोल चेहरेवाली मंगोल आकृति की लड़की बड़े दिलकश ढंग से मुस्कराई और न जाने कितनी मालाएँ, ताबीज और वशीकरण यन्त्र हमें दिखाने लगी।

नेगीजी ने एक-एक करके सारी वस्तुओं को बड़े ग़ौर से देखा और एक पारखी जैसी भंगिमा धारण करके उन्हें जाँचा-परखा। फिर एक माला मेरी ओर करके पूछा, "यह कैसी रहेगी?"

मेरे मुँह से निकला, "रूपा भाभी के गले में खूब जँचेगी। बस इसे एकदम ख़रीद डालिए।"

दरअसल वहाँ खड़े होकर नेगीजी के खिलवाड़ में शामिल होना मुझे बहुत अजीब लग रहा था। बहुत-से लोग हमारी ओर ध्यान से देखते हुए बग़ल से गुज़र

रहे थे। वहाँ से हटने का मुझे बस एक ही रास्ता नज़र आता था कि जिस भी सामान को खरीदने में वह जरा-सी भी रुचि दिखलाएँ मैं उसकी जा-बेजा प्रशंसा करने लगूँ।

"अगर आपको इतनी भा गयी है तो लाइए, इसी को लिये लेते हैं।" कहकर नेगी ने युवती से उसकी क़ीमत पूछी।

"पसन्द की कीमत होती है साब, चीज़ की तो कुछ कीमत नहीं होती।"

मैं समझ गया वह लड़की ख़ासी घाघ है और बात बनाने में उस्ताद। मैं बोला, "तुम्हारी बात सही है मगर अब जल्दी से अपनी पसन्द की कीमत भी बता दो।"

निहायत मामूली से मोतियों की माला की वह तारीफ़ करने लगी, "सच्चा मोती है साब। एक हजार से कम की नहीं है।"

नेगी हँसते हुए बोले, "हज़ार रुपये गिन सकती हो?"

"आप देगा तो गिनना भी आ जाएगा।" फिर एक पल ठहरकर बोली, "ऐसी चीज़ हजारों में ही जाती है पर आपसे मोल-तोल क्या करना, समझ के दे दो।"

नेगी जी ने पत्ता फेंका, "अरे भई यह किसी महबूबा-वहबूबा के लिए नहीं ली जा रही है। अपनी बीबी—यानी दो बच्चों की माँ के लिए ले रहे हैं।"

"तो फिर कुछ भी मत दो साब, मेरी तरफ़ से पहना देना।"

उस शोख़ से नेगीजी की लाग डाँट सुनकर मुझे गोल्ड स्मिथ के नाटक 'शो स्टूप्स टु कॉकर' की याद हो आयी। नायक अभिजात वर्ग की लड़कियों से बातें करने में घबराता था मगर निम्न श्रेणी की वाचाल औरतों के साथ पूरी तरह खुलकर खेलने लगता था। नेगीजी की भी वही दशा थी। ऊँचे और सम्भ्रान्त परिवार की महिलाओं से वह आँखें नीची करके बातें करते थे और किसी महिला को कभी 'भाभी' का सम्बोधन नहीं देते। सभी को बहनजी बोलते थे। मगर यहाँ उस छोटा-मोटा समान बेचकर अपना धन्धा चलानेवाली से वह खूब रस भरी बातें करने में लीन थे।

काफ़ी देर तक सौदेबाजी चलती रही, अन्त में नेगीजी ने जेब से दस रुपये का नोट निकाला और उसकी ओर बढ़ा दिया।

अब तक मैं उसके मोल-भाव के सिलसिले को इक्के में जुते टट्टू जैसे पाँव पटककर बरदाश्त करता चला आ रहा था मगर जब उन्होंने अपनी पसन्द की माला की क़ीमत कुल जमा दस रुपये आँकी तो हक्का-बक्का रह गया। मेरी समझ में नहीं आया। मैंने ख़ूब ग़ौर से देखा कहीं सौ रुपये का नोट तो नहीं है। मगर वह वाकई दस ही रुपये का नोट था।

वह वहाँ से हटते हुए मुझसे अँग्रेजी में बोले, ''अब यहाँ से तुरन्त चल देना चाहिए, हम लोगों का खाने पर इन्तज़ार हो रहा होगा।''

उनका संकेत पाते ही मैं भी उनके पीछे हो लिया। वह लड़की हमारे पीछे लपकी। वह बोलती जा रही थी, ''दस रुपैया का माला नईं मिलता साब। कीमत भोत जादे है।''

तेजी से बढ़ते हुए नेगीजी ने फिर अँग्रेजी बघारी, ''मिस्टर दिनेश एक-दो रुपये जेब में पड़े हों तो दे-दिलाकर पिंड छुड़ाओ।''

मेरी जेब में पाँच रुपये का नोट था सो मैंने सकुचाते हुए उसकी ओर बढ़ा दिया। नोट तो उसने ले लिया पर पीछा फिर भी नहीं छोड़ा।

हम दोनों को लगभग भागते और उस बला को हमारा पीछा करते हुए जो लोग देख रहे थे उनका खासा मनोरंजन हो रहा होगा।

मैंने नेगीजी से कहा, ''नेगीजी पन्द्रह रुपये गये सो गये—माला फेंक दीजिए। यह वाकई वशीकरण वाली माला है। यह बेचारी वशीकरण के मारे आपके पीछे खिंची चली आ रही है।''

बच्चा पार्क के सामने चढ़ाई पर चढ़ते हुए नेगीजी ने दो रुपये का नोट लड़की की दिशा में उछाल दिया और वह सरपट दौड़ते चले गये। लगभग ढाई-तीन सौ फीट की सीढ़ी चढ़ाई पार करके हम दोनों बाँज के दरख़्त के नीचे जाकर हाँफने लगे। थोड़ी देर सुस्ताने के बाद नेगीजी हँसकर बोले, ''सोचो अगर वह बला 'मिडविला' तक हमारा पीछा न छोड़ती तो आज क्या होता?''

मैं बोला, ''होता क्या! बस वशीकरण नम्बर दो। एक 'मिडविला' में मौज़ूद है ही और एक यह घाते में हाथ लग जाता।''

हँसते-हँसते जब हम दोनों अपनी कॉटेज के नज़दीक पहुँचे तो मैंने नेगीजी से पूछा, ''क्या वास्तव में यह माला इनती सस्ती है कि इसकी कीमत महज सत्रह रुपये ही थी?''

नेगीजी मेरे अनाड़ीपन पर बोले, ''और क्या? यह हजार-पाँच सौ की है? अरे भाई मामूली मोमी मोती ही तो हैं चार रोज़ में चमक फीकी पड़ जाएगी।''

मैं बोला, ''चलिए मान लेता हूँ कि माला नकली मोतियों की ही होगी मगर दिखती तो शानदार है। मैंने हैदराबाद में सच्चे मोतियों की मालाएँ भी कितने जौहरियों की दुकानों पर देखी हैं। उनके शो रूप में इसी तरह की मालाएँ ले जानेवालों को कभी शुबहा नहीं होता कि वह नकली मालाएँ खरीदकर ले जा रहे हैं।''

''अरे यार तुम भी गज़ब करते हो, कहाँ हैदराबाद की मोतियों की मालाएँ—कहाँ यह फुटपाथी माला। टके की औरतें ज्वेल्स बेचेंगी? इनका सारा धन्धा ही

सस्ता और नकली ठहरा।''

मैंने नेगीजी को छोड़ा, ''धन्धा सस्ता और नकली ही सही मगर शर्बतेदीदार भी तो आपने कुछ कम नहीं पीया।''

उन्होंने शरारत से मेरी ओर एक आँख छोटी करके देखा और बोले, ''मैंने तो माला के ही पैसे दिये हैं—सच पूछिए शर्बतेदीदार का मोल तो आपने ही चुकाया है। फिर भी चलो टोटे में कोई नहीं रहा।''

कॉटेज में घुसने के पहले नेगीजी बोले, ''घर में जाते ही कहीं भाँडा न फोड़ देना कि 'नेकलेस' फुटपाथ से खरीदी गयी है। रूपा को पता चल गया तो फेंक देगी।''

मैं बोला, ''आप भी कमाल करते हैं। भला ऐसी बातें कही जाती हैं।''

''अच्छा होता तुम भी अपनी श्रीमतीजी के लिए एक खरीद लेते।''

''ठीक है जरा वशीकरण का प्रभाव देख लूँ, कल नीचे चलेंगे तो ले आएँगे।''

''चलो यही सही,'' कहकर उन्होंने मुझे फिर सावधान किया, ''रूपा के सामने जरा होशियारी बरतना।''

''मैं तो इस मामले में कुछ बोलूँगा ही नहीं, आप बेफ़िक्र होकर माला की कीमत कुछ भी बता दें।'' फिर मैंने शंका ज़ाहिर की, ''प्रोफ़ेसर नेगी जब आपने इस माला के नकलीपन को इतना आसानी से परख लिया तो क्या रूपा भाभी नहीं पहचान लेंगी।''

वह मेरी ओर तर्जनी उँगली उठाकर बोले, ''आज आपको पते की एक बात बतलाता हूँ, इसे याद रखिए। हमेशा काम आएगी।'' इतना कहकर उन्होंने दायें-बायें देखा कि कहीं कोई उनकी भेद भरी बातें सुन तो नहीं रहा है।

मैंने उदग्र भाव से उन्हें देखा, पता नहीं कौन-सी रहस्यमय बात सुनने को मिले। वह धीमे स्वर में बोले, ''कोई भी औरत कितनी भी पढ़ी-लिखी होशियार, यहाँ तक कि चाहे जीनियस ही क्यों न हो पर कुछ मामलों में वह अनाड़ी ही होती है। आदमी अगर उसे अपने ऊपर जान छिड़कता महसूस होता है तो वह उसका आँख बन्द कर यकीन कर लेती है। इसके अलावा वह आदमी को बाँधे रखने में अपनी पूरी ताक़त लगा देती है। मीठी वाणी बोलकर, झूठे भुलावे में डालकर आप कितनी भी टेढ़ी-सख़्त और धुरन्धर औरत को बस में कर सकते हैं।''

मैंने उनकी बात पर घोर असहमति व्यक्त की, ''नहीं नहीं। मैं यह सब नहीं मानता, औरतों के बारे में आपके यह ख़याल बहुत पुराने तर्क हीन और एकदम दकियानूसी हैं। आप समाजशास्त्र के इतने बड़े विद्वान होकर भी इस तरह की लचर मानसिकता में जीते हैं—मुझे ताज्जुब है।''

उन्होंने कन्धे झटककर कहा, "मैं क्या कह सकता हूँ? अब आप ख़ुद ही देख लेंगे तो मान जाएँगे।"

ज्यों ही हम ग़ैलरी में दाख़िल हुए नेगीजी ने उत्साहवर्धक स्वरों में घोषणा कर दी, "देखो, रूपा डार्लिंग मैं तुम्हारे लिए क्या लाया हूँ।"

उनकी आवाज़ सुनते ही रूपाजी कमरे से निकलकर सहन में आ गयी। नेगीजी ने जेब से माला निकाली और उनहें दिखाते हुए बोले, "डार्लिंग, यह मैं तुम्हारे वास्ते लाया हूँ।"

"ओह माई लव" कहकर रूपाजी किलक उठी। उन्होंने गद्गद भाव से माला पाने के लिए नेगीजी की ओर हाथ बढ़ाया और भावावेश में बोली, "यू आर सो नाइस टु मी।"

जब रूपाजी पति के और भी नज़दीक आ गयी तो वह चाशनी लिपटी आवाज़ में बोले, "नो नो डार्लिंग नॉट दैट वे।" और उन्होंने आगे बढ़कर माला पत्नी के गले में पहना दी।

नेगीजी ने मेरी ओर आँखें उठाकर पूछा, "बताइए, दिनेशजी कैसी लग रही है।"

उनकी नाटकीय भंगिमा को लक्ष्य करके मैंने कहा, "वंडरफुल! किसी एक की तारीफ़ करना चाहूँ तो कहना चाहिए कि माला चाहे जितनी कीमती क्यों न हो मगर रूपा भाभी के गले में पड़कर वह धन्य हो उठी है। पता नहीं बेचारी को इस सौभाग्य का इन्तज़ार कब से था।"

मेरी इस अतिशय चाटुकारी से रूपाजी के चेहरे पर लज्जायुक्त मुस्कान की लाली फैल गयी और उन्होंने अवरुद्ध कंठ से पूछा, "बहुत रुपये तो नहीं गँवा आये?"

ऐसी बात का कोई पति कभी सीधा उत्तर देता है? नेगीजी ने मेरी ओर चालाकी से देखते हुए पत्नी के कन्धे पर हाथ रखा और बोले, "जानेमन! भला ऐसी चीज़ों को लेते हुए भी कभी रुपयों का मुँह देखा जाता है? अरे जो तुम्हें अच्छा लगे उसे तो हम नीलाम होकर भी लाना पसन्द करेंगे।"

हालाँकि ड्रामाई अन्दाज़ में बोले गये ये वाक्य बहुत सस्ते और तुच्छ प्रतीत होते थे। मगर उन विशेष क्षणों में उनकी व्याप्ति मादक हो उठी थी। मैं वहाँ न होता तो शायद रूपाजी अपने पतिदेव को दृढ़ आलिंगन में कस लेतीं।

रूपाजी मुझे और नेगीजी को वहीं छोड़कर मुग्ध भाव से कमरे में चली गयी और कमरे के भीतर से उनकी आवाज़ सुनाई पड़ी, "लुकिंग ग्लास में देखूँ कैसी लगती है?"

रूपाजी के पीछे नेगीजी भी कमरे में चले गये तो मैं भी सहन के दूसरी ओर

वाले अपने कमरे में चला गया। मेरी पत्नी वर्षा अपने कमरे में नहीं थी। वह रसोई में व्यस्त थी ओर मेरा चार साल का बेटा बबलू छोटे-से मेमने के दोनों कान पकड़े उसके गले में लगभग लटका हुआ था। निरीह मेमने को भी शायद इस खेल में रस आ रहा था और वह बबलू की जकड़न से मुक्त होने के लिए जरा भी प्रयत्नशील नहीं लग रहा था।

अपने कन्धे से झोला उतारकर मैंने मेज़ पर रख दिया और रसोई में जाकर वर्षा से बोला, ''बबलू मियाँ के लिए यह खिलौना कहाँ से पकड़ लायी?''

''चौकीदार की बकरी का है। हमारे यहाँ आने के बाद ही उसने तीन बच्चे दिये थे। मैंने चौकीदार से कहकर एक मँगवा लिया था। बस तभी से बबलू उसकी जान के पीछे पड़ा है।''

मैंने कहा, ''चलो, अच्छा है, दोनों में गुत्थम गुत्था होती रहेगी।''

वर्षा मुझे उलाहना देते हुए बोली, ''पता नहीं कैसे बाप हैं आप। बच्चे को एक खिलौना तक लाकर नहीं दे सकते।''

इसी समय रूपाजी चहकते हुए रसोई में घुसी और वर्षा से बोली, ''क्या कर रही हो, भाभी? देखूँ दिनेश भैया आपके लिए कैसी माला लाये हैं?''

स्टोव की भर्र-भर्र में वर्षा शायद उनकी जिज्ञासा सुन नहीं पायी और स्टोव के पास से जरा हटकर उसने रूपाजी को देखा। उनके गले में पड़ी माला को लक्ष्य करके उसने पूछा, ''यह क्या नयी खरीदी है?''

''हाँ-हाँ तुम्हारे भाई साहब लाये हैं। देखूँ दिनेश भैया तुम्हारे लिए कैसी लाये हैं?''

''अच्छा नेगी साहब लाये हैं।'' कहकर वर्षा ने भौहें टेढ़ी करके मुझे देखा और फिर अपने चेहरे का भाव बदलते हुए रूपाजी के गले में पड़ी माला को छूकर बोली, ''लग तो कीमती रही है।''

''एकदम सच्चे मोतियों की है भाभी।'' रूपाजी इठलाते हुए बोली।

वर्षा ने पूछा, ''कितने की आयी?''

''कितने की आयी?'' सुनकर मुझे धक्का लगा। यह क्या? क्या सभी औरतों का स्वभाव एक जैसा ही है कि इन्हें कुछ भी लाकर दो सबसे पहले उसकी क़ीमत जानना चाहेंगी। क्या किसी वस्तु की श्रेष्ठता उसके बाजारू मूल्य से ही निर्धारित होती हैं? लाकर देनेवाले की भावना या हार्दिकता का कोई मूल्य ही नहीं होता।

रूपाजी भोलेपन से बोली, ''कितने की आयी, यह तो मैंने नहीं पूछा।'' फिर मेरे चेहरे पर आँखें केन्द्रित करके पूछा, ''दिनेश भैयाजी आपको तो पता होगा कितने की है।''

अब मुझे भरोसा हो गया कि एक फ़ालतू का तनाव शुरू होनेवाला है। सच कहूँ कि कितने की आयी है तो नेगीजी के हवा बाँधने का भाँडा फोड़ूँ। झूठ बोलूँ तो कहाँ तक पहुँचूँ? विवाह के पहले आप अपनी प्रेमिका को कोई सस्ती-से-सस्ती चीज़ भी उपहार में दे, यहाँ तक कि एक गुलाब का फूल भी तो वह उसको कहाँ-कहाँ छिपाती फिरेगी। उस वक्त उसे किसी भी वस्तु के बाज़ारी मूल्य की याद नहीं आती। पर ज्यों ही वह आपकी पत्नी बन जाती है आपके दिये हुए किसी भी उपहार को पाते समय वह उसकी बाज़ारी कीमत जानने के लिए उदग्र हो उठेगी।

मैंने बात का रुख़ बदलने की कोशिश की, ''अरे भाभी आप भी क्या बात कह रही हैं—जरा माला की शानदार चमक तो देखिए। इसके सामने सारी कीमतें हेच हैं। इसकी सुन्दरता को ही इसका 'प्राइस' मान लीजिए।''

वर्षा ने मेरी ओर भर्त्सना की भंगिमा से देखा और बोली, ''भाभी इनसे क्या पूछती हो। पाँच बरस शादी को हो गये—एक छल्ला भी लाकर दिया हो तो इन्हें माला की कीमत का पता हो।''

मैं, वर्षा के ज़हर बुझे व्यंग्य वाणों से अप्रभावित रहने की मुद्रा अख़्तियार करके बोला, ''वर्षा कहीं भी दो चीज़ें एक-सी अच्छी नहीं मिलती हैं। जैसे तुम्हारी जैसी कोई और नहीं हो सकती, इसी तरह रूपा भाभीवाली माला जैसी कोई और माला भी नहीं हो सकती।

वर्षा मेरी प्रशंसा के झाँसे में आनेवाली नहीं थी। अपनी कटुता बरकरार रखते हुए बोली, ''अरे जी रहने दो, यह लल्लो-चप्पो, मैं क्या आपको जानती नहीं हूँ।''

रूपा नेगी तो अपनी धुन में मस्त थीं। उन्हें वह माला क्या मिल गयी थी—स्वर्ग का ख़ज़ाना ही जैसे उनके हाथ आ गया था। उन्होंने हम पति-पत्नी की कलह पर कोई ध्यान नहीं दिया और रसोई से बाहर जाते हुए बोली, ''मैं उनसे कहूँगी कि कल से ये लोग बाहर घूमने जाएँ तो एक माला और लेकर आएँ।''

इस पर मुझे एक अच्छा अवसर हाथ लगा गया, मैं बोला, ''भाभीजी वहाँ इस माला के जोड़ की कोई माला थी ही नहीं।''

रूपाजी रसोई से बाहर चली गयीं तो मैं वर्षा से फुसफुसाकर बोला, ''तुम बड़ी नासमझ हो। तुम्हें पता भी है कि वह माला कितने की है?''

''कितने की है? दो-तीन हज़ार से कम की क्या होगी? अब मुझे उसकी ग़लत कीमत बताकर फुसलाने की कोशिश मत करना।''

''अरे मूर्ख! उसकी क़ीमत तुम्हें पता चल जाती तो तुम उसे घूरे पर फेंक देती।''

वर्षा के चेहरे पर आया कलह क्लेश जैसे एकबारगी उड़ गया। उसने उत्कंठित होकर पूछा, ''सच-सच बताओ कितने की है।''

"कुल जमा दस रुपये की।"

"सच्च! मेरी कसम?"

"हाँ एकदम सच।"

मेरी बात सुनकर वह ताज्जुब से बोली, "फिर यह इतना इठलाती किस बात पर घूम रही है?"

"वह तुम नहीं समझोगी। माला भले ही दस रुपये की हो पर उसमें वशीकरण मन्त्र जो है।"

वह मेरी बात एकदम नहीं समझी ओर रसोई तक घिसटते आ गये बबलू को नंगे फ़र्श से उठाकर गोदी में सँभालते हुए बोली, "मेरे लिए ऐसी माला वाला मत लाना। छोटे बच्चों के घर में झाड़ा-फूँकीवाली बला से दूर ही रहना अच्छा।"

मैं हँसते हुए रसोई से बाहर आ गया और मुझे उन सूखे फूलों की याद आने लगी जो कभी मैंने वर्षा को दिये थे और उनमें से एकाध अभी भी शायद उसके स्कूली दिनों की उपेक्षित पड़ी कापियों में छिपा पड़ा हो।

छूटा हुआ कुछ

ज़ीने की आख़िरी सीढ़ी पर पहुँचकर उसने दोनों थैलों को दरवाज़े के सहारे टिका दिया और ठहरकर लम्बी उसाँसें भरने लगा। थैले वज़नी थे जिन्हें चिलचिलाती धूप में वह करीब डेढ़ मील में हाथों में टाँगकर लाया था। रिक्शेवालों से उसने रास्ते में रुक-रुककर कई बार मोल-भाव किया था। उसके सिर पर लदी हुई मजबूरियों से बाख़बर रिक्शा-चालकों ने डेढ़ रुपये से कम नहीं माँगा था।

उसने पसीने से तर पेशानी और गर्दन अपने कुरते की लटकती आस्तीन से पोंछी और दरवाज़े पर दस्तक दी। उसे लग रहा था कि आधी मिनट में दरवाज़ा नहीं खुला तो वह बेहोश होकर वहीं ढह पड़ेगा।

द्वार खुला तो उसने दोनों थैले समेटे और सहन को आग के दरिया की मानिन्द पार करने लगा। द्वार खोलने आया बच्चा, उसके आगे नंगे पाँव छलाँग लगाता निकल गया।

कमरे में अनोखा दृश्य था। उसकी रुग्ण पत्नी पलंग पर एक पीतल की मंजूषा खोले बैठी थी। जिनके भीतर सँजोकर रखी हुई छोटी-छोटी नियामतें बिस्तर पर बेतरतीब ढंग से इधर-उधर छिटकी पड़ो थी। उसकी भौंहें चढ़ी हुई थीं और बच्चे पलंग के नीचे घुसकर मुस्तैदी के साथ कुछ तलाश कर रहे थे। तभी एक बच्चा पलंग के नीचे से बाहर निकल आया और निराशा से बोला, ''मम्मीजी वहाँ तो नहीं है।''

उसकी पत्नी, जो कभी सुन्दर थी, अब महज हड्डियों का ढाँचा मात्र रह गयी थी। उसका गोरापन पीले और काले का मिश्रण बन गया था। जो चेहरा कभी अंडाकार था अब पतला पड़कर सिकुड़ गया था। गले की नसें तनी हुई और मोटी दिखाई पड़ती थीं। कलाइयाँ जो कभी गोल और चिकनी थीं, जिनमें पड़ी चूड़ियों की खनक का उनमें अटके रहना भी दूभर हो चला था।

उसकी पत्नी ने उसे देखते ही रुदन के स्वर में कहा, ''इन कमबख़्तों ने मेरा नाख़ून और हाथी पता नहीं कहाँ फेंक दिया। मैं सबसे पूछकर थक गयी कोई नहीं बताता कि पेटी किसने खोली थी...मेरी चीज़ों को ये नासपीटे क्यों छेड़ते हैं—मैं

इनकी जान ले लूँगी।'' यह कहते-कहते वह किसी की जान लेने के बजाय अपनी ही जान गँवाती-सी लगने लगी।

जानलेवा गर्मी की वज़ह से वह हल्कान था। फ़र्श पर दोनों फूले-फूले थैले टिकाये वह दो कमरों के बीच दरवाज़े में खड़ा था। किसी ने उसका मरना नहीं देखा? जिस विकराल संकट में सारा घर पड़ा था उसे देखते हुए वह पानी का एक गिलास भी नहीं माँग सका। अपनी भयानक प्यास को दरगुज़र करके वह ज़ोर लगाकर हँसा और मसख़री का अन्दाज़ पैदा करके कहने लगा, ''तुम्हारा हाथी गुम हो गया। और ये बच्चे इतने नालायक हैं कि उसे पलंग के नीचे से निकालकर बाहर नहीं ला पा रहे हैं,'' लेकिन उसकी पत्नी पर उसकी विनोद वृत्ति का कोई अनुकूल प्रभाव नहीं पड़ा। वह आपा पीटने के अन्दाज़ में झुँझला गयी, ''इन्होंने तो मेरा नाख़ून भी खो दिया। मैंने बीस साल से सहेजकर रखा था।''

वह चोरी-छिपे यह दृश्य कई बार देख चुका था कि उसकी पत्नी एक-दो बार अपनी छोटी-सी मंजूषा खोलकर कोई चीज़ ग़ौर से देखती है। उसकी तन्मयता में राग की अखंड लय होती थी। वह ऐसे क्षणों में कभी उसके नज़दीक नहीं जाता था। वह स्वप्निल आँखों का मोह भंग नहीं करना चाहता था। बहुत सालों पहले वह दो-चार वर्षों में मंजूषा खोलती थी मगर जब से वह रुग्ण और दुर्बल हुई थी, मंजूषा लेकर बैठने में तेजी आ गयी थी। फोटो अलबम तो वह अपने सिरहाने तकिये के नीचे ही रखने लगी थी। उसे कभी-कभी यह लगता था कि एकान्त पाते ही वह अलबम भी ज़रूर उलट-पुलट करती होगी।

अलबम के प्रथम पृष्ठ पर उनके विवाह के अवसर की तसवीरें थीं। पहली तसवीर में वे दोनों एक-दूसरे से सटे हुए विवाह मंडप में बैठे थे। पत्नी के चेहरे पर लाल रंग की जो झीनी चूनर थी उसमें से उसका नीचे झुका हुआ चेहरा साफ़ नज़र आता था। अगले पृष्ठ पर एक फोटो थी जिसमें वह एक कुर्सी पर बैठा था और पत्नी कुर्सी के हत्थे पर टिककर उसकी ओर झुकी हुई थी और दोनों का चेहरा जुड़ा हुआ नज़र आता था। विवाह की तसवीरों के अलावा और भी न जाने कितने फोटो थे, जिनमें उसकी पत्नी का बचपन, कैशोर्य और यौवन क़ैद था। यही नहीं, पत्नी ने उसके भी कई फोटो उस अलबम में टाँक रखे थे।

वक़्त की मार अथवा मौसमों के प्रभाव से अलबम की पहली तसवीरें तो चकनाचूर हो चली थीं। पत्नी की चूनर ही नहीं, चेहरे का पलस्तर भी यहाँ-वहाँ से झड़ गया था। बस उसका और पत्नी का उस फोटो में आंशिक स्वरूप उभरता था। उसकी पत्नी या वह उस अलबम को जब किसी परिचित या सम्बन्धी को दिखलाते थे तो शुरू का पृष्ठ तत्काल पलट देते थे। अलबम फोटो के कागज़ पर से जो मसाला झड़कर उनकी शकल-सूरत भुतही कर गया था, कभी वह उनका सौन्दर्य था,

इसका अहसास वह किसी को भी नहीं कराना चाहते थे।

बच्चे पिटाई की दहशत से अभी तक गुमशुदा हाथी और नाख़ून की तलाश में ज़मीन-आसमान एक किये हुए थे। उसने नाख़ून की बाबत कुछ नहीं कहा, उसने महज हाथी में अपनी दिलचस्पी ज़ाहिर की। उसकी पत्नी ने मंजूषा के ढक्कन की एक खाली जगह पर उँगली की नोक टिकाकर कहा, ''इस पर हाथी-दाँत का बहुत छोटा-सा हाथी था—इन लोगों ने पता नहीं उसे किधर गुम कर डाला। आपको पता है वह मेरी पैदाइश से पहले भी इसी पेटी पर चिपका था।''

उसने दोनों थैलों को एक कोने में टिकाकार बच्चों से कहा, ''लाओ मुझे झाड़ू दो—मैं निकालता हूँ उस बदज़ात हाथी को पलंग के नीचे से।''

बच्चों ने झाड़ू लाकर दी तो वह झाड़ू समेत पलंग के नीचे घुस गया। हाथी को तलाशने में उसे रत्ती भर भी उत्साह नहीं था। लेकिन बच्चों को वह उस साँसत से मुक्ति दिलाना चाहता था जो पता नहीं वह और कितने वक़्त से झेलते चले आ रहे थे। वह अच्छी तरह से जानता था कि वह बूढ़ा और सनातन हाथी अगर हाथ नहीं आया तो एक अदेखी शामत सारे दिन घर पर मँडराती रहेगी।

जब वह तंग हो गया तो बाहर जाकर कूड़े के कनस्तर को उलटने की सोचने लगा। पत्नी शायद उसकी मंशा समझ गयी। वह कातर भाव से बोली, ''हाथी अब नहीं मिलेगा। नाख़ून भी नहीं मिलेगा।''

यकायक उसके भीतर भयंकर विस्फोट हुआ, ''रेणु! हाथी युगों से कैद था, मौका पाते ही निकला पर नाख़ून तो कोई ऐसी दुर्लभ वस्तु नहीं है जिसकी खाज मिट गयी हो। तुम जब चाहो नाख़ून बढ़ा सकती हो। अबकी बार बढ़ जाने पर जब वह टूट जाए तो उसे सहेजकर रख लेना। फ़िज़ूल में बच्चों को मत ताँसो।''

रेणु का चेहरा, जिस पर अब केवल बड़ी-बड़ी आँखें ही पुराने दिनों की सुन्दरता की याद दिलाती थीं, लाल भभूका हो गया। वह ग़ुस्से में बेकाबू होकर बोली, ''हाँ-हाँ अब आपने और आपकी औलाद ने मुझे ज़रूर इस लायक छोड़ा है कि मैं नाख़ून बढ़ा लूँ। बरतन-भाँडे घिस-घिसकर उँगलियों के पोर तक तो खत्म हो चुके हैं—कहीं नाख़ून बचे भी हैं जो उन्हें बढ़ा लूँ? बरसों से नेल पॉलिश तक की शकल तो मैंने देखी नहीं है। क्या कहने हैं नाख़ून के !''

पता नहीं कौन-सी मृत अभिव्यक्ति लाख न चाहते हुए भी उसके भीतर एकाएक जीवित होकर हिंस्र पशु की तरह झपट पड़ी, ''कोई बहुत क़ाबिले तारीफ़ आदत नहीं है कि आप गज-गज भर के नाख़ून बढ़ाकर बैठ जाएँ। यह जंगली लोगों की ज़रूरत थी, दरिन्दों की ज़रूरत में शामिल होनेवाली आदतों को शौक़ में लाकर पता नहीं कौन-सी शान बढ़ जाती है आजकल?'' वह बोलते-बोलते लगभग चीखने लगा और यह बात एकदम विस्मृत कर बैठा कि उसकी पत्नी बीमार है, वह

चिड़चिड़ेपन से पूरी तरह ग्रस्त है और डॉक्टर ने ख़ास ताकीद की है कि उसे उत्तेजित होने का अवसर न दिया जाये।

उसकी पत्नी का रक्तचाप बढ़ गया और वह पलंग पर लेटकर बेचैनी से इधर-उधर हाथ-पैर पटकने लगी। पलंग के सिरहाने रखा अलबम फ़र्श पर गिर पड़ा और पैरों के पास रखी एक नोटबुक उलट-पुलट होकर दूर बीच दरवाज़ों में जा पड़ी। नोटबुक के खुल जाने पर पृष्ठ के बीच से गुलाब की सूखी मुरझाई पत्तियाँ फ़र्श पर इधर-उधर बिखर उठीं। इन गुलाबी पंखुरियों की रंगत न जाने कब की उड़ चुकी थी।

सहसा वह घबरा उठा। उसे अपने कहे हुए शब्दों पर अफ़सोस होने लगा। भाग-दौड़ शुरू हो गयी। एक बच्चा स्टेनलैस स्टील की कटोरी चम्मच और पानी ले आया। लड़की ने दौड़कर अलमारी से ग्लूकोज का डिब्बा निकाला और ग्लूकोज कटोरी में डालकर उसका घोल तैयार करने लगी। उसने लड़की के हाथ से कटोरी चम्मच लेकर चम्मच भर पानी पत्नी के मुँह में डालने की कोशिश की पर उसने उलट दिया और पति व बच्चों को जबरन ठेलने लगी।

हर तरफ़ अजीब-सी हड़बौंग मच गयी। रेणु को काबू में लाने के लिए हर कोई मुस्तैद दिखाई पड़ने लगा।

थोड़ी देर बाद रेणु की हालत में कुछ सुधार हुआ। वह उसके बालों में आहिस्ता-आहिस्ता उँगलियाँ घुमाने लगा और बोला, "अच्छा बच्चो, अब तुम जाकर खेलो और पढ़ो।"

सहसा उसे ख़याल आया कि बच्चों ने शायद अभी तक खाना भी नहीं खाया है। उसने बेटी से खाने की बाबत पूछा तो उसने बतलाया कि अभी तक तो खाना तैयार ही नहीं हुआ है। वह समझ गया कि जो घर हाथी और नाख़ून की गवेषणा में लगा पड़ा था, वहाँ खाना बनाता ही कौन!

"कोई बात नहीं, खाना अभी बन जाता है। तुम लोग उधर जाकर कामिक्स पढ़ो।" उसने बच्चों को तसल्ली दी। जब बच्चे दूसरे कमरे में चले गये तो उसने रेणु का मस्तक हथेलियों से सहलाना आरम्भ कर दिया। अब तक रेणु का आक्रोश और क्षोभ सम्भवतः कुछ हल्का पड़ गया था। वह उठने की कोशिश करते हुए बोली, "जाइए! अब आप भी नहा-धो लीजिए, तब तक मैं कुछ बनाये देती हूँ। बच्चों को भूख लग रही होगी, दो-ढाई बज रहे होंगे अब तो।"

उसने रेणु को जबरन पलंग पर लिटा दिया और धीमे स्वर में कहने लगा, "मैं कुछ नहीं कहना चाहता रेणु! लेकिन मैं तुमसे अकसर एक सवाल पूछना चाहता हूँ कि बीते कल के मोह से हमेशा जुड़े रहना क्या कोई बहुत अच्छी बात है?"

रेणु ने झटके से अपना चेहरा उसकी ओर घुमाकर कहा, ''मैंने आपकी बात सुन ली...मैं आपसे ही पूछती हूँ कि अपने अतीत से कटकर कौन जीवित रह सकता है? अतीत में कुछ होता है तो आदमी उस तरफ़ देखता ही है।''

उसने अपनी पत्नी की आँखों में कोई परिचिति तलाश करते हुए कहा, ''जीने के लिए जिनके पास वर्तमान नहीं होता, जिन्हें आज के सवालों से कुछ लेना-देना नहीं है वही वर्तमान से कटकर पीछे और बहुत पीछे चले जाते हैं। यह कुछ नहीं एक तरह का प्रेतबोध है जो आदमी को एक लम्बी आत्महत्या में धकेलता है। कहना चाहिए यह आत्माहीन शरीरों की कैफ़ियत है।''

रेणु ने उसकी ओर अजनबी आँखों से देखा और सरगोशी में बुदबुदायी, ''मुझे मिला ही क्या इस ज़िन्दगी में जो मैं आत्मा की परवाह करूँ।''

''बच्चे, घर और पति क्या इनमें से कुछ भी तुम्हें नज़र नहीं आता?'' उसने अपना स्वर यथासम्भव धीमा रखते हुए सवाल किया।

रेणु ने सवाल उसी की ओर लौटा दिया, ''ये तो सबके पास होते हैं। इनमें घमंड करने लायक क्या है?''

''जिनके पास इनमें से कुछ नहीं है, एक बार जाकर उनसे पूछो।'' उसने अपनी समझ से एक ठोस स्थिति सामने रखी लेकिन रेणु ने उसकी बात को हवा में उड़ा दिया, ''यह एक परायी स्थिति है...पर मुझे क्या मिला? वही चहारदीवारी की एक बँधी-बँधयी ज़िन्दगी, वही बच्चे पैदा करने ओर पालने-पोसने का बोझ, वही चूल्हा-चौका और तंगी-तुर्शी में ख़ुद पर तरस खाते चले जाने का अटूट सिलसिला, इसी को ज़िन्दगी कहते हैं आप?''

उसने हैरत से रेणु का तमतमाया चेहरा देखा और हारते जुआरी के अन्दाज़ पर उसने एक दाँव फेंका, ''सब कहीं ज़िन्दगी में यही होता है रेणु देवी।''

''होता होगा, पर मैं उसे एक बोझ समझती हूँ...इसमें मुझे गौरव का नहीं,अपमान का बोध होता है। अपने हाथ को सिकोड़ते चले जाना शायद आत्महत्या का ही दूसरा नाम है। वह क्या आदमी हुआ जो एक बार खुलकर वह सब न कर सके जिसकी उसे हर घड़ी इच्छा होती है। अगर तूफानी रफ़्तार से उड़ने की इच्छा आपमें नहीं है तो उस ललक को आप जान ही कैसे सकते हैं?''

''तुम आत्मकेन्द्रित हो इसलिए यह सब कहती और समझती हो। सभी में तुम्हारी तरह जीने की ललक होती है रेणु।''

''लेकिन जीने की हविश को आप अपनी विवशताओं ओर सामर्थ्यहीनता से दुलराकर रह जाते हैं। जब आदमी से कुछ नहीं होता तो वह कठोर सच्चाइयों पर कुछ ख़ूबसूरत झूठ आरोपित करके बच निकलने का रास्ता तलाश करने लगता है।'' रेणु ने उसके परखचे उड़ा दिये।

वह भीतर तक दहल गया। एंक छत के नीचे बरसों से जिसके साथ लगभग एक देह होकर वह रहता आया था, जिसे वह फुसला या धकेलकर नहीं लाया था, जिसके सपनों का कभी वह मूर्त्त नायक था, वही रेणु इतने बरसों को पार करके घनिष्ठ होने के स्थन पर पूरी तरह अजनबी बन गयी थी। उसे लगा रेणु हर कोण से उसे ग़लत साबित करके अब प्रायश्चित्तस्वरूप अपनी जान देने पर तुली हुई थी।

परन्तु इतने पर भी उसने रेणु को फिर से टटोला, ''रेणु, मैं लाख निकम्मा और असफल सही पर मैंने अपनी ओर से तुम्हें कुछ भी तो देने में चूक नहीं की। क्या मैं नहीं चाहता था कि तुम्हारे सामने सुविधाओं के अम्बार लगा दूँ—यहाँ तक कि तुम्हें बिस्तर से नीचे भी न उतरने दूँ।''

रेणु विद्रूप में भरकर विषाक्त ढंग से हँसी। वह हँसी जो पुरुष की चेतना में विस्फोटक लावा भर देती है। वह हँसते-हँसते दोहरी हो गयी। गोया उसे हिस्टीरिया का दौरा पड़ गया हो। बहुत देर बाद वह कष्ट से साँस लेते हुए बोली, ''जो आपने दिया उसमें नाज़ करने लायक मुझे कुछ भी दिखाई नहीं पड़ता। मैंने तो कभी नहीं चाहा कि बिस्तर के नीचे पाँव न रखूँ, क्या मैं अपाहिज हूँ?''

उसने लाचारी से सिर हिलाकर कहा, ''शायद तुम ठीक कहती हो—मगर इस दुनिया में कोई किसी को पूर्ण सन्तुष्ट नहीं कर सकता। हर एक उपलब्धि एक ख़ास बिन्दु पर पहुँचकर निकम्मी और अर्थहीन हो जाती है। यहाँ तक कि आसमान से सितारे नीचे लाने का चमत्कार भी किसी की नज़र में व्यर्थ हो सकता है।''

''एक अल्प तुष्ट व्यक्ति का यह आख़िरी तर्क होता है।''

''शायद यही ठीक हो, अपने-अपने सोचने का ढंग है। पर क्या तुम्हें पता है कि इस दुयि में लोग एक मुट्ठी भात और सड़ी सीलन भरी कोठरी के लिए अपने आपको ताज़िन्दगी गिरवी रख देते हैं।''

रेणु ने नाक सिकोड़कर कहा, ''गोया किसी सीलन भरी कोठरी की दुर्गन्ध उसके नथुनों में घुस गयी हो—मैं ऐसे गये-बीते लोगों के बारे में क्यों सिर खपाऊँ, जिनके पास सलीके से जीने की कोई तसवीर ही न हो?''

वह हक्का-बक्का रह गया। जिस औरत को वह बीस वर्षों से राई रत्ती जानने का दम भरता था वह भीतर से किस मारक द्वन्द्व में ग्रस्त थी और छील देनेवाली भाषा का बख़ूबी इस्तेमाल कर सकती थी...यह आज वह पहली बार जान रहा था।

उसने दरवाज़े से ही दूसरे कमरे में झाँककर देखा। बच्चे भूखे पेट झूठ-मूठ आँखें बन्द किये पड़े थे। शायद अभी वे उस हाथी और नाख़ून के आतंक से मुक्त नहीं हो पाये थे जिनका इतिहास उनके नर्म-नाजुक मन-मस्तिष्क पर स्याह हाशिये खींच रहा था। उन निरीह बालकों को सम्भवत: पता भी नहीं था कि उनकी माँ जब एक छोटी-सी अबोध बच्ची थी तो उसे एक छोटी-सी मंजूषा अपनी माँ से विरासत

में मिली थी। जिसके ढक्कन पर हाथी-दाँत का दो सूत का एक हाथी चस्पा था और वह हाथी उस मंजूषा की पहरेदारी करता था जिसमें उनकी नादान माँ का बचपन क़ैद था। यही नहीं, उन बेचारों को तो यह भी ज्ञात नहीं था कि उनकी कमसिन माँ को जब यौवन की दहलीज़ पर पाँव रखते ही अपने नाख़ून बढ़ाने का शौक हुआ था तो वह अपने नाख़ूनों पर हसरत से रोज़ पॉलिश किया करती थी। असावधानी में टूटे हुए एक नाख़ून यानी यौवन काल के प्रतीक को उसने अपना बचपन सहेजनेवाली पेटी में ही बन्दी बना दिया था और शायद वह यह भी नहीं जानते थे कि कविताएँ संकलित की हुई नोटबुक में उसने गुलाब की महकती हुई अग्निवर्णा पंखुरियाँ सँजोकर रखी थीं। लेकिन इन सारी नियामतों को अतृप्ति की आँधी असमय में ही उड़ाकर ले गयी थी। अब न वह अपने सुकुमार नन्हे-मुन्नों से ख़ुश थी न उसे अपने पति से सन्तोष था।

कमरे की खिड़कियों पर पर्दे पड़े होने की वज़ह से कमरे में ख़ासा अँधेरा व्याप्त था मगर फिर भी उसे दिखाई पड़ गया कि रेणु अलबम तकिये की आड़ में रखे बैठी कुछ देख रही है। उसने पंजों के बल चलकर रेणु की पीठ के पीछे से देखना चाहा कि वह इतने ध्यान से क्या निरख रही है। जो कुछ उसने देखा उससे स्तम्भित रह गया। रेणु उसके एक फोटो पर नज़र जमाये बैठी थी। विद्यार्थी काल का एक अजहद पिटा हुआ फोटो था और वह कभी परिचय-पत्र पर चिपकाने की गरज से खिंचवाया गया था। उस फोटो में बचा रह गया वह लड़का न जाने कब और कहाँ गुम हो गया था इसका उसे भी अब कोई अनुमान नहीं रह गया था। उसने रेणु के निकट खड़े होने का कोई संकेत नहीं दिया। वह दबे पाँव हटकर आगे बढ़ गया। रेणु के आत्मस्वीकार को वह गोपनीयता की लय से स्वीकार ही रहने देना चाहता था।

उसे लगा शायद रेणु अखंड तन्मयता से अलबम के उस फोटो में ऐसा कुछ तलाश कर रही थी जो उसकी निर्जन द्वीप में कैद आत्मा को स्फुरण देकर एक मुक्त आकाश दे सके।

देह से अलग

मेरे मित्र ने फोन पर मुझे सूचित किया, "तुम्हें एक दुखद समाचार सुना रहा हूँ, अपने वर्माजी नहीं रहे।"

मेरे मुँह से सिर्फ़ "अरे!" ही निकल पाया। दोस्त बोलता रहा। पता चला सुबह खूब ठीक-ठीक थे। कई लोगों को सुबह चाय पर आमन्त्रित किया था। चार-छह दोस्तों से घिरे हुए थे। खूब हँसी-ठट्ठा कर रहे थे। एकाएक उठे ओर नाचने-गाने लगे। पता नहीं चला इतना सब कैसे हो गया था। फिर सहसा गिर पड़े और किसी के कुछ भी समझने से पहले कूच कर गये।

मित्र अपनी बात कहकर चुप हो गया तो मैंने कहा, "मैं अभी आधे घंटे में पहुँच रहा हूँ।"

वर्माजी को मैं पिछले दो दशकों से जानता था। बहुत गम्भीर व्यक्ति थे। उनकी चुप से कभी-कभी तो दहशत होने लगती थी। बिना मतलब उन्हें कभी बोलते नहीं देखा था। फिर वह मरने से पहले आज नाच-गाने की क्या सूझी? इतने उदास दीखनेवाले आदमी को मरने से पहले किस प्रेरणा ने गुदगुदाया होगा? कौन ऐसा उनके मन में आ बैठा होगा जिसने उन्हें अन्तिम समय में निर्द्वन्द्व बना दिया होगा?

वर्माजी का यह आचरण शायद सभी को बहुत विचित्र लगा होगा। पर उसके पीछे एक ऐसा रहस्य भी था जिसका पता कम ही लोगों को था। महीने-सवा महीने पहले तक उस भेद से मैं भी अपरिचित था। पर अन्तिम बार उनसे मिला तो अनायास ही उन्होंने सब कुछ मुझे बतला दिया था। वह इतना नाटकीय था कि सहसा विश्वास करना मुश्किल था। पर जो कुछ उन्होंने अपनी मेज़ की दराज से निकालकर मुझे दिखाया था, उस पर सन्देह करने का कोई कारण नहीं रह गया था।

उस राज में उनके दफ़्तर में किसी काम से गया था। जब मैं लौट रहा था तो सोचा थोड़ी देर वर्माजी के पास भी बैठता चलूँ। मैं उनके सामनेवाली कुर्सी पर जाकर बैठ गया तो दुआ-सलाम के बाद उन्होंने बतलाया कि वे अपने कैंसर के इलाज के सिलसिले में मुम्बई जा रहे हैं। हालाँकि उनके गले में कितने ही वर्षों से

कैंसर था, पर वे अपनी बीमारी के बारे में कभी किसी से बात नहीं करते थे। शायद यही वज़ह रही हो कि हम उन्हें कभी गम्भीरता से नहीं लेते थे और सोचते थे कि यह महज एक वहम है। भला गले के कैंसर से पीड़ित कोई आदमी धुआँधार बीड़ी और बिना नागा हर शाम शराबनोशी कर सकता है।

पिछली मुलाक़ातों में कभी यह गुमान नहीं होता था कि उनकी आवाज़ एक बीमार आदमी के गले से निकल रही है। लेकिन उस दिन उन्हें देखा तो लगा दो-ढाई महीने में सब कुछ बदल चुका है। गले से आवाज़ नहीं निकल रही थी। उनकी फुसफुसाहट सुनने के लिए मुझे अपनी कुर्सी खींचकर उनके नज़दीक पहुँचना पड़ा। कुल मिलाकर यही आभास हुआ कि उनका रोग इस दौरान काफी बढ़ गया है। बातचीत के बीच में ऐसा कुछ अनाम ढंग से शामिल हो गया था जैसे वे अपने जीवन में निराश हो चले हों।

लगभग एक घंटा में उनके पास बैठा रहा। इस दौरान उन्होंने तीन बीड़ियाँ धौंक डालीं।

जब उनके पास से यह सोचकर उठने ही वाला था कि उन्हें बोलने में कठिनाई हो रही है तो उन्होंने फुसफुसाते हुए कहा, "अभी ज़रा देर और ठहरिए। एक प्याला चाय पीकर जाइएगा।"

मैं चाय के लिए इन्कार नहीं कर सका। चाय आ गयी तो उन्होंने मेरे और क़रीब होते हुए फुसफुसाहट के साथ कुछ कहना शुरू किया। सरगोशी में उन्होंने जो कुछ मुझे बतलाया, उसे सुनकर मैं भीतर तक हिल उठा।

करीब पैंतीस-सैंतीस साल पहले उनको एक लड़की ख़त लिखा करती थी, जो अपने हर ख़त में उनसे मिलने का इसरार करती थी, उस समय वह लड़की सत्रह-अठारह की रही होगी, उसके पत्र अजब खिलंदरेपन से भरे होते थे जिनमें वह यह तक लिख मारती थी, "साइकिल पर सीटी बजाते हुए जाया करो, मिलने का कोई रास्ता निकालो, कोई बहाना तलाश करो," लेकिन वर्माजी हमेशा हल्की-फुल्की बात लिख देते थे, "पढ़ने में मन लगाओ, कोर्स की किताबें पढ़ो, वर्ना फेल हो जाओगी।"

और फिर वह सिलसिला न जाने कब टूट गया, अब कोई छह महीने वर्माजी के पास किसी ख़ातून का फोन आया, "मैं हैदरजहाँ बोल रही हूँ।"

वर्माजी पूछ बैठे, "और भी तो कुछ कहिए। आपसे कोई मुलाकात याद नहीं रही है।"

"मैं बहुत पहले आपको ख़त लिखा करती थी ओर आप हमेशा उपदेश लिखा करते थे।"

वर्माजी समझ गये कि वह कौन है। उन्होंने उससे आ जाने के लिए कह

दिया, थोड़ी ही देर बाद ही एक अधेड़ महिला एक पुरुष के साथ उनके केबिन में दाख़िल हुई, परिचय से पता चला कि हैदरजहाँ अपने छोटे भाई के साथ है।

कुछ खुले ढंग की बातें चल निकलीं तो हैदरजहाँ ने वर्माजी को बतलाया कि जब वह उन्हें ख़त लिखा करती थी तो घरवालों को इस बात की सुन-गुन लग गयी और उन्होंने सोचा कि कहीं वह दीवानगी में पड़कर कुछ उलटा-सीधा न कर बैठे, इसलिए उसकी तुरन्त शादी कर दी गयी, थोड़े दिनों के बाद ही अपने शौहर के साथ वह पाकिस्तान चली गयी।

हैदरजहाँ के पति नामी एडवोकेट थे, वे ढाका में रहते थे। उन्होंने हैदर को भी क़ानून की तालीम दिलवाकर अपने साथ लगा लिया। हैदर ने तीन-तीन साल के अन्तराल से तीन बेटियों को जन्म दिया, इसी दौरान पाकिस्तान में लड़ाई छिड़ गयी और हैदरजहाँ के पति को किसी ने एक रात क़त्ल कर दिया, हैदर का एक भाई कैलिफोर्निया में था, उसने बहुत बुरे हालात में हैदर और उसकी बच्चियों को अपने यहाँ बुलवा लिया। अब हैदर वहाँ नौकरी करती थी और उसकी बच्चियाँ वयस्क हो चली थीं। हैदरजहाँ ने अपनी बच्चियों सहित एक पारिवारिक तसवीर वर्माजी को दिखलाई, वर्माजी ने वही तस्वीर मुझे मेज़ की दराज से निकालकर दिखलाई थी।

हैदरजहाँ जिस होटल में ठहरी हुई थी, उसने वहाँ वर्माजी को आमन्त्रित किया और जाने से पहले कहने लगी, "आप तो बड़े सख़्त इन्सान हैं, आपने हमको कभी सनद ही नहीं दी, अब तो वे पुराने वलवले भी नहीं रहे, कभी उस तरफ़ आइए न!"

पता नहीं उस क्षण वर्माजी के अस्तित्व की किस भावुकता ने ग्रस लिया (शायद यह उनकी प्राणलेवा कैंसर की बीमारी रही होगी) कि वे अनायास कह बैठे, "हैदर, शायद इस जन्म में अब मुलाक़ात न हो पाये..."

हैदर अचरज में उनका खोया-खोया उदास चेहरा देखकर पूछ बैठी, "आप ऐसी बात क्यों करते हैं? हम लोग जब चाहें तब एक-दूसरे के पास पहुँच सकते हैं।"

"नहीं हैदर, वह बात नहीं है..."

"तो फिर कौन-सी अड़चन हो सकती है मिलने में? क्या इसे आपके बीवी-बच्चे पसन्द नहीं करेंगे?"

कुछ हिचक के साथ वर्माजी बोले, "नहीं-नहीं, वह बात भी नहीं है हैदर!"

"तो फिर वह क्या है जो आपसे इतनी कमज़ोर बात कहलवा रहा है कि शायद इस जन्म में दोबारा मुलाक़ात ही न हो पाये?"

वर्माजी इस पर चुप करके बैठ गये, हैदरजहाँ ने उन्हें बहुत कुरेदा तो उन्होंने

अपने ब्रीफकेस से वे एक्सरे प्लेटें निकालकर दिखला दीं जिनमें उनका कैंसर दर्ज था। हैदर ने सहसा वर्माजी की बात का विश्वास नहीं किया पर वह गहरे दुख में डूब गयी। जब तक वहाँ रही वर्माजी से बराबर मिलती रही। जाते समय वह संकेत में कहती गयी कि वह कुछ-न-कुछ सोचेगी और पत्र भेजेगी, हैदरजहाँ की बातें वहीं रोककर वर्माजी ने बीस हज़ार रुपये का एक चेक मेरे सामने रख दिया और उसके साथ नत्थी पत्र की ओर संकेत करके पढ़ने को कहा।

हैदरजहाँ ने लिखा था।

मैंने आपकी एक्सरे प्लेटें यहाँ दिखाई तो पता चला कि आपको वाक़ई गले का कैंसर है मगर आप परेशान क़तई न हों। यह चैक आपको किराये की मद में यहाँ फौरन तशरीफ़ लाने की गरज से भेजा जा रहा है। आपके इलाज में पचास हजार डॉलर यानी तक़रीबन पाँच लाख रुपये खर्च होंगे, ज़ाहिर है कि इतना रुपया न आपके पास है और न मेरे पास। पर एक रास्ता है, मेरा यहाँ मेडिकल बीमा है, जिसके चलते मैं अपने शौहर और बच्चियों का इलाज करा सकती हूँ, मैं आपके सामने एक तजवीज रखती हूँ। अगर आपकी वाइफ फ़र्ज़ी तौर से तलाक़ दे दे और उसी तरह आप भी मेरे मँगेतर हो जाएँ तो आपका इलाज मेरे मेडिकल बीमे से हो जाएगा, आप ठीक हो जाने पर मुझे तलाक़ देकर लौट जाएँ और अपनी बीवी से दोबारा शादी कर लें। यह सारा ड्रामा महज़ इलाज के लिहाज से ज़रूरी है, मेरी तीन बेटियों की भी यही राय है, वे तीनों इस ख़त पर अपनी रजामंदी ज़ाहिर करते हुए दस्तख़त कर रही हैं, मैं आपकी बीवी को वचन देती हूँ कि मैं आपको छुऊँगी भी नहीं। आप जैसे पाक साफ उनके पास से यहाँ आएँगे वैसे ही उनके हाथों में महफ़ूज़ पहुँच जाएँगे। महज़ एक ख़ुशबू है जो मेरे-आपके बीच रच-बस गयी है, उस महक के तहत ही वह पेशकश आपके सामने रख रही हूँ।

अपनी बात वर्माजी ने ठहर-ठहरकर काफ़ी देर में पूरी की, इस बीच उन्होंने और भी कई बीड़ियाँ पी डालीं, उनका गला लगभग अवरुद्ध ही था।

मैं कई क्षणों तक सन्न बैठा उनका कमज़ोर चेहरा देखता रहा, निश्चित ही कभी वे सुन्दर रहे होंगे जो उनसे बरसों छोटी हैदरजहाँ उन्हें इतना गहरा प्रेम करती थी कि पैंतीस वर्षों की लम्बी अवधि में भी उन्हें विस्मृत नहीं कर पायी। यही नहीं, उनकी घातक बीमारी में उनके लिए अपना सर्वस्व दाँव पर लगाने को तैयार हो गयी थी।

मैंने कहा, "तो फिर आप तुरन्त चले क्यों नहीं जाते? वहाँ आपका माकूल इलाज हो जाएगा। मैं समझता हूँ, देर करने की तो कोई वज़ह ही नही है।"

मेरी बात सुनकर वर्माजी की आँखों में गहरा विद्रूप उभरता दिखाई पड़ा उन्होंने काँपती उँगलियों से एक बीड़ी जलाई और किंचित् आवेश में बोले, "मैंने

अपनी श्रीमतीजी को हैदर का ख़त पकड़ा दिया और जब पढ़ चुकी तो मैंने उसकी राय पूछी।''

वर्माजी खाँसने के लिए ठहरे और बीड़ी का एक लम्बा कश खींचकर उन्होंने फिर बोलना शुरू कर दिया। गले की खरखराहट के बावज़ूद उनकी अभिव्यक्ति में एक विचित्र आवेश उभर रहा था, ''बोली मैं आपको इस उम्र में तलाक नहीं दे सकती। सोचिए ज़रा, दादी-नानी बनकर मैं यह नाटक करती भली लगूँगी? कोई हम लोगों के जन्म पर क्या थूकेगा?''

वर्माजी ने अपनी पत्नी से कहा, ''तुम मुझे मरने के लिए स्वतन्त्र छोड़ सकती हो, मेरा माकूल इलाज कराने के लिए मुझे औपचारिक ढंग से तलाक नहीं दे सकती? बीस बरस हो गये, मेरे और तुम्हारे बीच से देह का रिश्ता खत्म हो चुका है। हम दोनों बरसों से एक ही कमरे में सोते हैं, मगर एक-दूसरे को छूते तक नहीं हैं, मेरे बचने की अब हल्की-सी भी उम्मीद नहीं रह गयी है। बस, एक आख़िरी कोशिश है, इस पर भी तो ज़रा ग़ौर करो।''

वर्माजी ने बीड़ी का बुझा हुआ टुर्रा चाय के खाली प्याले में छोड़ते हुए अपनी बात आगे बढ़ाई, ''तो साहब, वह टस से मस नहीं हुई, बोली, 'हमने एक-दूसरे को बरसों से नहीं छुआ तो क्या मैं आपकी पत्नी नहीं रही?' महीने की कमाई मैं उसके हाथ पर रख देता हूँ, और हम दोनों केवल भौतिक धरातल पर कुछ इत्तिफ़ाक़ों के सहारे जुड़े चले आते हैं। एक वह हज़ारों मील दूर बैठी हैदरजहाँ है जिसने कच्ची उम्र में कुछ ख़त लिखे थे, अब तो यह तक भी याद नहीं पड़ता कि आमने-सामने उस दौर में देखा-देखी भी हुई थी या नहीं लेकिन इस ढलती उम्र में मुझे बचाने की जी-जान कोशिश कर रही है। मरना तो है ही, क्या दो साल पहले, क्या दस साल बाद। अब ऐसा क्या रह गया है जो नये सिरे से देखना बाकी है, खूब जमकर भोग लिया, क्या भोगना बाकी रह गया है? कल मुम्बई डॉक्टर को दिखलाने जा रहा हूँ महज दो शब्द हैं—'अंडर कंट्रोल' और 'टू एडवांस्ड' इनमें से किसी एक से मुलाकात होनी है। इस बार गया था तो डॉक्टर ने 'टू एडवांस्ड' काट दिया था। हो सकता है इस दफा 'अंडर कंट्रोल' कट जाए, इसके बाद डॉक्टरों को कुछ नहीं करना है सारा इलाज खत्म, जाओ, वापस जाओ और चाहे जहाँ जाकर एक ख़ौफ़नाक मौत मरो।''

वर्माजी इतनी देर तक बोलते-बोलते पस्त पड़ गये थे, वे एकदम चुप होकर बैठ गये, चेहरे पर थकान दिखाई देने लगी थी और आँखें मानो कहीं दूरान्त पर अटक गयी थी, मैं उनका चेहरा देखता रहा, मेरी शिराएँ झनझना उठीं। लगा, जैसे उनके स्वर कहीं गूँज रहे हों, यह आदमी मौत को कितने करीब से देख रहा है, उसकी पदचाप सुन रहा है, दुनिया में हर तरफ़ ऐश्वर्य और भोग अनन्त मात्रा में

बिखरे पड़े हैं, पर अब इसके लिए कुछ बाकी नहीं रह गया है।

मैं कुछ क्षणों के लिए एकदम सन्नाटे में डूब गया, लाखों जन्मों में पूरा-पूरा जीवन जीकर जो नहीं मिल पाता है, वह सार्थक और चुम्बकीय मेरे सामने बैठे एक थके-हारे, पराजित से दीख पड़नेवाले बूढ़े व्यक्ति को अनायास मिल गया था। वह व्यक्ति कल रहे या न रहे (रहे भी तो कौन कब तक रह सकता है?) पर उसके जो जीवन्त स्पर्श और विशेष महक देहधर्मप्रधान ऋणात्मक संसार से मिल गयी है, उससे कौन ईर्ष्या नहीं करेगा?

उसी क्षण केबिन में किसी के आने से मेरा ध्यान बँट गया। मेरे मुँह से अनायास एक लम्बी साँस निकल गयी, मैंने वर्माजी के हाथ पर हल्के से अपनी हथेली रख दी और फिर उठाते हुए बोला, ''अच्छा, आप मुम्बई से लौट आइए तो मिलूँगा।''

आँखों से होती हुई उनके होठों पर एक मर्मभेदी मुस्कान उभरी और उन्होंने 'ख़ुदा हाफ़िज़' कहा इसके बाद मुझे यह पता ही नहीं चल पाया कि वे मुम्बई से कब लौटे।

मैंने आधा घंटे में पहुँचने की बात कही थी, पर मुझे वर्माजी के घर पहुँचने में मुश्किल से बीस ही मिनट लगे, फोन पर उनके देहान्त की सूचना सुनकर मैं तुरन्त चल पड़ा था।

सहन में वर्माजी को एक दरी पर लिटाया हुआ था और उनकी पूरी देह एक दुग्ध श्वेत चादर से ढकी हुई थी। बस गर्दन और चेहरा सामने खुला नज़र आता था।

इस दौरान वहाँ सैकड़ों लोग जमा हो चुके थे और इनमें वे भी थे जिनके साक्ष्य से वर्माजी ने नाचते-गाते इहलीला समाप्त की थी। हर नये आनेवाले को सविस्तार वही प्रसंग सुनाया जा रहा था। दूसरी तरफ़ से वर्माजी के घर की औरतों का करुण क्रन्दन उभर रहा था।

मैं वर्मा नाम के उस देहमुक्त व्यक्ति का चेहरा एक क्षण ध्यान से देखता रहा, जो अन्तिम समय में भी उत्सवधर्मी रहा था और इस सारे करुण क्रन्दन और कोलाहल से उपराम होकर गहरी नींद में सो गया था। उसके चेहरे पर कोई पीड़ा, कोई उद्वेग, कोई भी शिकायत नहीं थी—मानो वह पूर्णकाम होकर गया हो, सहसा मुझे लगा जैसे वह चेहरा मुस्कराया, जैसे उसे किसी आत्मीय गन्ध ने भीतर से गुदगुदा दिया हो, सहसा मेरी आँखों के सामने उसके अन्तिम क्षणों की उन्मत्तता उजागर हो उठी।

मैंने उस आदमी की धड़कनों में समायी हुई उस गन्धधर्मिता को मन-ही-मन प्रणाम किया और सामने से हटकर एक ओर खड़ा हो गया।

उतरन

सब कुछ पिछले अनुभवों के अनुसार ही गुज़रा था लेकिन टेंशन इस बार पहले से कहीं ज़्यादा था। उसका रिक्शा घर के सामनेवाली सड़क पार करके मुड़ गया था और मैं उत्तेजना की बहक में मुस्कराते रहने के बावजूद भीतर से एकदम पस्त पड़ गया था।

उसे विदा करके मैं दरवाज़े में घुसा तो मैंने सीमा को सहन में पड़ी चारपाई पर बैठे देखा। स्वेटर में फन्दे डालती सलाइयाँ बहुत तेजी से ऊपर-नीचे हो रही थीं। उसकी यह ठंडी व्यस्तता आसानी से पचनेवाली चीज़ नहीं थी। वह भीतर-ही-भीतर उफ़न रही थी और शायद चाहती थी कि मैं उसे छेड़ दूँ तो वह मेरे परखचे उड़ा दे। ऐसे कई अवसरों की आँधी झेलकर मैं अच्छा-खासा अभ्यस्त हो गया था इसलिए मैंने ज़रा भी चूँ-चपड़ नहीं की बल्कि और भी अधिक विनम्र और बेवकूफ़ दिखाई देते हुए उस तरफ़ चला गया जहाँ बच्चे उसकी लायी हुई सौग़ातों को आपस में तक़सीम करने में काँय-काँय मचा रहे थे। एक बच्चे के हाथ में चाभी से चलनेवाली मोटर थी और दूसरे के हाथ में मटकनेवाला भालू। बच्चों के हाथों में उन खिलौनों को देखकर मुझे सन्तोष हुआ—दोनों खिलौने बीस-पच्चीस से कम के नहीं होंगे। उसकी मजबूरी थी कि चार ही दिन यहाँ रहा लेकिन अपने सारे पैसे यहीं फूँक गया। मैंने मोटा तख़मीना लगाया—तीन सौ तो ज़रूर ही खर्च कर गया होगा।

रसोई का आधा दरवाज़ा खुला हुआ था और मेज़ पर सेब, सन्तरों का ढेर सहन से ही दिखायी पड़ रहा था। इतने सारे फल अपनी रसोई की मेज़ पर देखना एक सुखद अनुभव है। फ़िलहाल इस घर की सम्पन्नता उसी की बदौलत थी। मैंने सीमा को क़तई नहीं छेड़ा, अपने कमरे में जाकर पलँग पर लेट यगा। मेरी आँखें दीवार पर गयीं—खूँटियों पर टँगे कपड़ों के बीच से उसकी गर्म पतलून झाँक रही थी। उसकी पतलून देखकर मुझे ताज्जुब नहीं हुआ—वह जिस मौसम में आता था उसी मौसम में पहले जानेवाले एक-दो कपड़े खूँटियों पर यों ही टँगे छोड़ जाता था। यकायक मुझे लगा कि मैं उस पतलून को अपने नाप की करवाने की बात सोच रहा

हूँ। वह एक लहीम-शहीम देव सरीखा आदमी था—उसके साथ सड़क पर चलते हुए मैं भुनगा दिखाई देता था।

सीमा ने जब मुझे सहन में वापस लौटते न देखा तो वह बच्चों को झाड़ते हुए कमरे में दाख़िल हो गयी। निश्चय ही वह फटकार बच्चों के लिए नहीं थी क्योंकि वे उसके गम्भीर आरोपों का मतलब नहीं समझते थे, 'सबके सब निठल्ले और मनहूस हुए पड़े रहते हैं' अपना तना हुआ चेहरा मेरी ओर करके उसने बच्चों से कहा। बच्चों ने उसकी ओर ध्यान नहीं दिया तो वह बिफर उठी, "तुम्हारी खिलौनों से खेलने की उमर है। चलो किताबें लेकर मरो, जब देखो तूफ़ान काटते रहते हो—उधेड़ डालूँगी।"

हालाँकि बच्चों की उम्र खेलने-कूदने की ही थी लेकिन सीमा के तेवर देखकर मैंने उसकी ज्यादती का विरोध नहीं किया। मेरे सारे बदन में जाड़े की झुरझरी दौड़ गयी और मैंने अपने कान खींचे जाते महसूस किये। वह दो मिनट तक खूँटी पर टँगे कपड़ों का जायज़ा लेती रही और फिर सहन की तरफ़ जाने लगी। ज्यों ही वह मेरे करीब से गुज़री मैंने हाथ बढ़ाकर उसकी कलाई पकड़ ली। मेरा हाथ झटककर वह अलग छिटक गयी और फूँ-फाँ करने लगी, "बस्स मेरे से रार पीटने की ज़रूरत नहीं है—उनके सामने यह कतरनी कहाँ चली जाती है?" मैंने सहज स्थिति बनाये रखने के लिए अपनी विनोद वृत्ति दिखलाई, "मैडम, ये अन्दाज़े-गुफ़्तगू क्या है—हिन्दू पत्नियाँ अपने पतिदेव से ऐसे बातें करती हैं?"

"क्यों, बातें करने को क्या हुआ। तुम्हें सिर पर बिठाकर नाचती फिरूँ? जब दूसरों से भीख माँगनी पड़े तो पता चल जाए। उनके जाने के बाद बार-बार क्यों बकते हो—अबकी बार आने दो मैं साफ़-साफ़ कह दूँगा। मैं भी तो सुनूँ क्या साफ़-साफ़ कह दिया। उनके साथ बैठकर दारू पीते सरम नहीं आती? शराबखोरी के लिए रुपये कहाँ से फट पड़ते हैं—वैसे तो सदा रोते-पीटते रहते हो। बस सारी हाय-हाय मेरे लिए है—मैं मर जाऊँ तो सारा झंझट खतम हो जाए।" सीमा ने अपनी मैली-कुचैली तार-तार हो रही धोती मेरे आगे करके कहा, "पेटीकोट में झिरे लगे हैं और धोती की यह हालत है—और तुम्हें साले की बग़ल में बैठकर पीने का चस्का लगा है—धिक्कार है ऐसे आदमी पर।"

हालाँकि सफ़ाई देना बेकार था और मेरा बोलने का इरादा भी नहीं था पर मेरे मुँह से अनायास निकल गया, "...लेकिन तुम्हारे बच्चे...।" उसने मुझे बोलने नहीं दिया... "हाँ-हाँ, बच्चे तो मैं अपने घर से लेकर आयी हूँ।"

बात कहीं से कहीं पहुँच रही थी। मैंने उसे समझाने की दृष्टि से कहा, "भई बच्चे तुम अपने घर से लेकर नहीं आयीं पर बाल-बच्चों के घर में सब ऐसे ही

चलता है। अब मुझी को लो, बरसों से ढंग का एक सूट तक नहीं बनवाया—पर वह तुम्हारा सगा भाई है—मैं क्या उसे आने के लिए मना कर दूँ?"

अपने सगे भाई के लिए उसने कोई भावुकता नहीं दिखलाई और भी ज़्यादा उबलने लगी, "सगे भाई हैं तो उन्हें लेकर कूदूँ—दुनिया के सामने फ़जीहत हो तो पता चले। चार पड़ोसनों से चालीस रुपये माँगे हैं—जितने नख़रों से उन्होंने दिये हैं बस मैं ही जानती हूँ। तुम उनके सामने भीगी बिल्ली बनकर हाँ में हाँ मिलाते घूमते हो—दो कौड़ी की ज़ुबान हिलाने में क्या ज़ोर पड़ता है।" उसने मेरी नकल उतारकर कहा, "...भई ज़रा देखो, किसी से मिल जाएँ तो...।"

उसने मुझे माफ़ नहीं किया, अपना आक्रोश निकालने लगी, "मिलेंगे क्यों नहीं—माँगने के लिए बाँदी जो बैठी हुई है। पर दूसरों के कर्जे लौटाते हुए झींखते क्यों हो। दूसरों से लिया हुआ जब वापस देना पड़ता है तो रोना-पीटना क्यों पड़ जाता है—जैसी दरियादिली से उधार मँगवाते हो उसी तरह लौटा भी दिया करो, उस बखत हाय-हाय क्यों करने लगते हो?"

सीमा की बात ग़लत नहीं थी। हालाँकि वह उसका सगा भाई था—कभी उसने शादी-ब्याह भी किया था लेकिन एक दिन सारी मोह-माया छोड़कर उसने अपनी बीवी को घर से बाहर करके ही दम लिया। उसके श्वसुर ने मामंला मुकदमा किया तो कोर्ट से खर्चा बँध गया जो हर माह उसकी तनख़्वाह से काटकर पत्नी के नाम भेज दिया जाता है। अब वह पूरी तरह फक्कड़ और निर्द्वन्द्व होकर रह रहा है। सरकारी नौकरी में है—अच्छी-ख़ासी आमदनी है पर मकान लेकर कहीं नहीं रहता—होटलों, हॉस्टलों में दिन काट रहा है। पहले सब रिश्तेदारों और भाई-बहनों के यहाँ जाता था पर उसकी आदतों से सब दुखी हो गये और एक-एक करके हर नातेदार ने उससे सम्बन्ध विच्छेद कर लिया। जहाँ तक मैं समझता हूँ रिश्तेदारों ने उसके लिए बहुत कुछ किया है—सैकड़ों रुपये भी दिये हैं लकिन जब एक बार भी फूटी-कौड़ी वापस नहीं मिली तो उसकी ओर से सब धीरे-धीरे विरक्त हो गये हैं। आप दुनियावी रिश्तों की स्वीकृति हमेशा अपनी शर्तों पर प्राप्त करने के लिए स्वतन्त्र नहीं हैं। शायद यही वजह होगी कि अब वह उन सबके यहाँ जाता भी नहीं है। इस दुनिया में शायद अब मैं ही वह आदमी रह गया हूँ जिस पर साल में दो-चार बार अनुकम्पा होती रहती है। वह अकस्मात 'वोल्ट फ्राम ब्ल्यू' की तरह फट पड़ता है और इतना लदा-फँदा होता है कि मैं पिछली बार की परिस्थितियाँ भूल जाता हूँ और आगे बढ़कर उसका स्वागत करता हूँ। रिक्शे से वह फलों की टोकरी—मिठाई के डिब्बे और दीगर गठरी-मुठरी उतारकर हाँफते हुए घर में घुसता है; रिक्शेवाला उसके पीछे बिस्तर और अटैची लादे हुए दहलीज़ पर खड़ा रहता है। सारा घर उसके शुभागमन पर दौड़ पड़ता है। सीमा जो उसके जाने के बाद मुझे हमेशा ताँसती

रहती है उसको घर में आता देखकर 'बड़े भैया आ गये' कहकर दौड़ लगाती है और रिक्शेवाले को पैसे चुकाने के लिए अपनी खेरीज़वाला डिब्बा उठा लाती है।

जहाँ तक मेरा सम्बन्ध है मुझसे तो वह जबरदस्ती स्वागतम की मुद्रा धारण करवा लेता है क्योंकि कई बार संयोग यह होता है कि मैं उसके द्वारा पिछली बार की छोड़ी हुई उतरन धारण किये होता हूँ—ऐसी हालत में कृतज्ञता से अभिभूत होने के अलावा किया भी क्या जा सकता है? आप अपने घर में किसी की उतरन पहनकर उसका तिरस्कार कर सकते हैं? नहीं कर सकते न? तो फिर होता यह है कि पिछला अनुभव संस्कार की तरह मेरी रगों में दौड़ने लगता है। यह सारा सामान हम लोगों के लिए है। यह आदमी फकीर टाईप है, देख लेना जाते वक्त अपने साथ मुश्किल से ही कुछ ले जाएगा।

और वास्तव में होता भी यही है। वह जाते समय केवल अपनी अटैची ले जाता है। उसके तीन बिस्तरबन्द हमारे घर के सबसे बड़े सन्दूक में सुरक्षित पड़े हैं। कई दर्जन बेड कवर, बर्तन-भाँडे, रेडियो, ट्रांजिस्टर और भी न जाने क्या-क्या अल्लम-ग़ल्लम घर में अँटा पड़ा है। मैं जानता हूँ कि इस सामान को वह कभी अपने साथ नहीं ले जाएगा, पर मैं हमेशा एक सात्त्विक भावना अपने मन में पालता रहता हूँ, ''सारी ज़िन्दगी ऐसे ही थोड़ा रहेगा—इसकी उमर ही क्या है, घर-बार बसाएगा तो हम सारी चीज़ें लौटा देंगे।''

जिस दिन वह आता है उत्सव के झटके शुरू हो जाते हैं—जो चीज़ें घर में पकाई जाती हैं उनकी सुगन्ध मोहल्ले-पड़ोस में उड़ने लगती हैं। अगर वह बेफ़िक्र होकर दो-चार दिन के लिए आता है तो उसका ज़्यादा वक्त किचेन में ही व्यतीत होता है। सीमा को वह रसना से सम्बन्ध रखनेवाले कई व्यंजन बनाना सिखा जाता है, जिन्हें वह पत्रिकाओं से बाकायदा अपनी डायरी में नोट किये रहता है। रात को हस्बेमामूल बहुत-सी सौगातें बाज़ार से ख़रीदकर लाता है और अपनी पतलून की जेब से चुपचाप एक सीलबन्द बोतल निकालकर अटैची में कपड़ों के नीचे छुपा देता है। दरअसल यह छिपानेवाली प्रक्रिया कुछ इतने मुखर रूप में होती है कि मैं और उसकी प्रिय बहन दोनों ही समझ जाते हैं। हमारे लिए इतने उपहार लाने वाले आदमी की यह 'हरकत' विशेष ध्यान देने योग्य रहती भी नहीं है।

सीमा को मेरे पीने का सख़्त एतराज है। उसका ख़याल है कि लोग पिलाकर मुझे बिगाड़ देंगे इसलिए मेरे पीने के प्रश्न को लेकर वह किसी घाघ दरोगा की तरह सख़्ती बरतती है, लेकिन उसका सहोदर जब बर्फ को तोड़कर प्लेट में ढंग से सजाते हुए दो गिलास मँगाता है तो सीमा का चेहरा पहले तो खिंची हुई प्रत्यंचा दिखाई देता है और बाद में धनुष भंग वाली स्थिति में आ जाता है।...मैं न तो पीने का उतना लालची हूँ और न पियक्कड़ हूँ लेकिन अपने साले की मेहरबानियों से इतना पिस

जाता हूँ कि साथ देने के लिए उसके साथ बैठ जाता हूँ। ऐसे अवसर पर सीमा को मेरे स्वास्थ्य का ख़ास ख़याल रहता है—कहीं ज़्यादा चढ़ाकर मैं अपनी सेहत चौपट न कर डालूँ। वह कई बार मुझे रसोईघर में बुलाकर मेरा मुँह सूँघते हुए अन्दाज़ लगाने की कोशिश करती है कि मैंने कितनी पी डाली है। सीमा पीने के बारे में अधिक कुछ नहीं जानती—दबे स्वर में अपना अधिकार जताते हुए कहती है, "सारी तुम्हीं पी डालोगे, किसी बहाने वहाँ से टल क्यों नहीं जाते? मैं जानती हूँ तुम्हारा मज़ा आ गया है।"

चेहरे पर मजबूरी लाकर मैं हटने के बारे में सोचने की कोशिश करता हूँ कि इतनी देर में उसकी आवाज़ मुझ पर चाबुक की तरह पड़ जाती है, "अरे! भाई साहब क्या रोटियाँ बेलने लगे?" मेरे साले की यह 'बानी' मेरी पत्नी को 'गोली' की तरह लगती है और वह नियन्त्रित ढंग से भुनभुनाते हुए मुझे उसके पास जाने के लिए धकेल देती है। मैं फिर से उस भले आदमी की बग़ल में जाकर बैठ जाता हूँ। इत्र-फुलेल लगाकर वह छैला बना महकता रहता है। एक तहमद में लिपटकर वह पलंग पर अधलेटा होकर पसर जाता है, उसका गिलास मेज़ से उठकर जँगले की पट्टी पर पहुँच जाता है। जितनी देर में उसके पास होता हूँ वह निरन्तर कुछ-न-कुछ बोलता रहता है—ऐसी बातें जिनसे हर किसी को सहमत होना पड़ता है लेकिन सीमा की डाँट खाकर लौटता हूँ तो वह यकायक गड़बड़ा उठता है। उसे अपनी बात प्रश्नवाचक ढंग से शुरू करनी पड़ती है, "तो फिर?"

उसके ठहरने की अवधि के बीच—चाहे वह अधिक दिन रुके या केवल एक-दो दिन—क्या कुछ कैसे गुज़रेगा मैं बखूबी जानता हूँ। उसका एक-एक पैसा जब तक ख़र्च नहीं हो जाएगा, वह हिलने का नाम नहीं लेगा। रुपये को खर्च करने की गति रुकने के हिसाब से निश्चित होती है। मेरे साथ बाज़ार सिनेमा या और कहीं जाने पर मुझे जेब में हाथ तक नहीं डालने देगा। लेकिन जाने से एक दिन पहले वह रसोई में पीढ़े पर पालथी लगाकर जम जाएगा और मुझे और अपनी बहन को बुलाकर समझाएगा। यह समझाना कुछ इस तरह शुरू होता है, "तुम लोग बाल-बच्चेदार गृहस्थी आदमी हो—मैं तुमको आज बतलाया हूँ कि वह आदमी दिवालिया है जो अपनी कमाई से एक पाई भी ज़्यादा खर्च करता है। क़ायदा यह कहता है कि जो तुम कमाओ उसका तीन-चौथाई से अधिक कभी खर्च न करो—कहा भी गया है 'वन फोर्थ अगेन्स्ट रेनी डे' और आगे का सरमन वह अँग्रेजी भाषा में शुरू करता है। अँग्रेजी और हिन्दी के सन्धिस्थल पर एक क्षण ठहरकर वह काग़ज़ में लिपटा हुआ पान निकालकर मुँह में रख लेता है।

उसके सुभाषित सुनते वक़्त मेरी बराबर इच्छा होती रहती है कि मैं उससे कहूँ कि हम अपनी कमाई का एक बटा चार ज़रूर बचाएँगे लेकिन तुम अपनी कमाई

से सिर्फ़ इतना भर बचा लिया करो कि तुम्हारी वापसी पर हम लोगों को तुम्हारे किराये की भीख अपने पड़ोसियों से न माँगनी पड़ा करे। पर मैं कुछ नहीं कह पाता क्योंकि इस समय तक उस शख़्स की वाणी में इतना ओज भर उठता है कि उसकी धारा-प्रवाह अच्छी बातों को रोकना मुझे हिंसा मूलक मालूम पड़ने लगता है। मैं उसकी बातें सुनते हुए सीमा का चेहरा ध्यान से देखता रहता हूँ। जब वह अपने ज्ञानदान के चरम पर होता है तो सीमा बेचैन होकर कहती है, ''हाँ बड़े भैया आप ठीक कहते हैं'' और वह किसी काम के बहाने इधर-उधर टहल जाती है। अपनी सीख का समापन करके वह बहुत हल्का और सन्तुष्ट अनुभव करता है और बाथरूम चला जाता है।

इस दफ़ा भी सब कुछ पहले जैसा ही हो रहा था—यहाँ तक कि यह बिलकुल नहीं लग रहा था कि वह पचासवीं या सौवीं बार कुछ कह रहा है—एक रिकार्ड था जो अपनी गति के चरम पर था तभी यकायक सब गड़बड़ हो गयी। बचतवाली बात सुनते ही सीमा उठ खड़ी हो गयी। सीमा के चले जानेपर मैं अकेला सुनता रहा—वह 'अगेन्स्ट रेनी डे' की हिदायतें बिलकुल हरनामदास बी.ए. की शैली में बोल रहा था। बचत योजना अभिभाषण के आधे रास्ते पर क्षण भर ठहरकर अपने काग़ज़ में लिपटा पान खोला ही था कि सीमा ने बहुत फुर्ती में आकर उसके हाथ में कुछ देते हुए कहा, ''बड़े भैया इन्हें रखिए और जाकर भेज दीजिएगा।'' (यह इसलिए कि रुपये लेकर जाते समय हमेशा वापस भेजने की बात वह कभी नहीं भूलता) मुझे सीमा का यह नाटकीय अन्दाज़ बहुत अजीब लगा लेकिन मैं समझ गया कि वह उसे इसी तरह लज्जित करना चाहती है। उसने उन रुपयों को—जो शायद उसका पेशगी किराया था—लापरवाही से एक तरफ़ रख दिया और गम्भीरता से बचत की थ्योरी समझाता रहा। और उसी शाम वह हम सबको बाज़ार ले गया।

चमक-दमक भरे बाज़ार से लगभग सवा सौ रुपये के कपड़े उसने बच्चों के लिए ख़रीद डाले। मुझे एक जूता दिलवा दिया और फिर एक बढ़िया रेस्त्राँ में जाकर खाने-पीने की धूम मचा दी। रात को दूसरा शो दिखाने ले गया—यानी कुल मिलाकर उसने सौगातें और मनोरंजन हमारे गले तक ठूँस दिया। हम लोग रात को बहुत देर से घर लौटे और ख़ुशी-ख़ुशी सो गये।

आज दोपहर तक वइ इत्मीनान से जाने की तैयारी करता रहा। दस बजे तक दो बार बाथरूम गया—पाँच बार चाय पी, घंटे भर तक दाढ़ी बनाई और घंटे सवा घंटे तक गुसलख़ाना बन्द करके गाना गाते हुए स्नान करता रहा। उसने दोपहर का खाना स्वास्थ्य के नियमों का पालन करते हुए काफी मात्रा में चबा-चबाकर खाया और फिर पाँच बजे तक सोता रहा शाम की चाय पीकर वह उठा और खिड़की के

पास खड़े होकर उसने सड़क से गुज़रते एक रिक्शेवाले की आवाज़ दी। ठीक इसी समय मुझसे फुसफुसाकर बोला, "भाई साहब कोई बीसेक रुपये पड़े होंगे आपके पास।"

बीस क्या मेरे पास तो पाँच भी नहीं थे। पता नहीं कभी भी क्यों नहीं होते। लेकिन मैं फौरन लपककर दूसरे कमरे में गया और सीमा के सामने जाकर बोला, "वो बीस रुपये माँग रहा है—भाई देखो किसी से मिल जाएँ तो।" सीमा की भौंहों में बल पड़े गये, "क्या? क्यों किसे ज़रूरत है? मैंने बड़े भैया को तो कल ही चालीस रुपये लाकर दिये हैं—वह कहाँ उड़ गये?" मैंने स्वयं को निरपराध सिद्ध करते हुए कहा, "मुझे क्या पता—खर्च-वर्च हो गये होंगे। तुमने उसे कल दिये ही क्यों थे—घर से जाते वक्त ही देने चाहिए थे।"

सीमा ने मेरी बात का कोई उत्तर नहीं दिया मगर वह रुआँसी हो उठी। जल्दी-जल्दी डिब्बे वग़ैरह खोलकर उसने सत्रह रुपये इकट्ठे किये और उन मुड़े-तुड़े नोटों को मेरे हाथ में देते हुए फुसफुसायी, "रानी की माँ, मिसरानी—चोपड़न और वाजपयेन से कल इसी डर से चालीस रुपये माँगकर लायी थी कि बखत के बखत भाग-दौड़ न करनी पड़े। लो हम तो खड़े रह गये नंगे-बूचे। एक धोती लेने के लिए जाने कैसे-कैसे बचाए थे।"

सीमा की कलक सुनने का समय मेरे पास नहीं था। मैंने रुपये लिये और उसके हाथ में जाकर थमा दिये। उसने रुपयों की तरफ़ देखा तक नहीं—बहुत आहिस्ता से उन्हें जेब के हवाले कर दिया।

हम लोगों के सिरों से तूफान निकल चुका था अब केवल उसके बाद की उलट-पलट सामने थी जिसे मैं सीमा के क्रोध के रूप में पहचान रहा था। इस तरह के विवश क्रोध के पीछे कितनी कातरता होती है यह किसी से छिपा नहीं है। सीमा को सहज करने के ख़याल से मैं राज़दारी के ढंग पर धीरे-से बोला, "ठीक है वह हमारे सत्तावन रुपये ले गया लेकिन यह क्यों भूलती हो इससे कई गुना रुपये हम लोगों पर खर्च कर डाले। इसके अलावा बिस्तरबन्द, चादरें, बर्तन...।" सीमा ने मुझे डपटा, "ये सब बेकार चीज़ें हमारे किस मतलब की हैं? उनका उतरन पहनने के लिए क्या हमीं रह गये हैं? नक़द रुपयों से हमेशा हम ही मारे जाते हैं—उनके लिए जो फ़िज़ूल है उसे हम पर पटक जाते हैं। बुड्ढे होने को आ रहे हैं—जाते वक़्त उन्हें फ़कीर-फ़ुकरों की तरह किराया माँगते शरम नहीं आती। उनके साथ-साथ तुम भी बिलल्ले होते जा रहे हो। क्या एक बार साफ़ नहीं कह सकते?"

सीमा की बात में कपाल पीटने की मुद्रा देखकर मैंने उससे सहमत होते हुए कहा, "मैंने अगली बार के लिए फ़ैसला कर लिया है—मैं अबकी बार साफ कह दूँगा, भाई साहब अपने वापस लौटने का किराया पहले इधर निकालकर रखिए बाद

में रईसी दिखाइए—हाँ तो जब देखिए हमीं कटते हैं।''

सीमा का आक्रोश उदासी में बदलते देखकर मैंने लल्लो-चप्पो के अन्दाज़ में कहा, ''चलो छोड़ो! जो हुआ सो हुआ लेकिन इस बार एकदम नयी पतलून छोड़ गया है। मेरे नाप की बनने में सिर्फ़ दस रुपये खर्च होंगे लेकिन जाड़ा आराम से कट जाएगा।''

मेरी बात से वह फिर भड़क उठी। उसने मेरी ओर आग्नेय दृष्टि से देखा—उसकी आँखों में धिक्कार ही धिक्कार भरा हुआ था। बिफरते हुए उसने कहा, ''लानत है तुम पर, उतरन पहनने का इतना ही शौक है तो पलटन बाज़ार से दस-बीस खरीद लाओ। मरे हुए सिपाहियों की वर्दी तो और भी सस्ती मिल जाएगी।''

सीमा का खिंचा-तना चेहरा देखकर मैं सन्नाटा खींच गया। अपने सगे भाई के लिए साधारण स्थिति में ऐसी गाली कोई बहन मुँह से नहीं निकाल सकती। ज़रूर ही यह रुपये गँवा देने से ऊपर का कोई दुख था। शायद अपने भाई को इस तरह हाथ फैलाते देखकर वह भीतर तक शोक में डूब गयी थी। मैंने उसे छेड़ना ठीक नहीं समझा। उठकर बच्चों के पास चला गया वे सब सीमा के डर से हाथों में किताबें उठाये हुए थे लेकिन उनकी चेतना अपनी-अपनी गोद में छिपे उपहारों से बँधी हुई थी। शायद वह अपने मामा से बिलकुल दूसरे रूप में परिचित थे।

मैं खिड़की पर खड़े होकर उसके बारे में सोचने लगा। पर मैं सिर्फ़ यही सोच पाया कि आदमी को केवल अपनी तकलीफ़ भारी पड़ती है यही वज़ह है कि सीमा को भाई का आना बुरा नहीं लगता, सिर्फ़ उसका जाना ही दुखता है।

वही सवाल

उसे फिर से आया देखकर हरीश को झुँझलाहट हुई। पन्द्रह दिनों के बीच उसका यह तीसरा चक्कर था। पहले पोस्ट-कार्ड आया करते थे जिनमें थोड़े हेरफेर के साथ एक-सा ही मजमून रहता था, "उम्मीद है आप स्वस्थ सानन्द होंगे, अर्से से आपका कोई समाचार नहीं मिला, ख़ैरियत से तो हैं? मेरे योग्य कोई सेवा?"

ऐसे ख़त सामान्यतः आदमी को निश्चिन्त ही करते हैं हालाँकि इन्हें पढ़कर ख़ुश होने का कोई कारण नहीं मिलता। इन दिनों भला कोई स्वस्थ और सानन्द एक साथ हो सकता है? फिर भी चलो ठीक है, कोई आदमी तो दुनिया में ऐसा है जो आपकी फ़िक्र करता है, जवाब न देने पर भी बराबर पोस्ट-कार्ड लिखता रहता है। लेकिन महीने में छह या आठ ख़त बहुत होते हैं और ऐसे साभिप्राय ख़तों को पाकर कोई सुख की नींद नहीं सो सकता। ऐसे पत्रों के पीछे हमेशा मन्तव्य छिपे खड़े रहते हैं और कई तरह की अन्तर्कथाएँ कहते हैं?

हरीश ने अपनी झुँझलाहट पर काबू पाकर बहुत कुछ मधुर और सहज होने की कोशिश की। भीतर-ही-भीतर क्रोध का नाग फन उठाये फुफकार रहा था। आगन्तुक का बदसूरत थूथन देखकर हरीश अपना चेहरा दूसरी ओर घुमाकर खड़ा हो गया। उसकी ख़ैरियत पूछते हुए कमरे में ले आया। पत्नी कुर्सी पर बैठी किसी पुराने कपड़े की मरम्मत कर रही थी। उसने एक क्षण के लिए ध्यान से हरीश पर नज़र डाली और फिर अपने कार्य में व्यस्त हो गयी। हरीश को अपना मेहमान न केवल अवांछित लग रहा था बल्कि ज़बरदस्ती घुसपैठिया नज़र आ रहा था। पूरे कमरे की स्थिति इतनी सतर्कता से सहेजी हुई मालूम पड़ती थी कि किसी बदशक्ल आदमी को कमरे का मेकअप अलग से रेखांकित करता था। आनेवाले की एक आँख ख़राब थी और पूरा शरीर गैंडे की तरह मजबूत था। वह प्रत्येक गतिविधि से निर्लिप्त होकर कुर्सी पर सिर झुकाये बैठा कुछ सोच रहा था। उसकी निकम्मी आँख हरीश की तरफ़ पड़ती थी और दृष्टिवाली दीवार की दिशा में। यह समझना मुश्किल था कि वह क्या सोच रहा है। हरीश ठीक से तय नहीं कर पा रहा था कि तभी उसकी

बच्ची दूसरे कमरे से निकलकर उसके पास आयी और पशुवत सिर झुकाये आदमी के पास जाकर बोली, ''ऐ पापू ये का है?'' बच्ची की जिज्ञासा सुनकर हरीश को हैरत हुई। वह जिस आदमी को अपनी बाजू में बैठाकर मन-ही-मन गालियाँ दे रहा था और जानवर ख़याल कर रहा था उसे बच्ची भी आदमी नहीं समझ रही थी। हरीश ने अपनी बच्ची को झिड़कना चाहा, ''तुझे ये क्या दिखाई पड़ता है, जानवर लग रहा है? देखती नहीं आदमी हैं!'' बच्ची को झिड़कने की बात केवल अपना मनोभाव दर्शाने का बहाना हो सकती थी लेकिन वह अपनी कुटिलता दबाकर बोला, ''बेटी ये अंकलजी हैं।''

वह, हरीश और उसकी पत्नी, बच्ची की ओर से निर्लिप्त होकर देर तक बैठा रहा। कोई आधा घंटे बाद उसने अपना सिर ऊपर उठाकर कहा, ''अच्छा तो मैं चलूँ? रात होनेवाली है, अब तो आप शहर से बिलकुल ही बाहर आ गये हैं।''

हरीश ने उसके आगमन को सामान्य स्थिति का रंग देने की गरज से कहा, ''हाँ देर तो हो गयी है लेकिन ऐसी भी क्या जल्दी है, चाय पीकर जाना।''

''नहीं-नहीं, अब मैं चलूँगा, फिर किसी दिन आऊँगा,'' और यह कहने के साथ ही वह उठकर खड़ा हो गया।

हरीश समझ गया कि वह हरीश की पत्नी की उपस्थिति में अपनी बात नहीं कहना चाहता। सम्भवत: उसे सारे घर का वातावरण इतना सम्पन्न और शालीन लग रहा था कि वह अपने ढाई सौ रुपयों का जिक्र करके बोदा साबित नहीं होना चाहता था। हरीश ने समझ लिया कि जब वह उसे सड़क पर छोड़ने जाएगा तो वह निश्चित ही किसी-न-किसी बहाने अपने रुपयों का उल्लेख करेगा। उस रकम को लिये हुए अब इतना अर्सा हो चुका था कि हरीश को यह अहसास ही नहीं होता था कि यह कर्जा उसने इसी जन्म में लिया है।

वह रक़म अब तक पूरी तरह दम तोड़ चुकी थी और उसको पटाना उसी तरह कठिन था जैसे बीमार आदमी का दूर की मंजिल तक पैदल चलना। यह कहना गलत है कि ऋण हर हालत में ऋण है। हरीश के दृष्टिकोण से वह ऋण, ऋण नहीं होता जिसे लौटाने की बात सोचते ही सिर में दर्द होने लगे। ऋण केवल तब तक ऋण है जब तक दाता की सदाशयता ऋणी की आँखों से ओझल न हो। हरीश उस कर्जे को बट्टे खाते में डाल चुका था। उसने बहुत बेशर्मी से यह दर्शन अपने जीवन में उतार लिया था : जब आप कर्ज लेते हैं तो दाता के पैरों में बिछ जाते हैं, वह आपको दुनिया का सबसे उदार और परमात्मा का भेजा हुआ दूत मालूम होता है। आप जब-जब उसकी मानवीय संवेदनाओं और सहायता की भावना का ख़याल करते हैं उसके प्रति आपका सिर आदर और कृतज्ञता से झुक जाता है। लेकिन ज्यों ही आपकी नैतिकता आपका साथ छोड़कर पल्ला झाड़ देती

है आपको वही आदमी यमदूत दिखलाई पड़ने लगता है। आप सोचते हैं, इससे तो इसने न ही दिया होता तो अच्छा था, इसकी सहायता के बिना हम कौन मरे जाते थे। जब देखो हमारी छाती पर चढ़ा रहता है, अरे भले आदमी जब होगा तो हाथ जोड़कर देंगे, बार-बार शर्मिन्दा करने के लिए क्यों चले आ रहे हो?

हरीश ने सोचा, चलो घर से बाहर निकलकर इसे किसी दुकान पर चाय-वाय पिला दूँ। घर पर चाय के अलावा कुछ खिलाने के लिए होगा भी नहीं, दुकान पर थोड़ी खातिरदारी की भी गुंजाइश है। इसके अलावा आदमी पर रुपया दो रुपया खर्च किया जाता है तो वह थोड़ा नरम पड़ जाता है, एकाएक तक़ाज़ा नहीं कर पाता। हरीश ने स्वयं को तसल्ली देने के लिए यह भी सोचा, हो सकता है यह इधर किसी और से मिलने आया हो और जाते-जाते इधर भी आ निकला हो। हरीश ने उससे पूछा, ''क्या और भी किसी से मिलना है, इतनी जल्दी क्यों जा रहे हो?''

वह जरा भी चालू आदमी होता तो कह देता, ''हाँ इधर एक साहब से मिलने आया था, सोचा लगे हाथों आपके दर्शन भी करता चलूँ,'' लेकिन उसने कोई बात बनाने की कोशिश नहीं की। बोला, ''आपसे ही मिलने चला आया, इस बस्ती में अपनी जान-पहचान का कोई नहीं है।''

हरीश के लिए अब ख़ास कुछ नहीं रह गया था सिवाय इसके कि वह उसे किसी तरह टाल देता। हालाँकि स्थिति अब बहुत स्पष्ट हो गयी थी और वह अपने रुपये नंगापन दिखाए बग़ैर माँग रहा था। हरीश उठकर उसके साथ बरांडे में आ गया। दरवाज़े की तरफ़ जाते हुए उसके ज़ेहन में एकाएक एक उपाय कौंध गया। इसे बरगलाया जा सकता है, उसके बाद यह अपने रुपयों की बात नहीं करेगा। ''सुशील, तुम इस मकान में कई बार आये हो मगर तुमने एक बार भी मकान नहीं देखा, आओ आज तुम्हें दिखा दें—'' हरीश ने बहुत अपनेपन से कहा। लेकिन उसके चेहरे पर कोई भी परिवर्तन न देखकर उसे लगा कि अभी और भी कुछ कहना ज़रूरी है। उसने फिर बहुत आत्मीयता से कहा, ''पहलेवाले मकान से यह बहुत बड़ा और अच्छा है। उस मकान के कमरों में हमेशा सीलन और बदबू रहती थी, पर इस मकान में इतना खुलापन है कि गर्मी के दिनों में भी पंखा चलाने की ज़रूरत नहीं पड़ती।''

उसने अपनी भावहीन आँखें हरीश की तरफ़ उठायीं, उसके चेहरे पर शायद कोई उत्सुकता उभरी हो लेकिन पकड़ में नहीं आयी। हरीश उसे दोबारा उसी कमरे में ले आया जहाँ वे शुरू में बैठे थे। हरीश ने गहरी अलमारियाँ खोलकर उनमें सजी हुई क्रॉकरी और खिलौने दिखलाए। वह ध्यान से सारी चीज़ें देखता रहा। हरीश को लगा कि वह प्रभावित हो रहा है। इस भावना के साथ कि वह और भी अधिक प्रभावित हो जाए हरीश उसे दूसरे कमरे में ले गया। उस कमरे में घर-गृहस्थी का

बहुत-सा सामान था और कई चीज़ें ऐसी भी थीं जिनमें से प्रत्येक की कीमत उसके दिये हुए कर्जे से दुगनी-तिगुनी थी। सारा कमरा सामान से अटा पड़ा था। अलमारियों में और ऊपर के टाँडों पर बेशुमार चीज़ें लदी हुई थीं। सहसा हरीश को लगा कि कमरे की हालत बहुत ख़राब है और वह रेलवे का गोदाम ज़्यादा और किसी गृहस्थ का कमरा कम मालूम होता है। इस तरह का कमरा कम-से-कम नुमाइश की चीज़ तो बिलकुल ही नहीं हो सकता।

वह हर चीज़ बहुत ध्यान से देख रहा था। हरीश ने कुछ दुखी होने का भाव दर्शाते हुए कहा, ''उस मकान से तो बड़ा ही है लेकिन इसमें भी हमारा सामान अँट नहीं पा रहा है।'' हरीश अपनी बात कहकर थोड़ा आश्वस्त हो गया। उसने सोचा—इसके दिये हुए रुपये इतने कम हैं कि यह सामान देखकर अब यकायक अपने कर्जे का उल्लेख कर ही नहीं सकता। कमरे का पूरी तरह अवलोकन करके जब वह दीवारों पर देखने लगा तो हरीश उसे रसोई में ले गया। गैस के दो चूल्हे और सनमाइका जड़ी डाइनिंग टेबिल देखकर वह बहुत प्रभावित हुआ, यहाँ तक कि उसके मोटे होंठ खुलकर झूल गये और ऊबड़-खाबड़ दाँत दिखलाई पड़ने लगे। प्रभावित होनेवाला चेहरा भी कभी-कभी बहुत जुगुप्सा उत्पन्न करता है, यह सत्य उसके निरीह चेहरे को देखने से एकदम स्पष्ट हो जाता था।

अपना वांछित प्रभाव देखकर हरीश को जीत की ख़ुशी हुई, अब यह मनहूस इतनी जल्दी-जल्दी चक्कर नहीं लगाएगा। इसे पता चल गया होगा कि हम कोई उठाईगीर नहीं हैं कि जब जी चाहा अपनी ढाई सौ रुपल्ली माँगने आ पहुँचे। अरे भाई हम भी दुनियादार ग़ैरतमन्द इनसान हैं। जब ज़रा-सी सुविधा होगी तुम्हारे रुपये बिना माँगे लौटा देंगे। तुम्हें क्या चाहिए? रुपये? नहीं रुपये की तुम्हें उतनी आवश्यकता नहीं है, तुम्हें केवल उनके डूब जाने का डर है। उस भय को अब दिल से निकाल दो क्योंकि हमारे पास हज़ारों रुपये की मिल्कियत है, जब भी चाहेंगे तुम्हारे मुँह पर रुपये दे मारेंगे।

हरीश फिर बरांडे में लौट आया। दरवाज़े से बाहर निकलते हुए उसे सहसा ध्यान आया कि उसे ऊपर की छत भी दिखला दी जाए। यों मकान की छत दिखलाने में कोई ख़ास तुक नहीं थी लेकिन बहुत-सा फर्नीचर ऊपर फालतू पड़ा था। हरीश उसे रौब देना चाहता था कि हमारे पास इतना फर्नीचर है कि घर में समा नहीं पा रहा है। दरवाज़े से निकलते हुए हरीश ने अपनी पत्नी से कहा, ''जरा दो प्याले चाय तो बनाना, हम लोग ज़रा छत पर जा रहे हैं।'' हरीश ने उसकी ओर आँखें उठाये बिना ही कहा, ''आओ ऊपर चलते हैं,'' और वह जीना चढ़ने लगा। मन अथवा बेमन से वह भी हरीश के पीछे-पीछे सीढ़ियाँ पार करने लगा। छत पर पहुँचकर हरीश ने पहले उसे छत की ख़ूबसूरती बतलाई, ''पचास आदमी भी आ

जाएँ तो एक साथ यहाँ सो सकते हैं।'' फिर मुँडेर के पास खड़े होकर हरीश ने उसे प्रकृति का नजारा दिखलाया, ''सुबह और शाम दोनों यहाँ से बहुत दिलकश मालूम होती है। अब तो सूरज डूब गया है वर्ना तुम देखते...।''

इसके बाद हरीश ने फ़ालतू फर्नीचर का रोना रोया, ''समझ में नहीं आता इससे कहाँ रखूँ, बारिश में पड़ा-पड़ा गल रहा है। मकान भी इतना बड़ा नहीं है जो यह सब यहाँ-वहाँ खप जाए, न हो तो सुशील उसे तुम ही उठवा लो।''

इस बार वह थोड़ा हँसा, ''आप भी चीज़ें अनाप-शनाप खरीद डालते हैं।''

''हाँ, यही तो मेरी मुसीबत है, मैं खरीदते वक्त सीमा से बाहर तक दरियादिल हो जाता हूँ। अब देखो न इसकी क्या ज़रूरत थी। यही वजह है कि मेरा हाथ अक्सर तंग रहता है। जहाँ हाथ में कहीं से रुपया आया फौरन भूल जाता हूँ कि किसी का लेना-देना भी है, जरा-सी देर में हज़ारों रुपये स्वाहा हो जाते हैं।''

वह अब उतना मूढ़ नहीं लग रहा था, बोला, ''आप मुझे अपना प्राइवेट सेक्रेटरी रख लीजिए, आप बस कमाना भर जानते हैं, आपको खर्च करने के लिए एक सेक्रेटरी की ज़रूरत है।''

हरीश ने गद्गद् होकर उसके कन्धों को हाथों से दबाया और बोला, ''तुम सेक्रेटरी बनोगे? अरे भाई तुम तो मालिक हो।''

अब तक चाय बन चुकी थी। हरीश उसे लेकर निश्चिन्त भाव से जीना उतरने लगा तो वह फुसफुसाकर बोला, ''भाई साहब, शादी के बाद यह पहली दीवाली है, मैं चाहता हूँ कि श्रीमती जी को एक अच्छी-सी साड़ी दिलवा दूँ, अगर आप...।'' उसने हरीश से आगे कुछ नहीं कहा लेकिन जितना कुछ कह गया वह पर्याप्त था। हरीश की सारी किलेबन्दी ढह गयी। अब तक वह जीत की ख़ुशी में दोहरा हो रहा था लेकिन गिड़गिड़ाहट भरी याचना की अप्रासंगिकता उसे एकदम पीस गयी! आधे-पौने घंटे की सिरदर्दी और अभिनय बिलकुल बेकार गया। यह कम्बख़्त अभी भी उसी जगह अटका हुआ है। मेरे इतनी उछल-कूद मचाने पर भी वह अपनी जगह से रत्ती भर नहीं हिला। चाहे रिरियाकर ही सही लेकिन अपने मतलब की बात दुहरा ही गया।

कमरे में पहुँचकर हरीश ने देखा कि उसकी पत्नी ने मेज़ पर चाय के साथ नाश्ते का सामान भी रखा हुआ है और मरकरी रॉड के प्रकाश में कमरा दमक रहा है। हरीश की मानसिक स्थिति यकायक असन्तुलित हो गयी, वह मन-ही-मन हिसाब लगाने लगा, वह शख़्स इतनी बार आया है कि इसके चाय-नाश्ते में ही ढाई सौ खर्च हो गये होंगे और अब भी ऋणदाता की शक्ल में हाज़िर है। मैं इसे एक पैसा नहीं लौटाऊँगा। मैंने इतने बेढंगे और बदसूरत आदमी को इसलिए बरदाश्त नहीं किया कि यह अब भी मुझे अपना ऋणी ख़याल करे।

हरीश ने भीतर-ही-भीतर उफनते हुए चाय का प्याला उसकी ओर बढ़ाया लेकिन उसने चाय का प्याला नहीं पकड़ा क्योंकि चाय के प्याले की तरफ़ उसकी बिना रोशनीवाली आँख थी। हरीश को उसका नाम लेकर बुलाना पड़ा। उसने मुस्कराने की कोशिश करते हुए हरीश की ओर देखा और चाय का प्याला पकड़ लिया। हरीश का चेहरा बग़ैर पानी निचुड़े कपड़े की मानिन्द ढीला पड़ गया क्योंकि वह अपनी कह चुका था शायद इसीलिए आश्वस्त था। उसके लिए अब यह क़तई विचारणीय मुद्दा नहीं था कि हरीश उसकी माँग कहाँ से पूरी करेगा।

खोये हुए सम्बोधन

गाड़ी सीटी देकर चल दी—विपिन प्लेटफार्म पर खड़ा उसकी धीरे-धीरे तेज होती रफ़्तार को देखता रहा। 'आउटर सिगनल' से निकलकर गाड़ी का पिछला हिस्सा भी थोड़ी देर में आँखों से ओझल हो गया। उसने सूने प्लेटफार्म पर नज़र डाली—सब ओर सन्नाटा छाया हुआ था। दो-चार सवारियाँ जो गाड़ी से उतरी थीं, जा चुकी थीं और अब गेट से टिकट कलेक्टर भी हट रहा था। विपिन ने गेट की ओर बढ़ना चाहा किन्तु उसके पैरों ने जवाब दे दिया। बहुत शिथिल-सा जैसे वह अर्से से बीमार हो छड़ी टेकता यों ही एक ओर को चल दिया। प्लेटफार्म की पिछली बाउंड्री के पास पड़ी एक बैंच पर वह लगभग गिर ही पड़ा। दूर दिशा के ओझल पर उसे बहुत-से धब्बे उठते दिखाई दिये। सामने प्लेटफार्म के उस पार 'डबल ट्रेक' बिछा हुआ था, निर्व्याज, कोलाहलहीन, विशाल अजगर जैसा। उसके सिर के ऊपर से गुज़रते टेलीफोन के तारों की झनझनाहट उसके ख़ाली मस्तिष्क में अविकल बजती रही। बहुत देर तक वह कुछ ठीक से सोचने-समझने की स्थिति में नहीं लौटा। क़स्बे के स्टेशन का वातावरण उसे एकदम मनहूस लगने लगा।

देर बाद उसे याद आया कि वह राघव को लेने स्टेशन आया था। राघव उसका बड़ा लड़का आज भी नहीं आया। छः मील दूर रेलवे लाइन के किनारे छोटे-से स्टेशन से लगा हुआ उसका गाँव है। ख़त डालने का तो सवाल ही नहीं उठता। उसे आना होता तो आ ही जाता। उसका अपना मन बहुत दुर्बल हो गया है—राघव जब गाँव चला जाता है तो उसे बहुत सूना-सूना लगने लगता है। कई बार राघव का ख़याल करके सोता है तो रात को राघव के विषय में बुरे-बुरे सपने दिखाई देते हैं। रेलवे लाइन पर उसकी दृष्टि स्थिर हो गयी और तिमिराच्छन्न होती दिशाओं की धुँधलाहट उसकी चेतना पर छाती चली गयी। प्लेटफार्म के दूसरे छोर पर शायद किसी भिखारी ने फूस-कूड़ा इकट्ठा करके आग सुलगा ली थी। वातावरण में ठंड बढ़ रही थी। कुहनियाँ बाँधकर उसने अपना सिर बैंच से टिका लिया और आँखें बन्द करके बैठ गया। उसके जीवन की अधिकांश घटनाएँ, इसी छोटे-से क़स्बे के साथ बँधी हैं, माना उसकी जीवन-परिधि का यही स्टेशन केन्द्र

हो। बहुत सालों पहले इसी स्टेशन पर उसकी बारात उतरी थी—गाँव से बहुत-सी बैलगाड़ियाँ और वर-वधू के लिए विशेष रूप से एक रथ आया था। उस उम्र में विवाह के लिए कैसी-कैसी अजीब भावनाएँ थीं उसके मन में। उसे सारी क्रियाएँ एक ख़ूबसूरत नाटक की तरह लगी थीं। वह चाहता था कि सारा क्रम इतनी धीमी गति से चले कि वह देर तक उसका आनन्द लेता रहे। उसकी पत्नी अधिक-से-अधिक चौदह-पन्द्रह वर्ष की रही होगी। उसकी बड़ी-बड़ी आँखें, सुघड़ सलोना चेहरा और साँवली स्वस्थ भरी-भरी उजली देह—आह! क्या दिन थे वे भी। शुरू-शुरू में तो वह उससे बचती ही रही थी किन्तु बाद में संकोच हट जाने पर खिल-खिल करके वह देर तक हँसती रहती थी।

कॉलेज में दाख़िला लेने के बाद भी उसे अपने गाँव की ही याद आती रहती—हॉस्टल के हुड़दंग में शामिल होने के बजाय वह शनिवार के शाम घर जाने की इस तरह तैयारी करता गोया उसे किसी लम्बे सफ़र पर जाना है। वह सब लोगों से छिपकर दोपहरी में बाज़ार जाता और बड़े उत्साह से पत्नी के लिए सौग़ातें लेकर आता—जिनमें सस्ती बिन्दी, टिकुली या हाथी दाँत की माला होती। पैदल-पाँव चलने पर भी उसे गाँव के छः मील कभी मालूम न होते। राजबाहे की पटरी पर पहुँचते ही उसे तसल्ली हो जाती—अभी सूरज गाँव के पीछे ओझल हो रहा होता और ग्वाले गाँव में घुसते दिखाई पड़ते। वह अपने कुरते की जेब में पड़ी पोटली सहेजता और एक मुस्कान उसके चेहरे पर थिरक उठती। वह अपने मुँह पर रगड़कर हाथ फेरता और इन सौग़ातों को छिपे-छिपे अपनी पत्नी को देने के तरीकों का आविष्कार करता।

इसी समय कोई उसके पास से गुज़रा—उसका अतीत गड़बड़ा गया। उसे महसूस हुआ कि टेलीफोन के तारों की झनझन बराबर उसके सिर में बज रही है। शायद उसके सिर के ऊपर से कुछ छोटी चिड़ियाएँ शोर करती निकल गयी—और दूर क़स्बे के गिरजे में सात का घंटा बजा—प्लेटफार्म के उस छोर पर जलती आग भी ठंडी हो गयी। उसने बलपूर्वक उठने की कोशिश की मगर न जाने किस अजानी भावना के वशीभूत होकर फिर बैठ गया और जेबें थपथपाकर माचिस-सिगरेट खोजने लगा। सिगरेट जलाकर उसने पीठ फिर बैंच की तखती से टिका दी।

विवाह के बाद सात वर्षों में तीन बच्चे हो गये और पढ़ाई खत्म करके एक वर्ष बेकारी का भी काट दिया। विवाह के दिनों की रंगीनी और लुका-छिपी का भाव...बड़ा लड़का छः वर्ष का और गाँव में पढ़ाई-लिखाई का नाम नहीं। बीस बीघा ज़मीन के सहारे कितने प्राणी पलते—दो छोटे भाई पढ़ने को—बहन शादी को, अपना परिवार खाने वाला। क्षुब्ध होकर क़स्बे में एक दस रुपये महीने का सड़ियल मकान ले लिया। एक प्रेस में प्रूफरीडरी की, चार ट्यूशन किये और वहीं पत्नी-

बच्चों को लाकर डाल दिया। उसे शुरू में आदमी के मरने का विश्वास नहीं होता था—उसने भीड़ की भीड़ आदमियों की चलती, हँसती-बोलती देखी थी—मरने का क्या सवाल? पर उसने गोल-मटोल, हँसती-गाती विन्ध्या—अपनी पत्नी को अस्वस्थ भोजन और काँटा किलकिल के बीच रोज़-रोज़ सूखते भी देखा। फिर एक साँझ ऐसी भी आयी जब स्तब्ध होकर उसी गाँव के रास्ते पर वह खाल-से चिपटे शव के रूप में विन्ध्या को लेकर लौटा। विन्ध्या के जलाये जाने पर उसे फिर-फिर नये सिरे से आश्चर्य होता और उसकी आँखें पत्थर की तरह सख़्त होकर न जाने कहाँ देखती रहतीं।

बेकार आदमी कब तक शोक मनाये? पिता की आँखों की रोशनी कई आँखों में थी मगर उनकी आँखों की बीनाई पर राख ही चढ़ रही थी। उन्होंने उसे जैसे-जैसे जोड़-तोड़ बिठाकर इलाहाबाद भेज दिया और दाख़िले के रुपये दे दिये! राजनीति में एम.ए. कर ही चुका था। अब 'डिप्लोमेसी' में दाख़िला ले लिया। दो साल पूरे करके जब लौटा तो उसमें पत्नी का शोक दिखाई नहीं पड़ा। उसका चुप्पापन खत्म हो गया था, देर तक बहसें करता रहता था—यद्यपि उसका रहन-सहन बहुत साधारण मालूम पड़ता था मगर वह बहुत ख़र्चीला हो गया था। अच्छी सिगरेट पीता था, क़ीमती खद्दर पहनता था और क़ीमती किताबें खरीदता था। इस बार उसने कई गुने उत्साह से नौकरी की तलाश की। इन्हीं दिनों उसके इतने रिश्ते आने लगे कि उसे कुछ तय करना कठिन हो गया। घरवालों ने उसका विवाह करना बिलकुल मुनासिब समझा और इससे पहले कि उसका कुछ इरादा बन पाये, उसका एक हाईस्कूल पास लड़की से विवाह कर दिया गया। वह अथाह सागर की तरंगों में चक्कर काटनेवाली नाव की तरह था। 'किसी घाट तो लगेगी ही' के भाव से उसने बाप की मर्जी के मुताबिक सब कुछ हो जाने दिया। उसके जीवन में एक बार पुनः मधुर वातावरण की सृष्टि करने का प्रयास किया गया और उसने भी जी-जान से कोशिश की कि उसे पिछला कुछ याद न आये। किन्तु अधिक समय नहीं गुज़रा कि उसे क्षणों के मनकों पर कातर होकर अपने व्यतीत को दुहराना पड़ा। उसकी नवेली बहू ने उसके बच्चों के प्रति ममता का कोई संकेत नहीं दिया। अपनी पत्नी के संलाप के पहले क्षण में ही उसने बच्चों को करुण-भावुक होकर सौंपना चाहा किन्तु उसने ऐसा भाव दिखलाया जैसी उसकी बात किसी छूत की बीमारी से ग्रस्त देह हो जिसक स्पर्श में बेहद घिनौनापन है। उसे अपनी पत्नी की विरक्ति से गहरा दुख हुआ किन्तु उसने स्वयं को समझाने की चेष्टा की। अभी थोड़ी उमर है—उसको ऐसा गम्भीर दायित्व ओढ़ने में समय लगेगा; धीरे-धीरे सब समझ जाएगी। पत्नी की निगाह देखकर उसकी माँ ने बच्चों को अपने पास गाँव में रखना ही बेहतर समझा।

तीसरी बार जब वह अपनी पत्नी को विदा कराने गया तो उसकी पत्नी के बड़े बहनोई पहले से वहाँ डटे हुए थे। जिस समय वह अपनी पत्नी के साथ बस में सवार होने लगा तो वह ठिठककर नीचे ही खड़ी रह गयी और हू-हू करके रोने लगी। उसके साढ़ू ने आगे बढ़कर उसे अपने आलिंगन में ले लिया और उसे कई मिनट तक थपथपाते रहे। वह हक्का-बक्का होकर यह अजीब क्रिया देखता रहा किन्तु उसने स्वयं को समझाया, 'अपना घर छोड़ते समय किसे दुख नहीं होता? फिर वह उसके बड़े बहनोई हैं। इसमें ऐसा अजब क्या है। कुछ गलत सोचना ओछापन है।' अब उसे कॉलेज में प्रवक्ता की नौकरी मिल गयी थी इसलिए वह अपनी पत्नी को सीधा शहर लेकर पहुँच गया। उसे महसूस हुआ कि उसके कॉलेज चले जाने के बाद उसकी पत्नी अकेलापन अनुभव करती है—उसने गाँव से अपने दो बड़े लड़कों को बुला लिया। जब से वह अपनी पत्नी को लेकर आया था तब से एक माह के भीतर पत्नी के नाम साढ़ू साहब के चार पत्र आ चुके थे। डेढ़ माह बीतते-न-बीतते वे स्वयं भी आ पहुँचे। उसका कार्य-क्षेत्र भिन्न था इसलिए उन दोनों में विशेष बातचीत भी नहीं हो सकी—वह हर वक्त उसकी पत्नी के साथ बातचीत करते या चौके में बैठकर उसकी सहायता करते रहते। वह कुछ नहीं समझ सका कि आख़िर यह बात क्या है। उसने देखा कि उसकी पत्नी अपने बहनोई के पत्र असाधारण सतर्कता से छिपाकर रखती है। वह डाकिये से सारे पत्र कॉलेज में ही लेने लगा और जल्दी ही उसे एक ऐसा पत्र मिला जिसमें दो धड़कते दिलों को अलग कर देने की दुहाई और शिकवों की कोई कमी नहीं थी—दुनिया के लिए भी खासी लानत-मलामत थी। हालाँकि साली-बहनोई की पिछली मुलाकात को एक पखवारा भी नहीं गुज़रा था मगर वर्णन से लगता था जैसे भेंट हुए सदियाँ गुज़र गयी हों। उसने क्रोध और अनुपात से काँपकर किन्तु संयत रहने का प्रयत्न करते हुए पत्र पत्नी के हाथ में दे दिया और बोला, "मैं चाहता हूँ आगे से तुम इस तरह के खतों को आना-जाना बन्द कर दो।"

उसकी पत्नी बिफर उठी और उसने क्रोध में उन्मत्त होकर पत्र को बिना पढ़े चीर-चीर करके फेंक दिया। इतना ही नहीं उसने मुँह बिगाड़कर कहा, "ये बन्द नहीं होंगे—मैं कोई आपकी गुलाम और दबैल नहीं हूँ कि आपकी रकता (कुत्ते-बिल्ली की तरह पैदा होनेवाली बहुत-सी सन्तान) का दोजख भरूँ।" सम्भवत: विन्ध्या के मरने से भी जो आघात उसे नहीं लगा था वह आज उसकी कोख से उत्पन्न बच्चों के लिए ये विषाक्त विशेषण सुनकर लगा। उसके हाथों में एक दुर्दमनीय ऐंठन हुई, उसके लोप होते हुए संयम ने उसे सुझाया कि वह अपनी पत्नी का गला मुर्गे की गर्दन की तरह ऐंठकर तोड़ डाले। वह वहाँ खड़ा नहीं रहा। अपने दोनों लड़कों को लेकर बाहर के कमरे में चला गया और उन दोनों बच्चों को स्वयं

से चिपटाकर जीवन में शायद पहली बार एकदम असहाय और संगी-साथी विहीन होकर रोया। इस सारी गुरु गम्भीरता से अनजान बच्चे डरकर उससे बुरी तरह चिपक गये और छोटा लड़का होंठ आगे को निकालकर फुक्का मारकर बिसूरने लगा। उसे बच्चों का आतंक देखकर रह-रहकर रोना आने लगा। उसे अपनी आँसुओं से धुँधली दृष्टि में विन्ध्या तैरती दिखाई देने लगी। न जाने क्यों उसे अपने हतोत्साह होने के सन्दर्भ में विन्ध्या द्वारा कभी कह गये ये शब्द बार-बार याद आने लगे, ''छि: आदमी होकर भी कोई इस तरह रोता है'' और उसकी हिचकी बँध गयी।

आख़िर दोनों बच्चे भय और जड़ता से ऊँघ गये। वह उस शाम और पूरी रात कमरे से बाहर नहीं निकला और सारी रात एक तखत पर पड़ा रहा। सुबह के वक़्त उसकी आँखें लग गयीं और वह देर तक सोता रहा। जब उसकी नींद टूटी तो कॉलेज जाने का समय हो रहा था। उसकी खड़े होने की हिम्मत जवाब दे रही थी और सारा बदन अप्रिय स्थिति की थकान से जकड़ा हुआ था। उसे जाग्रत अवस्था में भी दु:स्वप्न की विभिषिका फैली लग रही थी। उसने जैसे-तैसे उठकर पहला काम यह किया कि एक परिचित को बुलाकर दोनों बच्चों को गाँव भेज दिया और पत्नी के सामने जाकर बहुत तल्ख़ी से बोला, ''बोलो क्या फ़ैसला किया—मैं घर में आग दूँ या तुम्हीं अपना मुँह काला करोगी?'' पत्नी—नहीं लगता था कि उनमें पति-पत्नी का नाम का कोई समबन्ध बाकी है—ने अत्यन्त घृणा से उसकी ओर देखा और मुँह घुमाकर अपने कार्य में लग गयी। उसे इतने दुख में भी यह जानकर आश्चर्य हुआ कि वह अपने सब कपड़े-लत्ते बाँधकर बरांडे में रख चुकी है।

छुट्टी की दरख़्वास्त देकर भी वह कॉलेज से लौटा नहीं—तीसरे पहर तक अपने डिपार्टमेंट में बैठा रहा। शाम को जब घर लौटा तब भी उसकी आशा कहीं-न-कहीं जीवित थी—पत्नी उसे यों सहसा छोड़कर नहीं जा सकतीं, मगर घर की साँकल बाहर से बन्द थी। साँकल हटाकर जब वह मकान में घुसा तो चारों तरफ़ सन्नाटा व्याप्त था तथा घर की चीज़ें इस तरह बिखरी पड़ी थीं जैसे एक भयंकर तूफान आया हो। उसे बहुत देर तक कुछ नहीं सूझा। वह बिखरे सामान के बीच एक पीढ़े पर बैठा कुछ सोचने लगा। उसने सारी स्थिति को समझने की कोशिश की किन्तु उसके थके हुए मस्तिष्क ने कुछ भी सोचने से इन्कार कर दिया। बुरी-से-बुरी घटना बीत जाने पर भी शायद आदमी राहत की साँस लेता है। ऐसी ही एक साँस लेकर वह घर से बाहर निकलकर सड़क पर आ गया। गली में रोज़ जैसी रौनक थी, वैद्यजी के चबूतरे के निकट चाटवाला अपना ठेला लिये खड़ा था और व्यस्तता से मोहल्ले की लड़कियों-बहुओं और बच्चों को चाट के पत्ते बना-बनाकर दे रहा था। मकान के किवाड़ों को यों ही उढ़काकर वह निकल गया और ढाबे जैसे रेस्तराँ में

पहुँचकर चाय पीने बैठ गया। जब वह घर लौटा तो एक दियासलाई लेता आया। अँधेरे में कई सलाइयाँ फूँककर उसने लालटेन जलायी ओर सहन में जाकर, खड़ी चारपाई को बिछाकर पड़ रहा।

अतीत की घुटन से घबराकर उसने अपनी आँखें खोल दीं। सामने पटरी पर मालगाड़ी के डिब्बे शंटिंग कर रहे थे। उसकी दृष्टि सामने फैले आकाश पर गयी। सारे आसमान पर तारों का जाल बिछा हुआ था। पिछली तरफ़ से टिटहरी की चीख सुनाई पड़ रही थीं और रेलवे कॉलोनी में धीमी बत्तियाँ टिमटिमाने लगी थीं। रेलवे प्लेटफार्म पर दूर-दूर लगे लैम्प पोस्टों में चुंधे से लैम्प जल रहे थे जिनके नीचे प्रकाश का बहुत हल्का-सा दायरा बनता था। उसे इस बात पर ताज्जुब हुआ कि पीछे की तरफ़ बसी रेलवे कॉलोनी में ग़ालिबन हर मकान में बिजली की व्यवस्था थी और रेलवे स्टेशन पर तथा स्टेशन मास्टर के कमरे में अब भी बाबा आदम के जमाने के लैम्प जल रहे थे। स्टेशन के पीले रुग्ण प्रकाश में एक अजीब-सा रहस्यात्मक वातावरण बन रहा था। रेलवे लाइन दिखाई देनी बन्द हो गयी थी। स्टेशन के दोनों ओर कुछ दूर पर नीली-लाल आँखोंवाले सिगनल दैत्यों की तरह खड़े थे। उसके पाँव नीचे से सुन्न हो गये थे। उसने ठंड से जकड़े गले को कोट का कालर खड़ा करके ढँक लिया और दूरान्त तक पिघली हुई कालिमा में आँखें गड़ाये कुछ खोजता रहा। टेलीफोन के तारों की झनझनाहट अब भी जारी थी। उनकी एकरस झनझन सुनते हुए फिर वह न जाने कहाँ जा पहुँचा।

कुछ दिनों बाद उसने मकान छोड़ दिया और गृहस्थी का सामान गाँव में भेजकर ख़ुद हॉस्टल में जाकर रहने लगा। अगले सेशन में बड़े लड़के को शहर में ही दाख़िला दिला दिया। धीरे-धीरे दिनों के गुज़रने के साथ वह भूलता चला गया कि दुनिया में क्या-क्या आकर्षण है। पत्नी को गये हुए छह वर्ष होने आते हैं—इस बीच बिना किसी झंझट के तलाक हो चुका है। पत्नी—अब उसे पत्नी क्यों कहा जाए—'विलेज लेविल वर्कर' की नौकरी करती है तथा अपने बहनोई के यहाँ ही बनी रहती है। कभी-कभी यों ही अनचाहे भी उसको लेकर कुछ अप्रिय बातें सुनने में आती रहती हैं। हालाँकि तटस्थ रहना और वह भी पत्नी को लेकर बहुत कठिन बात है मगर वह उस तरफ़ से बहरा बना रहना चाहता है। अब वह गाँव भी ज़्यादा नहीं जाता—लोग वहाँ उसको देखकर कनखियों में फ़ब्तियाँ कसते हैं या झूठ-मूठ दया और सहानुभूति दिखाना चाहते हैं। पत्नी के चले जाने पर कुछ दिनों तक कॉलेज में भी वह लड़के-लड़कियों के लिए चर्चा का विषय बना था किन्तु उसके ठंडेपन और निस्पृहता ने शोर को जल्दी ही विरक्ति के दृष्टिकोण में बदल दिया। छोटे भाइयों ने पढ़-लिखकर नौकरियाँ कर ली हैं और छोटे बच्चे उन्हीं लोगों के पास हैं। उसे अपने विषय में कुछ अधिक नहीं सोचना पड़ता मगर उसे देखकर

शायद लोग यही ख़याल करते हैं कि वह ज़िन्दगी को एक बोझ की तरह ढो रहा है जिसे उतार फेंकने का अभी वक्त नहीं आया और मज़ा यह है कि मार्च में वह अपनी आयु के छत्तीस वर्ष पूरे करेगा। उसकी उँगलियों में कम्पन हुआ—उसने गिना अभी मार्च बीतने में ढाई महीने बाकी हैं। उसे लगा जैसे वह इस पृथ्वी पर हजारों साल से अभिशप्त होकर चक्कर काट रहा है—उसे प्रत्येक सत्य और वस्तु बहुत पुरानी मालूम पड़ने लगी। किसी ओर से भी सान्त्वना का—उसके अस्तित्व को स्वीकारने का प्रश्न नहीं उठता। उसे क्लास-रूम में कभी-कभी अपनी आवाज़ इतनी खोखली लगती है कि वह सिहर उठता है—एक क्षण ठहरता है और फिर किसी सन्धि या कूटनीति के सूत्र को किताबी भाषा में दोहराने लगता है। अपने कार्य में प्रति उसका रस न जाने कब का मर चुका है। यद्यपि उसे अब छह सौ रुपया प्रति माह मिलता है और क़स्बे में उतना अधिक खर्च भी नहीं है किन्तु उसके पास केवल दो-तीन जोड़ी कुर्ते-पायजामे हैं जिन्हें वह अपने हाथ से धोता है और बिना प्रेस के सलवटों भरे कपड़े क्लास में पहनकर चला जाता है। सुबह को नंगे पाँव ही घूमने निकल जाता है—प्रिंसिपल ने उसे कई बार बुलाकर समझाया भी है किन्तु उसके द्वारा कैसी भी प्रतिक्रिया व्यक्त न करने पर वह चुप हो गये हैं। ऐसी रिक्ति और तटस्थता को लेकर वह जीता चला जाता है—व्यक्तिगत स्तर पर अब कोई उसका मित्र और बन्धु नहीं है। पैंतीस-छत्तीस की उम्र में इतना अलगाव लेकर वह जीवित है—अब यह भी अहसास उसे नहीं होता।

उसके आस-पास कुछ हलचल हुई—सहसा उसने गर्दन उठाकर देखा, कुछ लोग इधर-उधर आ-जा रहे थे और रेलवे लाइन का टुकड़ा जिसे स्टेशन के बरांडे में लोहे की तारों की रस्सी से बाँधकर लटकाया हुआ था—कोई टुनटुना रहा था। उसे अचम्भा हुआ—अँय! नौ बज गये—गाड़ी आ रही है। उसने दोनों हाथ से छड़ी को कसकर पकड़ा और बल लगाकर उठ खड़ा हुआ। उसने ज्यों ही पाँव आगे बढ़ाये उसे लगा कि पाँव लुप्त हो गये हैं। पाँवों में ऊपर तक चींटियाँ रेंग रही थीं। उसके मस्तिष्क में उसके बेटे राघव की तसवीर उभरी। किन्तु तत्काल ही उसने सोचा राघव अब नहीं आएगा—गाड़ी तो दूसरी तरफ़ से आ रही है। और वह लँगड़ाकर छड़ी टेकता हुआ चल दिया। गेट से बाहर निकलकर उसने उस छोटे-से स्टेशन पर फिर एक नज़र डाली। गाड़ी आ रही थी—थोड़े-से पैसेंजर प्लेटफार्म पर आगे को सरकते हुए किनारे पर पहुँच रहे थे। उसे लगा जैसे सारा स्टेशन एक अभिशप्त इमारत है और युगों से वहाँ भटकनेवाली वह स्वयं एक प्रेतात्मा है। इस सन्दर्भ में उसे अपना नाम याद आया—विपिन क्या नाम है? विपिन यानी घोर जंगल, जंगल का सन्नाटा, एक मनहूसियत भरा एकाकीपन और दूसरी व्याख्या याद आयी—विपिन नहीं विपन्न, अत्यन्त विपन्न, बेसहारा, एकम अवांछित और उसके

मन में पहली पत्नी विन्ध्या की अगणित यादें तैरने लगीं। विन्ध्या के साथ ही उसे राघव का ख़याल फिर आया—राघव उसकी पत्नी की पहली धरोहर! उसे राघव से शिकायत हुई—ज्यों-ज्यों बड़ा होता जा रहा है मुझे भूल रहा है तभी तो आया नहीं। मुझे इतने दिनों से स्टेशन आना पड़ रहा है। उसने मन-ही-मन हिसाब लगाकर देखा तो उसे आश्चर्य हुआ कि अभी राघव को गये कुल जमा पाँच दिन हुए हैं, और वह उसे देखने हर रोज़ आ रहा है। दूसरी गाड़ी स्टेशन पर आकर खड़ी हो गयी। डिब्बों में थोड़े-से मुसाफ़िर थे—कुछ लोग उतरकर गेट की तरफ़ जाने लगे और स्टेशन के बाहर पनवाड़ी की दुकान करनेवाला आदमी अपनी लकड़ी की ट्रे गले में लटकाये लौटता दिखाई पड़ा। गाड़ी ने सीटी दी तो वह छड़ी पर हुमकता हुआ स्टेशन की सीढ़ियाँ उतरने लगा। दो-तीन इक्के और रिक्शे खड़े थे—रिक्शेवालों ने उसे घेरा भी मगर वह रुका नहीं और मोड़ पर ठहरकर उसने एक सिगरेट सुलगायी और अँधेरी ऊबड़-खाबड़ सड़क पर खोया हुआ-सा चलने लगा। रिक्शे-इक्के उसे पीछे छोड़कर गुज़र गये और वह घने पेड़ों के पार से आ रही धुँधली रोशनी पर नज़र गड़ाये चलने लगा।

उजरत

कठपुले पर भूषण और वेदव्रत ग्यारह बजे तक खड़े रहे, पर पुताई करनेवाला कोई मजदूर उन्हें दिखाई नहीं दिया। यों आजकल पुताई वग़ैरह कराने का मौसम भी नहीं था। शायद इसीलिए पुताई करने वाला कोई आदमी उधर नहीं आया। परसों प्रान्तीय ख्याति के एक नेता पधारने वाले थे और उनको दफ़्तर में ही ठहराना था। दफ़्तर की वर्तमान स्थिति भयावह थी। यह जगह पचीस-तीस बरसों तक सराय रह चुकी थी, और इस बीच सम्भवतः उसकी पुताई-सफाई एक दफ़ा भी नहीं हुई थी। दीवारें धुएँ से बुरी तरह रच गयी थीं और उपयुक्त सफाई के बग़ैर वहाँ किसी लीडर को ठहराना नामुनासिब मालूम होता था।

दल के स्थानीय सचिव अब्बास अली अपने दोनों सहायकों से कह गये थे कि आज दफ़्तर की पुताई कराकर फ़र्श धुलवा लीजिए, परसों तक सूख जाएगा। कामरेड यहीं ठहरेंगे। एक-दो मीटिंगें भी होंगी। जब कोई मजदूर नज़र नहीं आया, तो भूषण ने चिन्ता व्यक्त की, ''यार, आधा दिन तो यहाँ खड़े-खड़े बीत गया। कॉलेज अलग छूटा और लगता है, पुताई का काम भी टल गया। साथी अब्बास अली क्या सोचेंगे—इन लोगों ने इतना मामूली-सा काम भी सरंजाम नहीं दिया।''

वेदव्रत ने हुंकारी भरकर कहा, ''हाँ, हुई तो पोच बात, मगर ऐसी परिस्थिति में आख़िर किया भी क्या जाए? अली भाई ने यही तो कहा था कि कठपुले पर आदमी मिल जाएगा। अब यहाँ की हालत तुम देख ही चुके। हो सकता है, हमें यहाँ पहुँचने में देर हो गयी हो। चलो, अब छोड़ो, कल देखा जाएगा।''

पर भूषण इतनी आसानी से पराजय स्वीकार करने को तैयार नहीं था। उसने हँसने की कोशिश की और कहने लगा, ''क्या इतना-सा काम हम लोग नहीं कर सकते? जब मैं आठवीं में पढ़ता था, तो मैंने एक बार माताजी के साथ लगकर सारे घर में सफ़ेदी की थी।'' अपनी बात की सत्यता प्रमाणित करने के लिए उसने इतना और जोड़ दिया, ''अच्छा, तुम्हीं बताओ, पहले कोई मजदूरों से सफ़ेदी कराने का रिवाज़ था? घर के सब लोग मिल-जुलकर इन कामों को निपटा लिया करते थे।''

वेदव्रत ने इसे मज़ाक़ में टालने की कोशिश की। दरअसल उसका कोई घर-

परिवार नहीं था। वह अलमोड़ा के पास कहीं देहात का रहनेवाला था। माँ-बाप बहुत पहले मर चुके थे। शहर में किसी के साथ चला आया था। कई घरों में नौकर और होटल-ढाबों में 'छोकरा' रह चुका था। पता नहीं किस संस्कार ने उसमें पढ़ाई की रुचि पैदा की कि गिरते-पड़ते बी.ए. पास कर गया और अब स्थानीय महाविद्यालय में एम.ए. राजनीति का छात्र था। शहर की एक बीहड़-सी बस्ती में दस रुपये माहवार की कोठरी किराये पर लेकर रहता था और दो-तीन ट्यूशनों पर उच्च शिक्षा के जंगी जहाज को किनारे पर लाने की कोशिश में जी-जान से जुटा था।

भूषण ने उसका पिंड नहीं छोड़ा, तो गम्भीर होकर बोला, "हाँ, इसमें एक एडवेंचर तो है। जाड़े के मौसम में उस भूत सराय को पोतो। शाम को नहाओ। जनवरी का महीना है। साफ निमोनिया हुआ रखा है। देख लेना, अली को ख़बर भी नहीं होगी। हम-तुम निमोनिए से 'टें' बोल जाएँगे।"

भूषण उत्तेजित हो उठा, "क्या बात करते हो, वेद भाई। ज़्यादा-से-ज्यादा चार घंटे का काम है। ग्यारह हुए हैं। चार-साढ़े चार बजे तक सब काम खत्म समझो।"

वेदव्रत अब गहरी चिन्ता में पड़ गया। इस पुताई के चक्कर में उसके ट्यूशन गये, पढ़ाई गयी, और अब सफ़ेदी का बोझ भी सिर पड़ने की नौबत आ गयी। उसने नरमी से कहा, "भूषण अजीब अहमक हो! मेरे भाई, सफ़ेदी लानी पड़ेगी। उसे भिगोना पड़ेगा। फिर कूँची, ब्रुश वग़ैरह चाहिए। तुम इस चकल्लस को आज रहने ही दो, कल देखेंगे।"

भूषण ने अन्तिम बार वेदव्रत को उकसाने की कोशिश की, "बस्स, हो गया 'क्लासलेस सुसाइटी' का अरमान पूरा। मज़दूर को तुम अपने से उसी तरह अलग समझते हो, जैसे दकियानूसी पाखंडी धर्म-धर्म चिल्लाता है, लेकिन अछूत को आदमी ख़याल नहीं करता। तुम क्या यह समझते हो, पुताई करनेवाला मजूर ख़ुदा के घर से ख़ासतौर पर तैयार होकर आता है? किताबें पढ़कर हम सब यही बनते हैं। तुम्हारी ख़ता भी क्या है! कुछ लोगों पर हम पुताई थोप देते हैं, कुछ पर मैले की सफ़ाई। लेकिन वेद भाई, आदमी पर कोई बिल्ला नहीं लगा है कि बस साहब, यही आदमी छोटे कामों में खटेगा।"

वेदव्रत ने भूषण का चेहरा हैरानी से देखा। पता नहीं वह भूषण के तर्क से प्रभावित हुआ था, या इरादे से। बोला, "अच्छा दोस्त, तुम आज शहादत के मूड में हो, कुछ करके रहोगे। चलो, आज यह भी कर देखते हैं, पर एक बात पहले से कहे देता हूँ—मुझे कूँची पकड़नी भी नहीं आती।"

भूषण ने उसे दिलासा दिया, "इसमें एक्सपर्ट होने की कोई ख़ास दरकार भी नहीं है।"

भूषण वेदव्रत को अपने साथ घर ले गया। दोनों ने जल्दी-जल्दी खाना खाया और बाल्टी, बोरी लेकर घर से निकल गये। बाज़ार से चूना और दो कूँचियाँ खरीदकर रिक्शा पर रखवायी और दफ़्तर पहुँच गये। भूषण ने दफ़्तर की बड़ी बाल्टी में चूना भिगोया, तो पानी पड़ते ही चूने से भाप और कड़-कड़ की आवाज़ें उठने लगीं। भूषण जानकार के अन्दाज़ में बोला, "चूना एकदम उम्दा है। आधा घंटे में तैयार हो जाएगा। तुम जेब से बीड़ी निकालो, इतनी देर में दम मारे लेते हैं।"

वेदव्रत ने बीड़ी का बंडल निकालकर एक बीड़ी भूषण को दी और एक अपने दाँतों में भींच ली। वेदव्रत बीड़ी जला चुका, तो भूषण ने उसके हाथ से माचिस ली और बीड़ी को उँगलियों में हुक्के की नली की तरह फँसाकर सुलगाने लगा। मुट्ठी बाँधकर बीड़ी पीने से उसे खाँसी आने लगी। जब वह लगातार खों-खों करता रहा, तो वेदव्रत खीझकर बोला, "भूषण, तुम्हें बीड़ी पीने की तमीज़ नहीं है, बेकार में 'वेस्ट' करते हो। अब ये बीड़ी बार-बार बुझेगी और तुम इसी एक बीड़ी को जलाने के सिलसिले में सारी माचिस खत्म कर दोगे।" वास्तव में भूषण को बीड़ी की लत भी थी नहीं। वह वेदव्रत को पीते देखकर या यों ही शौकिया कभी-कभार सुलगा लेता था। उसने खाँसते और हँसते हुए जवाब दिया, "ठीक है, मुझे बीड़ी पीने की तमीज नहीं है। फिर तुम ढंग की चीज़ सिगरेट क्यों नहीं पीते—यह भी कोई पीने की चीज़ है?"

लम्बे वक्त से तकलीफ़ों में रहने के कारण वेदव्रत का दृष्टिकोण गम्भीर हो गया था। वह भूषण की तरह आँखें छोटी करके बोला, "स्मोकिंग इज शीयर वेस्ट (धूम्रपान अपव्यय है)।"

"सिगरेट पीना भी अपव्यय है और बीड़ी पीना भी, तो फिर सिगरेट ही बेहतर है।"

भूषण की बीड़ी अब तक बुझ चुकी थी। उसने बीड़ी मसलकर फ़र्श पर फेंक दी और चूने का जायजा लेने लगा। वेदव्रत फ़ुर्सत में बैठा आराम से बीड़ी के कश खींचता रहा। जब वह कश खींचता था, तो उसके चेहरे और मस्तक पर झुर्रियाँ पड़ जाती थीं। बचपन से लेकर आज तक कष्टों में रहने की कहानी उसके चेहरे पर साफ-साफ लिखी थी।

एकाएक भूषण ने मेज़ पर रखे ताले को उठाया और उसे दरवाज़े पर लगाने चल दिया। जब बाहर निकलकर वह ताला लगा चुका, तो चिल्लाकर बोला, "कामरेड, जरा उधर का दरवाज़ा खोलना।"

वेदव्रत ने दफ़्तर का दूसरा द्वार खोलकर प्रश्नसूचक दृष्टि से भूषण का चेहरा देखा। भूषण राज़ के स्वर में बोला, "अब कोई आ भी जाए, तो उसे पता नहीं चलेगा कि हम-तुम पुताई कर रहे हैं। बाहर से ताला लग ही गया है। दूसरा

दरवाज़ा हम अन्दर से भेड़ लेंगे। हो गया ना फिट काम?''

भूषण की बात उसे अटपटी लगी, तो हैरानी से पूछने लगा, ''इसमें क्या बात है? कोई आ भी जाए, तो क्या फ़र्क पड़ता है। कोई आता है, तो आने दो।''

''इतना भी नहीं समझते। नीचे सब तरफ़ दुकानें-ही-दुकानें हैं। किसी ने देख लिया, तो कहेगा—कामरेड ख़ुद ही सफ़ेदी कर रहे हैं।''

''एकदम बकवास बात है।'' वेदव्रत चिढ़कर बोला ओर कमरे में चला गया। भूषण ने दरवाज़ा बन्द कर चूने की स्थिति देखी-परखी ओर घर से लायी बाल्टी में चूना डालने लगा। वेदव्रत ने जाज़िम, किताबें और दीगर सामान बटोरकर सहन में रख दिया। जब वह मेज़ कमरे से बाहर निकाल रहा था, तो भूषण बोला, ''धत्तेरे की, वेद भाई, ग़ज़ब हो गया। सीढ़ी की बात तो दिमाग में आयी ही नहीं, अब सफ़ेदी क्या ख़ाक होगी?''

वेदव्रत मेज़ निकालते-निकालते रुक गया। उसने मेज़ से अलग हटकर कहा, ''अभी क्या है, देखना क्या-क्या याद आता है? और हाँ, मियाँ पुताईगर, एक बाल्टी से कैसे काम चलेगा? क्या चूनेवाली बाल्टी को भी इधर-से-उधर घसीटते घूमोगे?''

भूषण खिन्न होकर बोला, ''पहले धीरज से सोचना था। जल्दी में कुछ ख़ास चीज़ें रह गयीं।'' फिर स्वयं को आश्वस्त करते हुए बोला, ''चलो, अब कुछ-न-कुछ उपाय तो करना पड़ेगा।'' तुम बाल्टी ले लो, मैं पाख़ाने से बड़ा डिब्बा उठाए लाता हूँ। मैं कमरे की पुताई में जुटता हूँ, तुम रसोई में लगो।''

डिब्बे में चूना भरते-भरते भूषण को सहसा कुछ याद आया। उसने ताख़ पर से चाभी उठायी और बाहर की ओर लपक गया। उसके यों चले जाने की तुक वेदव्रत की समझ में नहीं आयी। उसने कन्धे उचकाए और बाल्टी उठाकर रसोई पोतने चला गया। शुरू-शुरू में उसकी कूँची से सारा चूना फ़र्श पर फैलने लगा। चूने की बाल्टी में झटक-झटककर उसने कूँची दीवारों पर घुमायी, तो कुछ अन्तर पड़ा। उसका दाहिना हाथ बहुत जल्दी थक गया और कुर्ते की आस्तीनें चूने से सराबोर हो गयीं।

जब भूषण लौटकर आया, तो उसने देखा कि वेदव्रत कुर्ता-पजामा उतारे खाली कच्छे में नंग-धडंग खड़ा पुताई कर रहा है। भूषण उसे इस हालत में देखकर बेसाख़्ता हँसने लगा। हँसी थमने पर बोला, ''वाह, क्या धज है मेरे भोले की! जनाब फरमा रहे थे, किवाड़ क्यों बन्द करते हो। इस हालत में तुम्हें कोई ताड़का बने देखता, तो क्या कहता?'' और उसने हाथ में ली हुई पुड़िया बाल्टी में छोड़ दी और तेल की शीशी फ़र्श पर रख दी। बाल्टी में कूँची घुमाते हुए बोला, ''नील के बिना सफ़ेदी में चमक नहीं आती। पहले से यह पता होता कि हमें ही करना है, तो

बाकायदा नीला थोथा पकाया जाता।'' इसके बाद उसने दीवार पर सरसरी नज़र डाली और कहने लगा, ''इस दीवार पर दोबारा हाथ मारने पड़ेंगे।''

भूषण ने भी कुर्ता-पजामा और सदरी उतारकर सहन की खूँटी पर टाँग दी और हाथ-पैरों पर तेल चुपड़ने लगा। वेदव्रत को भी तेल लगाने की सलाह देते हुए बोला, ''हाथ-पैरों की हत्या हो जाएगी। पहले तेल मलो। साली पुताई के भी सौ नखरे हैं।'' लेकिन वेदव्रत ने उसकी सलाह पर कोई ध्यान नहीं दिया, वह बदस्तूर पुताई में जुटा रहा। भूषण ने कमरे के दरवाज़े में अटकी मेज़ कमरे के बीचों बीच खींच ली और उस पर कुर्सी रखकर कमरे की छत पोतने लगा।

बाल्टी, टम्बलर और मेज-कुर्सियों की उठा-पटक करते-करते दोनों हल्कान हो गये। पुती हुई छतें और दीवारें अभी भी बेपुती दिखलाई पड़ रही थीं। हाँ, वे पानी से भीगी हुई अलबत्ता लग रही थीं। इस पुताई अभियान के आरम्भ में भूषण चाहे जितना उत्साह दिखला रहा था, पर पुताई खत्म करते-करते उस पर बुरी तरह पस्ती छा गयी। वेदव्रत को उसकी उत्साहहीनता का पता न चले, इसलिए हँसते हुए कहने लगा, ''मेरा ख़याल है, सूखने के बाद कलई खिल जाएगी।'' वेदव्रत ने बुरा-सा मुँह बनाया। बोला, ''क्या पता कलई खिल जाएगी या कलई खुल जाएगी।''

इस लस्टम-पस्टम ढंग की पुताई ने शाम के सात बजा दिये। कमरा रसोई और सहन तो फिर भी हो गये, पाख़ाने-गुसलख़ाने का नम्बर नहीं आ पाया। भूषण को चूना लेते वक्त सही अन्दाज़ नहीं हो पाया था और वह ज़रूरत के मुताबिक सामान नहीं ला सका था। इसके लावा पुताई बहुत फीकी हुई थीं, क्योंकि चूने में बार-बार पानी मिलाया जाता रहा था। दोनों के कच्छे, हाथ-पैर, गर्दन और सिर चूने की छीटों से सराबोर हो गये थे। सर्दी अलग गज़ब ढा रही थी। वेदव्रत को लगातार छींके आने लगी थीं और दोनों की इतनी दुर्गति हो चुकी थी कि फ़ौरन बाहर भी नहीं निकल सकते थे।

छतों और दीवारों पर बल्ब की रोशनी अजीब आकृतियाँ बना रही थी। सफ़ेद और कालौंस की मिश्रित तसवीरों पर निगाह डालकर भूषण निर्णयक स्वर में बोला, ''मेरा ख़याल है, अब इस पुताई को इसके हाल पर छोड़ो और तत्काल चल दो। गुसलख़ाना, पाखाना रह गया। रह जाने दो, उसे कौन देखता है! मतलब तो इस भूतवासे को 'डिसइन्फैक्ट' करने से था। वह तो हो ही गया। तुम चटपट हाथ-पैर धोओ। जब तक तुम कपड़े पहनोगे, मैं भी नहा डालूँगा।''

वेदव्रत ने खूँटी से अपना बनियान खींचा और हाथ पोंछ डाले। कुर्ते से बीड़ी का बंडल निकालकर बीड़ी सुलगा ली और सुस्ताने लगा। उसे ठंड से काँपते हुए देखकर भूषण बोला, ''अच्छा, तुम बीड़ी पी लो, तब तक मैं नहा लूँ।''

कुछ मिनट बाद भूषण गीले कच्छे में बाहर निकला और सहन में टँगे कुर्ते-पाजामे को लेकर फिर गुसलख़ाने में घुस गया। वेदव्रत ने देखा कि नहाने के बावजूद चूने के दाग भूषण की सारी देह पर फैले हुए हैं और सिर के बाल बुरी तरह चिकटे हुए हैं। वह समझ गया कि यह कमाल बदन पर तेल चुपड़ लेने की वज़ह से हुआ है। वेदव्रत ने नहाने का इरादा छोड़ दिया और केवल हाथ-मुँह धोकर बाथरूम से बाहर आ गया। उसने अपने बनियान से हाथ-पाँव, मुँह-सिर वग़ैरह रगड़-रगड़कर पोंछे और खूँटी से कुर्ता उतारकर गले में डालने लगा। न जाने कैसे,क्या हुआ कि वेदव्रत का कुर्ता गर्दन के पास से एकदम झिर्र हो गया और फटे हुए हिस्से से सिर बाहर निकल आया। उसे इस हालत में देखकर भूषण बेसाख़्ता हँसने लगा। वेदव्रत ने आहिस्ता से कुर्ता किसी तरह सिर के बाहर किया और उसे मायूसी से उलट-पुलटकर देखने लगा। बनियान गीला, मैला था और उसे पहनना भी सम्भव नहीं रह गया था। भूषण ने अपनी सदरी उतार दी और बोला, ''लो यार, इसे कुर्ते के ऊपर पहनकर काम चलाओ। जाड़े और भूख से दम निकला जा रहा है।''

वेदव्रत ने खिन्न होकर कुर्ते को किसी तरह शरीर पर फँसाकर सदरी पहनी और दोनों दफ़्तर से बाहर हो गये। भूषण ने एक दरवाज़े का ताला खोलकर दूसरे पर लगाया और जीना उतरकर नीचे सड़क पर आ गये। अनाज की मंडी से बाहर निकलकर भूषण ने देखा कि कोने के हलवाई की दुकान पर गर्म जलेबियाँ तैयार हैं। उसने वेदव्रत की ओर देखा, वह निर्विकार भाव से सिर झुकाए ज़मीन की ओर देखता आगे बढ़ रहा था। सदरी की दोनों जेबों में उसके हाथ थे और कन्धे एकदम झुके हुए थे। सहसा भूषण ने उसक कन्धे पर हाथ रखकर कहा, ''सुनो, भूख तो तुम्हें भी लग रही होगी। चलो, कुछ खा लेते हैं।'' वेदव्रत अपने आपमें डूबा हुआ था। उसने कोई उत्तर नहीं दिया। भूषण आगे बढ़कर हलवाई के चबूतरे पर चढ़ गया। उसने एक पाव जलेबयाँ तुलवा लीं। जलेबियाँ लेकर वह नीचे सड़क पर आया और दोना वेदव्रत की ओर बढ़ाकर बोला, ''लो, खाओ।''

वेदव्रत ने एक जलेबी उठा ली और धीरे-धीरे खाने लगा। जलेबियाँ खत्म होने के बाद भूषण बोला, ''दो-दो समोसे और खाए जाएँ।'' खाने-पीने से निवृत्त होकर भूषण ने जेब में हाथ डाले, मगर पैसे नदारद। एक क्षण के लिए वह गड़बड़ा गया, पर अगले पल उसे याद आ गया कि पैसे सदरी की जेब में हैं। वह बोला, ''वेद भाई, सदरी की भीतरवाली जेब में रुपये पड़े हैं। देना ज़रा।'' वेदव्रत ने जेब में हाथ डालकर दस और पाँच के नोट निकाले और भूषण की ओर बढ़ा दिये। हलवाई को पैसे देकर बाकी रुपये भूषण ने अपने कुर्ते की जेब में डाल लिये।

दोनों सड़क पर चुपचाप आगे बढ़ते रहे। ठंड बहुत बढ़ गयी थी। वेदव्रत ने कहा, ''भूषण, तुम भी मेरे कमरे पर चलो, वहाँ चाय बनाएँगे, तभी ठंड खत्म

होगी। अब तो बस जान ही निकल रही है।'' भूषण ने स्वीकृति में सिर हिलाया और खादी आश्रमवाली गली में मुड़ गया। वह खादी की दुकान के सामने जाकर खड़ा हो गया। महाशयजी थान, कम्बल वग़ैरह उठवाकर अन्दर रखवा रहे थे। उन्होंने भूषण और वेदव्रत को देखा, तो मुस्कराकर बोले, ''कहिए लीडराने वतन, आज तो बहुत दिनों बाद दिखाई पड़े। क्या सेवा करूँ? आप लोगों ने बड़ा हंगामा मचा रखा है। श्रीमानजी, हमारे बुनकरों को तो बख़्श ही दीजिए।''

भूषण हँसकर बोला, ''बुनकरों की बात तो बाद में होगी, पहले एक कुर्ता निकालिए।'' महाशयजी ने दुकान के आगे निकले लकड़ी के पटरे पर उन्हें बिठा लिया और अपने सहायक को कुर्ते निकालने का आदेश देकर इधर-उधर की राजनीतिक चर्चा करने लगे। दस-बारह लम्बे ढीले-ढाले कुर्तों में से भूषण ने एक चुना और जेब से दस रुपये का नोट निकालकर महाशयजी को दे दिया।'' कुर्ते के पाँच रुपये अट्ठासी पैसे काटकर बाकी रुपये महाशयजी ने भूषण को दिये और कुर्ते उठवाकर भीतर अलमारियों में रखवाने लगे। जब भूषण और वेदव्रत चलने लगे, तो महाशयजी बोले, ''पर्ची तो लिये जाइए।''

भूषण बोला, ''आप अपने पास ही रखिए। हमें इसकी दरकार नहीं है।''

महाशयजी ने भी हँसकर व्यंग्य किया, ''हाँ, कामरेडों को इसकी क्या दरकार, उनका तो सब काम ऐसे ही चलता है।'' एकाएक वेदव्रत थमककर खड़ा हो गया। भूषण ने उसके तेवर देखे, तो उसे आगे की तरफ़ ठेलते हुए बोला, ''यार वेदव्रत, बस तुम भी एक ही चीज़ हो। इसमें यों बिगड़ने को क्या है। कम-से-कम मज़ाक तो समझा करो।''

वेदव्रत ने महाशयजी से तो कुछ नहीं कहा, पर भूषण से बोला, ''मुझे इस क़िस्म का मखौल पसन्द नहीं। वह हमारी 'इंटेगेरिटी' पर चोट कर गया।''

''उसके चोट करने से क्या होता है?''

''होता क्यों नहीं! वह इस बात का प्रचार हजार जगह करेगा कि हम लोग पार्टी के पैसे से अपनी ज़रूरियात का सामान ख़रीदते हैं।''

''आपका दिमाग़ ठिकाने नहीं है। उसको क्या सपना आता है कि हम किस पैसे से क्या ख़रीदते हैं?''

वेदव्रत बोला, ''कुछ भी हो, मुझे यह बात पसन्द नहीं है।'' वेदव्रत का चेहरा तमतमाया हुआ था और वह एकदम खोया हुआ चल रहा था।

वेदव्रत ने अपने कमरे का ताला खोलकर लालटेन जलायी और ज़मीन पर फैले बिस्तर को झाड़कर ठीक-ठाक किया। भूषण रजाई में घुसते हुए बोला, ''गरमागरम चाय के बिना अब निस्तार नहीं होगा।''

वेदव्रत ने स्टोव जलाकर चाय का पानी चढ़ा दिया और मेज़ पर पड़ी ख़रीज

लेकर बाहर निकल गया। जब तक वह डबलरोटी लेकर लौटा, चाय का पानी उबल चुका था। उसने दो गिलासों में बग़ैर दूध की चाय ढाली और एक गिलास भूषण की ओर बढ़ा दिया। डबलरोटी का काग़ज़ फाड़कर अख़बार पर उसे उलट दिया और रजाई पर रखते हुए बोला, "लो, खाओ।"

भूषण और वह चुपचाप चाय पीते रहे। वेदव्रत को अजहद गम्भीर देखकर भूषण ने छेड़ा, "मेरी समझ में नहीं आता, तुम कैसे पिनकी आदमी हो। नाराज तो हुए साले महाशय से और मुँह मुझसे फुलाए बैठे हो।"

"मुँह फुलाने जैसी कोई बात नहीं है।"

"फिर और क्या बात है, मैं भी तो सुनूँ।"

"मुझे यह कुर्ता ख़रीदनेवाली बात पसन्द नहीं आयी। आख़िर पार्टी के पैसे से ही तुमने यह कुर्ता ख़रीदा है न?"

"कुर्ता ही नहीं, मिठाई भी तो खायी है। मगर यों ही मुफ़्त में न मिठाई खायी है, न कुर्ता ख़रीदा है। हलाल करके किया है!"

"हलाल से आपका क्या मतलब है?" वेदव्रत ने ताज्जुब से भूषण का चेहरा देखा।

"मतलब एकदम साफ़ है। पुताई हमने की और हमें इन पैसों को खर्च करने का नैतिक हक़ है।"

"आपको पुताई की मद में जानेवाले रुपयों को खर्च करने का हक़ कैसे मिल गया?"

भूषण गरमाकर बोला, "क्यों नहीं मिल गया? पार्टी पुताई की एवज़ रुपया नहीं देती?"

"फिर?"

"फिर क्या, हमने पुताई की। मजदूर से न कराकर ख़ुद की और उसकी एवज़ पैसा ले लिया।"

"बहुत ख़ूब! आप अपने-आपको मज़दूर कब से समझने लगे? हाँ, अब मज़दूर कहने-कहलाने का फ़ैशन तो ज़रूर चल पड़ा है।"

भूषण ने हाथ चमकाकर कहा, "फ़ैशन को गोली मारिए, जनाब। ख़ुद को मजूर न समझते, तो पुताई कैसे कर आते?"

"ठीक है, मगर फिर दफ़्तर के बाहर ताला क्यों ठोंक लिया था? देखनेवालों की चिन्ता तो हम लोगों को कुछ कम नहीं थी शायद। इसके अलावा चूना रिक्शा पर लादकर क्यों चले थे? मजदूर चूना पीठ पर लादकर चलता है, भाईसाहब!"

यद्यपि भूषण तर्क के स्तर पर कच्चा पड़ रहा था, तथापि दृढ़तापूर्वक बोला, "तुम एक 'फैक्ट' नज़रन्दाज़ कर जाते हो। आख़िर हम-तुम कॉलेज में पढ़ते हैं।"

वेदव्रत कटु होकर बोला, "कॉलेज में पढ़ लेने से हम लोग मज़दूर से अलग नहीं हो जाते। आप 'डिगनिटी ऑफ लेबर' की कितनी बातें कहते हैं। पुताई का श्रीगणेश करने से पहले क्या यह आपने ही नहीं कहा था, 'तुम क्या यह समझते हो, पुताई करनेवाला मजूर ख़ुदा के घर से ख़ासतौर पर तैयार होकर आता है?'

भूषण ने हार नहीं मानी, "मैं आपसे एक बात पूछता हूँ, क्या इस रुपये को ख़र्च करने में हमने बेईमानी का परिचय दिया है? तुम्हारा कुर्ता एकदम गल चुका था। कुर्ता ख़रीदने में क्या ख़र्च हो गया! 'आफ़्टर ऑल' मजदूर भी तो इस रुपये को अपनी ज़रूरतों पर खर्च करता।"

वेदव्रत ने बिस्तर पर हाथ पटककर कहा, "मिस्टर भूषण, मज़दूर इस पैसे से मिठाई और समोसे न खाता और न वह कुर्ता फट जाने पर तुरन्त दुकान पर पहुँचकर कुर्ता ख़रीदता। पचास पैबन्द लग जाने के बावज़ूद वह कुर्ता नहीं ख़रीदता। वह इस पैसे से अपने भूख से कुलबुलाते बच्चों के लिए रोटी लेता। परिवार का पालन-पोषण करता। मैंने और आपने एक तरह से ऐयाशी पर पैसा ख़र्च किया है।"

भूषण बमक उठा, "आपकी हिमायत की ऐसी-की-तैसी! यह आपका 'सैल्फ टार्चर' है, और कुछ नहीं। आप मज़दूर की बेजा हिमायत ले रहे हैं। क्या यह नहीं हो सकता था कि वह इस सारे पैसे की ताड़ी पी जाता?"

वेदव्रत ने देखा कि तर्क से कटुता पैदा होने लगी है, तो वह बात बदलकर बोला, "अब काफी वक़्त हो गया है। तुम रात को इधर ही रह जाओ। उतनी दूर घर कहाँ जाते फिरोगे?"

भूषण उठते हुए बोला, "कल दोपहर को कॉलेज के बाद दफ़्तर में मिलेंगे। कामरेड के आने तक वहाँ की धुलाई-सफाई कर देंगे।"

कामरेड अब्बास अली ने अगले दिन शाम को लौटकर देखा कि वेदव्रत और भूषण किवाड़ों से सफ़ेदी के दाग साफ कर रहे हैं। अन्दर कमरे में जाज़िम पड़ी हुई थी और मेज-कुर्सी, किताबें ठिकाने से लगी थीं। अब्बास अली बहुत ख़ुश हुए और मुस्कराते हुए बोले, "गो पुताई तो कुछ यों ही-सी हुई, मगर पहले से किसी कदर ग़नीमत हो गया।" उन्होंने अपने कन्धे से झोला उतारकर एक तरफ़ रख दिया और ख़तों की फाइल पलटते हुए बोले, "आज की डाक है कुछ?"

भूषण ने चुनाव के प्रचार के सिलसिले में आये हैंडबिल और दीगर ख़त उनके सामने रख दिये। डाक देख लेने के बाद अब्बास अली बोले, "मेरा ख़याल है, कामरेड के आने पर कल की मीटिंग तो यही रखें। अब तो दफ़्तर भी कुछ बेहतर हो गया है।"

भूषण अब्बास अली के सामने बैठा था और वेदव्रत एक अँग्रेजी साप्ताहिक पढ़ रहा था कि सहसा कामरेड अब्बास अली को कुछ याद आ गया। वे भूषण से

बोले, ''भूषण भाई, बीस रुपये में काम हो गया—मेरा मतलब पुताई वग़ैरह?''

भूषण के मुँह से तत्काल आवाज़ नहीं निकली। उसे ऐसा महसूस हुआ, गोया एक लोहे का गोला उसके गले में अटक गया हो। वह हकलाते हुए बोला, ''हाँ, कामरेड, चल हो गया...बल्कि कुछ पैसे बच भी गये।''

''काफ़ी महँगी है इन दिनों। यह कमाल कैसे हो गया, भई?'' अब्बास अली ने आश्चर्य प्रकट किया। भूषण ने कोई उत्तर नहीं दिया, तो अब्बास अली बोले, ''वाउचर्स तो फाइल में डाल ही दिये होंगे?''

सहसा वेदव्रत का सिर अख़बार से ऊपर उठा और वह गम्भीरतापूर्वक बोला, ''वाउचर्स फाइल में नहीं लगे हैं कामरेड। पुताई हम दोनों ने की है और अपनी मज़दूरी भी ले ली है।''

अब्बास अली बारी-बारी से भूषण और वेदव्रत का चेहरा देखने लगे। यह रहस्य उसकी समझ में नहीं आया। भूषण का सिर झुक गया था और वह जाज़िम पर पैर के अँगूठे से कुछ लिखने की कोशिश कर रहा था। वेदव्रत उठकर गया और कोने में से एक पैकेट उठा लाया। कामरेड के सामने खोलते हुए बोला, ''यह मेरे हिस्से में आया है।''

मन्नो का ख़त

उस दिन शिवालिक की पहाड़ियों के आँचल में पहुँचते-पहुँचते साँझ हो गयी। मुझे अगले दिन पता चला कि मैं थोड़ा और चल लेता तो मुझे नहर के डाक बँगले में शरण मिल सकती थी। पर तब तक सूरज बिलकुल डूब गया था और पहाड़ियाँ धुन्ध के कारण मटमैली दिखाई देने लगी थी।

मैं चिन्तित होकर आगे बढ़ रहा था कि अब रात घिरने लगी है आश्रय मिलेगा भी तो कहाँ? तभी एक बूढ़ा एक हाथ में लाठी और दूसरे हाथ में पानी का लोटा थामे गाँव के बाहर जाता दिखाई पड़ा। मैं चुपचाप खड़ा, तमसाकार होती सृष्टि को देखता रहा। बूढ़ा मेरे नज़दीक आया तो ठहरकर मुझे देखने लगा। उसने अपनी मिचमिचाती आँखें झपझपाकर पूछा, ''कौन है भाई?''

''अजनबी हैं बाबा।''

''वो तो समझ गया। कौन जात हो?'' अपनी जाति तो मैंने बता दी। पर कहाँ का रहनेवाला है, यह प्रश्न मैं टाल गया।

मैंने पूछा, ''बाबा यहाँ रात को कहीं ठहरने का ठौर मिल सकता है?''

''ठहरने की जगह तो यहाँ कहाँ धरी है पर बेटा एक बात पूछे हूँ, इस उमर में बैरागी बने क्यों घूम रहे हो? जो उमर खाने, कमाने, घर बसाने की है उसमें भले घर के बालक क्या ऐसे घूमते हैं?'' फिर ज़रा रुककर उसने सन्देह व्यक्त किया,''लगे है घर से भागे हो। कहीं महतारी तो दूसरी नहीं है?''

मुझे उस बूढ़े की ममता से एक विचित्र से स्नेह की अनुभूति हुई। मुझे अपनी सफाई में कुछ भी कहना बेमानी लगा। मैं ऐसे एक बूढ़े को जिसकी बरौनियाँ तक सफ़ेद हो चली थीं, क्या समझा पाता कि घूमना-फिरना या यायावरी भी एक काम है।

वह बोला, ''मेरे कोठड़े में पड़ रहना और तो अब कहाँ टक्कर मारते फिरोगे?''

''मैं अभी आया'' कहकर बूढ़ा लाठी ठकठकाता आगे बढ़ गया। पन्द्रह-बीस मिनट बाद जब वह हाथ में खाली लोटा लटकाए लौट रहा था तो उसकी

लाठी की ठकठक और बढ़ गयी थी।

मैं भी उसके संग-संग चल पड़ा। उसने मुझे गाँव के किनारे पर लाकर एक ध्वस्त चबूतरे के नज़दीक ले जाकर खड़ा कर दिया। इसके बाद वह अपने घर गया और बेतरह धुआँ देती एक ढिबरी लेकर लौट आया। उस जीर्ण चबूतरे पर चढ़कर मैंने लक्ष्य किया कि उसके कच्चे कोठड़े में बस दीवारें ही थीं। छत शायद बैठ गयी थी। मैंने भीतर जाकर देखा वहाँ एक चारपाई पड़ी थी। ढिबरी एक आले में रखकर वह बोला, ''यहाँ गरमी लगे तो खाट बाहर चबूतरे पे निकाल लेना।''

मैंने कहा, ''कोई ज़रूरत नहीं। मैं यहीं पड़ रहूँगा।'' यह कहकर मैंने अपना सफ़री थैला चारपाई के सिरहाने टिका दिया। बूढ़ा चला गया तो मैं चारपाई की पाटी पर टिककर कुछ सोचने लगा। तभी वह एक फटी दरी और तकिया लेकर आया। मुझे उसके चलने के ढंग से लगा कि बूढ़े को रात के समय कुछ ठीक से सूझता नहीं है।

जब वह चला गया तो मैंने थैले से अपनी लुंगी निकालकर पहन ली और पाजामे को तहाकर तकिए के नीचे रख दिया। तीसरे पहर एक क़स्बे से गुज़रते हुए जो चना और गुड़ खरीदे थे—अभी पोटली निकालने की सोच ही रहा कि वह बूढ़ा हाथ में पानी भरा लोटा लिये आता दिखाई पड़ा। इस बार वह अकेला नहीं था। ढिबरी की धुआँ-धुआँ रोशनी में मैंने देखा कि उसके पीछे लम्बे कद की एक स्वस्थ तरुणी भी थी। वह काले रंग की सूती धोती पहने हुई थी। शायद वह खाना बनाते-बनाते चली आयी थी इसलिए चूल्हे की आग की उमस के कारण उसका गौरवर्ण और भी निखर उठा था।

उन दोनों को देखकर मैं चारपाई से उठकर खड़ा हो गया और आगे बढ़कर बूढ़े के हाथ से पानी का लोटा लेने लगा। तभी मैंने देखा लड़की अपने दोनों हाथों से एक थाली पकड़े हुए थी। लड़की ने उड़ती-सी नज़र मुझ पर डाली और आँखें झुका लीं। उसके हाथों से थाली लेते हुए मुझे संकोच की अनुभूति हुई। पर थाली उसके हाथ से लेनी ही थी सो मैंने दोनों हाथ आगे बढ़ाकर ले ली और चारपाई के बीचोंबीच टिका दी।

उन दोनों के जाने के बाद मैंने उस घिसी हुई पर ढंग से माँजने के कारण चमचमाती थाली में चार रोटियाँ, भाजी और दो हरी मिर्चें रखी देखीं। निश्चय ही मुझे खाने की बहुत ज़रूरत महसूस हो रही थी। मैं दबा-दबा चारों रोटियाँ पाँचेक मिनट में ही चट कर गया। वह जब तक दो रोटियाँ और लेकर आयी तब मैं पानी का पूरा लोटा पीकर तृप्ति की डकार ले चुका था। थाली मैंने चारपाई के नीचे टिका दी थी।

उसने मेरे चेहरे पर अपनी बड़ी-बड़ी पानीदार आँखें केन्द्रित करके पूछा,

''बस्स! इतना-सा खाते हो?''

''हाँ और क्या? आदमी तो इतना ही खा सकता है।''

उसने हल्के से मुस्कराकर कहा, ''चार रोटियों से जादे खानेवाले क्या डंगर होते हैं।''

मैंने जीभ निकालकर दाँतों से काटी और बोला, ''नहीं, नहीं। मेरा यह मतलब नहीं था।''

उसने झुककर चारपाई के नीचे से खाली लौटा, जूठी थाली निकाली और खाली लोटे को उठाते हुए बोली, ''पानी मैं अभी ला रही हूँ।''

लेकिन पानी का लोटा लड़की लेकर नहीं आयी बल्कि बूढ़ा ही लाया। मैंने उसे बैठने को कहा तो वह चारपाई पर टिकते हुए बोला, ''तुम्हें सोने की देर हो रही होगी।''

''नहीं-नहीं, आप बैठिए। मैं इतनी जल्दी कहाँ सोता हूँ।''

जब वह बैठ गया तो अपने बारे में बतलाने लगा। उसके पास कुल जमा तीन बीघा जोत थी जिसे वह बटाई पर उठा देता था। उसका एक मात्र पुत्र, दूसरी पत्नी का भी देहान्त हो जाने पर वैरागी होकर पता नहीं कहाँ चला गया था। उसकी बेटी ही अब बूढ़े का एकमात्र सहारा थी। बूढ़ा अपने गाँव तथा आसपास के छोटे-छोटे नंगलों और पुरवों में कथा-वार्ता करके कुछ पा जाता था। कुछ बटाईदार से और बाकी यजमानी से जो कुछ भी उपलब्ध होता था उसी से दादा-पोती की गुज़र हो रही थी। मगर अब उस बूढ़े की सबसे बड़ी चिन्ता जवान होती पोती के विवाह को लेकर थी।

मैं खिन्नमना उसकी चिन्ताएँ सुनता रहा और अब उसकी बात भी ठीक से समझ में आ गयी जो उसने मुझसे मिलते ही कही थी, ''लगे है घर से भागे हो'' मेरे यों भटकने में उसे कहीं घर छोड़कर भाग जानेवाले अपने बेटे की ही झलक मिली होगी।

अपनी राम कहानी कहकर जब बूढ़ा चला गया तो मैंने अपने थैले से डायरी और कलम निकालकर तकिए पर रख ली। मैं रात को जहाँ भी सोता था सोने से पहले डायरी में एक-दो पृष्ठ अवश्य लिखता था। पर मैं तुरन्त कुछ लिख नहीं पाया। मुझे उस जर्जर बूढ़े की डाँवाडोल काया और उसकी जवान होती पोती का ख़याल आ गया। मैं सोचने लगा मानो अगर साल-छह महीने में बूढ़े की आँखें बन्द हो गयी तो उस खिलते हुए यौवन की दशा क्या होगी? कौन देखेगा पितृहीन परिवारहीन उस आश्रयहीना को।

धीरे-धीरे सन्नाटा बढ़ता चला गया। दूर कहीं से एक साथ कई कुत्तों के भौंकने की आवाज़ें आ रही थीं। पेड़ों पर बसेरा लेनेवाले पक्षी भी बीच-बीच में पंख

फड़फड़ा उठते थे। वह रात की निस्तब्धता में डूबी चुप्पी विचित्र मायावी लोक की सृष्टि कर रही थी।

मैं लगभग गाँव से बाहर एक छतविहीन कोठड़े में बैठा सोच रहा था कि आख़िर मैंने ख़ुद यायावरी जीवन क्यों चुना? क्या रात-बिरात ऐसी ही बीहड़ परिस्थितियों में भटकने के लिए?

ढिबरी का धुआँ मेरी ओर ही आ रहा था। मैंने उसकी परवाह न करके अपनी डायरी खोली और ढिबरी की भुतही रोशनी में लिखने का कर्तव्य पूरा करने लगा। अभी मैंने कुछेक पंक्तियाँ ही लिखी होंगी कि वह युवती आती दिखाई पड़ी। वह एक तरह से बदन चुराते हुए मेरे निकट आ रही थी। हालाँकि वहाँ आसपस इस निविड़ बेला में कोई नहीं था मगर फिर भी...

मेरे नज़दीक आकर उसने लगभग फुसफुसाते हए पूछा ,''किसी चीज़ की ज़रूरत तो नहीं है।''

कुछ समय के लिए तो मैं अवाक् बैठा रहा। वह चारपाई के कुछ और निकट आकर मेरी खुली डायरी की ओर संकेत करते हुए बोली, ''क्या लिख रहे हो?''

मैंने यों ही बात बताने की गरज़ से कहा यही इधर-उधर की बातें। जैसे जहाँ जाता हूँ वहाँ का छोटा-मोटा ब्यौरा।

'अच्छा' कहकर वह कुछ क्षण चकित भाव से डायरी देखती रही और बोली, ''क्या इसमें यहाँ की बातें भी हैं, इस कोठड़े और चंडी देवी के मंडप की भी?''

''हाँ-हाँ क्यों नहीं लिखूँगा। पर यहाँ चंडी मंडप कहाँ है? उसे तो मैंने अभी देखा ही नहीं है।''

''सुबह देख लेना। बाबाजी कल सतनारायण की कथा करने माजरे जाएँगे—तभी देख आना।'' एक क्षण ठहरकर उसने एकाएक पूछा, ''क्या मेरा एक काम कर दोगे?''

मैं उसके इस औचक प्रश्न के आशय का कोई अनुमान नहीं लगा पाया। मुझे उलझन में पड़ा देखकर वह थोड़े-से मुस्कराई और बोली, ''कोई ऐसी-वैसी बात नहीं है। अब तुम सो जाओ सवेरे बताऊँगी।''

उसके चले जाने के बाद ही मेरी चेतना में उसके वह वाक्य, ''क्या मेरा एक काम कर दोगे?'' न जाने कितनी देर गूँजता रहा। न फिर मुझे जल्दी नींद ही आयी और न मैं डायरी में ही कुछ लिख पाया। ढिबरी बुझाकर मैं उसी चिन्तन में चारपाई पर पड़े करवटें बदलता रहा।

उस लड़की का दादा तो सुबह जल्दी ही जाग करके किसी गाँव में कथा कहने चला गया। मैं सुबह उठकर खेतों की ओर निकल गया। लौटते में प्राइमरी

मदरसा गाँव के उत्तर में खंडरनुमा चंडी देवी का मंडप भी देख आया।

मैंने लौटकर अपनी डायरी खोली और पिछले दिन का विवरण लिखने लगा। कोई दसेक मिनट बीते होंगे कि वह आयी और मुझे लिखते देखकर वापस जाने लगी। मैंने उसे बुलाकर कहा, "क्या एक प्याला चाय मिल सकती है?"

"हाँ, चाय तो मैं बना दूँगी पर प्याले घर में नहीं हैं। गिलास-कटोरी में पी लेंगे?"

"क्यों नहीं पी लूँगा। तुम लाकर तो देखो।"

उसके चेहरे पर स्नेहशीलता का भाव उभर आया। जाते-जाते बोली, "दो मिनट में चाय बनाकर लाती हूँ।"

मैं सिर झुकाकर अपनी बातें और डायरी लिखने में जुट गया। वास्तव में वह अपेक्षा से कहीं अधिक जल्दी से वह चाय बनाकर ले आयी और गिलास से कटोरी में चाय डालने लगी।

मैंने उसके हाथ से कटोरी लेकर फूँक मारते हुए चाय की घूँट भरी ही थी कि वह बोल उठी, "आप शहरी चीनी की चाय पीते होंगे पर घर में तो गुड़ ही था। पता नहीं कैसी बनी होगी। कहीं काढ़ा तो नहीं बन गयी?"

"अरे नहीं, बहुत मीठी और बढ़िया बनी है।"

"झुट्ठी तारीफ़ क्यूँ करो हो! भला हम गाँव-घेसले चाय बनाना क्या जानें। यों तो बब्बाजी भरे जाड़ों में सुबह-साँझ लोटा भर के चाय पीवे हैं। उन्हीं के लिए पूस-माघ के चिल्ला जाड़े में बनानी पड़े है।"

"कुछ भी कहो, तुमने चाय बढ़िया बनाई है।" कहकर मैंने कटोरी झुककर फ़र्श पर टिका दी और फिर मैं लिखने लग गया।

उसने इधर-उधर की टोह-सी लेते हुए थोड़ी देर बाद कहा, "हाँ, एक ख़त लिख दो।"

"खत? पर किसको?" एक क्षण रुककर मैंने पूछा, "क्या तुम लिखना नहीं जानती?"

वह लजाकर बोली, "मुझसे लिखना कहाँ आता है? लिखने की कोशिश कई दिन की पर लिखा नहीं बस।"

"तब तो लिख दूँगा।" मैंने अपने बैग से एक कोरा कागज़ निकालकर कहा, "बोलो किसे क्या लिखना है।"

वह कुछ पल असमंजस में पड़ी सोचती रही और फिर आँखें झुकाकर बोली, "यही लिख दो कि तुम इतने दिन से क्यों नहीं आये?"

उसके एक छोटे-से वाक्य से मैं हिल उठा ओर उलझन में पड़कर पूछ बैठा, "कौन है? कहाँ रहता है? इधर न आने की क्या वज़ह है?"

उसके चेहरे पर उदासी का एक बादल तैरता-सा दिखा और आँखें उन्मन उदास हो गयी।

उसने टुकड़ों में जो कुछ बतलाया उसका सारांश यह था कि वह एक प्राइमरी स्कूल का अध्यापक था जो पहले इसी गाँव के प्राइमरी मदरसे में तैनात था और जब इस कोठड़े की छत सही-सलामत थी तो इसी में रहता था। बाद में कहीं तबादला होकर चला गया था। जाने के बाद गाँव में कभी बस एक बार इधर आया था।

मैंने उससे पूछा, "क्या तुम्हारे पास उसका कोई पता ठिकाना है?"

मेरे यह कहते ही उसने मेरी ओर से पीठ फेर ली और अपने अन्त:वस्त्रों से एक कई तहों में मुड़ातुड़ा कागज़ निकालकर मेरी ओर बढ़ा दिया। उस काग़ज़ को मैंने अतिरिक्त सावधानी से खोला, उस पर एक नाम और किसी गाँव का पता दर्ज था मगर कागज़ तुड़मुड़कर और चिकनाई के धब्बों से खस्ता हो चला था।

मैंने काग़ज़ पर लिखे पते को अपनी डायरी में उतारा और काग़ज़ उसे वापस कर दिया। वह खाली कटोरा और गिलास ले जाते हुए बोली, "आप लिखो मैं आपके लिए नाश्ता बनाती हूँ।"

वह चली गयी तो गहरा भावावेश अनुभव करते हुए मैंने एक काव्यात्मक पत्र लिखा। पहली बार जीवन से एक प्रेमिका के उदगारों को व्यक्त करने में मेरी सारी चेतना और संवेदना कितनी सफल हो पायी यह तो मैं नहीं बतला सकता पर मैं कुछ समय के लिए दिशा और कालबोध से परे ही हो गया।

वह आयी और मुझे लिखते देखकर कुछ लाने लगी। मैंने उसे रोका और अपना लिखा हुआ मजमून उसे देते हुए बोला, "अब तुम अपने लेखन में इस पत्र को लिखो और बाद में अपना नाम भी लिख दो। उसे यह नहीं लगना चाहिए कि इस ख़त को लिखनेवाला कोई और है।" साथ ही मैंने उसे एक कोरा कागज़ और कलम भी उसे दे दिया।

कोई पौन घंटे बाद वह मेरे लिखे हुए पत्र की अपने हाथ से लिखी हुई नकल लेकर आयी। उसने टेढ़े-मेढ़े अक्षरों में भरसक सावधानी बरतते हुए पूरे पत्र को मेरे दिए हुए कोरे कागज़ पर उतारा और अन्त में 'आपकी अभागी मन्नो' टीप दिया था।

उसका यह 'अभागी मन्नो' मुझे भीतर तक हिला गया और मैं अपने ही लिखे पत्र के दारुण वियोग से दहल उठा। मुझे लगा परकाया प्रवेश भी सुरक्षित नहीं है। कभी-कभी वह भी भीतर तक तोड़ डालता है। उस पर गज़ब वह भी था कि वह पत्र पढ़ते हुए वह रोई भी ज़रूर होगी क्योंकि पत्र पर आँसू के निशान मौजूद थे और उसकी आँखें गुड़हल के फूल की तरह लग रही थीं।

अनायास मेरे मुँह से एक लम्बी साँस निकल गयी और मैंने फ़ैसला किया कि मुझे वहाँ से तुरन्त चल देना चाहिए।

मैंने कहा, "मन्नो अब मुझे जाना चाहिए।" एक पल बाद ही सहसा मेरे मुँह से एक असत्य उच्चरित हुआ, "मुझे आगे काफ़ी काम है।"

"ये क्या? बाबाजी से मिले बिना ही कैसे चले जाओगे? अभी तो आपने कुछ खाया भी नहीं है। जितनी देर में बाबाजी आवें आप मन्दिर की तरफ़ घूम आओ। हमारे गाँव की चंडी देवी बड़ी मानता वाली हैं। मन की सारी मुराद पूरी हो जाएँगी। दशहरे पर तीन दिन का बड़ा मेला लगता है। जाने कहाँ-कहाँ से दुनिया मनौती मानने आती है।"

'मुराद' और 'मनौती' के शब्द मेरी चेतना में तैरने लगे।

मुझे लगा मन्नो का ठहरने का अनुरोध कहीं मेरे लिए बेड़ी न बन जाए। इस बैरागी मन को ठाँव कहाँ?

मैंने उसका कोई आग्रह नहीं माना। एकदम से थैला उठाकर चल पड़ा और चलते-चलते बोला, "मैं तुम्हारा ख़त किसी शहर से पोस्ट कर दूँगा।"

"नहीं रुकोगे? बाबाजी दुखी होंगे। कुछ खाया भी नहीं।

"मैं कभी आऊँगा तो रुकूँगा और खाऊँगा भी।" उसने चबूतरे पर खड़े होकर मनुहार से कहा, "जरूर आना।"

उसके शब्दों के अतिशय अनुरोध ने मेरे अस्तित्व को मानो अथाह स्नेह से दुलरा दिया है। कोमल स्पर्श की ममतामयी छवि को आँखों-ही-आँखों में बसाए मैं बरबस आगे बढ़ता चला गया।

उदासी के सैलाब में डूबे उसके चेहरे को मुड़कर देखने का साहस मैं खो चुका था।

मायामृग

इस दफ़ा हरिहरनाथ कई महीनों के बाद लौटा था। वह एक सेल्समैन था और देश भर की यात्राएँ करता रहता था। बहुत घूम-भटककर इस बार लौटा तो पहले की अपेक्षा और भी ज़्यादा लट गया था। जो गंज पहले मस्तक से थोड़ा ऊपर तक ही था, अब आधे सिर को अपनी गिरफ़्त में ले चुकी थी।

घर में घुसने के बाद इधर-उधर की सुन-गुन लेते हुआ बोला, ''घर में बड़ा सन्नाटा-सा है, घर के लोग क्या कहीं बाहर गये हैं?''

मैंने हँसते हुए कहा, ''इस बार पूरी गर्मियों भर यहाँ ऐसा ही माहौल रहेगा। तुम्हारी बहनजी अपने मेजर भाई के यहाँ गौहाटी गयी है। तुम चाहो तो यहीं ठहर जाओ और मेरे एकाकीपन के सहभागी बन जाओ।''

गौहाटी का नाम सुनकर वह चिहुँका, ''अरे उन्हें अकेला ही भेज दिया? आपको भी साथ जाना था। बड़ा रोमांचक इलाका है। यहाँ गर्मियों भर पड़े सड़ते रहोगे—वहाँ जाते तो बहुत कुछ देख-सुनते। भाभी को भी आपका साथ जाना अच्छा लगता।''

मैंने कहा, ''वह अकेली बिलकुल नहीं गयी है बच्चे साथ गये हैं—फिर उनके भाई-भाभी-भतीजे-भतीजी भी वहीं हैं, रही मेरी बात तो तुम्हारे जैसे मनमौजी सैलानी के रहते तो सारा हिन्दुस्तान ही मेरे साथ आ लगेगा।''

''मैं कहीं ठहर पाऊँ—यह मेरे भाग्य में कहाँ? पर चलो पाँवों के शनीचर देवता से दो दिन की मोहलत लेकर यहाँ टिक जाऊँगा।'' फिर जेब से बीड़ी का बंडल निकालकर उसने बीड़ी जला ली और मुझसे बोला, ''क्या आपका चाय पीने का मन नहीं है?''

मैं उसका मन्तव्य समझ गया। वह बीड़ी-सिगरेट जलाने के बाद हमेशा चाय की फ़रमाइश इसी तर्ज पर किया करता था।

मैं हँसते हुए कुर्सी से उठा और किचन की दिशा की ओर जाते हुए बोला, ''चाय अभी दो मिनट में हाज़िर करता हूँ। चाय पीने की बात क्या थोड़े ज़ोर या अधिकार से नहीं बोल सकते थे, जो इतने टेढ़े-मेढ़े ढंग से नाक पकड़ रहे हो?''

''बाहर घूमते-घामते थोड़ा घामड़पन घट गया है, इसीलिए थोड़ी सभ्यता बरतना सीख गया हूँ। शाम तक 'डाइरेक्ट एक्शन' पर लौट आऊँगा फ़िक्र न करो।''

मैं चाय का प्याला हाथ में लिये लौटा तो वह अपनी डायरी के पन्ने उलट-पलट रहा था, मुझे चाय लाते देखकर बोला, ''दुनिया वाकई देखने लायक जगह है भाई साहब! हमारे भाई लोग दुनिया जहान में मारे-मारे फिरते हैं। पता नहीं उनमें यूरोप का इतना क्रेज़ क्यों है? अपने इस मुल्क में क्या नहीं है? मेरा जी तो बस यही चाहता है कि बस हर वक़्त घूमता रहूँ। कैसे-कैसे लोग मिलते हैं—हम और आप यहाँ चहारदीवारी में बैठकर सोच भी नहीं सकते। मनीष भाई! आपको तो ज़रूर निकलना चाहिए। यू विल रियेली एन्ज्वाय, इट इज आल वैरी फैंटास्टिक।''

''कभी तुम्हारे साथ ही निकलूँगा,'' कहकर मैंने चाय का प्याला उसके सामने रख दिया और बोला, ''बहुत बोगस चाय बनी है। मुझे बरसों चाय बनाते हो गये पर कभी ढंग से यह काम निभाना नहीं आया।''

मेरी आत्मभर्त्सना को दरगुज़र करते हुए हरिहरनाथ बोला, ''चाय में खूब मीठा हो और वह भरपूर गरम हो यही दो गुण मेरे नज़दीक काफी हैं। और जहाँ तक मैं जानता हूँ इसमें आपने कोई कोताही नहीं की होगी।''

जब वह चाय पी रहा था तो मैंने पूछा, ''इस बार कहाँ-कहाँ धावा किया, लगता है महीनों खूब विरमते रहे हो।

उसने दो घूँट लेकर प्याला मेज़ पर टिका दिया और बोला, ''विरमने की तो बस कुछ मत पूछिए। एक से एक विचित्र बातें मेरे साथ हुई। अभी जब आयाम से लौट रहा था—वही ताज़ी घटना आपको सुनाता हूँ।''

एकाएक मेरी निगाह उसकी ओर उठी और मैंने पूछा, ''आपका सामान-वामान कहाँ है! क्या कहीं और जगह ठहरे हो।''

''कहीं नहीं ठहरा हूँ। स्टेशन से सीधा आपके पास पहुँचा हूँ। सामान की बात भी बतलाऊँगा ही।'' कहकर उसने चाय की कई घूँट भरी और प्याला खाली करके खट से मेज़ पर रख दिया।

मैंने उत्सुकता से हरिहरनाथ का चेहरा देखा। उसकी आँखों में असाधारण चमक उभर उठी। वह गला सहलाते हुए बोला, ''कहाँ से बात शुरू करूँ?''

मैं बोला, ''कहीं से भी! शुरू से ही बताइए वही ठीक रहेगा।''

''तो बात ऐसी है मनीष भाई कि मैं आसाम से लौट रहा था। मेरी सिगरेट खत्म हो गयी थी तो मैं एक छोटे-से स्टेशन पर सिगरेट खरीदने की नीयत से उतर गया। प्लेटफार्म पर दूर तक भी कोई फेरीवाला नज़र नहीं आया और मैं स्टेशन की मेन इमारत की ओर बढ़ गया। पर वहाँ भी सन्नाटा पसरा पड़ा था। कोई कुली, खलासी पान-सिगरेटवाला दूर-दूर तक भी नहीं दिखा तो मैं अपने डिब्बे की ओर

लौट पड़ा। पर क्या देखता हूँ कि इसी बीच गाड़ी चल निकली। मैं जब तक दौड़कर गाड़ी पकड़ूँ तब तक तो ट्रेन का आख़िरी डिब्बा भी मेरी पहुँच से आगे निकल गया।''

''अब साहब'' कहकर हरिहरनाथ का हाथ बीड़ी के बंडल की ओर बढ़ गया। बीड़ी सुलगाते हुए उसकी कई दिनों की बढ़ी दाढ़ी की सफ़ेद खूँटियाँ माचिस की जलती लौ में चमक उठीं।

''तो मनीष भाई अब ऐसे में क्या हो? जाड़े की शाम झुक आयी थी। निर्जन निचाट पड़ा प्लेटफार्म-मुफ़स्सिल स्टेशन की भुतहा छोटी-सी इमारत—दूर-दूर तक किसी से कुछ भी पूछने-गछने की कोई सुविधा नहीं। जो थोड़ा-बहुत कपड़ा-लत्ता था वह छूटी हुई गाड़ी के कम्पार्अमेंट में। उस वीराने मैं बेख़याली में आगे बढ़ने लगा। जिस दिशा से गाड़ी आयी थी मैं उसी तरफ़ बढ़ रहा था। पलटकर स्टेशन की इमारत से बाहर जाऊँ भी तो वहाँ कौन मिलेगा? इसी ऊहापोह में मैं प्लेटफार्म के अन्त पर जा पहुँचा तो क्या देखता हूँ कि लालटेन लिए कोई अदमी प्लेटफार्म से उतरकर पटरी के साथ चल रहा है। बस, वही आदमी मुझे अपना अन्तिम सहारा लगा—मैं उसी के पीछे हो लिया।''

बात रोककर हरिहरनाथ ने चाय का प्याला उठा लिया। उसे खाली देखकर मेज़ पर वापस रखते हुए बोला, ''उस आदमी से मैं कोई साठेक गज की दूरी पर था। मैंने सोचा वह कोई रेलवे का ही कारकुन होगा, सो जरा तेजी से डग बढ़ाते हुए मैंने उसे पकड़ने की कोशिश की। दरअसल मैं उससे यह मालूम करना चाहता था कि अगली गाड़ी अब कब तक आने की उम्मीद है। गाड़ी आने का कोई इन्तजाम न हो तो रात को कहीं पड़े रहने का ठिकाना भी पता कर लिया जाए।

''मैंने अपनी चाल कुछ और तेज कर दी। मैंने उसके हाथ में लटकी लालटेन देखी। धुएँ से चिमनी काली पड़ गयी थी। उजाला तो वह बराए नाम ही दे रही थी, बस बीच-बीच में भक्क से भभक ज़रूर उठती थी। हवा भी खासी कटखनी थी। बेचारी लालटेन का क्या कसूर? उस हालत में तो लालटेन के वाहक को पहचानना भी मुश्किल था।''

हरिहरनाथ की बात पर मैं हँसकर बोला,''लालटेन की रोशनी अच्छी-खासी भी होती तो भी आप उसे कैसे पहचान लेते? क्या आप उसे पहले से जानते थे?''

''सॉरी! आप ठीक कहते हैं। वैसे यहाँ पहचानने से मेरा मतलब किसी को खासतौर से चीन्ह लेना नहीं है। मेरा मतलब है कि लालटेन की रोशनी ठीक होती तो मैं यह जान लेता कि वह किस आयु का होगा। खैर! उसे छोड़िए, थेड़ी देर तक उसके पीछे चलने पर मुझे आभास हुआ कि लालटेन का वाहक कोई आदमी नहीं बल्कि एक औरत है।''

मेरे मुँह से बेसाख़्ता निकला, "औरत? उस वीराने में? यह तो हैरत की बात है हरिहरनाथ जी।"

"जी हाँ, इस बात पर मुझे भी कुछ कम हैरत नहीं हुई भाई साहब, दूर-दूर तक निर्वाक सन्नाटा पसरा पड़ा था। आसमान पर कटे नाख़ून या कहिए टूटी चूड़ी के टुकड़े जैसा चाँद उगा हुआ था। रेलवे लाइन के दोनों ओर घनी झाड़ियों और घास-फूस का अविराम सिलसिला चला गया था। मैं यह सोचकर काँप उठा कि इस जंगल-झाड़ी के इलाके में कीड़े-काँटे या हिंसक पशुओं का भी बोलबाला कम नहीं होगा। ऐसे में यह कमसिन कहाँ के लिए निकल पड़ी?"

उसक बयान सुनकर मैंने सहमते हुए कहा, "आप तो बुरे फँसे।" फिर कुछ क्षण ठहरकर बोला, "जो हो स्थिति विचित्र के साथ-साथ रोमांटिक भी खूब थी।"

"इसे रोमांटिक कहते हैं आप? भाई साहेब जी, उस कमसिन औरत को उस सुनसान में देखकर मेरी तो नीचे की साँस नीचे और ऊपर-की-ऊपर रह गयी। मैं इस पहेली का सिर-पैर कुछ नहीं समझ पाया कि यह भली मानस स्टेशन पर किसे ढूँढ़ने आयी थी—और अब कहाँ चली जा रही थी। मैं मन्त्र विद्ध-सा उसके पीछे चलता चला गया। हालाँकि मेरा दम पूरी तरह खुश्क हो रहा था और किसी भी क्षण कुछ भी घट जाने की आशंका थी।

"शायद उसने मेरे पैरों की आहट सुन ली होगी कि वह एकदम पीछे की ओर घूम गयी। मैंने उसके सुन्दर चेहरे पर एक मुरझाई मुस्कान देखी।"

मैंने कहा, "पर उस अँधेरे में आपको मुस्कान कैसे नज़र आ गयी हरिहरनाथजी?"

हरिहरनाथ चौकन्ना होकर बोला, "कुछ चाँद का मद्धिम प्रकाश, कुछ लालटेन की धुँधली रोशनी, उसकी उम्र और चेहरे की भंगिमा देखने में कोई ख़ास दिक्कत नहीं हुई। वह रेलवे के ढलान पर खड़ी होकर पूछ बैठी, आप इधर कहाँ जाएँगे बाबू?"

हरिहरनाथ ने बात आगे बढ़ाई, "मैंने कहा—कहीं भी! जहाँ भी रात काटने का ठिकाना मिल जाए। मैं एक परदेसी हूँ। स्टेशन पर कुछ खरीदने उतरा था, मेरी गाड़ी छूट गयी। प्लेटफार्म पर कोई नहीं दिखा तो मैं आपके पीछे चल पड़ा। मैंने सोचा आप रेलवे के ही कोई कर्मचारी होंगे।"

हरिहरनाथ की कैफ़ियत सुनकर मैंने आश्चर्य जतलाया, "क्या वह औरत आपसे हिन्दी में पूछ रही थी?"

"उसे ठीक-ठीक हिन्दी तो नहीं कह सकता पर अब तो देश की हर भाषा में हिन्दी को अपने-अपने ढंग से सभी ने मिला लिया है। बस वह औरत भी कुछ इसी तरह की हिन्दी बोलती थी।" कुछ पल ठहरकर उसने अपनी बात का सिरा फिर से पकड़ा, तो वह औरत मेरी बात पर बड़े रहस्यात्मक ढंग से मुस्कराई।

मैंने पूछा, "औरत से आपको डर नहीं लगा?"

"डर।" कहकर हरिहरनाथ हँसा और बोला, "सच पूछिए तो एक बार मैं भीतर-ही-भीतर घबराया कि कहीं कोई शापग्रस्त दुरात्मा न हो और मुझे अकेला देखकर अपना मायावी प्रपंच फैला रही हो। आप सोचिए, कहीं दूरदराज़ के ऐसे निर्जन सन्नाटे में कोई अकेली औरत मिल जाए तो कौन नहीं धक्क से रह जाएगा?"

मैं बोला, "वही तो मैंने कहा।"

"पर मनीष भाई, अब मुझे वैसी घबराहट नहीं होती। जल्दी ही मैंने अपने डर पर काबू पा लिया। मेरे मुँह से कहीं भी आश्रय पा लेने की बात सुनकर उसने पूछा, क्या आप मेरे साथ चलेंगे? मैं यहीं थोड़ी दूर इस ढलान के आगे जंगल में रहती हूँ।"

"मैंने हामी भरी और बोला—चलिए—चलिए आप जहाँ भी रहती होंगी, मैं वहीं चला चलूँगा। मुझे क्या फ़र्क पड़ता है—मुझे तो महज एक रात कहीं बितानी है। आप किसी कोने में जगह दे देंगी तो मैं आपका बहुत-बहुत उपकार मानूँगा।"

वह मेरी बात से ख़ुश होकर बोली, "तो फिर आप मेरे साथ आइए।"

हरिहरनाथ की कहानी बहुत दिलचस्प थी। मैंने पूछा, "और उसका कोई भी पूर्वापर जाने बिना आप उसके पीछे चल पड़े?"

"क्या करता साहब? कोई अन्य विकल्प भी तो मेरे सामने नहीं था। ख़ैर अब जो भी हो की भावना मन में लिये मैं उसके पीछे चलता चला गया। कोई दसेक मिनट चलने के बाद जंगल में थोड़ी खुली जगह थी जहाँ खपरैलों वाली एक छोटी-सी हट दिखाई पड़ी। आस-पास कहीं कोई दूसरा मकान अथवा हट नज़र नहीं आयी। अब जाकर मुझे घबराहट शुरू हुई। यह अकेली औरत यहाँ रहकर क्या करती है? क्या यह कोई चरित्रहीन 'होर' है या अति मानवी जो किसी भूले भटके आदमी को बहला-फुसलाकर इधर ले आती है और फिर कभी अपने चंगुल से निकलने ही नहीं देती, पर वह वक्त ऐसा था भाई साहेब कि मैं उस नाजुक मोड़ पर और निर्णय भी क्या लेता। मैं बढ़ते-बढ़ते उस झोपड़ी के सामने जाकर खड़ा हो गया।

पत्थर की ढोंकों की लगभग दस-बारह फीट ऊँची दीवारों पर खपरैलों की छत पड़ी थी और खपरैलों की हालत बहुत खस्ता थी। हट के बाहर पाँचेक फीट की बाँसों की बाड़ को दालान का-सा रूप दे दिया गया था जिसमें शायद दीवारों के सहारे कुछ मौसमी सब्ज़ी वग़ैरह बो रखी होगी। उस खुले ढलान को पार करके उस औरत ने झोपड़ी के दरवाज़े को धकियाया तो वह हल्के से धक्के में ही भड़ाक से खुल गया। अन्दर दाख़िल होने से पहले वह हल्के से मुड़ी और मुझसे बोली,

"भीतर आ जाइए।"

"मैं झिझकते हुए उसके पीछे कोठरी में घुसा। लालटेन के क्षीण उजाले में मैंने देखा कि दीवार से सटी हुई एक लोहे की चारपाई बिछी थी जिस पर बिस्तर भी लगा हुआ था। एक तरफ़ घर-गिरस्ती का मामूली-सा सामान रखा था। अँगीठी अधबुझी हालत में थी और उस कोठरी में हम दोनों के अलावा और कोई तीसरा प्राणी नज़र नहीं आ रहा था। यह क्या अद्‌भुत पहेली है—मेरी समझ में कुछ नहीं आया।

"तभी मैंने कहीं से एक बहुत ही बीमार और मरियल-सी आवाज़ आती सुनी, 'आ गया मेरा बेटा।'

"मैंने हैरत से इधर-उधर देखा। उस आवाज़ में करुण चीत्कार-सा था। वह किसी बीमार-बूढ़ी औरत की कातरता में डूबी उत्सुकता थी। उस दयनीय स्वर को सुनकर मैं काँप उठा। उस औरत ने मेरे चेहरे पर एक भेद-भरी दृष्टि डाली और होठों पर उँगली रखकर चुप रहने का संकेत किया।"

मैंने हरिहरनाथ की ओर देखकर कौतूहलवश पूछा, "यह आवाज़ कहाँ से आ रही थी? आप तो कहते हैं कि वहाँ कोठरी में कोई तीसरा प्राणी था ही नहीं।"

"हाँ साहब! इसी बात पर तो मुझे ताज्जुब लगा था कि उस कोठरी में जब और कोई था ही नहीं तो यह आवाज़ किधर से आयी थी। पर जब मैंने बहुत ध्यान से इधर-उधर आँखें गड़ाकर देखा तो पाया कि दीवार में एक जंगले जैसा खुला स्थान है। उसके पास एक ऐसी कोठरी थी जिसका द्वार पिछली ओर खुलता था। ख़ैर उस औरत ने जंगले के इधर से ही मुँह थोड़ा भीतर करके कहा, 'आ गये हैं माँ। गाड़ी अभी थोड़ी देर पहले ही आयी है। यह भोत थके हुए और भूखे हैं। मैं इनके वास्ते खाना बनाने जा रही हूँ।'

अपनी कहानी रोककर हरिहरनाथ ने मुझसे पूछा, "क्या आपके पास कोई सिगरेट नहीं पड़ी होगी? दरअसल बीड़ियाँ धौंकते-धौंकते मेरी ज़ुबान कसैली हो गयी है," मैंने मेज़ की दराज से सिगरेट का पैकेट निकालकर मेज़ पर रख दिया।

हरिहरनाथ ने सिगरेट जलाई और बोलने लगा, "मैंने उस औरत से फुसफसाकर कहा—मेरे लिए खाने-वाने की तवालत उठाने की कोई ज़रूरत नहीं है, जो भी थोड़ा-बहुत बना पड़ा होगा मेरा काम तो उसी से चल जाएगा। न हो तो बस चाय बना दो—बिना दूध और शुगर के भी पी ली जा सकती है।

"मगर साहब उसने मेरी एक न सुनी। अँगीठी दहकाने में जुट गयी और मेरे देखते-देखते जरा देर में ही उसने सब्ज़ी और पराठे तैयार कर डाले।

"जब वह तामचीनी की प्लेट में खाना परसकर लायी तो मैं उसकी सुरुचि देखकर हैरान रह गया। पराठों के साथ सब्ज़ी, अचार, हरी-मिर्च, कटा हुआ नींबू

वग़ैरह सभी कुछ तो था। उसने बिस्तर पर एक कपड़ा बिछाकर प्लेट रख दी और सरगोशी में बोली, 'खाइए। आपको खूब भूख लग रही होगी। स्टेशन से कितनी दूर तक पैदल ही आये हैं।'

"मैंने उससे धीमे स्वर में इसरार किया कि वह भी अपना खाना वहीं ले आये तो मुझे अकेले नहीं खाना पड़ेगा।"

यहाँ एक क्षण ठहरकर हरिहरनाथ ने मेरी ओर देखा और भेद भरे स्वर में बोला, "इस पर उसने जो कहा—उसकी तो आप कल्पना भी नहीं कर सकते भाई साहेब। वह बड़े मोहक ढंग से मुस्कारकर बोली, "नहीं-नहीं, पहले आप खा लीजिए। मैं आपकी तश्तरी में ही खा लूँगी बाद को। अब आप सोचिए मनीष भाई उसके मुँह से यह सुनकर मेरी क्या हालत हुई होगी? पर मैं उसके अनुरोध को टालता भी तो कैसे?"

मैंने हरिहरनाथ से कहा, "हाँ वह तो है—पर क्या वह अपनी सास को खाना देने नहीं गयी?"

"अब पता नहीं क्या हुआ होगा। हो सकता है कि वह अपनी सास को घर से निकलने के पहले ही बनाकर खिला गयी हो क्योंकि अँगीठी तो पहले से ही चालू थी। ख़ैर, साहेब में चुपचाप खाने लगा। मुझे भूख भी खूब कसकर लगी हुई थी। आप तो मुझे जानते ही हैं—मैं ठहरा मस्तमौला आदमी। न खाऊँ तो कई-कई दिन भूखा रह जाऊँ—खाने लगूँ तो अगले चार दिन का भी पेट के हवाले कर लूँ। वह मुझे आग्रहपूर्वक खिलाती चली गयी और मैं भी दबादब खाता चला गया। बहुत काफी खाकर आख़िर मैंने तृप्ति की डकार ली और उसे धन्यवाद देते हुए बोला, "आप सच में अन्नपूर्णा हैं, जीवनदायिनी साक्षात् सुजाता। मैं तो आज ख़ुद को भुखमरी से उबरता गौतम बुद्ध मान रहा हूँ। समझ में नहीं आता कि मैं आपके इस ऋण से किस प्रकार मुक्त हो पाऊँगा।

"उसकी आँखों में मोहक छवि उभर उठी। वह बड़ी मासूमियत भरी भंगिमा के साथ बोली, 'उसकी कोई बात नहीं है, आप हाथ-मुँह धोकर अब बिस्तर पर आराम करें।' मैं बिस्तर से उठा और गिलास लेकर कोठरी के बाहर हाथ-मुँह धोने चला गया।

"लौटकर मैंने पाया कि उसने बिस्तर झाड़कर उसकी चादर बदल दी थी और वह फ़र्श पर बैठी मेरी जूठी प्लेट में मात्र एक पराठा रखे बैठी थी। यह क्या? उसकी प्लेट में सब्ज़ी तो नाममात्र को भी नहीं थी। मैंने उसे उलाहना दिया, 'आपने मुझको तो इतना ठूँस-ठूँसकर खिला दिया और अपने लिए बस एक ही पराठा छोड़ा और वह भी यों ही रूखा-सूखा बिना साग-भाजी के। यह गलत बात है आपकी।'

"मेरी मीठी झिड़की पर वह हल्के से मुस्कराई। न उसने कुछ कहा और न

खाना शुरू किया। मैं उसका संकोच समझ गया। शायद वह मेरी उपस्थिति में खाने से बच रही थी। मैं यह कहते हुए कोठरी के बाहर चला गया कि मुझे खाना खाने के बाद थोड़ी देर टहलने की आदत है। मैं बाहर जाकर तब तक एक सिगरेट पी लेता हूँ, आप खाना खाइए।

"कोठरी से बाहर जाकर मैंने आकाश पर देखा। पतला-सा चाँद ऊँचे-ऊँचे पेड़ों के पीछे से झाँक रहा था। हालाँकि अभी रात अधिक नहीं बीती थी मगर वहाँ निविड़ रात्रि की निस्तब्धता पूरी तरह व्याप गयी थी। मैंने जेब से सिगरेट का पैकेट निकाला और एक सिगरेट जला ली। मैं उसे सन्नाटे को भीतर-ही-भीतर पीते हुए महसूस करने लगा कि हे ईश्वर ये कैसी विचित्र लीला है कि अकस्मात मैं गाड़ी से उतरता हूँ और गाड़ी छूट जाती है। मैं अकेलेपन से घबराकर एक ओर चलता हूँ और एक अच्छी-भली सुन्दर औरत मुझे भरपूर स्नेह देकर अपने ठिकाने पर ले आती है। जिससे मेरा कभी का कोई रिश्ता नहीं—निहोरे से खाना खिलाती है—मेरे लिए आरामदेह बिस्तर बिछाती है।"...

हरिहरनाथ की बात पर मैंने भी आश्चर्य प्रकट किया, "हाँ है तो यह अनोखी-सी बात कि बिना किसी ख़ास और स्पष्ट उद्देश्य के कोई औरत किसी अजनबी की इतनी ख़ातिर करती चली जाए।"

"यही तो भाई साहेब! मैं अब इस सोच में था कि यह भली मानस मेरे प्रति इतनी समर्पणशीला क्यों हो उठी है? यह कैसा मायाजाल है? कहीं ऐसा तो नहीं कि मैं किसी सम्मोहन का शिकार हो चला हूँ और यह सारा कुछ रात्रि की कपट लीला ही है। और दिन होने पर यहाँ कुछ भी न मिले। दरअसल वह इलाका भी कुछ इसी तरह का था। जादू-टोना टटका वहाँ सब कहीं फैला पड़ा था। उस भयावह सन्नाटे में दूरदूर तक फैला अघोर जंगल। मैं कुछ दिनों पहले कोहिमा में था तो वहाँ ऐसी मायाविनी की बातें मैंने बहुत सुनी थी।"

हरिहरनाथ ने ठहरकर लम्बी साँस ली और कुछ क्षण चुप रहकर फिर बोलने लगा, "सच कहता हूँ मनीषजी, उस भयावह वातावरण में मुझे अजीब-सी घबराहट होने लगी। पर एकाएक वहाँ से भाग खड़े होने की कोई जुगत भी मेरी समझ में नहीं आ रही थी। इसी समय वह हाथ में लालटेन पकड़े बाहर आयी और मेरे से लगकर खड़ी हो गयी। उसकी उत्तप्त साँसें मेरी गर्दन पर पड़ीं तो मैं सिहर उठा। वह रागोन्मत्त-सी बोली, "क्या बाहर ही खड़े रहेंगे—सोएँगे नहीं आज रात?" फिर चिन्ता के स्वर में बोली, "बाहर बहुत अच्छा है पर अब सर्दी हो चली है। इधर आपके बदन पर कपड़े भी बहुत कम हैं। चलिए अब अन्दर चलकर आराम कीजिए।" उसकी मोहक मनुहार ने मुझे भीतर तक भिंगो दिया। मैं बोला, "हाँ प्रकृति की छटा निहारना तो मुझे अच्छा ही लग रहा है पर आप लोगों को सोने

में मेरी वज़ह से देरी हो—मैं यह भी नहीं चाहूँगा। आप ठीक कहती हैं अब ठंड भी बढ़ने लगी है।''

हरिहरनाथ कहानी के दिलचस्प मोड़ पर जाकर एक क्षण के लिए रुक गया और तुरन्त ही सिगरेट जलाने लगा। सिगरेट के दो-तीन लम्बे कश खींचकर बोला, ''भीतर जाकर मैंने देखा, बिछावन के पायताने एक कम्बल और सिरहाने पर दो तकिए रखे थे। तकियों के गिलाफ़ कच्चे दूध के झाग जैसे झक्क सफ़ेद थे। दूध का ऊपर तक भरा हुआ गिलास दीवार से थोड़ा हटकर एक स्टूल पर रखा था।''

मैंने हँसकर कहा, ''हरी बाबू आपकी तो ऐश हो गयी। सुन्दरी के हाथों बना हुआ सुस्वादु भोजन, एकान्त में उसका संसर्ग लाभ, फिर आरामदेह सेज। उतने पर ही बस नहीं, फिर दूध का भरा हुआ गिलास भी, क्या कहने! आपके भाग्य से तो सच में मुझे ईर्ष्या होने लगी है।''

हरिहरनाथ ने मेरी बात पर कोई ध्यान नहीं दिया। वह अपनी रौ में बोलता चला गया, ''मैंने सोचा था कि खाने-वाने के बाद अपनी रुग्ण सास के पास दूसरी कोठरी में चली जाएगी तो मैं बिस्तर पर पड़ रहूँगा। मैं बिस्तर पर बजाय लेटने के बैठा उसके जाने की राह देखने लगा। जब वह देर तक वहीं बनी रही तो मैं बोला, 'आपने मेरे लिए आज कितनी तकलीफ उठायी—सोच नहीं पाता कि इसका आभार कैसे प्रकट करूँ। अब आप भी आराम करें।'

वह इधर-उधर देखकर धीमे स्वर में फुसफुसाई, ''मैं और कहीं सोने नहीं जाऊँगी। यहाँ एक ही चारपाई है। फिर मेरी सास यह कैसे बरदाश्त कर सकती है कि मैं उसके बेटे को रात में अकेला छोड़कर कहीं और चली जाऊँ।''

हरिहरनाथ मेरी ओर झुककर धीरे-से बोला, ''समझ रहे हैं न आप उसने क्या कहा। मनीष भाई, उसका प्रस्ताव सुनकर मैं हैरत में पड़ गया। सच कहता हूँ कि मारे आश्चर्य के मेरे रोंगटे खड़े हो गये। वहाँ सब तरफ़ पसरा सन्नाटा मुझसे साँस लेता हुआ मालूम पड़ने लगा। मैंने अपनी कलाई में चिकोटी काटी कि कहीं मैं सपना तो नहीं देख रहा हूँ। मुझे महसूस हुआ कि कहीं कोई भ्रांति नहीं है। सारा कुछ एकदम सौ फ़ीसदी यथार्थ है। मैंने थोड़े साहस से काम लिया, ''पर कमरे में एक ही बिस्तर पर हम दोनों...।'' फिर एक क्षण बाद कहा, ''चलिए कोई बात नहीं, मैं बिस्तर छोड़कर फ़र्श पर पड़ रहूँगा—किसी खास बिछावन की भी ज़रूरत नहीं है। मैं तो कई-कई रातें सफ़र में ऐसे ही काट देता हूँ।'' पर उसने मेरी एक नहीं सुनी—बिस्तर के एकदम नज़दीक आयी और मुझसे सटते हुए बोली, ''नहीं आप बिस्तर पर ही सोयें।'' उसकी गरम-गरम साँसें मेरे चेहरे से टकराने लगी और मुश्किल से सुनाई पड़नेवाले शब्दों में मैंने उसकी हिला देनेवाली इल्तिजा सुनी, 'परदेसी! मुझे संतान चाहिए। मेरा पति फ़ौज में अकाल मौत मारा गया है। मैं अपनी

अन्धी सास को झूठी दिलासा देती चली आ रही हूँ कि, उसका बेटा ज़िन्दा है। मुझे निराश मत करना। मुझे एक बेटा देते जाना। मैं जनम-जनम आपका अहसान मानूँगी।''

हरिहरनाथ की बात सुनकर मुझे भी अपनी साँस ठहरती-सी लगी। बड़ी रोमांचक अनुभूति देनेवाला प्रसंग था। मैंने अपने मुँह से एक शब्द भी नहीं कहा और उत्सुकता के मारे यह सुनने को उत्कंठित हो उठा कि देखें अब क्या होता है।

हरिहरनाथ ने अपने सूखे कल्लों को अपनी उँगलियों से टहोका-सा देते हुए बग़ैर ज़रूरत खाँसकर कहा, ''पहले तो मेरा जिस्म एक विचित्र सुख से गनगना उठा पर तुरन्त ही बर्फ की मानिंद ठंडा पड़ गया। मुझे अपनी चेतना धोखा देती जान पड़ी और लगा कि कहीं जबरदस्त गड़बड़ है। यह स्त्री हाड़-माँस की मानवी नहीं है। रात्रि की अपूर्व माया ही इसकी सिरजनहार है। मैं प्रेम परिवेश में घिर गया हूँ। भला कोई दुनियावी औरत पहली ही भेंट में किसी परपुरुष के सामने ऐसा नग्न प्रस्ताव रख सकती है।''

मैंने कहा, ''अमूमन स्त्रियाँ ऐसा खुला आमन्त्रण देती तो नहीं हैं पर परिस्थिति के तक़ाज़े का क्या कहा जा सकता है। पर हाँ छोड़िए उस बहस को, आप बताइए तब आपने क्या किया?''

हरिहरनाथ एकाएक कुर्सी छोड़कर खड़ा हो गया जैसे कि वह औरत अब भी उसका पीछा कर रही हो। वह कहने लगा, ''मैं भीतर तक दहल उठा था। सहसा मैं बिस्तर से उठा और दरवाज़ा खोलकर बगटुट भाग पड़ा। वह मुझे रोकने का प्रयास करते हुए मेरे पीछे दौड़ने लगी, ''रुको परदेसी! रुक जाओ मेरी बात तो सुनो एक पल।'' पर मैंने एक बार भी पीछे मुड़कर नहीं देखा। लस्त-पस्त जिधर भी मेरे पाँव उठे, मैं चलता ही चला गया। बड़ी देर बाद जंगल-झाड़ी में उलझते-भटकते रेलवे लाइन नज़र आयी। अब तक वह मायाविनी हार-थककर लौट चुकी थी। लाइन-लाइन चलते हुए मैं अन्दाज़ से ही निचाट सूने पड़े रेलवे प्लेटफार्म पर पहुँचा। बदहवासी में प्लेटफार्म पर ही इधर से उधर घूमता रहा। पता नहीं कितनी देर बाद कोई गाड़ी आकर लगी। बिना यह जाने कि यह कौन-सी ट्रेन है और कहाँ जा रही है, मैं उस पर तुरन्त सवार हो गया। बाद में पता चला कि वह गाड़ी सिलीगुड़ी जा रही थी।''

हरिहरनाथ ने मेज़ पर पड़े पैकेट से आख़िरी सिगरेट निकालकर जला ली और बोल, ''भाई साहब मैं उस रात की घटना को कभी नहीं भूल सकता।''

मैंने कहा, ''आप ही क्या, कोई भी नहीं भूल सकता।''

वह चलने को तैयार खड़ा था। मैंने कहा, ''अब आप कहाँ जाएँगे? घर में इस वक़्त और कोई है भी नहीं—यहीं ठहर जाते।''

"मेरे पास कपड़ा-लत्ता कुछ भी नहीं है। उधर वर्माजी के यहाँ पिछली बार मैं अपनी अटैची केस छोड़ गया था। देखता हूँ नहा-धोकर कुछ पहनने को उसमें से निकल आये।"

मैंने कहा, "अच्छा तो फिर शाम-वाम को आइए और रात को यहीं रह जाइए।"

"आज तो आना शायद ही हो पाये, शाम तक दिल्ली जाने की सोचता हूँ। कल हैदराबाद जा रहा हूँ।" न फिर जाते-जाते बोला, "हैदराबाद का कोई काम तो नहीं है?"

मैं बोला, "मेरा वहाँ कोई काम नहीं है। वहाँ से कब तक लौटने का इरादा है?"

"यही दसेक दिन तो लग ही जाएँगे।" फिर जीने की सीढ़ियों पर खड़े-खड़े बोला, "कहीं से मेरा कोई ख़त या रजिस्ट्री आये तो रख लीजिएगा। हो सकता है पटना से मेरे लिए कोई 'काल' हो।"

हरिहरनाथ चला गया तो मैं कमरे में लौटकर कुर्सी पर बैठ गया और उसकी रोमांचक कहानी के बार में सोचने लगा। हरिहरनाथ ने शादी-ब्याह नहीं किया था। तरह-तरह के धन्धों में इधर-उधर भटकता रहता था। स्त्री संग की कल्पना में विचित्र-विचित्र कथाएँ सुनाने लगता था। इससे उसके मानसिक विलास का पता चलता था। हालाँकि अपना रस प्रसंग वह इस ख़ूबी से बुनता था कि कहीं कोई पोली ज़मीन नहीं छोड़ता था मगर कल्पना विलास की उड़ान में कोई-न-कोई छिद्र तो बाकी रह ही जाता था। आज की कथा में भी वह गुमनाम स्टेशन पर सिगरेट ख़त्म हो जाने की वजह से सिगरेट ख़रीदने की गरज से ही उतरा था पर जब उस स्त्री ने उसे भर पेट भोजन करा दिया तो वह कोठरी से बाहर जाकर सिगरेट पी रहा था।

मैं हरिहरनाथ के बेचारेपन के साथ-साथ उसकी बढ़ती उम्र पर भी दयार्द्र हो उठा, पर यह भी एकदम तय बात थी कि हैदराबाद से आते ही हरिहरनाथ मुझे फिर कोई नयी रंग कथा सुनानेवाला था। जो हो, मैं उसके लौटने का उत्सुकता से इन्तज़ार करने लगा।

□□□

णाणं
पयासयं
वीर नि.सं. 2470
ई.सन् 1944
भारतीय ज्ञानपीठ